# El inventor de historias



Novela

**Marta Rivera de la Cruz**

# El inventor de historias

Planeta

El papel utilizado para la impresión de este libro es cien por cien libre de cloro y está calificado como **papel ecológico**.


Avinguda Diagonal, 662, 6.ª planta. 08034 Barcelona (España)
www.planetadelibros.com

Ilustración de la cubierta: © Smithsonian Institution / Corbis
Fotografía de la autora: © Concha Casajús
Primera edición en Colección Booket: junio de 2011
Segunda impresión: junio de 2012

Depósito legal: B. 16.779-2011
ISBN: 978-84-08-10283-0
Impresión y encuadernación: Liberdúplex, S. L.
Printed in Spain - Impreso en España

**Biografía**

Marta Rivera de la Cruz (Lugo, 1970) es licenciada en Ciencias de la Información y especialista en Comunicación Política por la Universidad Complutense. En 1998 obtuvo el Premio Ateneo de Sevilla de Novela Joven con *Que veinte años no es nada*, de la que se hicieron cinco ediciones. Más adelante publicó las novelas *El inventor de historias* y *Hotel Almirante*. En 2006 fue finalista del Premio Planeta con la obra *En tiempo de prodigios* y en 2008 obtuvo el Premio Anaya de Literatura Infantil y Juvenil por *La primera tarde después de Navidad*. Además es autora de tres ensayos y ha publicado cuentos y artículos en diferentes recopilaciones. Como editora fue responsable de la antología *Cuentos de Navidad* y de la última edición de *La ciudad de las columnas*, de Alejo Carpentier. Marta Rivera de la Cruz es colaboradora habitual de la revista *El País Semanal* y participa también en diferentes tertulias de radio y televisión. Su última novela publicada es *La vida después*.

Más información en: www.martariveradelacruz.com

*A Pedro Almeiras*

Linus Daff había nacido en algún punto remoto del País de Gales, de madre galesa y padre desconocido. Madeleine Daff, que era la hija pequeña de una modesta familia de granjeros, se obstinó con una tenacidad de piedra en ocultar el nombre del progenitor de su retoño, y no hubo forma humana de averiguar quién era, o al menos no de los labios de la única persona que podía saberlo a ciencia cierta. Así que, después de muchas intentonas fallidas, después de echar mano alternativamente de la exigencia y de la súplica, del tono conminatorio y el amenazador, la familia de Madeleine Daff (de la que formaban parte, entre otros, tres muchachotes fornidos capaces de propinar las más espantosas bofetadas de las que se tuviera noticia en el pueblo) se resignó a dar por imposible la tarea de localizar al autor de la deshonra. Dada la dificultad de hacer creer a los lugareños que el niño había sido concebido por obra y gracia del Espíritu Santo, los Daff se conformaron con la idea de criar entre todos a un hijo sin padre, y así lo hicieron.

El niño Daff tuvo una infancia normal, que hubiera sido dichosa de no ser por el empecinamiento del rapaz en conocer el nombre de su padre. En realidad, Linus Daff tenía más que cubierta su cuota de afecto con el cariño que le prodigaban sus abuelos y aun sus tíos, que repuestos ya del zarpazo de la vergüenza de admitir en la familia a un hijo ilegítimo, dedicaban cada fibra tierna de su naturaleza más bien zafia en mimar al sobrino inesperado. No, el pequeño Linus no necesitaba para nada la figura de un padre como el que tenían algunos compañeros de escuela, la mayoría de las veces mucho menos complaciente que su abuelo y sus tres tíos, tan grandes y tan brutos, que atendían sus caprichos constantemente y que jamás le propinaron uno de aquellos sopapos que les habían dado en la región una justa fama de pegadores de primera. A pesar de ello, Linus demostró desde siempre un interés casi enfermizo por conocer el nombre del autor de sus días. Madeleine Daff nunca cedió a sus demandas, como no había cedido a las de su padre y sus hermanos años atrás, y por eso Linus Daff supo que si quería un padre tendría que inventárselo. Pensándolo bien, se dijo, aquello era casi una ventaja. Su padre no tendría por qué ser bizco y unicejo, como el progenitor de Ronald Grant, ni tonto de remate como el de Willie Parsons, ni pródigo en la aplicación de correazos como el de Judy Smith. El autor de sus días podía ser alto y bien plantado, risueño, inteligentísimo, afectuoso y alegre, bondadoso y desprendido. Una vez que se hubo formado en la cabeza el retrato ficticio de su padre inventado, Linus Daff creó para él una profesión de interés, por ejemplo la de marino, tan distinta de los oficios de labrador, ganadero o pequeño comerciente que ejercían los padres de sus amigos, y por fin inventó un motivo de peso que hubiera obligado a aquel superhombre a abandonar al hijo querido para no regresar nunca a su lado. Linus Daff urdió entonces una trama complicadísima que implicaba un peligro real para todos los súbditos de su Graciosa Majestad, un complot internacional que sólo un hombre de excepción como su padre hubiera podido reconducir para evitar el apocalipsis del Imperio. Cuando hubo pergeñado, retocado y rematado por fin la historia irreal de su padre de mentira, Linus Daff se dio cuenta de que se sentía extrañamente tranquilo, misteriosamente completo, como si la ausencia de la figura paterna hubiese sido un agujero que empezaba a cerrarse con aquella fábula diseñada por él mismo y que iba a servirle de antídoto contra posibles formas de infelicidad.

A partir de entonces, Linus Daff echó mano muchas más veces de su capacidad de invención. Recurría a ella para evitar trifulcas y disculpar errores, para enmendar meteduras de pata injustificables o, simplemente, para deslumbrar a los compañeros de escuela con historias increíbles que, contadas por él, iban cobrando visos de realidad que llegaban a ser alarmantes. Rara era la semana en que el niño no recibía un castigo de manos del maestro por idear historias estrambóticas que dejaban boquiabiertos a sus compañeros. Sin embargo, y mientras imponía al alumno mentiroso una sanción adecuada a la falta, el profesor no podía dejar de sentirse sinceramente admirado ante la prodigiosa imaginación de aquel mocoso que con tanta facilidad reincidía en sus faltas, y también ante la tranquilidad absoluta que demostraba al urdir sus falacias y que llegaba a dar apariencia de veracidad a las historias más abracadabrantes.

Solventado el problema del padre desconocido, los días del niño Daff en la aldea galesa transcurrieron con placidez, sólo quebrada de modo ocasional por los correctivos que de vez en cuando le aplicaban en casa y en la escuela por seguir cultivando tan amorosamente el vicio del invento. Por lo demás, era un chaval tranquilo y espabilado, que había aprendido a leer con corrección cuando algunos de sus compañeros ni siquiera eran capaces de balbucear el abecedario con trabajoso esfuerzo y tenía una preciosa letra redondilla que envidiaba incluso su propio maestro. Aunque nunca se lo dijo a nadie, el profesor de Linus Daff pensaba que el chico era un alumno excepcionalmente bien dotado, y que de haber contado con mejores oportunidades de formación que las que brindaba una escuela destartalada en un pueblo galés, hubiera podido sin duda llegar muy lejos. Bien educado, prudente, dotado de una elocuencia asombrosa para un muchacho de sus años y un sentido de la curiosidad que facilitaba cualquier aprendizaje, Linus Daff habría hecho un excelente papel como alumno de Eton, y tal vez hubiera podido incluso llegar a la universidad. Pero, se decía el maestro, para eso hubiera sido necesario cambiar su historia y su pasado de hijo ilegítimo. Y nadie está en condiciones de hacer una cosa así.

Linus Daff era un adolescente cuando murió su madre. Por aquel entonces había olvidado ya el conato de trauma infantil provocado por la ausencia de la figura paterna, e incluso había relegado al último rincón de la memoria la historia fantástica que se inventara un día para suplir al padre inexistente, hasta el punto que llevaba muchos años sin recordarla siquiera. Por eso le sorprendió tanto que en el lecho de muerte Madeleine Daff se empeñase en confesarle a él y sólo a él la identidad de su padre. Fueron prácticamente las últimas palabras de la madre de Linus, y ya en el entierro de la buena mujer el joven Daff tuvo que reconocer que su parecido con el párroco del pueblo era tan escandaloso como evidente. Tanto, pensó, que era difícil entender que sus tres tíos, los repartidores de sopapos, no hubiesen reparado en él en algún momento de sus vidas.

Hecho el descubrimiento, Linus Daff empezó a sentir cierta inquietud, cierta incomodidad que no sabía muy bien cómo explicarse. Era casi un hombre, se decía, y a esas alturas de la vida, cuando había dejado atrás la infancia y se encaminaba a la edad adulta, daba igual que apareciese de pronto un padre que hasta entonces había permanecido al margen de su vida y de su historia. Pero entonces Linus Daff recordó con alucinante nitidez la mentira que había diseñado para defenderse ante sí mismo de la añoranza de un hombre que no tenía rostro, ni apellidos, ni patronímico, ni arrugas, ni voz, ni nada. Y de pronto se dio cuenta de que sólo ahora, cuando la verdad se alzaba por fin ante sus ojos, la historia inventada empezaba a ser un embuste. Y decidió dejar la aldea de Gales donde había crecido, donde había jugado y aprendido a inventar espoleado por una necesidad infantil.

Así pues, tras despedirse de sus tíos los abofeteadores, de rezar brevemente ante la tumba de su madre y de lanzar una mirada no tan reprobatoria como despectiva sobre el párroco del pueblo, Linus Daff abandonó el hogar de la familia y se trasladó al Londres victoriano con el muy loable propósito de sobrevivir. Al principio tropezó con algunas dificultades, habida cuenta de su escasa experiencia en el entorno urbanita y el ambiente razonablemente hostil que una ciudad capitalina gusta de brindar a los aldeanos. Pero Linus Daff, con sus pocos años y su gorra nueva, era un chico optimista, trabajador y despierto. Y, lo que es mejor, seguía estando dotado de la imaginación desbordante que tantos disgustos le había deparado durante su época infantil. Lo que nunca pensó el niño Daff, cuando era reprendido por su madre y sus maestros a causa de su ingenio alborotado, es que años después esa capacidad de invención iba a servirle no sólo para ganarse la vida sino, andando el tiempo, para hacerse rico.

Linus Daff inició su negocio de inventor de historias unos meses después de llegar a Londres. Estaba alojado en una pensión del barrio de Whitechapel, y dedicaba los días a trabajar como chico de los recados y parte de las noches a recoger cartones, trozos de vidrio y periódicos viejos, que revendía sin mucha dificultad a un trapero de la zona. Los emolumentos percibidos le permitían pagar puntualmente sus gastos de alojamiento y manutención (dos comidas diarias y una taza de té a media tarde) y, de vez en cuando, tomar una pinta de cerveza en el pub más cercano. Mucho tiempo después, convertido ya en un caballero rico y respetado por la mejor sociedad londinense, Linus Daff confesaba no haber vuelto a vivir una época tan feliz como aquella en que su universo vital se reducía a las calles estrechas de Whitechapel, la pensión modesta y la cerveza tibia y aguada que podía consumir algunas veces en un bar de mala muerte. Por aquel entonces, Daff notaba en la cara los primeros aires de la libertad, tenía una habitación propia, un trabajo honrado, toda la vida por delante y unos peniques de sobra para invertir en bebida. No era posible desear mucho más.

La culpa de que el destino de Linus Daff diese un giro de ciento ochenta grados la tuvo su patrón, Edgar Allen, que ayudaba a su esposa a regentar la casa de huéspedes donde él vivía. La señora Allen era una irlandesa rubicunda y enérgica, laboriosa y vivaz, que se levantaba con el sol y se acostaba pasadas las doce sin haberse permitido en todo el día una sola distracción ni un momento de descanso. A su lado, Edgar Allen tenía más bien poco que hacer: sus labores estaban limitadas a cuidar de la caja registradora y de las buenas costumbres de una pensión que tenía fama de ser decente. Eso, bajo la óptica de Judy Allen, incluía para el matrimonio la obligación de observar una conducta intachable en todo momento. Así, el señor Allen tenía tajantemente prohibido participar en peleas callejeras, beber alcohol o relacionarse con personajes considerados poco recomendables incluso para los muy permisivos vecinos de un barrio como Whitechapel. Todos los que conocían a Edgar Allen pensaban que la suya era una existencia digna de envidia, al lado de una mujer trabajadora y todavía atractiva, que echaba sobre sus hombros rollizos todo el peso del negocio familiar, y que no esperaba del marido más tarea que la de no buscarse problemas innecesarios y vaciar dos veces al día los cubos de desperdicios que acumulaban los clientes de la pensión.

Linus Daff simpatizó enseguida con el matrimonio. A pesar de sus maneras autoritarias que redundaban en la buena marcha de su empresa, la señora Allen tenía cierta tendencia a la ternura, y de cuando en cuando hacía más generoso el almuerzo de Daff o colocaba una tostada con manteca junto a la taza de té vespertino del muchacho. En cuanto a Edgar Allen, era tan inofensivo como afable, y la prohibición conyugal de agarrarse las moñas de rigor y participar en broncas públicas (actividades que en aquella zona eran consideradas incluso saludables) habían acabado por hacer de él un ser dócil, tranquilo y casi seráfico, cuyas únicas diversiones consistían en charlar con los clientes sin alzar la voz, y excepcionalmente jugar una partida de cartas con los amigos de toda la vida, siempre y cuando el estado etílico de los sujetos en cuestión les permitiese distinguir los cuatro palos de la baraja. En conjunto, podía decirse que el pobre señor Allen se aburría bastante, y Linus se dio cuenta enseguida de que a aquel buen hombre no podía en modo alguno venirle mal un poco de esparcimiento. Fue por eso que un domingo por la tarde lo invitó a acompañarle a un pub de Saint Paul. A Edgar Allen le brillaron los ojos al escuchar la propuesta. Llevaba meses sin salir de Whitechapel, semanas enteras sin aventurarse más allá de la calle en que se enclavaba la pensión, años sin visitar un bar. La señora Allen trajinaba canturreando en la cocina, no habían llegado clientes nuevos y la jornada se presentaba tranquila. Así que Edgar Allen no vio ningún mal en acompañar al jovencito en su excursión a la taberna. Allí podría tomar una limonada, quizá con un poco de cerveza, se dijo, e instantáneamente aquella salida se convirtió en una prodigiosa aventura.

Linus Daff no supo nunca cómo, pero el caso es que aquella tarde el señor Allen se emborrachó por primera vez en su vida. El muchacho podría jurar que no le había visto beber más de tres medias pintas de cerveza, quizá consumió una cuarta, aunque de eso ya no estaba seguro. Una vez bajo los efectos del alcohol, el pacífico Allen se transfiguró considerablemente, perdió su natural tranquilo y demostró una simpática tendencia a buscar camorra. En su interés por organizar una buena pelea que pudiese compensarle de tantos meses de abstinencia y contención, dudó en voz alta de la calidad de la cerveza servida, se mofó del mostacho de la esposa del tabernero y cuestionó a grito pelado la honorabilidad de la madre de uno de los clientes. Como era previsible, no tardó mucho en encontrar lo que buscaba: un puñetazo en los morros (por otra parte bastante mal dirigido, como observaría después el propio Linus) y las primeras amenazas de muerte. El sabor de la sangre que manaba del labio superior tuvo la virtud de envalentonar a Allen, que en cuestión de segundos fue capaz de pegar un par de patadas y algún que otro empujón, no con mucho tino por cierto, pero sí lo suficientemente correcto como para que algunos espectadores de los primeros golpes se animasen a participar en el intercambio de porrazos. Evidentemente, de todos los concurrentes a la pelea fue Allen el que salió peor parado. Linus Daff, que se sintió en la obligación moral de auxiliar a su patrón, salió de la taberna con un ojo hinchado, la espinilla dolorida y el señor Allen agarrado de un brazo. Tuvo que sacarlo por la fuerza: animado por la novedad de la experiencia, enardecido por la cerveza y exultante por el resultado de alguno de los golpes que propinara (uno de los cuales, justo es reconocerlo, había fulminado a su receptor al alcanzarle en el nacimiento del tabique nasal), Edgar Allen estaba dispuesto a luchar hasta la muerte. Linus, sin embargo, había tenido bastante, así que arrastró al camorrista incipiente fuera del local y luego lo obligó a caminar en línea recta de vuelta a casa. En el trayecto, los efluvios del alcohol cesaron de ejercer su influencia sobre el señor Allen, que media hora después de haber dejado atrás el escenario de la batalla empezaba a tomar conciencia de lo que acababa de hacer. Su aspecto era lamentable. Tenía una ceja partida y el labio superior desaparecía bajo una costra de sangre. El pómulo izquierdo había recibido un buen corte y la frente despejada estaba dividida en dos por un formidable chichón. Por si fuera poco, tenía la ropa destrozada y había perdido un zapato en el transcurso de la refriega. No, evidentemente no hacía falta ser muy observador para adivinar en qué había invertido su tiempo libre el señor Allen aquella tarde de domingo, y quedaba muy poco para llegar a Whitechapel cuando el buen hombre empezó a calibrar lo que se le venía encima. Se sentó en la acera y comenzó a lamentarse en voz alta. Judy nunca podría perdonarle. Lo abandonaría. Peor aún, lo echaría de casa después de verter sobre él la más horrenda cascada de reproches... No, no podía volver a la pensión. No en aquel estado. Había soluciones intermedias. Sería mejor enrolarse en el ejército. O colarse como polizón en un barco que partiera con destino desconocido. O podía volver sobre sus pasos, regresar a la taberna y dejar que lo mataran los parroquianos. Cualquier cosa sería mejor que lo que le esperaba en casa cuando la señora Allen cayese en la cuenta de que había estado bebiendo y peleando.

Linus Daff se sentó junto a su atribulado patrón mientras escuchaba en silencio su perorata. Estaba buscando una forma de salir del conflicto, del que, por otro lado, tampoco era del todo inocente: él había llevado al señor Allen al pub de Saint Paul, él le había animado a tomarse una cerveza... con toda seguridad, aquellas circunstancias le convertían en cómplice del desaguisado, por lo menos a ojos de la señora Allen, que tampoco a él sería capaz de perdonarle que hubiera inducido al esposo a cometer el crimen. Y Linus Daff no tenía ninguna intención ni ningunas ganas de indisponerse con su patrona. Así que dejó lloriquear al señor Allen, vio con satisfacción que el bebedor novato vomitaba apasionadamente todo el alcohol ingerido aquella tarde, y por fin se decidió a hablar.

—No se preocupe, señor. Yo lo arreglaré todo —puso una mano en el hombro de Allen.

—¿Tú? ¿Cómo vas a arreglarlo tú? No conoces a mi esposa. Ella...

—Le digo que no se preocupe. He inventado una historia... Cuando lleguemos a la pensión, deje que hable yo, y limítese a seguirme la corriente ¿entendido?

El desdichado señor Allen miró al muchacho, y súbitamente descubrió en el rostro de Linus Daff las señales de un misterioso proceso de maduración: allí, de pie, con los brazos en jarras y el entrecejo fruncido, el joven Daff semejaba haber crecido varios años en unos cuantos minutos. La decisión de sus gestos y la seguridad con que hablaba tuvieron la virtud de apaciguar a Edgar Allen y convencerle de que haría bien poniéndose en manos de su realquilado, que parecía tener un plan con grandes posibilidades de éxito.

—En marcha. Todo irá bien si hace exactamente lo que le digo. Ahora apóyese en mí para caminar, fínjase agotado y quéjese de los golpes. Y si le preguntan algo, diga que no recuerda nada.

Minutos después, los dos hombres irrumpían en la pensión de Whitechapel. Enojada por el retraso, la señora Allen esperaba a su marido hecha una furia, con los ojos inyectados en sangre y apretados los puños, y cuando le vio entrar agarrado a su joven inquilino, con la cara macerada a golpes y la ropa hecha un guiñapo, estuvo a punto de emprenderla a bofetadas con el maltrecho esposo, a quien Daff hizo sentar en una silla.

—Pero ¿de dónde vienes así? Te has peleado, ¿verdad? ¿Te has metido en problemas? ¡Desgraciado, malnacido, traidor...!

Pero Linus Daff interrumpió sus exabruptos con un gesto enérgico y casi fiero.

—Señora Allen, por favor, no diga nada... su marido... su marido es un héroe.

Judy Allen tuvo que bajar la guardia. Aquella declaración le había cogido por sorpresa. Linus Daff aprovechó para continuar, con la respiración entrecortada y el gesto contrito.

—Un héroe, señora Allen. Ha estado a punto de atrapar al Destripador.

La señora Allen se derrumbó en otra silla.

—Ay, mi madre...

—Como sabe, su marido y yo salimos esta tarde a dar una vuelta... estuvimos en Saint Paul... Qué hermosa catedral, señora Allen... Era ya de noche cuando regresamos a Whitechapel. Faltaban sólo unas manzanas para llegar a casa cuando vimos algo extraño... una muchacha joven forcejeando con un hombre. Nos acercamos a ellos, y entonces pudimos ver que el tipo en cuestión llevaba un objeto punzante en la mano. De haber estado yo solo, no dude que hubiese escapado, pero su marido se empeñó en ayudar a la chica. Tuvimos que luchar con aquel criminal. Yo más bien poco, ésa es la verdad: recibí un golpe en la pierna que me dejó tendido en el suelo. Pero su marido peleó como un valiente, a pesar de ir desarmado. Ya le dije que aquel individuo llevaba un estilete... le hizo un corte en el pómulo. Al final se dio a la fuga. Su marido corrió tras él, pero no fue capaz de alcanzarle. Era el Destripador, señora. De eso no cabe duda. La muchacha también escapó. Ni siquiera tuvimos tiempo de preguntar su nombre. De no haber sido por su esposo, probablemente esa chica estaría muerta.

—Edgar... Edgar, querido —la señora Allen acariciaba la cabeza de su marido mientras empezaba a moquear—. Háblame, dime algo de ese asesino... cuéntame cómo era.

Edgar Allen no olvidó la consigna de Linus Daff.

—No me acuerdo de nada —dijo, con un hilo de voz.

—El Destripador le dio un golpe en la cabeza, señora ¿no ve el chichón que tiene en la frente? Es muy posible que haya perdido la memoria. Pero yo lo vi todo. Pregúnteme lo que quiera.

—Dios mío... —Judy Allen se había puesto de pie—. Dios mío...

Paseó en silencio por la habitación, con las manos en el pecho y mascullando algo entre dientes.

—Esto tiene que saberlo todo el mundo. —Se puso un abrigo y un pañuelo en la cabeza—. No os mováis de aquí.

Tú, chico, cuida de mi marido. Hay sopa en la cocina y un poco de pescado frío. Que coma algo.

—Yo me ocupo, señora...

—Buen muchacho. —Judy Allen palmeó enérgicamente la mejilla de Linus Daff—. Vuelvo enseguida.

Los pasos de la señora Allen se perdieron en la calle. Daff sirvió dos tazones de sopa y unos trozos de pescado y volvió junto a Edgar Allen, que no sabía cómo salir de su asombro.

—Ya le dije que todo iría bien.

—Pero... pero ¿cómo has podido inventarte esa historia? ¿Qué voy a decir yo ahora? Me interrogarán, me harán preguntas... Dios misericordioso, el Destripador, nada menos.

—Usted diga que no se acuerda de nada. Le han dado un golpe y ha perdido la memoria. Aquí soy yo el que tiene que hablar. Limítese a repetir que le duele la cabeza y que ha olvidado todo lo que pasó. Y deje de preocuparse, caramba. Hala, bébase la sopa. Le hará bien al estómago.

Media hora más tarde y alertados por la señora Allen, la casa estaba llena de vecinos que querían conocer de cerca todos los detalles del suceso. La mujer no se apartaba de su pobre marido, cuyo aspecto físico era más bien lastimoso, con el labio hinchado, el corte en la cara y el enorme chichón que le coronaba la frente. Los vecinos rodeaban al herido en demanda de más explicacibnes. Nadie hasta entonces había visto al Destripador, al que ya se atribuían tres crímenes horrendos, y la noticia de que Edgar Allen se había enfrentado a él con harto riesgo para su seguridad había corrido por el barrio como un reguero de pólvora. Sin embargo, y para desgracia de todos los recién llegados, el pobre Allen era incapaz de recordar ningún detalle del individuo al que con tanto valor había plantado cara. Por fortuna estaba allí aquel muchacho, Daff, que desde su privilegiada condición de testigo ocular proporcionaba al improvisado auditorio todos los datos necesarios sobre la pelea y sobre el asesino que había puesto en jaque a las fuerzas del orden de la ciudad. Linus Daff estaba repitiendo por quinta vez su completa versión de los hechos cuando alguien, no supo quién, alzó la voz.

—Hay que avisar a Scotland Yard.

El rostro de Edgar Allen adquirió repentinamente una tonalidad verdosa y sus ojos aterrados buscaron la mirada tranquila de Linus Daff. El gesto del chico ni siquiera se había alterado. Miró a su vez al señor Allen y había tanta serenidad en las pupilas del joven que el héroe accidental se sintió repentinamente aliviado: no cabía duda, Daff lo tenía todo previsto.

Dos agentes del Yard llegaron a la pensión de Whitechapel unos minutos después, y antes que nada exigieron que la sala fuese desalojada de público, para decepción de todos los allí presentes, que estaban preparados para escuchar una vez más la historia tantas veces referida en el transcurso de la noche. Pero los policías fueron inflexibles. No querían intrusos que pudiesen dificultar la buena marcha de las investigaciones. Era la primera vez que se les ofrecía la posibilidad de obtener una descripción del Destripador, y no tenían ninguna intención de entorpecer las diligencias con intervenciones inoportunas ni comentarios de curiosos. Sólo se permitió la presencia de la señora Allen, que al fin y al cabo era esposa de uno de los testigos y dueña de la casa donde se encontraban.

Los agentes aceptaron una taza de té que les ofreció la patrona antes de comenzar el interrogatorio. Ante la presencia de los dos policías, Edgar Allen había recuperado su tendencia al desánimo y el temor a que la mentira urdida por Linus Daff fuera descubierta, pero el muchacho parecía absolutamente relajado.

—Vamos a ver, señor Allen... así que acaba usted de poner en fuga al mismísimo Jack el Destripador...

El aludido meneó tristemente la cabeza.

—Eso dice el chico... yo no me acuerdo de nada.

—El destripador le golpeó en la frente —Linus Daff intervino sin alzar la voz—, el señor Allen quedó tendido en la acera... cuando conseguí reanimarlo me dijo que no podía recordar lo que había pasado. Pero yo estaba allí... yo lo vi todo.

—Dime tu nombre.

—Linus Daff.

—Muy bien, Daff. Ahora, y ya que tu amigo no es capaz de hacer memoria, haz el favor de contarnos todo lo que ocurrió.

—El señor Allen y yo salimos a eso de las cuatro de la tarde. Yo no soy de Londres ¿sabe? y quería visitar la catedral de Saint Paul... el señor Allen tuvo la amabilidad de ofrecerse como guía. Estuvimos un par de horas dando vueltas por aquella zona...

—¿Entraron en algún establecimiento público de bebidas?

El rostro de Linus Daff adquirió instantáneamente una expresión de extremo candor.

—De ningún modo. El señor Allen no prueba el alcohol. —Judy Allen acarició con satisfacción notoria la cabeza de su marido—. En cuanto a mí... no ando muy bien de dinero. Beber en la zona de Saint Paul es un lujo que no podría permitirme.

—Entendido. Sigue.

—Le decía que paseamos durante un buen rato...

—¿Viste la catedral por dentro?

—No, señor. Estaba cerrada cuando llegamos. Volvimos a casa algo más tarde de las seis. Entramos en Whitechapel por Arm's Street. Seguimos por Fleet, Merton y Randolph. Fue allí donde escuchamos los gritos.

—¿Los gritos?

—Sí señor. Pudimos ver a una muchacha forcejeando con un individuo... yo propuse seguir nuestro camino, pero el señor Allen insistió en ayudar a la chica. Cuando nos acercamos me di cuenta de que aquel hombre tenía un punzón en la mano derecha. El señor Allen se abalanzó sobre él, y yo hice lo mismo, pero recibí un codazo en el ojo y una patada en la espinilla... caí al suelo en medio de horribles dolores. Desde allí pude ver que mi patrón seguía luchando con aquel tipo, que le propinó varios golpes y algunos cortes.

—¿No gritaste en demanda de ayuda?

Linus Daff levantó levemente la ceja izquierda antes de contestar, y Edgar Allen pensó entonces que había algo de señorial en aquel rostro aún sin definir.

—Por supuesto que sí, señor... pero me temo que en este barrio los gritos y las peticiones de auxilio están a la orden del día y nadie hace demasiado caso a los chillidos.

—Sigue.

—El señor Allen golpeó a aquel hombre con mucho acierto hasta que éste inició la retirada. Intentó seguirle, pero en ese momento el criminal le pegó en mitad de la frente con el mango del estilete que empuñaba... mi patrón cayó al suelo. Tardó unos minutos en recobrar el conocimiento.

—¿Y la chica?

—Escapó nada más empezar la pelea, señor. Apenas pude verla. Tendría unos... diecisiete años, tal vez incluso menos. Llevaba, eso sí lo recuerdo, un vestido verde. Y un sombrero de paja con un adorno.

Uno de los agentes había tomado nota de la declaración de Linus Daff. Examinaron el texto durante unos segundos.

—Efectivamente, podría tratarse del Destripador... escuche, joven... Daff... —el policía había empezado a tratar con un mayor respeto al declarante—, ¿sería capaz de hacernos una descripción de ese individuo?

Linus Daff se puso de pie y miró alternativamente a los dos agentes.

—Por supuesto que sí. Era alto, desde luego... unos seis pies, más o menos... Tenía las espaldas anchas, pero tampoco resultaba corpulento en exceso. Digamos que su peso podría rondar las cuarenta libras. Vestía de negro, se protegía con una capa y un sombrero. En cuanto a su edad... yo calculo que tendría unos treinta y cinco años.

—¿Pudo ver su rostro?

Linus Daff meneó la cabeza.

—Escasamente. Estaba oscuro, y el sombrero le tapaba la cara. Pero me dio la impresión de que aquel tipo no era de por aquí.

—¿Qué quiere decir?

—Quiero decir que había algo distinguido en él. Ése fue el efecto que me produjo. Tenía la piel fina, el cabello parecía bien cortado bajo el sombrero... su traje tenía buen aspecto... Señores, apostaría cualquier cosa a que ese hombre era un caballero.

Aquella declaración hizo enmudecer a todos los presentes. Hasta entonces, el Destripador había acabado con la vida de tres muchachas de vida licenciosa en el barrio de Whitechapel, y también hasta entonces todo Londres, empezando por los responsables de Scotland Yard, habían dado por supuesto que el criminal era sin duda un matón de los comunes, un tipo problemático de los que abundan en las zonas marginales de una gran ciudad. Aquello lo cambiaba todo. La declaración de Linus Daff serviría para variar el curso de las investigaciones, pero sin duda causaría también un considerable revuelo social. Un caballero asesinando prostitutas en las calles inmundas de Whitechapel... Los periódicos tendrían mucho que decir sobre aquello.

—Quizá... bueno, quizá ese individuo no fuese el Destripador. Quizá sólo fuese un cliente insatisfecho con... quiero decir... —uno de los agentes aventuró la posibilidad sin mucho convencimiento. Linus Daff le dirigió una mirada fría, algo retadora incluso.

—Señor... no es mi intención entrometerme en el trabajo de ustedes... pero aquel hombre llevaba en la mano un estilete, actuaba en la misma zona donde lo hace el Destripador y le aseguro que su interés por escapar no parecía propio de un cliente mal servido. Y déjeme que insista una vez más sobre su vestimenta y su aspecto. No he visto muchos individuos así por estas calles. Ustedes pueden pensar lo que quieran, pero yo estoy seguro que el hombre con el que luchó el señor Allen era Jack el Destripador. El resto es cosa suya.

Los dos agentes se miraron durante unos segundos y luego miraron a Linus Daff que de pie, en medio de la habitación, sostenía sin parpadear la mirada de sus interlocutores. Había una contundencia notoria en las aseveraciones de aquel jovencito, una singular capacidad de convicción que, como por arte de magia, tenían la facultad de hacer cierta cada historia que contaba.

—Hay que avisar en la Central. Coge un coche para llegar antes, y dile al inspector que tenemos una descripción bastante completa del Destripador. Gracias por su ayuda, señor Daff. Quizá tengamos que volver a molestarle un día de éstos...

—Ninguna molestia, señores. Estoy a su disposición.

Los agentes de Scotland Yard reclamaron su presencia en varias ocasiones durante los días sucesivos. Linus Daff tuvo que repetir una y mil veces su declaración, y una y mil veces proporcionó los mismos detalles prolijos que iban a cambiar el curso de la historia criminal de Inglaterra. Con la ayuda de Daff, la policía logró efectuar un retrato robot del asesino, que se distribuyó profusamente por las calles de Whitechapel y también por otros barrios londinenses. En vano intentó la policía que el señor Allen cotejase el retrato con su recuerdo del individuo con quien había luchado: el hombre nunca consiguió recuperar la memoria. Así, era Linus Daff el único capaz de colaborar con la policía, y lo hizo de buen grado todas las veces que fue requerido por los miembros de Scotland Yard. Mientras, Edgar Allen se había recuperado de los golpes recibidos, a pesar de que el corte del pómulo había dejado en su cara una curiosa cicatriz como recuerdo de la singular aventura. Allen notó que aquella cicatriz que no favorecía en nada su ya poco agraciada fisonomía era, sin embargo, algo así como una marca de casta, un signo de valor, una muestra de su comportamiento aguerrido. Desde su presunta pelea con el Destripador, Edgar Allen notó que sus vecinos le miraban con más respeto, y que incluso su mujer tenía con él unas consideraciones especiales. Decididamente, aquella historia no había acabado nada mal para el señor Allen, y él sabía muy bien a quién debía dar las gracias, así que una noche se presentó en el cuarto de Linus Daff. Linus estaba ya en la cama, pero se puso de pie en cuanto vio entrar a su patrón.

—Señor Allen...

—Daff, chico... perdona que aparezca a estas horas —Edgar Allen parecía algo avergonzando—, sólo quería... bueno, quería darte las gracias por haberme ayudado el otro día.

—No es nada. Ya le dije que todo saldría bien. —Hizo ademán de volver a la cama—. Buenas noches.

—Espera un momento. Tengo... tengo algo para ti.

Le tendió una moneda. Linus Daff la miró sin disimulo. Era media guinea. Daff no había tenido una media guinea en su vida. Aquello era una fortuna.

—¿Por qué? —fue todo lo que acertó a decir.

—Como pago a tu historia. Buenas noches, Daff.

Linus Daff tardó mucho en dormirse aquella noche. Estuvo dando vueltas en la cama con la media guinea apretada en el puño y un montón de cosas en la cabeza, porque nunca hasta entonces había pensado que una mentira de las suyas pudiera convertirse en una fuente de ingresos. Linus Daff mentía desde muy niño, por afición, por puro gusto, muchas veces por experimentar la dulce sensación de engañar a aquellos que se creían más listos que él. Hasta aquel mismo día las mentiras habían sido para Linus Daff un motivo de diversión y, ocasionalmente, la forma de eludir algún castigo inevitable. Y de pronto una historia se convertía en media guinea. La compensación económica, desde luego, no formaba parte del trazado del plan, pero bienvenida fuera. Al día siguiente invirtió la media guinea en la compra de dos prendas de vestir, una chaqueta oscura y una camisa blanca que combinadas con sus pantalones viejos y mal cortados le daban un aspecto equívoco, y tuvo la extraña sensación de que algún día podría completar su atuendo con la adquisición de otras prendas de buena calidad, unos zapatos, un gabán y, por qué no, incluso un sombrero.

Sin embargo, Linus Daff había considerado la recepción del dinero a cambio de su historia como una simple anécdota sin mayores consecuencias. Así hubiera debido ser. Pero dos semanas más tarde, cuando todo Scotland Yard andaba de cabeza buscando a un caballero vestido de negro que tenía como afición el asesinato de prostitutas en Whitechapel, el señor Allen apareció de nuevo en la habitación de Daff. Esta vez no iba solo. Le acompañaba un hombre de edad indefinida y estatura mediana, que entró en el cuarto con la gorra en la mano, la cabeza baja y los ojos preñados de lágrimas. Edgar Allen le daba palmaditas en el hombro para consolarlo.

—Daff, éste es John Pelham... Le he dicho que podrías ayudarle.

—¿Yo? No comprendo.

—El dinero... he perdido todo el dinero...

Pelham se sentó en la cama, hundió la cabeza entre las manos y se puso a llorar. El señor Allen se volvió hacia Linus Daff para hacerle entender.

—La esposa de Pelham le dio esta mañana cinco guineas... tenía que haberlas llevado al banco. Pero de camino John se encontró con Lottie... Lottie es una vieja amiga ¿comprendes? Entraron en el pub a beber unas cervezas. Había mucha gente. Se quedaron un buen rato, ¿verdad, John? —El otro asintió sin dejar de sollozar—. Tomaron unas cuantas pintas. Luego, John dejó a Lottie en el bar y se marchó al banco, pero antes de llegar se dio cuenta de que le habían robado el dinero. Tuvo que ser en el pub.

—Todo el dinero. Cinco guineas. —John Pelham se había puesto de pie—. Oh, Dios, mi mujer va a matarme, ¿qué voy a decirle ahora?

Linus frunció el ceño. ¿Es que lo de salvar el pellejo a los demás iba a convertirse en una costumbre? Además, parecía que los hombres de aquel barrio tenían un miedo cerval a sus esposas. Miró sin disimulo a John Pelham, que lloriqueaba con muy poco pudor. Junto a él, el señor Allen intentaba tranquilizarle diciendo cada dos por tres: no te preocupes, Pelham, el chico lo arreglará todo. Evidentemente, Allen tenía una fe inquebrantable en su inquilino. Daff dio vueltas a la situación durante unos instantes.

—Escuche, Pelham... creo que, dadas las circunstancias, será mejor que diga la verdad.

—¿Cómo? —en el rostro de John Pelham se dibujó una mueca de terror.

—Por supuesto, no me refiero a que hable a su esposa de esa amiga suya... Lottie, ¿no? Quiero decir que si ha sido usted víctima de un robo, no creo que nadie vaya a castigarle por eso. A todos nos pueden robar. Sólo es necesario retocar un poco la historia.

John Pelham había dejado de llorar y ahora escuchaba a Daff con el gesto concentrado.

—Vamos a ver... ¿ha visto a su mujer desde esta mañana?

—No —meneó la cabeza—, ha ido a visitar a su hermana, que vive en Pimlico... no volverá hasta la noche.

—Eso facilita las cosas. Escuche... ¿está usted dispuesto a hacer lo que yo le diga?

John Pelham asintió con pasión.

—Muy bien. Déjeme pensar. —Quedó en silencio unos instantes y miró de arriba abajo al señor Pelham. Era un hombre recio, de espaldas anchas y mandíbula perfectamente cuadrada, un tipo seguramente ducho en materia de peleas. Linus Daff se dijo que de haber contado con su ayuda el otro día en el pub de Saint Paul probablemente no hubiera sido necesario inventar la patraña del Destripador. Sin embargo, en aquella ocasión el sólido aspecto físico de Pelham iba a convertirse en un obstáculo para el éxito de la operación. Suspiró. Bueno, habría que hacer las cosas de otro modo. Se dirigió a Edgar Allen.

»Señor Allen... ¿tendría usted la amabilidad de bajar a la cocina y traer un cuchillo? Bien afilado, si es posible. ¡Ah! y haga el favor de esterilizar la hoja con un poco de alcohol. Usted, señor Pelham, escuche con atención. Vamos a fingir que ha sufrido un atraco. Si le dice a su esposa que le han quitado el dinero, sin más, tendrá motivos para enfadarse. Se trata de que sienta lástima de usted, ¿entiende? De convertirle en la víctima de un desaprensivo. La señora Pelham tendrá que ver mucha sangre para olvidar las cinco guineas que le han quitado. Además, es usted un hombre corpulento... sí, definitivamente necesitamos las heridas de arma blanca. Ah, aquí está el cuchillo. Excelente. Bueno, vamos a empezar. Señor Allen, necesito de su colaboración... no, no me dé el cuchillo a mí, va a ser usted quien lo utilice. Señor Pelham, tenga la bondad de permanecer tranquilo.

Linus Daff colocó unos cuantos papeles en el suelo. Se volvió hacia Allen.

—Ahora, señor Allen, coja el cuchillo... firmemente, por favor... así, muy bien. Ahora, con mucho cuidado, haga un corte superficial en el cuello del señor Pelham.

Edgar Allen soltó el cuchillo y, lo mismo que Pelham, miró aterrado el rostro tranquilo de Linus Daff. Éste chasqueó la lengua con impaciencia.

—Por favor, señores... Créanme que es absolutamente necesario causar heridas al señor Pelham. En condiciones normales, yo propondría arreglar las cosas con un par de puñetazos, ya me entienden, un ojo a la funerala, un labio inflamado... Pero estamos hablando de mucho dinero. Mire, Pelham, si le cuenta a su mujer que ha dejado escapar cinco guineas después de recibir unos golpes de nada,

¿qué cree que diría ella? Necesitamos convencerla de que su vida estuvo en serio peligro. Y usted, señor Allen, haga el favor de no ponerse así. El otro día le vi degollar un cordero en el patio de atrás y no me pareció que se le diese mal. Claro que esto es distinto. Se trata sólo de un corte superficial.

—Me parece que voy a vomitar. —Pálido como la muerte, Edgar Allen tuvo que sentarse en la cama. Dejó el cuchillo sobre la colcha—. Lo siento, Daff, pero no puedo hacerlo.

—Está bien. —Linus Daff agarró el cuchillo—. Realmente no están facilitando mucho mi tarea. Señor Pelham, venga aquí. Respire hondo. Voy a apoyar en su garganta el filo del cuchillo ¿de acuerdo? Haré un poco de presión hasta que empiece a sangrar. No le dolerá mucho y, desde luego, no va usted a morir por esto. Señor Allen, haga algo útil: traiga un poco más de alcohol.

Edgar Allen obedeció, encantado de poder salir del cuarto y todavía sintiendo cierta flojedad en las piernas. Cuando regresó, John Pelham estaba apoyado en la pared, con la garganta ensangrentada, y Linus Daff se afanaba en limpiar el cuchillo en una palangana llena de agua.

—Bueno, esto ya está. Señor Pelham, no se sujete la herida... deje que la sangre manche la camisa durante un rato. Así, perfecto. Dentro de unos segundos ponga un poco de alcohol en el corte. Luego, espere aquí a que se seque y vuelva a casa. Cuando llegue su esposa cuéntele que dos ladrones le atracaron antes de que pudiese depositar en el banco las cinco guineas. Dígale que intentó resistirse, pero que uno de los tipos le puso un machete en la garganta mientras el otro registraba sus bolsillos.

—Oye, chico... Daff... la historia está muy bien... pero no sé si podré... creo que estoy demasiado nervioso.

—Eso es perfecto, señor Pelham. Han intentado matarle. No sería lógico que estuviese usted tan tranquilo. Ah, y no se cambie la camisa. Es muy importante que su esposa pueda comprobar que esos hombres estuvieron a punto de acabar con usted. Eran dos ¿recuerda? Y parecían tipos violentos. Y ahora, si no les importa, tengo que marcharme. Ustedes quédense aquí hasta que se seque la sangre del señor Pelham. Y procuren que no les vea salir la señora Allen. Es mejor no dar más explicaciones de las previstas. Buenas tardes.

Dos días después, Linus Daff recibió tres medias coronas de manos del agradecido John Pelham, que le aseguró que no podía remunerar mejor la mentira orquestada porque la pérdida de las cinco guineas había dejado muy maltrecho su pecunio particular. Daff recibió los emolumentos con tanto placer como sorpresa y la ya firme convicción de que la capacidad para inventar historias podía convertirse en un negocio próspero. No tuvo que esperar mucho para que le llegaran nuevos encargos. En un principio, sus clientes potenciales eran amigos de Allen y de Pelham, que habían conocido de boca de éstos la capacidad fabuladora del chico Daff y necesitaban excusas para justificarse delante de sus esposas, de sus hijos, de sus patronos, de sus suegras, de sus socios. Después aparecieron otros solicitantes enviados por clientes anteriores. Todos llegaban temblando al cuarto de Daff, todos escuchaban expectantes sus consejos y sus instrucciones, y, lo que es mejor, todos retribuían con mucha generosidad la labor del muchacho, que en ocasiones recibía cantidades que él mismo tenía que reconocer como desproporcionadas. Andando el tiempo, fue Linus Daff quien estableció una tarifa fija que todos pagaban sin pasar por el regateo. Y de cualquier modo ¿quién iba a ser capaz de calcular el precio justo de una mentira?

Un año después de vender su primera historia, Linus Daff había dejado definitivamente el negocio de la trapería y se dedicaba de modo exclusivo a comerciar con mentiras. Su fama como inventor de historias había trascendido ya al barrio de Whitechapel y llegado a otras zonas más prósperas de la ciudad de Londres. A la pensión de los Allen se acercaban con cierta frecuencia caballeros de apostura intachable que solicitaban ser recibidos por el señor Daff, y en el cuarto modesto reconvertido en oficina de falacias confesaban humildemente que necesitaban de una mentira para salir de este o aquel atolladero, que dependían de una historia creíble para salvar su reputación, su matrimonio, su negocio, la vida incluso. A todos atendía Daff con la misma cortesía, a todos prestaba la misma atención, a todos cobraba idéntica tarifa, en la que estaba incluido el voto de silencio. Porque Linus Daff jamás traicionó a ninguno de sus clientes comentando con terceras personas que había trabajado para ellos. Después de su imaginación portentosa, fue su inquebrantable discreción lo que llevó a Linus Daff al éxito más absoluto.

Andando el tiempo, y a fuerza de ejercitar su ya agudo sentido de la observación, Linus Daff se convirtió en el más grande especialista en comportamiento humano que hubo nunca en el Londres de la época. Aprendió que las mujeres desconfían de los detalles prolijos, y los maridos sin embargo se sienten abrumados ante los relatos llenos de matices, renunciando así a continuar los interrogatorios. Entendió que hay que anticiparse a cualquier pregunta que pueda surgir, que los titubeos se pagan muy caros, que la serenidad es la mejor virtud que pueda ostentar un mentiroso. Supo que la mentira perfecta es aquella que guarda un mayor parecido con la verdad, y que es necesario que el mentiroso sea capaz de convencerse a sí mismo de la veracidad de su historia antes de engañar a otros con ella. Confeccionó un gigantesco fichero de mentiras variadas que podía utilizar en distintas ocasiones. Había disculpas que justificaban violaciones del correo, llegadas imprevistas, retrasos enojosos. Había explicaciones verosímiles para la desaparición de caudales privados y públicos, para la llegada de regalos que pudieran despertar sospechas. Había motivos que hacían entender desapariciones fugaces, huidas intempestivas, escapadas en plena noche, la presencia de manchas de carmín en los cuellos de las camisas, de flores secas en el forro de los bolsillos, de cartas de amor en el fondo de los cajones. Para todo tenía Linus Daff una disculpa comprensible y aceptable, una forma definitiva de alejar para siempre la duda y el disgusto.

Daff mantuvo en Whitechapel la sede de su negocio hasta que se dio cuenta de que era mucho mejor para la buena marcha de la empresa el traslado a otra zona más tranquila. Entonces disponía ya de unos ahorros considerables que le permitieron acceder a la compra de un pequeño local en Russell Square, a medio camino entre la City y Westminster, en una zona discreta y de paso obligado para muchos de sus clientes. En cualquier caso, aquella ubicación era mucho más recomendable que el cuarto de una pensión en un barrio de no muy buena fama.

Tres años después de su establecimiento en Russell Square, Linus Daff pudo adquirir todo el edificio que albergaba la oficina primigenia, estableciendo allí su residencia. Por aquel entonces había ampliado el negocio y ya no sólo se dedicaba a la invención de falsedades para arreglar desaguisados, sino que a fuerza de aguzar el ingenio, Linus Daff aprendió a reconstruir no exclusivamente episodios puntuales sino el pasado completo de aquellos que así lo solicitaban. Y es que después de unos años de trabajo, Daff comprendió que nada entorpece tanto el porvenir de un hombre como su vida anterior. El presente puede variarse, el futuro es una incógnita completa sobre la que es posible actuar. Pero el pasado es inamovible y puede constituir el más peligroso de los lastres para una existencia dichosa. Además, Linus Daff había aprendido que son muy pocos los hombres que están satisfechos con su vida pasada. Algunos habían tenido un pretérito poco honorable. Otros habían cometido cadenas enteras de errores que arrastraban tras de sí como una rémora. Otros, simplemente, consideraban tan aburrida su vida anterior que casi les daba vergüenza hablar de ella ante amigos con un pasado menos tedioso. Era muy duro, confesaban algunos, reconocer delante de la buena sociedad londinense que se provenía de una familia de carboneros tocada de golpe por la diosa fortuna, o admitir que la propia esposa había sido en tiempos menos dichosos una cantante de cabaret. Para todo tenía Daff una historia creíble. Convertía por arte de magia a la esposa cabaretera en una actriz francesa víctima de una extraña conjura de artistas rivales, hacía de la familia de carboneros una misteriosa saga dedicada a la extracción de diamantes puros en el territorio de Sudáfrica, animaba el vulgar pretérito de un clan de banqueros con una complicada trama de espionaje, amor y muerte con el Orient Express como telón de fondo.

A pesar de la escasa entidad de sus orígenes, Linus Daff se integró de forma prodigiosa en la mejor sociedad del Londres de la época, y empezó a relacionarse con un colectivo de hombres y mujeres de alta cuna y saneada cuenta corriente a los que ni siquiera hubiese soñado admirar de lejos cuando llegó a la ciudad desde su pueblo natal. En contra de lo que se hubiera podido pensar, todos aquellos seres le recibieron con los brazos abiertos en el universo envidiable de los privilegiados. Ellos le aceptaban tal cual era, en parte porque lo extravagante de su oficio convertía a Linus Daff en un personaje hasta cierto punto atractivo para el clásico esnobismo inglés, y en parte porque nadie sabía cuándo podría verse en la necesidad de solicitar sus servicios. Así que, sin renegar de sus orígenes humildes, sin ocultar nunca sus comienzos modestos en la pensión de Whitechapel, Linus Daff fue siempre un invitado de honor para aristócratas arruinados o no, banqueros millonarios y actores de moda que pasaban por alto su cuna plebeya y su pasado poco honorable de buscador de cartones. Él, a qué negarlo, se sentía bien entre los encumbrados en la escala social, igual que un día se había sentido bien entre las paredes húmedas de la pensión de Edgar y Judy Allen, participando a diario en peleas callejeras a las que la constancia del hábito iba despojando progresivamente de violencia real, sorbiendo el té con una grosería casi desafiante y chupando ávidamente todos sus dedos cada vez que surgía la deliciosa oportunidad de pringarlos de mantequilla.

Cuando dejó los suburbios de Londres y entró en relación con las clases más acomodadas, Linus Daff tuvo que hacer ciertos ejercicios para adaptarse al nuevo mundo. Nadie entendió nunca dónde había obtenido aquella cultura social que le capacitaba para moverse como pez en el agua en los más estrictos círculos de la temporada londinense. La capacidad de integración en diferentes ambientes sería para siempre la mejor arma del inventor de historias, junto con un prodigioso sentido de la observación que le permitía asimilar sin dificultad todo lo que resultase digno de ser aprendido. Al desembarcar en los salones, Linus Daff se convirtió en una suerte de parásito que fagocitaba sin piedad los mejores gestos, las más brillantes expresiones, las frases definitivas y las sonrisas correctas. Así, el inventor de historias empezó a construir en su cabeza un complicado archivo de ademanes, de comportamientos distinguidos, de saludos correctos, de gracia natural y elegancia aprendida. Tuvo que estropear ciento dieciocho naranjas en la soledad de su comedor hasta que fue capaz de pelar una sin rozarla siquiera con los dedos, se provocó un principio de lumbalgia al ensayar docenas de veces y sin testigos toda clase de reverencias, practicó con la diestra y la siniestra hasta sentirse preparado para dar la mano a los hombres con la firmeza necesaria y besar con gentileza exquisita la de las mujeres. Acudía cada quince días a las sesiones del Parlamento para aprender a imitar el perfecto acento británico de sus distinguidas señorías, y visitaba todas las tardes el salón de té del hotel Savoy para tomar discreta nota del atuendo de los caballeros más elegantes.

Contrató a un estudiante para que, día sí día no, acudiese a su casa a leer en voz alta un tratado de medicina, mientras él fingía estar sumamente interesado en la enumeración aburridísima de los huesos del cráneo: Linus

Daff intuía que uno de los mejores métodos para triunfar en sociedad es el de hacer creer a cada interlocutor que su conversación es sumamente brillante. De todos modos el método de entrenamiento presentó enseguida algunas complicaciones, pues la curiosidad del inventor de historias no conocía límites, de modo que enseguida empezó a encontrar muy atractivo el estudio de la anatomía humana, y como el interés no era ya fingido tuvieron que cambiar de tema. Lo mismo ocurrió cuando empezó a escuchar la descripción de los fondos marinos, la clasificación de los minerales y hasta las tablas de logaritmos. Un buen día, Linus Daff entendió que en realidad no había cosa en el mundo que provocase en él un aburrimiento sincero, pero no suspendió las lecturas porque aquellas sesiones ayudaban también a su formación cultural, así que conservó a su lado al lector por horas, que de vez en cuando contribuía con sugerencias de nuevos temas y nuevos libros para ser leídos en voz alta ante la mirada verdaderamente atenta de Linus Daff.

Una vez por semana, el inventor de historias se imponía la penitencia de almorzar una fuente entera de sesos de cordero, que detestaba con toda su alma, para acostumbrarse a comer cualquier cosa manteniendo una expresión de esfinge, con independencia del sabor del plato en cuestión, y aquella disciplina le fue verdaderamente útil cuando, habiendo acudido a una cena en la embajada de un país africano, fue el único de los invitados que pudo terminar un plato rebosante de carne de mono. Desperdició litros de té hasta servir la bebida sin derramar una sola gota, se acostumbró a domeñar la risa y a controlar las expresiones de desconsuelo, tomó clases de idiomas, aprendió a montar a caballo y a jugar al cróquet, al bridge y también al black jack, porque tenía la intuición de que en los casinos podría encontrar muchos clientes ávidos de contratar sus servicios. Intentó que le enseñaran música, pero a pesar de tener un excelente oído, Linus Daff se reveló como un ser absolutamente torpe para la interpretación musical, y tuvo que desistir en sus intentos de convertirse en pianista aficionado. Aquella laguna en su formación fue, de alguna forma, una espina que se le quedó clavada y que acabó por despertar en él una admiración incontrolable por los buenos músicos. Quizá fue su condición de pianista frustrado lo que le ayudó a simpatizar con Pedro Almeiras, un personaje inolvidable que conoció cuando ya su carrera como inventor de historias se había consolidado definitivamente y que con el correr de los tiempos había de ser un hombre decisivo en su vida y en su historia y, seguramente, el único amigo verdadero que Linus Daff llegó a tener nunca.

Aquel entrenamiento casi espartano duró más de dos años, pero al cabo de aquellos meses Linus Daff hubiera podido pasar por el heredero de la reina de Inglaterra de habérselo propuesto. Para entonces, sus modales exquisitos eran sólo comparables a los que ostentaban los antiguos alumnos de Harrow o de Eton, y su comportamiento en sociedad era tan irreprochable como natural: jamás hubo en los ademanes del inventor de historias un asomo de afectación, un gesto que alguien interpretara como forzado. Linus Daff había aprendido en sólo unos años lo que muchos son incapaces de asimilar después de toda una vida de buena educación. Una vez, un desconocido impertinente que se había enterado por casualidad de la procedencia familiar de Linus Daff preguntó al inventor de historias cómo había podido aprender a manejarse como un caballero. Daff enarcó brevemente las cejas antes de responder.

—Mirando —dijo.

Así era. En sus primeros tiempos en el núcleo de aquella sociedad que le observaba como a un advenedizo cuya presencia nadie se atrevía a aplaudir ni a censurar, todos los que entraban en contacto con Linus Daff le catalogaban enseguida como un tímido sin solución, que viviría quizá para siempre acobardado por las costumbres rancias y la sangre más o menos azul de un mundo que, de todas formas, no podía ser el suyo. Pero el presunto retraimiento del inventor de historias nada tenía que ver con la prudencia o el natural cohibido, sino con el afán de observación: a fuerza de examinarlos, de estudiarlos y de pasar las veladas en una especie de limbo, acabó por absorber de ellos todo lo que merecía saberse, todo lo que necesitaba conocer para no desentonar en aquel gigantesco vivero de seres descontentos con su pasado, avergonzados de episodios bochornosos, llenos de pecados inconfesables y secretos que ocultar con las mentiras geniales urdidas por él, Linus Daff, el inventor de historias, que había arribado a un mundo distinto con el único propósito de consagrarse profesionalmente. Porque si algo tuvo siempre muy claro es que, a pesar de los trajes de cachemir, a pesar de las corbatas de seda y las lociones de Floris, él no sería nunca parte real de la grey privilegiada que le invitaba a sus fiestas y le colmaba de atenciones y de halagos esperando que tuviese a bien esmerarse en sus servicios en el momento en que necesitasen de una mentira para salvar el pellejo. Linus Daff ganó miles de libras moviéndose entre ellos, porque a pesar de sus muchos millones y de los títulos nobiliarios eran personas pequeñas y mezquinas, acobardadas por el qué dirán, preocupadas en exceso por la buena reputación, por mantener a costa de todo los privilegios de clase y la limpieza de un árbol genealógico cuyas ramas pretendían enganchar siempre en las del de Guillermo el Conquistador. Nadie sabe la increíble cantidad de mentiras absurdas que tuvo que componer para blanquear fragmentos ridículos de un pasado casi sin mácula, el pariente pobre, la prima en tercer grado prematuramente deshonrada, la respetable afición por el juego de una tía segunda, la boda de una hermanastra con un tipo menos distinguido en la escala social... Eran, a su entender, manchas pequeñas en la historia personal de cada uno, tropiezos insignificantes que, en líneas generales, no deberían llegar nunca a obstaculizar una vida feliz. Pero para muchos de aquellos ingleses arrogantes de sangre casi azul un pretérito levemente salpicado podía significar un lastre inadmisible para el resto de la existencia. Y era entonces cuando solicitaban sus servicios llegando incluso a suplicar por obtenerlos rápidamente, y pagaban sumas escandalosas por maquillar retazos de su historia que Daff encontraba verdaderamente irrisorios.

Sin embargo, Linus Daff no podía por menos que reconocer que aquella gente le divertía. Eran tan superficiales, tan prodigiosamente inocentes en su mundo irreal de cacerías, de reuniones aburridas y de fiestas mundanas... Llegó a sentir por ellos cierta ternura no obstante la estupidez congénita de algunos ejemplares absolutamente risibles, aquellos cuyo repertorio de conversación se reducía a las páginas tediosas del *Financial Times* y glosaban en voz alta las bondades de la infame cocina inglesa, seguramente porque tenían el cerebro embotado por la preocupación de las bajadas bursátiles y atrofiado el paladar por la dieta bárbara de stilton y jerez seco. Linus Daff reflexionaba a menudo sobre lo mucho que los miembros de las clases privilegiadas del Londres de entonces se parecían entre sí: todos vestían igual, todos hablaban de lo mismo, disfrutaban de iguales placeres, tenían los mismos gustos y las mismas antipatías, y en los ojos de todos brillaba la misma luz bobalicona y obtusa de quien no tiene que preocuparse por el futuro inmediato. Fue por eso que simpatizó enseguida con Pedro Almeiras: porque después de conocerlo a fondo tuvo que admitir que se trataba de una persona diferente y que si algún día necesitaba comprarle una mentira, no sería para salvarse él mismo sino para ayudar a otros.

Los presentaron una noche a la salida del teatro, convocados ambos por un conocido común que había organizado por su cuenta un grupo heterogéneo para asistir a la representación de un drama de Chejov. Durante la cena, y como suele ocurrir en estos casos, los asistentes fueron reagrupándose dominados por un extraño impulso gregario que siempre acaba por reunir a aquellos que tienen algo en común. De pronto, Linus Daff se encontró conversando con un español afincado en La Habana, de nombre Pedro Almeiras, que realizaba un viaje por el continente y hablaba el inglés con la riqueza léxica y el acento nefasto del que ha aprendido un idioma ajeno movido por criterios exclusivos de utilidad.

—Tengo una pequeña plantación en la isla —dijo, encendiendo un cigarro magnífico después de ofrecer otro igual a su interlocutor—. Caña de azúcar. Llevo diez años viviendo en Cuba, pero a veces echo de menos Europa, y entonces busco una disculpa para pasar aquí una temporada. —Aspiró el humo lentamente, con la maestría del fumador empedernido, y lo dejó escapar muy despacio antes de seguir hablando—. Y usted, Daff, ¿a qué se dedica?

—Soy inventor de historias.

Aquello fue suficiente para que Pedro Almeiras tomase la iniciativa de cultivar la relación con Linus Daff. Acababa de llegar a Londres después de pasar una temporada en

Lisboa y no tenía demasiados conocidos en aquella ciudad que flotaba en la niebla, así que estaba perfectamente dispuesto a simpatizar con un inglés de modales impecables y sonrisa vagamente irónica que desarrollaba una profesión tan poco común. Pedro Almeiras permaneció en Londres por espacio de dos meses, y en el transcurso de su estancia él y Linus Daff tuvieron ocasión de entablar una grata amistad de salón, que acabó en auténtica hermandad a pesar de que por aquel entonces el inventor de historias había decidido que un inglés bien educado no debe hacerse nunca demasiado amigo de nadie.

Dos días después del primer encuentro, coincidieron en el club de caballeros del que Daff era socio y al que también pertenecían algunos allegados a Pedro Almeiras. Fue el español quien invitó al inventor de historias a una copa de brandy, y Linus Daff aceptó porque intuía que aquel hombre de ojos profundamente azules tenía muchas cosas que referir a quien supiera escucharlas. Sin embargo, acertó sólo a medias: en efecto, parecía que Pedro Almeiras había llevado una vida ciertamente intensa, pero al indiano semejaba gustarle muy poco hablar de sí mismo y prefería prestar atención a las historias de otros antes que referir la suya propia. Habló muy brevemente de su plantación de caña de azúcar, de la casa colonial en la que vivía, de algunos amigos habaneros. Le contó que había llegado a la isla con sólo veinte años, aunque no llegó a explicar por qué había emigrado a Cuba, como si su origen galaico fuese la suficiente justificación para convertirse en un trasterrado, y también aseguró que echaba de menos su patria chica y que esperaba volver algún día a rescatar los recuerdos desperdigados, aunque pensaba dejar pasar muchos años antes de plantearse seriamente la posibilidad del regreso. A pesar de su intuición, a pesar de su capacidad para indagar de forma sutil en las vidas ajenas, a pesar de su habilidad para obtener respuestas sin hacer preguntas, Linus Daff no obtuvo de Almeiras mucha más información. El inventor de historias hubiera querido saber algo más de su pasado previo a su vida en la isla, las razones que le habían llevado a cruzar el Atlántico con destino a Cuba, y si su llegada a La Habana había sido fruto de la necesidad, del azar o del destino. Pero ésos eran detalles que Pedro Almeiras no parecía dispuesto a proporcionar y Linus Daff se dio cuenta de que el español arrastraba consigo una aura de misterio que él cultivaba sin darse cuenta al ocultar tan celosamente su pasado y escamotear al interlocutor partes concretas de su propia historia. Al final de la noche, Linus Daff notó que los ojos del español se detenían una y otra vez en el piano de cola que decoraba la sala.

—Tengo entendido que es excelente. —Daff señaló con la cabeza el instrumento.

—¿Le gusta la música?

—Muchísimo, pero me temo que soy una completa nulidad en la materia. Intenté aprender piano y desesperé a media docena de profesores, así que me conformo con escuchar a otros. ¿Y usted? ¿Sabe algo de música?

El otro asintió brevemente. Linus Daff hubiera querido pedirle que precisara un poco la respuesta. ¿Era, como él, un melómano de poca monta capaz de leer malamente una partitura? ¿Era concertista de clarinete, violonchelista aficionado o torpe ejecutor de escalas en los pianos ajenos? En ese momento, Pedro Almeiras echó una mirada circular por el salón. A aquella hora, casi las once de la noche, estaba prácticamente vacío. Había un anciano vestido de negro que leía junto a la chimenea encendida, y tres socios de edad mediana cuya conversación se había extinguido minutos antes y casi dormitaban en las butacas de cuero.

—Perdone —Pedro Almeiras se dirigió al camarero—. ¿Está afinado ese piano?

—Por supuesto, señor.

—¿Podría usted preguntar a esos caballeros si les molestaría escuchar un poco de música?

Pedro Almeiras estiró los dedos varias veces antes de que el asistente regresase con la respuesta.

—Ningún problema, señor.

—Muchas gracias —el español dirigió una sonrisa al camarero—, espero que usted tampoco tenga inconveniente en en oírme tocar.

—Será un placer, señor. ¿Quiere ver las partituras de las que disponemos?

—No creo que sea necesario.

Pedro Almeiras se sentó delante del piano y cerró los ojos como para obligarse a recordar. Luego respiró profundamente y puso las manos sobre las teclas. Al instante siguiente, la habitación entera se llenó de música. Las notas se elevaban y descendían en el ámbito quieto del salón, agitaban el aire y deshacían para siempre un silencio innecesario. El anciano dejó la lectura que le tenía absorbido, los caballeros amodorrados salieron de un letargo que parecía ser eterno, el camarero sigiloso refrenó con las manos el contacto de las copas que llevaba en la bandeja, para evitar que el ruido sutilísimo del cristal de Bohemia pudiese turbar el instante mágico del concierto improvisado que estaba regalando Pedro Almeiras. Mientras, el inventor de historias escuchaba asombrado el discurrir de las notas al tiempo que buscaba en su memoria de devoto por la música el recuerdo de una interpretación similar, pero no lo encontró. Cuando terminó la pieza, el público escasísimo aplaudió casi entusiasmado, y Pedro Almeiras agradeció el gesto con una reverencia teatral. Luego volvió a su sitio junto a Linus Daff.

—¿Qué le parece?

—Si quiere que sea sincero, me deja usted impresionado. No reconocí la última pieza...

—Era el *Vals triste*, de Sibelius. Fue el propio compositor quien me regaló la partitura. La aprendí de memoria, y fue una suerte porque finalmente la perdí. Pero ésa es una historia muy larga.

Linus Daff entendió que el virtuosismo al piano de Pedro Almeiras era sólo uno de tantos secretos que guardaba aquel personaje memorable. Al instante, decidió cultivar su compañía en la medida de lo posible, porque tenía el total convencimiento de que el rompecabezas completo de la vida de Pedro Almeiras era, a buen seguro, mucho más fascinante que ninguna de las historias que llevaba tantos años inventando y que le habían hecho rico.

Pedro Almeiras le invitó a cenar al día siguiente. Habían quedado citados en el bar del Savoy a las siete y media, pero Linus Daff se adelantó y llegó al hotel unos minutos antes. Decidió pedir un jerez mientras esperaba, y ya iba a elegir una mesa cuando la visión de la mujer más hermosa del mundo le dejó completamente paralizado. Estaba sola, sentada ante una copa vacía, tamborileando delicadamente con sus uñas perfectas en el mantel de hilo. Era espléndida, de labios intensos y ojos oscuros, y una piel acaramelada que dejaba intuir un tacto de terciopelo. Llevaba el cabello negrísimo recogido en la nuca con una enorme magnolia de seda blanca y toda ella respiraba vida. Tenía la cabeza ladeada de forma que la flor del pelo rozaba levemente el hombro izquierdo, y el ceño algo fruncido en un gesto que denotaba cierta impaciencia.

Linus Daff trató de adivinar su fecha de nacimiento

pero desistió casi inmediatamente: no tenía edad, y entendió que para una persona como aquélla el tiempo en el mundo no podía contar de la misma manera que para el resto de los mortales. Hubiera podido adjudicarle veinte años, porque el cutis y la piel de los codos aparecían tersos y limpios como los de un niño, pero la mirada audaz y la definición de sus gestos eran los de una mujer que había vivido mucho. Linus Daff la miró sin pestañear durante unos segundos y casi al instante se sintió desfallecer, porque tuvo la certeza de que nunca más en la vida iba a tener delante a una mujer tan bella. El inventor de historias estaba todavía reponiéndose de aquella sorpresa magnífica cuando, para su decepción, alguien tomó del brazo a la beldad. Necesitó algún tiempo para darse cuenta de que el acompañante de aquella dama inolvidable era, precisamente, Pedro Almeiras. Durante unos segundos consideró seriamente la posibilidad de marcharse y enviar después una nota de disculpa, porque no se sentía capaz de enfrentar aquella escena: Almeiras se había convertido de un plumazo en amigo y rival, o peor aún: en causante inevitable de celos y de envidias, cuando hasta entonces Linus Daff, el inventor de historias, había vivido con la certeza de no desear para sí la suerte, las prebendas o el destino de nadie. Ya iba a darse la vuelta para eludir la visión indeseable, cuando Pedro Almeiras advirtió su presencia:

—¡Daff! Se ha anticipado mucho... pero no importa, así tendremos más tiempo. Quiero que conozca a Lucrecia Sánchez.

Ella le tendió la mano y le dedicó una sonrisa radiante que iluminó todos los rincones del rostro, una sonrisa de bienvenida tan acogedora y tan grata que Linus Daff hubiera querido congelar aquel momento y hacerlo eterno, Lucrecia Sánchez sonriéndole a él y sólo a él, y ser para siempre el único destinatario de la sonrisa de aquella mujer que era capaz de sonreír con la boca, y con los ojos, y con la frente despejada, Dios Santo, hasta con la nariz definitiva, hasta con las encías levemente amoratadas que revelaban su origen mestizo, hasta con el nacimiento del cabello y los lóbulos de las orejas casi tapados por dos enormes perlas blancas.

—Éste es Linus Daff, querida. Ya te he hablado de él.

—¿Cómo está, señor Daff? Disculpe mi mal inglés. Me eduqué en español y en francés, y aprendí su idioma a toda prisa cuando ya era demasiado tarde para llegar a hablarlo bien.

Tenía una voz de acuerdo con su aspecto, grave y bien modulada, ligeramente metálica. Linus Daff intuyó que su risa debía de ser espléndida y profunda, y que, llegado el momento, tenía la buena costumbre de no reprimir las carcajadas como hacían otras damas que confundían la buena crianza con la falta de espontaneidad en los modales.

—Lucrecia cenará con nosotros, Daff. He reservado una mesa para los tres.

Linus Daff no supo si aquella revelación lo alegraba o si en el fondo era un motivo más para la congoja. De todos modos, estaba suficientemente bien entrenado para ser capaz de disimular la desazón que le causaba la proximidad de Lucrecia Sánchez cuando ya estaba claro que era la mujer de otro hombre.

—Estupendo —se dirigió a ella—, así la señora tendrá ocasión de demostrar que su inglés es mucho mejor de lo que ella dice.

—Eso espero. Por cierto, no estoy casada. Llámeme Lucrecia. Así supo Linus Daff que Lucrecia Sánchez y Pedro Almeiras eran amantes, y no un matrimonio como él había dado por sentado. Le bastó el transcurso de la cena para darse cuenta de que todas sus otras suposiciones con respecto a la dama eran ciertas. Era divertida, inteligente y sagaz, intuitiva y tierna, correctamente sarcástica cuando la ocasión lo requería, moderadamente cálida y muy capaz de resultar distante si fuese necesario. Habló mucho más de lo que cualquier otra mujer hubiera hecho, elogió los vinos con la precisión de una catadora experimentada, fue la única que tomó postre, pidió un brandy al terminar la cena y miró con notable avidez el cigarro puro que encendió Pedro Almeiras cuando retiraron todos los platos.

—Toma uno. —Él le tendió la tabaquera, pero Lucrecia Sánchez agitó la cabeza en una negativa.

—No, Pedro. No estamos en La Habana... y ya es bastante que una mujer beba alcohol y pida una ración doble de tarta. Dejaré los puros para la intimidad. —Miró hacia Linus Daff como pidiendo perdón—. El tabaco es una de mis debilidades... pero trato de no dejarme llevar por ella, al menos en público.

Pedro Almeiras había rematado su segunda copa de brandy. En ese momento, Lucrecia Sánchez consultó su diminuto reloj de pulsera.

—Se ha hecho muy tarde. Son casi las nueve y media... Voy a retirarme.

—Te acompaño en coche. ¿Le apetece tomar otra copa, Daff? Entonces, espéreme en el club. Dejaré a Lucrecia en el hotel y luego nos veremos allí.

—Ha sido un placer conocerla. —Linus Daff se había puesto de pie y estrechaba la mano de Lucrecia Sánchez.

—Espero que volvamos a vernos. Todavía nos quedaremos en Londres algunas semanas más. Encantada, señor Daff.

Pedro Almeiras llegó al club una media hora después. El inventor de historias no había tenido tiempo de reponerse de la sorpresa que en él había causado la aparición inesperada de Lucrecia Sánchez.

—Lucrecia lo ha pasado muy bien esta noche —dijo el español a modo de saludo—. Claro que, en realidad, ella se divierte siempre.

—Es una mujer encantadora —contestó el inventor de historias, y pensó inmediatamente que nunca había estado tan torpe en una definición.

Pedro Almeiras hizo entonces lo último que Linus Daff deseaba en aquel momento: empezó a hablarle de ella. Lucrecia Sánchez era el fruto de los amores clandestinos del heredero único de una familia de hacendados habaneros con una sirvienta cuarterona. La madre murió en el parto, y entonces Antonio Sánchez tuvo por fin el valor de decirles a los padres que aquella niña de piel oscura era hija suya y que como tal quería criarla. Los abuelos primerizos, que eran ya septuagenarios, perdieron la rigidez y la chaveta al ver por primera vez a aquella criatura plácida de ojos inmensos que, a pesar del tono ambarino de la piel y el pelo ensortijado, tenía cierto aire de familia. Así que Lucrecia Sánchez, que había nacido destinada a criarse en el pabellón de los siervos entre cantos de mucamas y amuletos de santería, pasó a vivir en la casa principal, a vestise de seda y de encajes de Holanda, a jugar al diábolo y a hablar en francés con su abuela parisina. Fue ella la primera en darse cuenta de que aquella niña que parecía ver a través de las cosas tenía una voz muy poco común, y por eso contrataron a un profesor de canto que en cosa de meses domesticó su voz infantil y empezó a educarla con el propósito de convertir a Lucrecia Sánchez en una soprano capaz de cantar en los teatros del mundo entero. Cuando los abuelos murieron, con sólo tres meses de diferencia, Lucrecia Sánchez acababa de cumplir catorce años y empezaba a preparar un viaje a Europa para estudiar canto en Italia, donde mejores maestros podían hacer de ella una intérprete lírica consumada. La muerte de los abuelos la dejó sumida en un pesar profundo: huérfana de madre, había encontrado en la abuela todo el afecto que una niña podía precisar, y en el abuelo pretendidamente cascarrabias un cómplice solícito que la hacía objeto de todos los mimos que tiempo atrás había negado a su hijo. Fue por eso que la niña casi suplicó al padre que le permitiese aplazar algún tiempo el viaje a Italia, y Antonio Sánchez fingió conceder el permiso a regañadientes, porque en realidad la idea de que la hija partiera había bastado para romperle el corazón. La fecha de la marcha se fue postergando, y a un plazo seguía otro, y a éste otro nuevo, y un buen día Lucrecia Sánchez se dio cuenta de que en realidad ella no quería marcharse de La Habana ni vivir en Italia, ni ser cantante profesional, y que ya tenía bastante con saber solfeo y modular la voz a voluntad, así que sin darse cuenta fue mandando a paseo su incipiente carrera de soprano y se limitó a cantar en fiestas de amigos y reuniones familiares. Decidida ya su permanencia en Cuba, Lucrecia Sánchez y su padre realizaron juntos un viaje por Europa, pero no para encontrar profesores de música ni representantes de prima donnas, sino para que la adolescente tuviese ocasión de dejarse asombrar por la historia de países ajenos, por la fuerza de las fuentes de Roma, por los edificios diáfanos de París y el cielo cercano de Londres, por la luz de

Sevilla y el color del mar Mediterráneo, que era de un azul intenso, ajeno al verde transparente de las aguas del Caribe. Pasaron tres meses recorriendo una docena de países distintos y más de veinte ciudades diferentes. De aquel viaje inolvidable, Lucrecia Sánchez llegó embriagada de sensaciones contradictorias y con dos recuerdos que atesorar: la primera visión de la nieve en Viena y el ansia de permanencia de Lisboa, una ciudad devastada por terremotos y catástrofes y que llevaba varios siglos luchando por sobrevivirse a sí misma. Pero Lucrecia Sánchez se trajo algo más del viaje organizado por el padre: el convencimiento absoluto de que Europa era sólo un lugar de paso, y que su destino y su vida no estaban en aquellos países hermosísimos y cargados de historia sino en La Habana, cerca del mar, donde el tiempo pasaba de otra forma y los días transcurrían en una cadencia distinta.

Libre ya por fin de la espada de Damocles en que se había convertido el traslado a Italia, Lucrecia Sánchez empezó a interesarse por el negocio de la plantación. Los Sánchez eran cultivadores de tabaco y poseían también una pequeña factoría de fabricación de habanos. Decían que los suyos eran los mejores de toda la isla, pero no se comercializaban porque la familia estaba sembrada de fumadores empedernidos que consumían por su cuenta toda la producción tabaquera. El día en que Lucrecia Sánchez le comunicó a su padre que tenía el deseo de colaborar con él en los trabajos de la plantación, Antonio Sánchez hizo lo mismo que hubiera hecho de haber sido ella un varón: le dio uno de aquellos incomparables cigarros puros que sólo la familia y sus allegados tenían ocasión de degustar, lo encendió y esperó que lo fumara hasta el final, mientras la joven luchaba por seguir el instinto que le iba indicando cómo tratar aquella caña aromática, cómo humedecer lentamente el extremo antes de llevárselo a la boca, cómo paladear sin tragarlo el humo espeso y azulado que obtenía al aspirar, cómo desprender la ceniza del cigarro sin golpearlo. Al acabar, excitada como nunca y algo mareada por el efecto de los vapores que a pesar de todo se habían colado por su garganta, Lucrecia Sánchez supo que su padre había aceptado su oferta, y que a partir de entonces la plantación era también suya por derecho propio. Cuando el padre murió ella era ya una mujer hecha y derecha capaz de manejar con mano firme el negocio del cultivo de tabaco, y había aprendido a hacerlo sin que el carácter férreo que demostrara siempre interfiriera en la costumbre de sonreír cada dos por tres, de canturrear por lo bajo recordando sus tiempos de futura soprano y de dar rienda suelta a sus mejores instintos para la vida.

—La conocí hace ya casi un año en una fiesta en La Habana. Cuando le propuse este viaje ni siquiera lo pensó dos veces, aunque le aseguro que esa decisión acarreará más de un comentario. De todas formas, la sociedad cubana es distinta a la europea... y, además, allí la gente relaciona las conductas que se apartan de la norma con el mestizaje de la sangre. Lucrecia es una mujer fascinante, y espero que se quede a mi lado mucho tiempo.

—Hubiera querido que tomase otra copa con nosotros.

Pedro Almeiras meneó la cabeza.

—Ella no trasnocha nunca... Y eso es algo que no tenemos en común. Me gusta la vida nocturna mucho más que al resto de los mortales, y le aseguro que a veces lamento no poder compartir con ella las diversiones europeas.

Porque Lucrecia Sánchez nunca se acostaba más tarde de las diez. Dormía como un bebé y sin interrupciones durante ocho horas seguidas, y se levantaba a las seis de la mañana, radiante y fresca, aguardando el despertar de su amante mientras lo observaba dormir. Pedro Almeiras no era, ni mucho menos, tan madrugador, aunque intentaba levantarse un poco antes de lo que hubiera querido sólo para complacerla a ella. Nunca imaginó Pedro Almeiras con cuánta ansiedad esperaba Lucrecia Sánchez su regreso de las nieblas del sueño, cómo se desesperaba al ver correr los minutos en el reloj de la chimenea mientras él seguía dormido, levemente agitado a veces por los vaivenes de la tos, irregular la respiración, reclamando siempre más espacio en el lecho común pero sin abrir los ojos. A veces él se demoraba en despertar mucho más de lo habitual, y Lucrecia Sánchez recurría a su particular estrategia para recuperarle. La mañana se convertía entonces en un concierto de ruidos pretendidamente casuales, de carraspeos deliberados, de imprecaciones mal contenidas al chocar con la pata de la cama, de chirridos provocados con la bisagra de la puerta, de muelles que crujían y libros que rodaban por el suelo después de que Lucrecia Sánchez los dejara caer con la misma delicadeza con que hacía todas las cosas, y él acababa de despertarse con el humor revuelto y el convencimiento absoluto de que aquel repertorio de ruidos domésticos eran sólo una venganza de ella por su buen dormir. Pero no era cierto. Lucrecia Sánchez repetía cada dos por tres aquel ritual molestísimo para el durmiente porque lo necesitaba alerta y despierto, porque no soportaba la idea de que la vida existiese sin él, porque no quería escuchar el canto de los pájaros ni notar en la cara los primeros rayos de sol sin que él también lo notara, porque cuando lo tenía a su lado todas las cosas se multiplicaban hasta el infinito, y la vida era más vida. Así que cuando su amante se desperezaba gruñendo y preguntando entre dientes que qué hora era, Lucrecia Sánchez entendía su despertar como una nueva victoria porque, una mañana más, Pedro Almeiras empezaba a ser suyo.

Linus Daff volvió a ver a la pareja en los días sucesivos, y compartió con ellos jornadas muy gratas. Tomaban juntos el té en algún hotel de Londres, y por las mañanas Linus Daff acompañaba a la bella en sus compras por las tiendas de lujo, donde Lucrecia Sánchez daba muestra de su buen gusto y su gracia exquisita, y se dejaba aconsejar por el inventor de historias sobre el corte de los trajes y la forma de los sombreros. A veces cenaban los tres en algún restaurante de moda, aunque ella se retiraba invariablemente minutos antes de las diez, y entonces Linus Daff acompañaba al español por las arterias de la noche londinense. Invariablemente, el inventor de historias acababa por sucumbir al cansancio, al sueño y a los efectos del alcohol, y entonces Pedro Almeiras (que era más joven, mejor bebedor y más amante de las diversiones nocturnas) continuaba por su cuenta la francachela que habían iniciado, mientras Lucrecia Sánchez dormía, plácida y bellísima, aguardando la llegada de la aurora y el despertar de todos los días con el amante durmiendo a su lado, lleno de ojeras y con la barba cerrada empezando a despuntar.

Un mes después del primer encuentro con Pedro Almeiras, Linus Daff se ausentó de Londres: un antiguo cliente de Dover necesitaba de su ayuda, y el inventor de historias ponía un celo especial en atender las demandas de aquellos que ya solicitaran su buen oficio en otra ocasión. Regresó a la ciudad una semana después. Eran las seis y media de la mañana cuando su tren llegó a la estación Victoria, y el inventor de historias tuvo la ocurrencia de pasar por el Savoy para dejar una nota a sus amigos invitándoles a almorzar con él. Al llegar al hotel su sorpresa fue mayúscula, pues encontró a Pedro Almeiras sentado en un sillón del vestíbulo, desmadejado y triste, con la cabeza entre las manos.

—¡Almeiras! ¿Qué es lo que ha pasado? —Inmediatamente pensó en Lucrecia Sánchez—. Dígame qué sucede...

—Me dormí —dijo el otro tristemente—, me dormí y eran casi las seis cuando me desperté. Tomé un coche para llegar antes de que Lucrecia se levantara, pero ya pasa de las seis y media. Caramba, Daff, cómo ha podido sucederme esto... ella no me lo perdonará.

Pedro Almeiras parecía absolutamente desconsolado. No era la primera vez que engañaba a Lucrecia Sánchez con mujeres de ocasión, pero invariablemente volvía a tiempo para acostarse a una hora temprana, y en cualquier caso siempre antes de que la dama despertase para evitar a toda costa que pudiese encontrar vacío su hueco en el lecho de ambos. Ella estaba acostumbrada a retirarse sola y a justificar las diversiones nocturnas que tanto gustaban a Pedro y que Lucrecia Sánchez aborrecía con toda su alma. Segura de su belleza sin competencia, de su talento, de su simpatía estelar y su encanto definitivo, daba por hecho que contaba con la fidelidad del amante, porque no había mujer en el mundo que reuniese la mitad de las gracias naturales que la adornaban a ella, así que no hacía preguntas porque pensaba de corazón que ya conocía todas las respuestas. Pedro Almeiras era consciente de su confianza absoluta, y la aprovechaba todo lo que podía teniendo siempre buen cuidado de regresar junto a ella a una hora prudente para evitar que un retraso injustificado fuese a degenerar en un interrogatorio al que Pedro Almeiras hubiese tenido que contestar con la verdad, porque su particular tratado de ética incluía la máxima: «si uno no miente, no engaña». Sin embargo, en aquella ocasión las cosas se habían complicado, porque por primera vez en su vida Pedro Almeiras se dejó vencer por el cansancio que sucede al amor y el alba le había sorprendido en una cama que no era la que compartía con Lucrecia Sánchez.

—Ahora estará esperando que yo llegue —explicó a Daff— para preguntarme dónde estuve esta noche.

Solícito, Linus Daff ofreció al amante media docena de mentiras geniales con las que disculpar de una forma absoluta la infidelidad imperdonable, y a cada una de ellas Pedro Almeiras respondía sacudiendo tristemente la cabeza.

—Pero, amigo mío —el tono del inventor de historias se volvió casi lastimero—, ¿qué explicación va a darle?

—Ninguna, Daff.

El otro lo miró sin entender.

—Mire, Almeiras, conozco muy bien a las mujeres. Y ésta no es de las que se callan. O le da usted una disculpa creíble, y le aseguro que cualquiera de las que yo le ofrezco lo es, o mucho me temo que no volverá a verla en la vida.

—Usted no lo comprende. —Pedro Almeiras se miraba las manos de pianista con una atención extraña, como si en la observación de sus dedos y sus uñas perfectamente cortadas pudiese encontrar la solución de sus males—. Cualquiera de sus mentiras es muy buena, y me da la sensación de que ella estaría deseando creer cualquier disculpa que yo le ofreciera para explicar mi ausencia. El problema, Daff, es que yo no puedo mentir.

Los ojos del inventor de historias se dilataron mucho más de lo que pueden hecerlo los ojos ingleses.

—Le aseguro que me resulta muy difícil de entender.

—Ya lo supongo, más aún dada su profesión. Intentaré ponerle un ejemplo... ¿puede usted mover las orejas?

El otro negó.

—¿Puede hacer crecer su pelo a voluntad, puede controlar la sudoración o tocar con la lengua la punta de su nariz? Claro que no. Está físicamente limitado para ello. Pues hágase a la idea de que a mí me pasa algo muy parecido cuando se trata de mentir. No me salen las palabras ¿entiende? Se me atraviesan en la garganta y me quedo mudo. Entiendo que le resulte extraño, y puedo jurarle que en ocasiones hubiese dado años de mi vida por ser capaz de contar embustes de diferente calibre. Y ésta es una de ellas. Lucrecia se irá esta misma mañana en cuanto me pregunte dónde he estado y yo no sea capaz de negar que he dormido en la cama de otra mujer.

Linus Daff no había encontrado un caso así en su intensa vida de inventor de historias, pero no pudo por menos que compadecer a Pedro Almeiras y dar gracias al cielo por no contar con una tara tan terrible como la que soportaba el pianista aficionado.

—No sé qué decirle, Pedro.

—No me diga nada —esbozó una sonrisa triste—, voy a ver a Lucrecia. Ya tendrá usted noticias mías. Pienso quedarme en Londres unas cuantas semanas más... Pero me temo que ella va a marcharse.

El inventor de historias palmeó ligeramente la espalda de Almeiras, como para insuflarle valor.

—Ánimo —le dijo—, y le aconsejo que, a pesar de todo, intente usted contarle una de mis mentiras.

—No resultará. Gracias de todas formas, Daff —sonrió otra vez—. Quién sabe, a lo mejor me perdona. Ella me quiere mucho.

Linus Daff sintió una punzada de dolor casi físico en la mitad del pecho.

—Eso es lo malo, Pedro. Le quiere a usted tanto que nunca podrá olvidar lo que le ha hecho. Suerte de todas formas.

Como el inventor de historias había pronosticado, Lucrecia Sánchez abandonó Londres sólo unas horas después, hecha un mar de lágrimas y tan llena de dolor como de rabia por haber sido objeto de una traición semejante. Linus Daff pensó en la posibilidad de buscarla, de averiguar su paradero y ofrecerle un hombro donde llorar, una casa donde instalarse, un anillo de matrimonio, la estabilidad de una familia, su pasado intachable de inventor de historias, pero no lo hizo. Tuvo que reconocer que se había enamorado de la mujer de su amigo, pero al mismo tiempo admitió ante sí mismo que sentía por Pedro Almeiras un afecto en verdad sincero, y que hubiese sido una suerte de traición cortejar a una mujer que había sido su amante, aunque ya ella le hubiese expulsado de su vida para siempre y él se hubiese afanado en buscar consuelo en otros brazos seguramente menos cálidos que los de Lucrecia Sánchez.

Pedro Almeiras y el inventor de historias se vieron con mucha frecuencia en las semanas siguientes. Cenaban juntos casi todas las noches, asistían a conciertos de piano y a representaciones teatrales, y de vez en cuando el recuerdo de Lucrecia Sánchez se instalaba entre los dos. Linus Daff no supo nunca si Almeiras había llegado a quererla ni siquiera la mitad que él. Sin embargo, y durante los días que pasaron juntos tratando de llenar el vacío dejado por Lucrecia, el inventor de historias tuvo ocasión de comprobar que Pedro Almeiras, el indiano, no era en modo alguno un hombre corriente.

Después de su marcha, él y Linus Daff mantuvieron contacto durante bastante tiempo. Pedro le enviaba de vez en cuando cajas enteras de sus habanos magníficos y cartas extensísimas en las que le hablaba de La Habana, de las subidas y bajadas del precio del azúcar, de composiciones de piano y de preocupaciones vulgares. Un buen día, Linus Daff recibió la que sería su última carta. En ella, Pedro Almeiras hablaba de cuestiones sin importancia, y añadía una frase reveladora en la última línea: «He vuelto a ver a Lucrecia.» Por primera vez en su vida, el inventor de historias dejó una carta sin contestar. No quería saber nada más de Lucrecia Sánchez, y seguramente no quería tampoco saber nada más de Pedro Almeiras, que se había interpuesto entre él y la única mujer por la que hubiera estado dispuesto a renunciar gustoso a su bien llevada soltería. Se hizo el firme propósito del olvidarlos a ambos, pero también acariciaba la idea de volver a verlos. Aprendió español a marchas forzadas para, llegado el caso, poder comunicarse con uno y con otro en su idioma original, pero al mismo tiempo intentaba aprender a detestarlos, a él por su particular sentido de la moral, a ella por su perfección infinita, a Pedro Almeiras por su simpatía radiante, por su irresistible capacidad de seducción, a Lucrecia Sánchez por su sonrisa sideral y la calidez de su sangre mestiza. A uno por haber sido su mejor amigo, a la otra por no haberle dado nunca la oportunidad de hacerla su mujer. Un buen día, por primera vez en mucho tiempo, se levantó sin pensar en ellos. Y entonces se dio cuenta de que, en efecto, había empezado a olvidarlos.

Se concentró con nuevos bríos en su trabajo. Pese a la inmejorable marcha de su negocio, Linus Daff no dejó nunca de inventar servicios complementarios que ofrecer a sus clientes. Era un perfeccionista a quien no bastaba que sus historias fueran creídas, sino que convertía en objetivo personal el que nadie pudiese dudar de ellas ni siquiera en el futuro más lejano. Fue por eso que acabó convirtiéndose también en único profesor de toda una academia de buenos modales y comportamiento en sociedad para apuntalar en lo posible las historias de un pasado aristocrático urdidas para las familias de nuevos ricos, y más adelante en un notable falsificador de documentos públicos y privados que le fue especialmente útil en más de una ocasión.

Su fama acabó extendiéndose por todo el continente europeo y alcanzó proporciones desmesuradas. Linus Daff recibía decenas de ofertas, de reclamos, de peticiones desesperadas de personas que querían cambiar su pasado para empezar una nueva vida. Por lo general, el inventor de historias prefería no aceptar traslados a otros países distintos del suyo para trabajar allí. Asumía muy contados encargos para inventar historias en el extranjero, y era condición *sine qua non* que vinieran avalados por algún conocido o por un antiguo cliente. Además, Linus Daff tenía por costumbre exigir una generosa suma en concepto de anticipo de sus honorarios que había de serle transferida a su banco de Londres. Así ocurrió aquella vez, cuando su amigo Juan Sebastián Arroyo le escribió una carta explicándole que en su ciudad había un joven que precisaba de sus servicios y estaba dispuesto a pagar por ellos cuanto fuese necesario.

Linus Daff había aceptado aquel encargo por venir de un personaje para él tan querido. Juan Sebastián Arroyo vivía en Ribanova, un lugar que para Daff tenía resonancias míticas desde que se lo oyera pronunciar con total embeleso. Arroyo, ribanovense de nacimiento y convicción, se complacía en arrastrar a su ciudad natal a todos aquellos que se iban cruzando en su grata vida de diletante sin pretensiones, y el mismo Daff había prometido hacer una visita al lugar cuando tuviese tiempo. Por eso, el día que el inventor de historias recibió la carta en la que Arroyo le hablaba de Antonio Benítez Reino, un joven del lugar que llevaba algunos años deseando encontrar un medio para reconstruir su pasado, no se lo pensó dos veces y se trasladó a Ribanova.

Conoció a su cliente tres días después de su llegada. Se trataba de un mequetrefe más bien poco agraciado, hijo único de un empresario de pompas fúnebres que había amasado una fortuna con el negocio de la muerte y que era considerado, con toda justicia, el personaje más impopular de la ciudad. El inventor de historias mantuvo varias reuniones con su posible cliente (que había adelantado sin discutir una generosa suma para que accediese a visitarlo en el continente) y arbitró para él varias soluciones geniales que le hubiesen permitido reconstruir su historia. Había sólo un problema: el joven en cuestión se negaba en redondo a abandonar su ciudad natal para empezar en otra parte una nueva vida con un pasado nuevo. Amaba aquel lugar, decía, amaba las piedras milenarias de la muralla constrictora, amaba las tardes eternas en el salón de fumadores del Casino, el olor a campo que arrastraba consigo la lluvia constante. Amaba el sonido atrasado del reloj del consistorio, los árboles del parque con nombre de mujer, el ruido del viento en los negrillos de la Alameda, la niebla del invierno y las camelias que anunciaban la primavera en el árbol solitario de la Plaza Mayor. Así que Antonio Benítez Reino pedía un imposible: empezar otra vez en un lugar donde no había bicho viviente que no le conociera de sobra, y en el que nadie hubiese podido inventar una historia fantástica para engañar a todos. Ni siquiera el mismísimo Linus Daff, que después de echar mano de cada uno de sus recursos y toda su paciencia tuvo que claudicar ante la obstinación mineral del hijo del funerario y, por una vez, declararse vencido. Eso sí, el inventor de historias se quedó en Ribanova unos cuantos días más, invitado por su amigo Juan Sebastián Arroyo.

Por aquellas fechas se celebraba el veinticinco aniversario de la Escuela de Ribanova y a la vez la jubilación de Bernardo Gracián, su primer y único conserje, que había empezado a trabajar en el colegio con cuarenta años y había sido testigo privilegiado de los acontecimientos allí vividos durante un cuarto de siglo glorioso en el transcurso del cual habían pasado por el centro varias generaciones de niños, muchos de los cuales ya eran hombres de provecho que habían hecho carrera fuera de las murallas de Ribanova.

Bernardo Gracián había redactado desde el primer día una suerte de diario que recogía los avatares de la vida colegial, los nombres de los alumnos más destacados, los castigos de los que se habían hecho acreedores los chicos más traviesos, las anécdotas memorables y hasta una copia de los boletines de notas de cada uno de los alumnos que estudiaban en el centro. Fue por eso que la actual dirección de la escuela pidió al conserje que prestase todo aquel material para servir de documentación al larguísimo discurso que el alcalde de Ribanova iba a pronunciar el día de celebración de las bodas de plata escolares, y con el que pretendía hacer una completa crónica de los veinticinco años de vida del centro.

El bedel aceptó encantado porque, según confesó, cuando empezó a escribir aquellos cuadernos sabía que su trabajo llegaría a ser de algún valor para las generaciones venideras. Su pública utilización era, desde luego, una forma de reconocimiento, así que aseguró que estaría orgulloso de poner sus documentos a disposición del regidor de Ribanova, pidiendo sólo unos días para organizar todo el material. Pero aquella misma noche ocurrió lo que nadie esperaba: la casita en la que vivían el conserje y su esposa sufrió un incendio voraz que la redujo a cenizas.

Soledad de Gracián estuvo a punto de sufrir un colapso al darse cuenta de que su marido, el cronista aficionado, había regresado a la casa para recuperar los cuadernos del colegio. Eran las cuatro de la mañana, y frente a la vivienda de los Gracián se habían congregado más de un centenar de curiosos alertados por la campana de los bomberos y las voces de alarma de los vecinos más cercanos. Todos gritaron de pavor cuando vieron a Bernardo Gracián precipitarse al interior de la vivienda, y fueron muchos los que intentaron sujetarle para impedir que cometiese una locura con peligro de muerte, pero el amor de Gracián por sus queridos papeles era más fuerte que todas las cosas, y no hubo nadie capaz de detenerle. Después de unos minutos que parecieron eternos, y sólo unos segundos antes de que el techo de la vivienda se desplomase envuelto en llamas, Bernardo Gracián resurgió entre el humo y las cenizas ardientes llevando en la mano la enorme caja de cartón en la que guardaba sus preciados documentos.

Se convirtió en el héroe del momento. El diario local *El Comercio* publicó una extensa entrevista con Gracián al día siguiente del incendio. Se abrió una cuestación pública para reconstruir con la mayor rapidez la vivienda devastada, y las casas de muebles de Ribanova aseguraron que regalarían el nuevo mobiliario. El alcalde propuso otorgar a Gracián una condecoración del tipo que fuese, y el director de la escuela prometió colocar en el vestíbulo una placa con su nombre y el título de Cancerbero de la Historia de este Centro.

Así que Juan Sebastián Arroyo no pudo entender por qué, dos días después, Bernardo Gracián se presentó en su casa con los ojos llenos de lágrimas y presa de una tribulación que parecía imposible de aplacar. Linus Daff y él tomaban café después de cenar en el saloncito de la casa, cuando una criada anunció la visita del señor Gracián, ese que sale hoy en el periódico. Arroyo pidió que lo hicieran pasar, y ya estaba poniendo en la mesa otra taza de café y preparando las presentaciones cuando Bernardo Gracián entró en la habitación absolutamente descompuesto. Ni siquiera saludó. Se desplomó en un sillón y ocultó la cabeza entre las manos.

—Los... los cuadernos —acertó a decir en medio de las lágrimas— se quemaron todos. Me equivoqué de caja.

Entre el susto del incendio, el atontamiento provocado por el humo y la cochina manía de su mujer de cambiar las cosas de sitio cuando nadie se lo pedía, Bernardo Gracián había sacado de la casa una caja en la que no había más material de valor que los listados de los alumnos que pasaran por el centro. Ninguno de los cuadernos estaba en aquella caja, llena de recetas de cocina, fotos familiares y otros cachivaches sentimentales que, desde luego, nada tenían que ver con su labor de archivero. Se había dado cuenta mucho después, cuando ya la opinión pública ribanovense lo había elevado a la categoría de héroe y la historia de su salvamento de los valiosos papeles circulaba de boca en boca por todos los rincones de la villa.

—Cálmese, amigo mío... —Juan Sebastián Arroyo no podía hacer otra cosa que consolar malamente a su atribulado vecino—. Cosas como ésta ocurren continuamente. Ahora, lo que tiene que hacer es pensar que usted y su esposa se encuentran bien. Pudieron haber muerto abrasados.

—Pero, señor Arroyo —Bernardo Gracián se sorbió los mocos sin mucho disimulo—, ¿qué va a pasar cuando el alcalde me pida los cuadernos para escribir el discurso? Creerán que los he engañado a todos. Le juro que yo pensé que era aquella caja y no otra la que tenía guardados mis papeles.

Se echó a llorar otra vez. Mientras Juan Sebastián Arroyo palmeaba la espalda del conserje sin mucha convicción, los ojos de Linus Daff, el inventor de historias, adquirieron una expresión nueva.

—Perdone, señor...

—Bernardo Gracián. —El bedel se puso de pie y tendió a Daff la misma mano con la que llevaba un buen rato sacándose de la cara toda suerte de humedades. El inglés la estrechó sin pestañear.

—Mucho gusto. Me llamo Linus Daff y es posible que pueda ayudarle. En primer lugar, tengo que pedirle que se calme un poco. Necesito que conteste a algunas preguntas, ¿de acuerdo? Arroyo, haga el favor de traerme un lápiz. No sé dónde he puesto el mío.

Linus Daff se sentó frente al conserje después de sacar de su bolsillo un libretita, se aclaró la voz y empezó una suerte de interrogatorio destinado a obtener todos los datos sobre el material perdido.

—¿Cuántos cuadernos obraban en su poder, señor Gracián?

—Veinticinco. Uno por año escolar.

—¿Recuerda usted el número de páginas de cada uno de ellos?

El bedel vaciló un poco.

—Creo que unas cien, más o menos. A veces arrancaba alguna hoja, por los borrones y esas cosas.

—Muy bien. ¿Es capaz de calcular el número de niños que ha pasado por la escuela durante estos veinticinco años?

—Claro que sí, señor. Exactamente setecientos ochenta y siete.

Linus Daff sonrió fugazmente.

—Supongo —añadió— que es imposible que recuerde los nombres de todos.

—No me hace falta, señor. Mi mujer sacó los cuadernos de la caja donde yo los guardaba para meter allí sus chirimbolos, pero olvidó dentro las listas de alumnos.

Daff se quitó las gafas, hizo una última anotación en su bloc negro y luego se puso de pie.

—Entonces, señor Gracián... esos listados obran todavía en su poder.

—Pues claro que sí. —Ante la sorpresa de los otros dos, Bernardo Gracián se levantó la camisa y puso sobre la mesa un montón de hojas cuajadas de nombres y de apellidos coronados todos por una fecha: Curso del 88... Curso del 96... Curso del año 1—. No me atreví a dejarlos en ningún sitio. Es lo único que me queda de mi colección.

Iba a empezar a llorar otra vez, pero Linus Daff lo detuvo con un gesto.

—Dígame una cosa... esos cuadernos que se quemaron ¿los ha visto mucha gente?

El bedel meneó la cabeza.

—No, señor. Sólo el director del Instituto, y de refilón. Hasta que el alcalde los pidió para hacer el discurso nadie les había hecho mucho caso.

El inventor de historias frunció el ceño.

—Entonces no está todo perdido. ¿Cómo anda usted de memoria, señor Gracián?

—Pues... muy bien, desde luego. Claro que últimamente, con la edad...

—Vamos, vamos, Bernardo, no sea modesto... si tiene usted la mejor memoria de todo Ribanova. Apuesto a que podría recitar todos y cada uno de los nombres de los antiguos alumnos de la escuela.

Bernardo Gracián se esponjó sin disimulo ante las palabras de Juan Sebastián Arroyo.

—No tanto, no tanto... hombre, la verdad es que no suelo olvidar las cosas importantes... Soy muy observador, no voy a negarlo...

—Entonces está todo dicho. —Linus Daff guardó su propio cuaderno en el bolsillo interior de la chaqueta—. Señor Gracián, vamos a reconstruir esas libretas que se quemaron en el incendio. Afortunadamente, tenemos las listas de los nombres.

Linus Daff examinó brevemente los papeles desperdigados por la mesa.

—Lo primero es hacernos con tantos cuadernos como los que estaban en su poder en el momento del incendio. Necesitamos veinticinco libretas de pasta negra y dura. Mañana por la mañana, a primera hora, trate de conseguir una lo más parecida posible a las que se perdieron. Por la tarde —señaló a Juan Sebastián Arroyo— usted y yo iremos a la ciudad vecina y compraremos el resto.

—Perdone, no creo que en Ribanova haya problema para encontrar veinticuatro libretas iguales.... —Gracián parecía perplejo. Linus Daff le dirigió una mirada de reproche.

—El problema, a mi modo de ver, es que puede llamar mucho la atención que alguien se empeñe en conseguir tantos cuadernos idénticos, negros todos ellos. ¿Que pasará cuando el dueño de la papelería nos diga que sólo tiene diez libretas negras y quiera endosarnos un lote de pastas amarillas, verdes o rojas? Hay que preverlo todo, señor. Haga lo que le digo. Traiga la libreta de muestra mañana por la mañana. Y, por la noche, engrase bien esa excelente memoria suya y véngase preparado a trabajar.

Cuando Bernardo Gracián se marchó, Juan Sebastián Arroyo se sirvió otra taza de café frío y miró a su invitado.

—Daff... ¿Está seguro de que sabe dónde se ha metido? Supongo que no ignora usted que Gracián no va a poder pagarle.

—Querido Arroyo, ni todo el oro del mundo podría compensar el espléndido trabajo de falsificación que voy a llevar a cabo. Y, desde luego, sé perfectamente que ese hombre no está en condiciones de hacer frente a la factura que tendría que pasarle. Pero, por primera y última vez en toda mi vida de inventor de historias, voy a trabajar gratis. Eso sí, cuento con su complicidad y con su ayuda. También es la primera vez que solicito la colaboración de alguien. Prefiero trabajar solo, generalmente por pura discreción. Pero esta vez será necesario que alguien más me eche una mano. Hay que reescribir casi dos mil quinientas cuartillas.

Juan Sebastián Arroyo palideció.

—Que Dios nos asista.

—Y hay algo más, Arroyo. No sé por qué, tengo muy serias dudas sobre la magnífica memoria del señor Gracián. En fin, ya veremos. Y ahora, voy a retirarme. Mañana habrá que salir a la caza y captura de los cuadernos negros.

Linus Daff y Juan Sebastián Arroyo tardaron casi dos días en hacerse con el número necesario de libretas que se necesitaban para empezar la tarea, pues los cuadernos negros parecían haberse agotado como por arte de magia en todos los pueblos vecinos. Casi cuarenta y ocho horas después de la aparición de Bernardo Gracián en la casa de Arroyo, veinticuatro libretas negras exactamente iguales se alineaban sobre la mesa de la sala.

Citaron al conserje a las nueve y media de la noche. Los tres hombres se sentaron alrededor de la mesa sobre la que se encontraban los cuadernos. Linus Daff tomó uno entre las manos y retiró todos los otros. Luego puso una cuartilla y una pluma delante de Bernardo Gracián.

—Muy bien, señor Gracián. En primer lugar, debo familiarizarme con su letra. Escriba cualquier cosa en esa cuartilla, haga el favor.

Bernardo Gracián garabateó unas cuantas líneas, hola, me llamo Bernardo Gracián y estoy muy preocupado por lo que pueda pasar, pero el amigo del señor Arroyo va a ayudarme. Tendió la hoja al inventor de historias.

—Perfecto, muchas gracias. Vamos a ver...

Linus Daff examinó aquellas frases durante unos minutos. El conserje tenía una bonita letra, de trazo que debió de ser firme y que ahora se volvía un poco más vacilante de lo que fuera, seguro, en un tiempo ya lejano. Observó que inclinaba levemente las letras «l» y «d», y que de vez en cuando curvaba un poco la línea que cruzaba la parte superior de la «t», que acababa en punta las letras «n» y «m» y que alargaba mucho la parte inferior de la «g» y de la «j». Luego se sentó frente al papel con expresión concentrada. Cerró los ojos y tomó la pluma. Frente a él, Juan Sebastián Arroyo y Bernardo Gracián le observaban conteniendo la respiración. Y entonces, Linus Daff empezó a escribir bajo el texto del conserje, me llamo Linus Daff, escribía, soy inventor de historias y voy a ayudar a Bernardo Gracián. Al terminar, tendió la cuartilla a los dos hombres.

—Prodigioso —dijo Arroyo—. Prodigioso, es lo único que se me ocurre. ¿Qué dice usted, Gracián?

Pero Bernardo Gracián no podía decir nada. Porque la letra de Linus Daff era idéntica a la suya, a aquella letra de la que se sentía legítimamente orgulloso, a la letra clara y elegante que tantos años de esfuerzo le había costado perfeccionar. Y ahora llegaba aquel inglés y en cosa de unos segundos era capaz de imitarla a la perfección... Durante unos instantes, casi odió al británico imperturbable que tenía la desfachatez de reproducir su trabajadísima letra con facilidad insultante.

—Oiga —el tono de voz del conserje era débil como un hilo—, no creo que haga falta que escriba usted nada. Puedo hacerlo yo solo.

—Perdone, señor Gracián, pero me temo que eso sería muy complicado. Tenemos que rehacer veinticinco cuadernos y no contamos con mucho tiempo. Y, francamente, no creo que sea usted capaz de escribir sin descanso durante doce horas al día. Le diré lo que vamos a hacer: usted trabajará en su casa durante las mañanas y las tardes redactando las páginas que pueda. Por las noches vendrá aquí, y en lugar de escribir me dará a mí los detalles necesarios para que yo escriba otros cuadernos. Nadie notará la diferencia, y si trabajamos seriamente estoy seguro de que terminaremos a tiempo para entregar los cuadernos al alcalde.

—¿Y yo? —Juan Sebastián Arroyo no acababa de encontrar su papel en aquella historia.

—A usted, Arroyo, le reservo el trabajo de envejecer convenientemente los cuadernos más antiguos. Comprenderá que después de veinticinco años las hojas se deterioran, se soban... en una palabra, se estropean más de lo deseable. Será labor suya conseguir ese efecto a base de abrir y cerrar los cuadernos, pasar las hojas una y cien veces, y no siempre con los dedos limpios, salpicar las pastas de gotas de agua... No, no se ría. Parece divertido, pero tiene su importancia. En fin, vamos a empezar. Arroyo, coja ese cuaderno. Y usted, Gracián, empiece a hablarme de los alumnos de la primera promoción del Instituto...

Trabajaron sin descanso durante quince días con sus noches. Mientras Linus Daff se afanaba en recoger los recuerdos de Bernardo Gracián, Juan Sebastián Arroyo abría y cerraba los veinticinco cuadernos, suavemente los de los últimos años, con una saña especial los correspondientes a los años primeros, humedecía en la lengua las yemas de los dedos para estropear el acabado de la tinta, manchaba con polvo los cantos de las hojas, despegaba algunas cuartillas y arrancaba trocitos de otras para fingir que la polilla había empezado a devorar los preciosos manuscritos. Dos días antes de la fecha prevista para hacer entrega de ellos al alcalde de Ribanova, los veinticinco cuadernos se alineaban sobre la mesa del salón de Juan Sebastián Arroyo, y Linus Daff era consciente de haber rematado el trabajo más tedioso y peor remunerado que llevara a cabo en su ya larga vida de inventor de historias.

Linus Daff se marchó de Ribanova cuatro o cinco días después y por eso no fue testigo del final del episodio. Porque, como el inventor de historias había sospechado desde el principio de la operación, la memoria del conserje no era ya tan buena como él creía, y el día de la celebración del jubileo el alcalde de Ribanova se encontró glosando las virtudes académicas de alumnos decididamente nefastos, el buen comportamiento de delincuentes juveniles en potencia, la destreza deportiva de personajes del todo patosos que al escuchar su nombre asociado a toda aquella serie de cumplidos se miraban incrédulos entre sí y empezaban a pensar que, como sus madres creyeran en un tiempo, sus malas notas o las amonestaciones que recibían eran sólo consecuencia de la antipatía que despertaban en ciertos profesores. Mientras, otros alumnos en verdad brillantes sonreían a la fuerza desde su justa indignación al ver obviadas sus calificaciones sobresalientes, su conducta intachable y las medallas en las competiciones de atletismo. Junto a ellos, los hijos adolescentes les observaban con malicia empezando a pensar que sus padres llevaban muchos años haciéndoles creer el cuento falso de su espléndido historial académico, y ahora ni lo nombran en el discurso, y decía que había sido el primero del Instituto en matemáticas durante seis años seguidos, ahí lo tienes, toda la vida repitiendo que no había salido a él por lo torpe, que era un as en las carreras de fondo y resulta que es mentira, y los hijos de los falsos buenos alumnos miraban por primera vez con orgullo a sus padres respectivos, por qué nunca me dijo que era el mejor en redacción, se preguntaban, por qué nunca presumió de su habilidad en el laboratorio de química, por qué no me contó jamás que nadaba mejor que nadie y que una vez salvó a un compañero que estaba a punto de ahogarse en el río, y al final deducían que no sólo eran hijos de unos padres inteligentes y brillantes, sino que además sus progenitores habían nacido tocados por la impagable virtud de la modestia. Pero nadie hizo comentario alguno, nadie se quejó, y los que salieron peor parados por la reconstrucción precipitada y secreta de los cuadernos negros de Bernardo Gracián se limitaron a rumiar en silencio su cólera perfectamente justificada. Gracián guardó bajo siete llaves los álbumes apócrifos y nunca más cedió a la tentación de enseñarlos a nadie, pese a que recibió un sinnúmero de peticiones y la oferta apetecible del diario local para publicar una versión facsímil de alguno de ellos. Para aceptar semejante propuesta, pensaba Gracián, hubiese necesitado contar una vez más con la colaboración de Linus Daff. Y, para entonces, el inventor de historias estaba ya a muchos kilómetros de Ribanova.

A su regreso de Ribanova, Linus Daff encontró que le esperaba mucho trabajo: había estado casi un mes fuera de Inglaterra, y al llegar a su oficina de Russel Square halló casi una veintena de cartas que demandaban una entrevista urgente. Como siempre hacía, las leyó con atención y contestó en el mismo día fijando fecha y hora para una cita, y se dio cuenta de que iba a tener que trabajar con mayor celeridad después de aquel período casi vacacional. En sólo un par de semanas, Linus Daff recompuso el maltrecho pasado empresarial de Thadeus Morton, que había hecho una fortuna indigna con el negocio del contrabando de diamantes, trabó la historia de un pasado aventurero para convertir la repugnante cicatriz que atravesaba en dos el rostro de Roland Sherwood en el recuerdo indeleble de su lucha con unos forajidos mejicanos, y metamorfoseó a la familia Kleinmann en el último brote del intrincado árbol genealógico de la aristocrática estirpe de los Clairemain. Aquél había sido un trabajo complicado, toda vez que el inventor de historias Linus Daff estaba en contra de cualquier falacia urdida en torno a cambios que tuvieran que ver con la tradición religiosa de una familia. Los Kleinmann eran judíos de ocho generaciones, y Daff encontraba reprobable que para variar su historia en la de unos franceses linajudos se vieran obligados a renunciar a sus creencias espirituales. El motivo de la operación, sin embargo, acabó por conmoverle. La hija del matrimonio, una belleza de diecinueve años, se había enamorado perdidamente de un banquero irlandés, cuya familia hubiera encontrado muy poco conveniente su matrimonio con una muchacha hebrea. Annie, la chica, había amenazado a su padre con quitarse la vida si no encontraba el modo de solucionar los problemas que podrían impedir su casamiento, y el padre desconsolado buscó la ayuda de Daff como recurso último a la desdicha. Así que acabó por vencer sus reticencias y aceptar el encargo. Linus Daff siempre pensó, con todo derecho, que en aquella ocasión hubiera sido justo duplicar sus tarifas habituales, porque no sólo inventó para los Kleinmann un linaje completo que se perdía en los albores del siglo XI en alguna población del Mediodía francés, sino que además se las ingenió para que el señor y la señora Kleinmann pudieran seguir observando algunas tradiciones de la religión hebraica sin que ello resultara sospechoso para quienes los tomaban por franceses de rancio abolengo. Tuvo que discurrir una serie de excentricidades familiares que habían pasado de generación en generación a través de siete siglos para que a nadie chocara que de vez en cuando los Clairemain comieran el pan ácimo, se le ocurrió inventar la existencia en Praga de un pariente estudioso de la cábala que enviaba con regularidad extraños souvenirs para justificar la presencia en mitad de la sala del candelabro de siete brazos, y en su fuero interno Linus Daff se reprochaba a sí mismo no haber sido capaz de dar con una historia que permitiese al buen señor

Kleinmann, ahora Clairemain, seguir llevando la tradicional quipa judía encasquetada en la cabeza.

Sin duda alguna, y tal como él mismo no tenía reparo en reconocer, el espaldarazo definitivo a su labor como fabricante de mentiras lo obtuvo Linus Daff cuando hizo pasar a Wayne Roberts, ciudadano de Iowa y vaquero de profesión, por un primo en octavo grado de la mismísima reina de Inglaterra en una recepción ofrecida en la residencia campestre de Lord Walcott. Linus Daff reconocería siempre que cuando le presentaron al ganadero americano tuvo algunas dudas sobre el éxito de su empresa: sólo contaba con cuatro días para reacomodar su pasado en el de un aristócrata inglés, y al propio tiempo enseñar al interfecto a comportarse en sociedad sin rozar el ridículo. Teniendo en cuenta que el señor Roberts eructaba después de beber cerveza, se hurgaba la nariz sin disimulo y tenía la costumbre de palmear con excesiva cordialidad las espaldas de cualquiera, Daff obró casi un milagro al hacer comprender al vaquero en menos de una semana los rudimentos de la complicada vida social inglesa, al explicarle cómo utilizar los cubiertos, cómo agarrar las copas, cómo rechazar un plato y cómo aceptar con donaire una segunda ración, y mientras se esforzaba por reducir en lo posible el pelo de la dehesa de Roberts, tuvo que encontrar tiempo para inventarle una familia radicada en las Highlands (lo que, en caso extremo, podría justificar el comportamiento pedestre del americano) y unos padres con un pasado asimétrico: la madre provenía de una rama de la casa Tudor, mientras el padre era descendiente directo de los Lancaster. La certeza de que los antepasados de Wayne se habrían zurrado la badana generosamente durante la guerra de las Dos Rosas era una anécdota lo bastante divertida como para distraer la atención general sobre las más que posibles meteduras de pata del señor Roberts. Sin embargo, Daff se equivocó y el vecino de Iowa estuvo irreprochable en su papel de noble escocés con un pasado estrambótico, hasta el punto que llegó a creerse su propia impostura y tiempo más tarde, ya de regreso en el hogar americano y su trabajo en la ganadería, Wayne Roberts seguía hablando con una tranquilidad pasmosa de la eterna rivalidad de sus ancestros ingleses para pitorreo colectivo de los vecinos de su pueblo.

Corría el año 1912 y Linus Daff, que por aquel entonces se había hecho ya con un patrimonio considerable gracias al negocio de la venta de historias, comenzaba a estudiar la posibilidad de retirarse. Había comprado una preciosa casita de campo en Devonshire, y la idea de pasar allí la mitad del año le resultaba muy seductora. Por supuesto, mantendría abierta la casa de Russell Square, y no deseaba alejarse del todo de la vida social londinense, pero últimamente había trabajado mucho y se notaba cansado. Quizá había llegado el momento de dejar de lado el negocio de las mentiras. Además, y desde que inaugurara su próspera empresa, Linus Daff vivía secretamente angustiado con el miedo a un próximo fracaso. Toda mentira, él lo sabía mejor que nadie, implicaba un riesgo tanto mayor cuanto mayor era también el calibre de la invención. Que uno de sus clientes fuese atrapado, que alguna de sus mentiras pudiera ser descubierta era algo que aterraba a Daff, porque su profesionalidad le obligaba a sentirse responsable de cualquier fracaso de quienes solicitaran sus servicios, y sabía que las posibilidades de que eso ocurriera crecían a medida que aumentaba también el número de trabajos realizados.

Fue entonces cuando conoció a Patrick O'Brien. Al principio le extrañó que el señor O'Brien hubiera dado con su oficina: después de los tiempos de Whitechapel, el negocio de Daff se caracterizaba por ser conocido sólo entre los integrantes de los sectores sociales más privilegiados, y eran ellos los que hacían entre sí una discreta promoción de sus actividades. El aspecto decididamente vulgar de Patrick O'Brien hacía suponer que no gozaba de muchas amistades entre los clientes de Linus Daff. El inventor de historias recordaría siempre su aspecto acobardado cuando entró en la oficina de Russell Square, con el sombrero en la mano, un traje recién comprado en un sastre caro que no fue capaz de atenuar su aire pueblerino y un bastón inútil en la mano derecha que sujetaba con la misma firmeza que hubiese empleado para agarrar una res a punto de rebelarse.

—¿En qué puedo ayudarle, señor...?

—O'Brien. Patrick O'Brien. Estoy buscando al señor Linus Daff.

—Yo mismo. Pase, haga el favor.

El otro obedeció. Linus Daff tuvo entonces ocasión de observarle de cerca. Era un hombre alto, no muy corpulento, de expresión pacífica y pupilas vagamente azules. Aparentaba tener unos treinta y tantos años de edad, y lo que más llamó la atención al inventor de historias fue su aspecto saludable y la desolada expresión en sus ojos claros, que Linus Daff tardó sólo unos segundos en identificar con el temor.

—Siéntese. ¿Quiere una taza de té?

—No, gracias. Bueno, sí. Sin leche y con mucho azúcar.

Linus Daff dispuso él mismo dos servicios de té, y lo hizo con la meticulosidad extrema que empleaba para todas las cosas. Una vez hubo servido las dos tazas, tomó asiento a su vez y se encaró con el visitante.

—Muy bien, señor O'Brien. Usted dirá cuál es el motivo de su visita.

El otro dedicó a su interlocutor una mirada huidiza, que paseó después por la magnífica oficina deteniéndose en la chimenea de mármol, en los amplios ventanales que dejaban entrar la luz de la calle, en la mesa imponente de madera oscura y la alfombra persa que había sido el regalo de un cliente agradecido. Patrick O'Brien bebió luego de un único sorbo su taza de té, y después, como si ya no pudiese aplazar por más tiempo lo inevitable, miró a Linus Daff con un brillo de súplica en los ojos.

—He venido a comprarle una historia.

Linus Daff sirvió a su presunto cliente otra taza de té.

—Por supuesto. —Tomó un cuaderno de notas de encima de la mesa, y sacó una estilográfica del bolsillo interior de su chaqueta—. ¿Se trata de una cuestión puntual?

El otro lo miró sin comprender, y Linus Daff se reprochó no hablar un lenguaje más comprensible.

—Quiero decir, señor O'Brien, que los servicios que ofrezco son de dos tipos: por una parte, la invención de disculpas y explicaciones para resolver un problema concreto; por otro, la creación de un pasado completo para ser asumido por mis clientes ¿comprende?

—Sí... claro... Eso es lo que yo necesito, señor Daff... que me cambie el pasado.

Linus Daff se quitó las gafas, miró a O'Brien y su rostro sereno adquirió una expresión de gravedad.

—Señor O'Brien, es mi deber advertirle que antes de que yo invente para usted una historia tiene la obligación de contarme por qué la necesita y en qué forma la va a utilizar. No debe ocultarme nada. Todo lo que hablemos quedará entre usted y yo. No tengo inconveniente en reconstruir la vida de ladrones, estafadores diversos, atracadores de banco o falsificadores de billetes, pero sepa que mi ética personal me impide aceptar clientes cuyo pasado esté unido a delitos de sangre. Si ése es su caso, lamento comunicarle que no puedo hacer nada por usted y me veré obligado a pedirle que se marche.

Patrick O'Brien abrió los ojos en un gesto de alarma.

—¡Yo no he matado a nadie!

—Entonces, señor O'Brien, tendré mucho gusto en ayudarle. Debe saber que a partir de este momento mi trabajo empieza a tener un valor determinado. Esta primera entrevista, sin límite de tiempo para usted, importa ocho libras en efectivo, y deberá abonarlas tanto si decide que me ocupe de su caso como si prefiere dejarlo correr. En caso de que quiera contar con mis servicios, la tarifa variará en función de la dificultad de los mismos ¿ha comprendido?

El gesto de O'Brien pareció relajarse, como si hubiese entendido que a partir de entonces era todo cuestión de dinero.

—Sí. Claro que sí, señor Daff. El dinero no es problema.

—Empecemos entonces. Debe contarme qué parte de su pasado quiere cambiar, y será también de gran ayuda que me explique por qué. No tenga miedo de extenderse demasiado en su relato. Cuente todo aquello que le parezca de importancia. Yo le haré algunas preguntas, y deberá contestar la verdad por el bien de esta operación. —Sacó el capuchón de la estilográfica y miró sonriente a Patrick O'Brien—. Adelante.

El otro respiró hondo, se frotó la nariz con energía y luego se enfrentó por primera vez a los ojos de Linus Daff.

—Me llamo Patrick O'Brien y tengo treinta y cinco años. Soy irlandés, católico y pastor de cabras. No me queda nadie en el mundo y acabo de heredar una fortuna. Y quiero empezar una nueva vida.

Linus Daff le interrumpió.

—Señor O'Brien... no quiero parecer indiscreto, pero es necesario que especifique usted cuál es el montante exacto de esa herencia. Perdone, pero el concepto «fortuna» no es igual para todos y...

—Un millón de libras esterlinas.

No obstante su experiencia, sus muchos años al frente de su negocio y la cantidad de historias extrañas que había tenido que escuchar sin perturbar el gesto, a Linus Daff le resultó francamente difícil mantener una expresión indiferente ante aquella declaración. Carraspeó sin mucha fuerza.

—En efecto, se trata de una cantidad respetable. ¿Puede decirme de dónde proviene ese millón de libras?

—Acabo de contárselo. Lo he heredado.

—Señor O'Brien, no tiene por qué hacerlo, pero le aseguro que las cosas serían más fáciles si me dijese quién ha sido tan generoso con usted.

En ese momento, Patrick O'Brien bajó los ojos y a Daff le pareció notar que se había ruborizado.

—Fue lady Jane Walcott.

El gesto de Linus Daff era de una incredulidad tan grande que Patrick O'Brien se vio en la necesidad de aseverar su declaración con unos cuantos movimientos enérgicos de cabeza.

—Sí, señor Daff. Le juro que es cierto. Lady Walcott me hizo su heredero único. Y fue también ella quien, tres días antes de morir, me aconsejó que solicitase sus servicios. Aquí tiene una copia del testamento.

Sacó del bolsillo interior de su chaqueta un papel doblado varias veces. Linus Daff lo examinó con atención. Efectivamente, se trataba de una copia de las últimas disposiciones de la honorable lady Jane Walcott. Daff conocía vagamente a aquella dama, que le había sido presentada en el transcurso de unas jornadas de caza en el condado de Essex. Lady Walcott, sexagenaria, viuda desde los veinticinco años y según decían una de las mujeres más ricas de Irlanda, era una dama encantadora y vivaz, de risa fácil y carácter alegre, que semejaba estar siempre de un excelente humor. Las malas lenguas aseguraban que tenía un amante mucho más joven, y era ésa la causa de su perenne buen talante. Linus Daff simpatizó con ella casi inmediatamente, y dos años después de aquel primer y único encuentro recordaba todavía a aquella dama que, enterada de su oficio de inventor de historias, se había interesado muy vivamente por el funcionamiento del negocio. Antes de despedirse, lady Walcott le pidió una tarjeta suya, y Daff se la había dado pensando que era muy difícil que una mujer así tuviese que solicitar sus servicios, toda vez que parecía estar en paz consigo misma y con su pasado particular. Sin embargo, al ver aquella tarjeta ajada ya por el paso del tiempo en las manos de Patrick O'Brien, Linus Daff entendió por qué la señora Walcott había solicitado con tanto interés una dirección de contacto.

—Lady Jane falleció hace un par de semanas, señor Daff. Hablé con ella tres noches antes de su muerte. Fue entonces cuando supe que pensaba legarme toda su fortuna. —El señor O'Brien dibujó en su rostro rubicundo una sonrisa triste—. Tuvimos una entrevista muy larga, en la que hablamos de muchas cosas, sobre todo de mi futuro. La señora Walcott quería lo mejor para mí, por eso me recomendó que me pusiese en contacto con usted en cuanto recibiera la herencia. Eso ocurrió hace cuatro días. Así que hice caso de su consejo, tomé el primer barco y me trasladé a Londres. Y ahora necesito cambiar mi historia y empezar una nueva vida. Lady Jane estaba convencida de que era usted el único que podía ayudarme a comenzar de nuevo. Por eso estoy aquí. De usted depende que se cumpla la última voluntad de lady Jane Walcott, que era asegurar mi felicidad una vez que ella no estuviera.

Linus Daff guardó silencio durante unos instantes que a O'Brien le resultaron eternos. Luego se puso de pie y se acercó a la ventana.

—Dígame una cosa antes de continuar... ¿qué pretende hacer usted con el dinero que ha heredado?

El otro se encogió de hombros.

—Bueno, nada en especial... dejaré de trabajar, eso sí... me gustaría tener una casa propia —los ojos empezaron a brillarle—, una casita con un pequeño jardín. Y también un coche... Aunque para eso debería aprender a conducir, claro... Es posible que algún día me entren ganas de viajar; ¿sabe que es la primera vez que salgo de Irlanda?... Y también me gustaría comprar media docena de trajes nuevos, con el sombrero y los zapatos. Y una colección de bastones con la empuñadura bonita. Siempre quise tener muchos bastones.

—¿Tiene pensado meterse en política?

Patrick O'Brien soltó un silbido.

—Ni por asomo. No entiendo nada de esas cosas...

—¿Aspira usted a conseguir un título nobiliario, a casarse con una muchacha descendiente de aristócratas, a presidir algún club de caballeros londinense?

—¿Está chalado? No creo que sea necesario tener un título cuando se tiene dinero. Tampoco creo que me gustara una de esas señoritingas de casa fina. Y ni siquiera sé lo que es un club de caballeros, pero apuesto a que allí debe uno aburrirse bastante.

Linus Daff volvió a sentarse frente a su interlocutor y buscó sin disimulo su mirada azul.

—Señor O'Brien... cambiar el pasado es mucho más difícil de lo que nadie cree. Puedo asegurarle que renunciar a una parte de su vida supone para cualquiera un sacrificio notable. Han llegado a mi oficina gran cantidad de personas que tenían poderosas razones para querer borrar o retocar sustancialmente unos cuantos años de su existencia. A pesar de eso, fueron muchos los que se echaron atrás en el último momento. Por lo que acaba de contarme, sus aspiraciones futuras son más bien sencillas, y no creo que su vida pasada vaya a interferir en ellas. Digamos que antes era usted un irlandés católico y pobre y ahora es un irlandés católico y rico. Si quiere un consejo, piense sólo en la idea de que ha heredado una fortuna y dedíquese a gastarla como le parezca. No creo que necesite en absoluto complicar las cosas para ser feliz.

Patrick O'Brien le escuchaba sin hablar. Luego permaneció un rato en silencio como si estuviese concentrado en un recuerdo concreto.

—Señor Daff... creo que usted no me ha entendido... o que yo no me he explicado bien. No soy yo quien quiere cambiar mi historia anterior. Si quiere que le diga la verdad, no creo que mi pasado tenga nada que deba variarse. Era Jane... quiero decir, lady Walcott... quien estaba interesada en ello. Por eso insistió tanto en que viniera a verle. Ella... ella quería que me convirtiese en un caballero. Así que me dejó todo su dinero y esta tarjeta con la dirección de usted.

Una arruga perfectamente definida se instaló en la frente de Linus Daff, como ocurría siempre que algo le preocupaba. El de Patrick O'Brien no era un caso corriente. Lady Jane Walcott no se había conformado con legarle toda su fortuna: quería hacerle heredero de una vida sin tacha. El dinero era sólo uno de los instrumentos indispensables para conseguirlo. El otro era él, Linus Daff, el inventor de historias. Lady Walcott sabía que era necesario casi un milagro para convertir a Patrick O'Brien en un caballero. Y Linus Daff era lo más parecido a un milagro que lady Jane Walcott había conocido en toda su vida.

—Señor O'Brien —Linus Daff se llevó la mano a la frente, como si quisiera borrar con un gesto la arruga que en ella se había dibujado—, necesito unas horas para estudiar su caso. Si no representa una molestia para usted, me gustaría verle otra vez mañana por la mañana.

—No hay problema. ¿Quiere decir eso que va usted a ayudarme?

—Soy un profesional, señor. El haber escuchado su historia me convierte en... en una especie de confesor. No, ahora ya no podría negarle mis servicios. Por cierto ¿dónde se aloja?

—Me han recomendado una pensión en Brompton.

El gesto de espanto de Linus Daff fue casi imperceptible.

—Vaya allí y recoja su equipaje. Tome una habitación en el Park Lane —le tendió una tarjeta—. Aquí tiene la dirección. Diga al conserje que va de mi parte. Vamos a hacer bien las cosas desde el principio, ¿de acuerdo?

El otro asintió con fervor, recogió el sombrero y el bastón inútil y se despidió con una reverencia torpe.

—Muchas gracias por todo, señor Daff.

—Le espero mañana a las diez.

Patrick O'Brien se volvió una vez más antes de marcharse.

—Señor Daff.

—¿Sí?

—Yo la quería mucho.

El otro sonrió.

—No me cabe duda, señor O'Brien. Pero eso no es asunto mío.

Después de la marcha de Patrick O'Brien, el inventor de historias se sentó ante la mesa de su despacho y abrió la libreta de notas, pero la cerró casi instantáneamente. Hasta entonces, Linus Daff había reconstruido por completo el pasado de doscientas ochenta y siete personas, según constaba en sus fichas. Había convertido a estafadores en prohombres intachables, en damas respetabilísimas a mujeres de vida licenciosa, en mecenas espléndidos a usureros sin remedio. La tarea que se le encomendaba ahora no tenía por qué ser necesariamente más complicada: simplemente, tenía que convertir en un caballero a un pastor de cabras millonario. Sin embargo, había algo en todo aquello que Linus Daff no acababa de entender. Era evidente que Patrick O'Brien no tenía ningún interés en ascender socialmente. Hubiera sido perfectamente feliz con su millón de libras, su casa nueva y un automóvil con chófer. La temporada londinense, las carreras de Ascot, las cacerías del zorro al llegar el otoño eran cosas a las que un pastor hubiera dado muy poca importancia. ¿Por qué entonces el interés de Lady Walcott en convertir en un petimetre a un tipo sin pretensiones como Patrick O'Brien? Daff sacudió la cabeza como hacía siempre que le costaba comprender alguna cosa. Y poco a poco en su cerebro imaginativo se fue haciendo la luz: Lady Jane quería lo mejor para su protegido, pero le aterraba la idea de que alguien pudiera decir que había sido la amante de un cabrero irlandés que bebía el té sin leche y de un solo sorbo. Era por eso que quería pulir en lo posible a Patrick O'Brien. Un día u otro, alguien descubriría que él había sido el beneficiario de la fabulosa herencia Walcott. Para entonces, el amante de lady Jane debería ser tomado por un hombre de correcta educación y pasado intachable, capaz de comportarse en sociedad, moderado en sus gestos, refinado en sus gustos. Nadie se asombraría que un hombre así, poseedor además de una muy buena planta, hubiese sido en tiempos el compañero de cama de toda una lady. Es posible que lady Jane Walcott fuese una mujer de mentalidad abierta, y que en el fondo le divirtiese el rumor de que tenía un amante mucho más joven. Pero la posibilidad de que la mejor sociedad de Inglaterra e Irlanda supiese que había concedido sus favores y hecho su heredero a un hombre que se dedicaba a apacentar animales no podía resultar muy gratificante para una dama emparentada con la casa real inglesa. Nobleza obliga, pensó Daff. Iba a ser preciso algo más que inventar para aquel hombre un pasado creíble, se dijo. Luego respiró hondo, se colocó las gafas que empezaba a necesitar perentoriamente por imperativo de la edad, y empezó a trabajar en el caso O'Brien.

Patrick O'Brien volvió a la oficina la mañana siguiente, convaleciendo todavía de la impresión que le había causado su primera noche en un hotel de lujo. Llegó borracho de sorpresas y de sensaciones nuevas de las que hizo partícipe a Linus Daff, como si tuviese la necesidad de compartir con alguien aquel nuevo caudal de experiencias. Le habían dado una habitación con vistas al parque. Un ayuda de cámara del hotel había deshecho su equipaje. La doncella recogió sus trajes y sus zapatos para planchar y cepillar unos y otros. La camarera colocó flores en los floreros y chocolatinas en la mesilla de noche, y después de darse un baño perfumado había bajado a cenar al comedor del hotel.

—Me sirvieron una langosta abierta en canal rodeada de lechugas que parecían flores. Y tanto champán como quise. En la mesa de al lado había un grupo de señores muy elegantes con las mujeres más guapas que he visto en mi vida, señor Daff. Luego me fumé un puro y dormí como un bendito en aquella cama tan grande. Y hoy por la mañana me trajeron el desayuno a la habitación... el desayuno de un rey. No puede imaginarse la cantidad de cosas que sirvieron. Había huevos, jamón, bollos, mermeladas. No pude acabarlo todo. Luego bajé al vestíbulo y... ¿sabe lo que hice?

Linus Daff negó con la cabeza.

—Le pedí a un tipo que me limpiara los zapatos. —Se levantó los pantalones para que el otro pudiera comprobar la eficacia del limpiabotas—. ¿Qué le parece? ¿A que brillan como espejos? Luego compré el *Times*, porque era lo que hacían todos los que estaban allí, y me senté en un sillón a ver pasar a la gente... señor Daff, yo no sabía que en el mundo hubiese personas tan distintas.

En el vestíbulo del Park Lane Patrick O'Brien había descubierto caballeros de bombín que se preparaban para acudir a una reunión en la City, jeques árabes tocados con kufia, jóvenes engolados con atuendo de equitación que se disponían a dar un paseo a caballo por Hyde Park, una mujer india ataviada con un sari y la marca de casta en la frente, damas distinguidas que paseaban su aburrimiento por el vestíbulo del hotel, muchachas en flor buscando a un diplomático a quien convertir en marido, príncipes rusos, cantantes de ópera, actrices de teatro que acudían a desayunar atontadas todavía por el estruendo de los últimos aplausos, criados con librea, chóferes de uniforme, doncellas encofiadas que acompañaban a sus ancianas señoras en busca de una mesa situada junto a los ventanales que hiciese más llevadero el tedio matinal. A todos los había visto Patrick O'Brien, y todos y cada uno de aquellos personajes habían cautivado su atención. A Linus Daff le satisfizo comprobar que su cliente tenía cierta sensibilidad natural, cierta capacidad de observación y mucho interés por aprender cosas nuevas. Aquello sería un punto a su favor. Escuchó lleno de paciencia el relato exaltado de las novedades del mundo que Patrick O'Brien acababa de inaugurar, y luego tomó la libreta de notas.

—Bien, señor O'Brien, me alegro de que el Park Lane haya sido de su gusto.

—Mucho mejor que la pensión de Brompton.

—Mucho mejor, desde luego. Hágase a la idea de que va a vivir así a partir de ahora. Podrá cenar langosta siempre que se le antoje, beber todo el champán que le apetezca y desayunar en su habitación. Pero déjeme decirle que eso conlleva una serie de contrapartidas.

—¿Qué quiere decir?

Linus Daff adoptó una actitud grave, muy adecuada para el tono profesional que debía adquirir su siguiente parlamento.

—Tenemos que reconstruir su historia, señor O'Brien. Y antes que inventarle un pasado estamos obligados a dar unos toques a su presente. Deberá aprender a vestirse, a calzarse, a manejar los cubiertos. Tiene que empezar a andar más derecho, y me temo que es necesario que corrija su modo de caminar.

—¿Por qué?

—Señor O'Brien, no pretendo ser grosero, pero le he visto cuando venía hacia la oficina, y anda usted a saltos... además de exageradamente inclinado. No hace falta que mire al suelo antes de dar cada paso. Ésta es una gran ciudad. Aquí no hace falta esquivar piedras, ni troncos, ni bosta de caballo, ¿comprende? Mire al frente y dé pasos cortos. Y ese bastón, será mejor que lo deje en el hotel hasta que aprenda a manejarlo. Lo lleva como si se tratara de un palo para tener a raya a sus ovejas.

Patrick O'Brien miraba al suelo, entre avergonzado y ofendido. Linus Daff se sintió absolutamente miserable, pero sabía que era necesario adoptar ese tono y decir todas aquellas cosas horribles para llegar al final apetecido.

—Pida que le planchen cada traje antes de ponérselo. Me parece bien que le limpien los zapatos... pero sepa usted que de todos modos su calzado tiene un aspecto espantoso.

—Señor Daff, estos botines me han costado...

—No me importa lo que le hayan costado. Ningún caballero llevaría puestos unos zapatos así. —Carraspeó antes de continuar—. Hágase cortar el pelo en el hotel. Y que un barbero se ocupe de rasurarle todos los días. Déjese crecer el bigote. Le dará un aspecto un poco más distinguido. Tendrá que ir al teatro todas las noches...

—¿Al teatro? —hipó O'Brien—. Oiga, no creo que eso me guste. Una vez vino al pueblo la compañía de un tal Shakespeare. Un chiflado hablaba con el fantasma de su padre y otras cosas que no entendí.

—Perdone, señor O'Brien, pero en Londres todos los caballeros van al teatro. Y le aseguro que a la mayoría de ellos les gusta tan poco como a usted. Intentaré conseguirle un abono para la ópera... Es como el teatro, pero con música. Usted y yo tendremos que trabajar duro durante mucho tiempo. Le llevaré a ver museos y exposiciones... y también le daré clase de buenos modales, ya sabe, cómo sentarse a la mesa, cómo subir y bajar de un coche...

—¿Es que hay más de un modo de hacer esas cosas?

Linus Daff enarcó las cejas para mirar a su cliente.

—Por supuesto. Y deje que le diga algo: en Inglaterra son esos detalles los que distinguen a un caballero de un patán. Tendremos que hacer algo con su horrible acento campesino. Ah, y otra cosa: olvídese de tomar el té sin leche. No es de buen tono.

Aquello era demasiado para Patrick O'Brien, que se puso de pie de un salto y miró con ferocidad al inventor de historias.

—Se acabó. No quiero escuchar más tonterías. Mire, señor Daff, no sé qué es lo que quiere hacer conmigo...

—Perdone, yo no quiero hacer nada. Todo esto fue idea de lady Jane.

Al escuchar el nombre de su generosa amante, los ojos de O'Brien se dulcificaron un poco. Volvió a sentarse y miró a Linus Daff con una expresión absolutamente desolada.

—Señor —gimió—, yo sé que las intenciones de lady Walcott eran buenas... y que usted sólo quiere hacer bien su trabajo... pero soy un campesino ¿comprende? No sé andar de otra forma, no sé vestirme mejor de lo que lo hago... y cuando le oigo a usted hablar de teatros y de museos... bueno, me dan ganas de renunciar y volverme a Irlanda con mis cabras y mi casa vieja.

—No tiene por qué hacerlo. —Linus Daff había abandonado un poco el tono profesional que empleara hasta entonces—. He estudiado el testamento de lady Walcott, y no existe ninguna cláusula que tenga que ver con su intención de convertirle a usted en un caballero. Quiero decir que, legalmente, no tiene por qué someterse a ese deseo. Puede coger el dinero y hacer con él lo que le venga en gana, vivir como le parezca y, por supuesto, no hay nada que le obligue a cambiar su pasado.

Patrick O'Brien había fijado los ojos claros en algún punto de la habitación y parecía no escuchar a Linus Daff. Estuvo así unos segundos, callado y con la mirada perdida, y cuando volvió a hablar había algo lastimero en su voz.

—Ella lo quería así —dijo—. Me dejó todo su dinero. No tenía por qué darme ni un chelín. Yo nunca le pedí nada. Una vez me regaló un reloj muy bonito, y una chaqueta nueva por Navidad. Estaba con ella porque me daba la gana. Cuando me dijo que deseaba que me quedase con todo lo que tenía casi me da un ataque ¿sabe? Le contesté que no necesitaba su dinero, pero ella no me escuchaba. Y sólo me pidió que hablase con usted para cambiar mi historia... ella... ella deseaba lo mejor para mí...

Dos lágrimas como garbanzos cayeron sobre la alfombra persa de Linus Daff.

—No, señor Daff, no puedo traicionarla... Lady Walcott quería que usted hiciese de mí un gran señor. Y si para eso tengo que calzarme de otro modo y tragarme más cuentos de majaderos que hablan con su padre muerto, y ver museos y tomar el té con leche... bueno, estoy dispuesto a hacerlo.

Linus Daff miró sonriendo al enardecido O'Brien. Luego, en un gesto afectuoso que le era del todo impropio, le palmeó el brazo con calor.

—Excelente. Lady Walcott estaría orgullosa de usted. —Tomó unas notas en su cuaderno—. Mañana empezaremos con las clases de buenos modales. Si le parece bien, trabajaremos aquí de momento, aunque después habrá situaciones que estudiar sobre el terreno. Tendremos que ir de compras: trajes, sombreros... y zapatos, claro está. Deshágase de todos los que ha usado hasta ahora, no podrá volver a ponérselos.

El otro gimió levemente. Podía suponer que los zapatos que iba a elegirle Linus Daff no serían lo que se dice cómodos.

—Nos espera una ardua tarea, mi querido amigo. —Se colocó un dedo en la sien—. Una ardua tarea llena para usted de renuncias y sacrificios. A menos que...

Los ojos de O'Brien se avivaron un poco al intuir una esperanza en la precisión de Linus Daff, que se acercó un poco más a su cliente para dar confidencialidad a sus palabras.

—Hay un modo de no contrariar la voluntad de lady Jane y al mismo tiempo hacer un poco menos severo el castigo que para usted supondría integrarse en la sociedad londinense.

—Dígame cuál es —el tono de Patrick O'Brien sólo podría calificarse de suplicante.

—Dejar Inglaterra y empezar en América una nueva vida.

Linus Daff comprobó que su idea había despertado más interés que espanto en Patrick O'Brien, y eso lo animó a continuar exponiendo su plan.

—Mire, O'Brien... la sociedad inglesa es terriblemente rígida. Y muy cerrada también. Y no perdona la comisión de un error ni una metedura de pata. Hace unos meses hice pasar por aristócrata a un vaquero de Iowa, pero fue sólo durante unas cuantas horas. Su impostura va a durar hasta que muera. Estaría constantemente expuesto a cometer un desliz que diese al traste con las ilusiones de lady Walcott. Para una persona como usted, acostumbrado a la vida al aire libre, a un trabajo autónomo —Linus Daff se felicitó mentalmente por la muy adecuada denominación que acababa de dar al oficio de cabrero—, a una independencia, todos los encorsetamientos de esta ciudad acabarían por hacérsele insoportables. Nunca se sentiría bien entre las personas con las que se vería obligado a tratar... y, sinceramente, es muy posible que tampoco ellos llegaran a aceptarle a usted del todo.

Linus Daff se puso de pie y buscó un atlas que abrió delante de Patrick O'Brien, indicándole la situación exacta del continente americano.

—Aquí las cosas son distintas —señaló en el mapa de América del Norte la ciudad de Nueva York—. En los Estados Unidos a la gente no le preocupa la procedencia del dinero, y es mucho más flexible en lo que respecta a los buenos modales. Uno no deja de ser un caballero por llevar unos zapatos inapropiados o por no apreciar en su justa medida la música lírica. Además, para los americanos, todo lo que llega de Europa parece llevar consigo una notable dosis de distinción. Póngase de pie, por favor. Vamos, vamos.

Linus Daff examinó al irlandés durante un momento. Era alto y bien proporcionado, de espaldas anchas... un poco cargado de hombros, desde luego, pero eso podía arreglarse. Tenía las facciones correctas, una frente bastante despejada, cierta firmeza en el mentón... las manos, enormes y llenas de callos, eran un problema, igual que el excelente tono dorado de la piel curtida por el trabajo al aire libre. De todas formas, no había nada que no pudiera solucionar una manicura y unas cuantas semanas pasadas bajo techo.

—Amigo mío, aquí tenemos una excelente materia prima para convertirle a usted en un ejemplar que la sociedad americana recibiría con los brazos abiertos. Es usted alto, bien parecido y rico. En Nueva York puedo hacerle pasar por un caballero aceptablemente bien educado. Habrá que pulirle un poco, claro está... Me temo que no va a librarse del aprendizaje con los cubiertos ni tampoco de un par de visitas a la National Gallery. —Hizo un gesto de desprecio—. Los americanos suponen en todo aquel que ha pasado por Europa una cierta sensibilidad artística. Pero en Nueva York sus gestos naturales serán considerados sólo como un síntoma de campechanía, y puedo asegurarle que más de uno le preguntará dónde ha comprado los mismos zapatos que servirían de rechifla a los vecinos de Belgravia. Le garantizo que en cuestión de un par de meses tendrá usted en Nueva York un interesante círculo de amigos... y en menos de un año podría casarse con una chica de buena familia. Evidentemente, no puede usted aspirar a unirse a una Astor o a una Guggenheim... ésas vienen a Europa a maridar con príncipes arruinados de diecisiete apellidos... pero le aseguro que en Nueva York una fortuna como la suya le convertiría en el punto de mira de muchas mujeres jóvenes, solteras y bellas. ¿Qué me dice? ¿Está usted dispuesto a dejar su patria y empezar lejos de ella una nueva historia?

Patrick O'Brien asintió con calor. Cualquier cosa antes de tener que pasarse la vida en el teatro.

—Entonces estamos de acuerdo. Escuche, éste es mi plan. Seguiremos adelante con las clases de buenos modales... no se asuste, no seré muy severo... Yo inventaré para usted una historia completa, que repasaremos juntos hasta que sea capaz de recitarla de memoria. Le proporcionaré otro nombre y documentación de acuerdo con su nueva identidad, que no utilizará hasta llegar a Nueva York. —Hizo un par de anotaciones en su libreta, luego las leyó y procedió a tacharlas. Pasó unos segundos en silencio mientras se mesaba la barbilla—. Se me ocurre que sería mejor no hacer de usted un inglés. Es preferible hacerle pasar por un norteamericano rico... procedente quizá del estado de California... que acaba de pasar una larguísima temporada, digamos diez o doce años, viajando por el mundo. El proceso de integración será más fácil si todos le toman por un compatriota que ha recibido un baño cultural en el continente europeo. Bueno, ya matizaremos eso más adelante.

Linus Daff se interrumpió para colocar en su sitio el atlas que había mostrado a Patrick O'Brien.

—En Nueva York puede ser difícil conocer gente si no se tienen algunos contactos... no hace falta decir que no dispone de ellos. Se me ha ocurrido un modo de atraer sobre usted la atención de la sociedad neoyorquina. Prepararemos un maletín lleno de objetos personales y documentos de valor sentimental... ya sabe, cartas de amigos, algún libro bien escogido... Luego abandonará usted el maletín en un lugar donde pueda ser encontrado, por ejemplo en una estación de ferrocarril. Ese mismo día pondrá usted un anuncio en el *New York Times* dando cuenta de la desaparición de su maleta. El aviso incluirá la relación de los objetos que contiene y la existencia de una cuantiosa recompensa para quien lo encuentre y lo devuelva en su habitación del Waldorf Astoria... es un hotel muy agradable, le gustará mucho.

Patrick O'Brien escuchaba con el ceño fruncido y sin comprender muy bien.

—Perdone, pero todo eso del maletín ¿de qué va a servirme?

—Va a servirle para atraer sobre usted la atención de toda la ciudad. ¿Un recién llegado de Europa que se aloja en el Waldorf Astoria y que ofrece mil dólares por la devolución de un maletín lleno de cosas sin importancia? Me comeré el sombrero si antes de tres días no ha recibido usted la visita de un montón de neoyorquinos curiosos con ganas de conocer a un hombre rico, generoso y sensible capaz de gratificar con tanta largueza la recuperación de un montón de cachivaches... incluso podrían hacerle una entrevista para algún periódico. En menos de un mes sería usted un tipo conocido, popular, y requerido para fiestas y almuerzos bastante más divertidos que los que celebramos aquí. Bueno ¿qué le parece?

—Increíble... Increíble... Dígame una cosa, Daff ¿de dónde saca toda esa imaginación?

Linus Daff ensayó un ademán de modestia.

—Son muchos años en esta profesión, señor mío. Y ahora, si le parece bien, empezaremos a hablar de mis honorarios.

—Ponga usted el precio, señor Daff. Yo no voy a regatear el valor de una historia. Y menos si se trata de una historia como ésa. Lady Walcott sabía lo que hacía cuando me aconsejó que le pidiera ayuda.

—Supongo que sí. En fin, señor O'Brien, hemos terminado por hoy. Venga mañana a la misma hora. Para entonces habré terminado de inventar su historia y empezaremos a trabajar juntos usted y yo hasta que decidamos que está listo para partir con destino a Nueva York. También tendré preparada una factura. Puede elegir entre pagarla al principio, o bien hacer efectiva sólo la mitad de la cantidad, devengando el resto cuando yo termine mi trabajo. Lo dejo a su elección, toda vez que sé de su solvencia. Nada más. Disfrute de su estancia en el Park Lane... pero ya verá como encuentra mucho más de su gusto el Waldorf Astoria. Hasta mañana.

Linus Daff trabajó toda la noche inventando una nueva historia para Patrick O'Brien. Daff era un hombre meticuloso en extremo, y no quería dejar ningún cabo suelto en las imposturas que preparaba, así que crear el pasado de O'Brien le tomó más de trece horas horas. Reconstruyó su infancia, su árbol genealógico, los años escolares, la muerte de sus padres, el viaje a Europa, los amigos hechos en su recorrido por el mundo, los lugares visitados, las experiencias vividas, las impresiones recibidas al finalizar un periplo que le había llevado de Londres a Marrakech, de Lisboa a Nápoles, de Barcelona a Constantinopla, y de allí a Bujará, a Basora, a Bari, a Budapest, a Berlín, a Baalbeeck. Sidney había sido el punto final de su larguísimo viaje, y de allí habría tomado el camino de regreso a Nueva York, con una breve parada en Londres para renovar su vestuario. Al final de la noche, Linus Daff había rellenado un total de cincuenta y siete páginas de historia con su letra menuda y nerviosa, y aunque sabía por experiencia que aquellas cuartillas irían aumentando en días sucesivos, estaba seguro de haber trabado con bastante acierto el armazón del pasado de Patrick O'Brien. De pronto cayó en la cuenta de que para completar su plan era esencial dar con un buen nombre que pudiese servir a su cliente para mejor acomodarse a su nueva existencia americana. Pasó más de treinta minutos intentando encontrar un patronímico de su gusto, pero no fue capaz, y decidió dejar para el día siguiente aquella tarea. Estaba a punto de dormirse cuando, en ese extraño interregno que sirve de puente al sueño y la vigilia, un sector de su imaginación se avivó repentinamente: Irwin Howard, se dijo. Ése iba a ser el nuevo nombre de Patrick O'Brien.

O'Brien llegó al día siguiente con una puntualidad extrema, y aquello satisfizo sobremanera al señor Daff, que reconocía en el respeto a los horarios un signo innato de buena educación. Su cliente estaba recién afeitado y, en efecto, semejaba haber pasado por la mano de un peluquero profesional.

—Me he cortado el pelo —dijo, como para anticiparse a cualquier comentario—. De todas formas, creo que me hacía falta.

—Excelente. Tome asiento, por favor. Le ruego que preste mucha atención a todo lo que voy a contarle a partir de ahora, porque se trata de su propia historia. Se la repetiré tantas veces como sea necesario hasta que se encuentre capacitado para referirla a su vez con pelos y señales, ¿de acuerdo?

El otro asintió, y Daff creyó ver en su mirada el brillo de una cierta curiosidad; es lógico, se dijo, después de todo se trata de su vida.

—Empezaré por decirle que, una vez llegue usted a América, dejará de llamarse Patrick O'Brien para convertirse en Irwin Howard. Toda precaución es poca, ¿entiende?, y se trata de que nadie sea capaz de seguir su pista por el continente. Por supuesto, le proporcionaré la documentación adecuada para su nueva denominación. El señor Howard es natural de La Florida. Su padre era un terrateniente que falleció a muy temprana edad en un desgraciado accidente, y nunca conoció a su madre, que murió al darle a luz. Irwin Howard, o sea, usted, se educó en el campo con unos parientes lejanos hasta la muerte de éstos. A los quince años, y tal como había dispuesto su padre en su testamento, dejó los Estados Unidos para pasar en Europa una buena temporada. Este detalle es esencial. Servirá para justificar el hecho de que no tenga usted conocidos en Norteamérica. Su viaje duró bastante más de lo previsto inicialmente, casi veinte años, en el transcurso de los cuales usted visitó una treintena de países europeos, africanos y, asiáticos, llegando en su periplo hasta la mismísima Australia.

—¿Dice usted...?

Linus Daff tomó otra vez el atlas que había utilizado el día anterior, lo abrió delante de O'Brien y le señaló la situación de la isla inmensa.

—¿Lo ve? Estuvo usted aquí, concretamente en Sidney.

Patrick O'Brien miraba con desmayo el mapa que le ofrecía el inventor de historias. De pronto se sentía abrumado por el peso de la inmensa vida que no había llegado a vivir.

—Señor Daff. —Su tono era lastimero—, ¿cree que es necesario todo esto? ¿No sería mejor llegar allí y decirles a todos que soy una persona normal que ha heredado mucho dinero y ha llegado a América con ganas de gastarlo?

Linus Daff miró a su cliente sin asomo de impaciencia.

—Mi querido señor O'Brien... recuerde que es nuestra misión, la suya y la mía, hacer de usted un caballero respetado por la buena sociedad del lugar donde viva. En Inglaterra uno conquista a la gente a fuerza de distinción, de buen gusto, de cultura adquirida después del paso por colegios elitistas y escuelas de arte. En Nueva York no se necesita tanto para ser bien considerado. Basta con tener dinero. Pero si hay algo que vuelva locos a los americanos es la presencia entre ellos de personajes con algo que contar. Pretendo crear para usted veinte años de vida fastuosa, de viajes, de cacerías, de aventuras emocionantes. Todo Nueva York querrá conocerle, tratarle, escuchar el relato de sus andanzas por el mundo... Vamos, confíe en mí. Tenemos mucho tiempo, y ya le dije que le repetiré su historia cuantas veces haga falta. Le aseguro que dentro de una semana usted mismo se habrá creído toda esta colección de embustes. Continuemos. Le decía que su viaje por el continente comenzó en Lisboa. Allí permaneció durante poco tiempo, unos quince días... no le sentaba bien la humedad. De allí se trasladó a Madrid, donde vivió por espacio de cuatro meses en casa de un cónsul húngaro, por desgracia fallecido. Luego visitó Sevilla. Más adelante tomó en Cádiz un barco con destino a África...

Por espacio de tres horas, Linus Daff hizo a Patrick O'Brien un relato pormenorizado de las primeras etapas de un viaje larguísimo que nunca realizara. O'Brien escuchaba sin aliento, tratando de mantener en su memoria los datos ofrecidos por Daff y empezando a disfrutar de algún modo de los recuerdos falsos que debía alojar para siempre en su cerebro. Linus Daff interrumpió su relato para comer. Un restaurante cercano les sirvió el almuerzo en la propia oficina, y Daff aprovechó para dar a su alumno las primeras clases de urbanidad. Al principio se horrorizó al ver que O'Brien empuñaba el tenedor como si fuese un machete y que sorbía horriblemente al tomar la sopa, pero unas cuantas indicaciones oportunas suavizaron notablemente los modales del recién iniciado en las buenas maneras. En menos de quince días, pensó Daff, O'Brien estaría en condiciones de comer sin llamar la atención en el restaurante del Claridge. Se sonrió al imaginar las cenas diarias del cabrero en el Park Lane, pero afortunadamente había tenido el buen sentido de enviar a O'Brien a un hotel a menudo frecuentado por nuevos ricos, donde los camareros hacían la vista gorda cuando un huésped mojaba el pan en la salsa de los platos.

Aquella misma tarde salieron de compras. Linus Daff quiso que O'Brien visitara a su sastre personal, quien tomó las medidas del irlandés para confeccionar a su medida una docena de trajes de diario, un frac, un smoking y un chaqué. Daff encargó además seis pares de guantes, una chistera, dos bombines y varias chaquetas de tweed con pantalones haciendo juego.

—¿Sabe usted montar a caballo? —preguntó.

—Sí, señor, ya lo creo. Ni siquiera necesito silla.

—Excelente. Parsons, confeccione también un atuendo de montar completo en colores rojo y negro.

Después visitaron al zapatero, y Linus Daff eligió para su cliente veinte pares de zapatos. Había botines de charol y escarpines de tafilete, botas para pasear por el campo los días de lluvia, botas de montar, zapatos de deporte, zapatos de fiesta de aspecto notoriamente incómodo que Patrick O'Brien miró con manifiesta inquietud.

—No se preocupe. Sólo tendrá que llevarlos en ocasiones muy señaladas. Para la vida diaria podrá ponerse una calzado mucho más de su gusto. En fin, veamos... —Linus Daff examinó una lista—. Hace falta comprar algo de ropa interior, y algunos complementos... pero eso lo dejaremos para otro día. Creo que por hoy hemos tenido bastante ¿no le parece?

—Sí, señor. Estoy deseando caer en el catre.

—Señor O'Brien... la expresión «caer en el catre» puede no ser la más correcta. Utilícela sólo entre gente de mucha confianza, ¿de acuerdo?

El otro asintió.

—Estaré esperándole mañana para seguir con su historia.

Pasaron así dos semanas. Linus Daff contaba a O'Brien la vida de Irwin Howard hasta que llegaba la hora de comer. Durante el almuerzo, el maestro continuaba con las clases de urbanidad, aunque a medida que pasaban los días Patrick O'Brien iba necesitando cada vez menos indicaciones, y había aprendido a manejar los cubiertos con cierta soltura. Sin que él se diese cuenta, Linus Daff iba añadiendo paulatinamente nuevas piezas de cubertería, una copa más, un plato extra, y observaba con complacencia cómo su discípulo no necesitaba más que unas someras indicaciones para adaptarse al nuevo instrumental. Después de comer, y hasta la hora del té, Daff hacía a O'Brien una serie de preguntas sobre la vida de Irwin Howard para asegurarse de que su cliente había asimilado sin problemas cada nueva mentira. También tomaban juntos el té, y Patrick O'Brien apreciaba la calidad de las confituras y la suavidad de la mantequilla, el aroma del té, el sabor de los scones y de los crumpets. El futuro Irwin Howard era un buen alumno, se decía Linus Daff al ser testigo de sus progresos, y había veces que pensaba en la posibilidad de consentir su permanencia en Inglaterra y su posterior adaptación a la sociedad de Londres. Sin embargo, y a pesar del intenso trabajo de ambos, Patrick O'Brien seguía cometiendo deslices que delataban su condición de menestral: se hurgaba las orejas sin mucho disimulo, estornudaba con innecesario estruendo, se arrellanaba en el sillón, se rascaba la cabeza... Todas aquellas cosas carecían de importancia en Norteamérica. Pero los aristocráticos ingleses hubieran arrugado inmediatamente la nariz al ser testigos de alguna de las imprudencias que el bueno de O'Brien tenía a bien permitirse de vez en cuando.

Linus Daff le acompañó un par de veces en algunas vistas a la National Gallery. Alguien que ha vivido en Europa tanto tiempo como Irwin Howard por fuerza tenía que conocer, siquiera someramente, a los grandes maestros de la pintura. Así, O'Brien acabó por encontrar muy interesantes algunas piezas de la pintura italiana del Renacimiento, especialmente las de la Escuela de Venecia (a pesar de que Daff renunció a explicarle la importancia del punto de fuga), así como determinados lienzos notables de Murillo, Caravaggio y Van Eyck. El señor Daff tuvo que reconocer en O'Brien cierta sensibilidad que, de haber sido correctamente encauzada en su justo momento, hubiera podido dar frutos sorprendentes. Era, sin embargo, demasiado tarde como para proporcionar al próximo Irwin Howard algo más que una leve pátina cultural. De todos modos, se decía el inventor de historias, todos esos norteamericanos entre los que va a vivir a partir de ahora no serían capaces de distinguir entre un Velázquez y un Greco. Perdían la cuenta ante toda aquella obra de arte que tuviera más de cincuenta años. Gracias a unas láminas regalo de un amigo de Linus Daff que acababa de pasar dos años en París, O'Brien pudo hacerse una idea de la obra pictórica de los maestros impresionistas, que nunca llegaron a gustarle, y escuchó también por primera vez el nombre de Pablo Picasso. Aunque no pudo mostrarle ninguna obra suya antes de partir con destino a Nueva York, Daff aconsejó a su cliente que lo nombrase como una de las grandes promesas del arte moderno.

Mientras Patrick O'Brien avanzaba poco a poco en el conocimiento de su pasado y proseguía en la obtención del necesario barniz intelectual y artístico que todos darían por sentado en un incansable viajero, Linus Daff trabajaba para conseguir una serie de elementos materiales que pudieran ser útiles en la falsedad orquestada. Encargó un centenar de primorosas tarjetas de visita a la mejor imprenta de todo Londres, y se hizo con una buena cantidad de tarjetones que Irwin Howard había supuestamente recibido de manos de sus amigos. Escribió frases personales en el reverso de algunas de ellas: «Querido Howard, muchas gracias por sus hermosas flores»; «Esperamos verle muy pronto»; «Gracias por la excepcional velada»; «Le deseamos un próspero año nuevo»... Decidió inventar para Howard una apasionada aventura amorosa con una mujer casada, y escribió media docena de cartas encendidas que se llevó a casa para manosear en lo posible hasta que dieron la impresión de haber sido leídas un centenar de veces. También elaboró una especie de cuaderno que, a modo de diario, recogía los comentarios que el supuesto Howard iba escribiendo de todos los lugares que visitaba. Estos y otros objetos fueron a parar al maletín que Patrick O'Brien debía perder en algún punto de su camino al Waldorf Astoria. Daff confeccionó un escrupuloso inventario de todas las pertenencias que allí se escondían, y que debería ser publicado tal cual en el *New York Times*. Dos meses después de su primera visita a Linus Daff, Patrick O'Brien estaba preparado para iniciar una nueva vida con el nombre de Irwin Howard.

Fue entonces cuando Patrick O'Brien tuvo noticia de la

próxima partida del mayor trasatlántico del mundo desde el puerto de Southampton. El *Titanic* saldría con destino a Nueva York el día 11 de abril de 1912, y los periódicos decían que no había un barco más lujoso ni capaz de proporcionar a sus viajeros una singladura tan divertida como segura. O'Brien habló con Daff sobre la posibilidad de comprar un pasaje en aquel prodigio de ingeniería naval.

—Dicen que será un viaje histórico —aventuró O'Brien. Linus Daff, sin embargo, no compartía su entusiasmo.

—O'Brien... si se fía usted de mi criterio, no creo que viajar en ese buque sea demasiado beneficioso para nuestros planes.

El otro pareció desencantado. Linus Daff se explicó.

—Como usted dice, será una travesía excepcional. Habrá pasajeros con los que es muy posible que llegue a coincidir en Nueva York, y es preciso que usted salga de Inglaterra siendo Patrick O'Brien y sólo en América empiece a utilizar su nueva identidad. ¿Qué nombre piensa dar a sus compañeros de viaje? Si queremos que todo salga como hemos planeado, debe tomar un pasaje como Patrick O'Brien, seguir utilizando esa identidad en el transcurso del viaje, y una vez en Manhattan convertirse en Irwin Howard.

Patrick O'Brien frunció el ceño ostensiblemente, y luego cruzó los brazos alrededor del pecho como un niño enfurruñado. A Daff le sorprendió su actitud, toda vez que hasta entonces había demostrado ser un hombre dócil, manejable y muy poco dado a discutir. Por lo visto, O'Brien tenía un particular interés en viajar en aquel monstruo del agua.

—¿Y si viajo en tercera, con mi vieja ropa y mis zapatos?

—Por el amor de Dios, O'Brien... tendría que llevar

consigo todos sus objetos personales, una buena cantidad de dinero, su nueva documentación... por no hablar del maletín que debe perder y que llevo semanas preparando para usted. ¿Y si sufriera algún robo? No sabemos la clase de gente con la que usted puede encontrarse en la zona de tercera clase.

Patrick O'Brien tuvo que dar por buenos los argumentos de Daff, pero a pesar de todo seguía dando vueltas a sus ansias de participar en aquel viaje del *Titanic,* a su ilusión de empezar una nueva vida habiendo formado parte de un acontecimiento sin parangón. Si yo fuera Linus Daff, se dijo, seguro que se me ocurriría una historia. Repentinamente, su rostro se iluminó: acababa de tener una gran idea.

—Señor Daff... Señor Daff, véngase usted conmigo.

—¿Cómo dice?

—Acompáñeme a América en el *Titanic.* Yo pagaría para usted un pasaje de lujo y compraría otro en tercera clase para mí. Usted se haría cargo de mis pertenencias hasta llegar a Nueva York. Allí volveríamos a encontrarnos, y entonces yo ya sería Irwin Howard.

—¿Y qué pasa conmigo? ¿Tomo otro barco de vuelta a casa? Vamos, O'Brien...

—Usted no tendría por qué regresar a Inglaterra. Podría quedarse en Nueva York trabajando para mí. —Linus Daff escuchaba boquiabierto las palabras de O'Brien—. Sabe perfectamente que el dinero no es ningún problema. Y también que no me vendría mal contar con su ayuda para hacerme un hueco en la sociedad de Nueva York. Usted ha inventado una historia condenadamente buena pero... ¿y si tuviera dificultades? Yo no sería capaz de discurrir otras historias ni de defenderme con más mentiras. Todos estos días de trabajo podrían irse al cuerno.

Linus Daff intentaba reponerse de la sorpresa que había provocado en él la proposición inesperada.

—Véngase conmigo —ahora el tono de O'Brien era casi de súplica—, sé que voy a necesitar que me ayude. Dígame lo que quiere cobrar, le pagaría tanto como usted me pidiera... Le gusta mucho Nueva York, me lo dijo una vez... Y yo no le molestaría, palabra, a mí me basta con tenerle cerca por si aparecen problemas. Yo pagaría sus gastos y usted, a hacer su vida.

Linus Daff buscó acomodo en una butaca. Nunca hasta entonces se había planteado la posibilidad de abandonar Londres, salvo para pasar temporadas en la casa de campo de Devonshire. Sin embargo, llevaba mucho tiempo pensando en retirarse, en dejar de una vez por todas el negocio de las historias y de las mentiras. Ahora, Patrick O'Brien le ofrecía la oportunidad de seguir trabajando de por vida, pero ya sólo tendría que ocuparse de sustentar un falsa historia. ¿Por qué no?, se dijo. ¿Qué habría de malo en cambiar de residencia, de ciudad, de país? Había estado sólo una vez en Nueva York, y recordaba fascinado aquella urbe sorprendente donde empezaban a crecer los rascacielos y cualquier sueño parecía ser posible. Cuando levantó la cabeza para mirar a Patrick O'Brien, éste pensó que el inventor de historias había rejuvenecido de golpe unos cuantos años, y supo entonces que estaba dispuesto a aceptar su propuesta.

—Trato hecho, señor O'Brien. Nos iremos juntos y estaré a su servicio hasta que considere que ya no me necesita. Entonces decidiré sobre mi futuro.

Unas semanas después, en el puerto inglés de Southampton, Linus Daff y Patrick O'Brien tomaban un barco gigantesco con destino a Nueva York. El irlandés se acomodó como pudo en los compartimentos de tercera clase. El inventor de historias ocupó un camarote de lujo en la cubierta principal. Los botones que le ayudaron a instalarse se sorprendieron de la cantidad de equipaje que aquel caballero llevaba consigo: siete baúles, diez sombrereras, catorce maletas de diversos tamaños... y un maletín muy pequeño del que no quiso separarse en ningún momento de la travesía. Lo que nadie pudo saber nunca es que allí estaba encerrado el enigma de Irwin Howard.

Lo que pasó después ya lo saben ustedes. Y, en cualquier caso, ésa es ya otra historia.

Aquel que no ha sobrevivido a una catástrofe es incapaz de imaginar los sentimientos encontrados que embargan a los supervivientes del desastre una vez pasadas las horas más difíciles, cuando uno se ha cansado ya de dar gracias a Dios por haber conservado su vida en detrimento de la de otros seres menos afortunados y empieza a preguntarse por qué yo, por qué no otro, por qué me ha tocado a mí y no a ése o aquél, qué pecados cometieron ellos que yo no cometí, merezco realmente esta oportunidad de resurrección o voy a pasar el resto de mis días purgando la falta de haberme salvado mientras otros murieron.

Mientras se preguntaba una y otra vez por la razón que los artificios del azar habían esgrimido para ponerse de su parte, Linus Daff intentaba escapar de un confuso sentimiento de culpa, porque de algún modo se sentía responsable de la muerte de Patrick O'Brien. Las horas que transcurrieron hasta que se confirmó su desaparición, junto con los pasajeros de tercera clase que no habían tenido tanta suerte como los ocupantes de los camarotes de lujo en el reparto de las barcas, fueron para él más amargas incluso que las pasadas en el bote salvavidas entre gigantescos pedazos de hielo, intentando adivinar a través de la niebla las luces difusas del *Carpathia*, el trasatlántico que rescató a las víctimas de la primera parte de su odisea. La visión del buque fue para aquellos que tiritaban de frío bajo la bóveda de la noche oceánica un revulsivo de la esperanza, y el ánimo de todos cobró nuevos bríos cuando manos amigas les ayudaron a subir al barco. En ese momento recibieron una inyección instantánea de optimismo, y los hijos estaban seguros de que volverían a ver a los padres, las esposas conservaban la convicción de recuperar sanos y salvos a sus maridos, y no faltaba el iluso que se declaraba dispuesto a emprender cuanto antes una travesía similar pero con final feliz. El propio Linus Daff se sintió súbitamente espoleado por el mejor talante, y pensó que a buen seguro su cliente Patrick O'Brien habría conseguido subir a uno de los botes y se encontraría en aquel instante a punto de ser rescatado. Ninguno de los supervivientes podía intuir entonces que lo peor estaba por llegar, que horas después recibirían con el alma encogida la noticia del número de desaparecidos, que tendrían que pasar el resto de sus vidas haciéndose perdonar su situación de sobrevivientes privilegiados frente al más de un millar de cadáveres que reposaban ya para siempre en los fondos gélidos del Atlántico norte.

Linus Daff tardó varios días en aceptar que Patrick O'Brien había muerto. Durante muchas horas su reposado ánimo inglés sufrió sorprendentes sacudidas en las que se alternaban ordenadamente la amargura y la esperanza. Buscó en su sentido común algún motivo que le permitiera sobrevivir a los peores augurios: siempre cabía la posibilidad, pensaba, de que el señor O'Brien hubiera perdido la memoria y fuese incapaz de dar a nadie noticias sobre su origen; o bien, astuto él, había decidido llevar hasta sus últimas consecuencias el fraude orquestado para crear a Irwin Howard y estuviese esperando el momento oportuno para reaparecer con su nuevo nombre, una vez que todos hubieran dado por muerto a Patrick O'Brien. Nada de esto sucedió. El personal de la compañía naviera confirmó que el nombre de O'Brien no aparecía en la lista de supervivientes de tercera clase, y que, considerando las circunstancias, era mejor resignarse a darle por muerto.

—Lo siento, señor. —El oficial, un muchacho de veinte años, miraba a Linus Daff con el aire profesionalmente contrito del que lleva muchas horas dando pésames y malas noticias—. ¿Era, tal vez, su criado?

Él ni siquiera le miró para responder.

—Era mi amigo.

En el hotel Waldorf Astoria había dos suites reservadas a nombre de Irwin Howard y de Linus Daff. El primero nunca llegó a tomar posesión de la suya. Fue el propio Daff quien anuló la reserva y ocupó la habitación que le correspondía, presa de una profunda inquietud: por primera vez en su vida no sabía qué iba a hacer con ella a partir de entonces.

Al emprender viaje hacia Nueva York había decidido acabar su trayectoria profesional en el continente americano, trabajando para Patrick O'Brien en calidad de asesor. Muerto éste, su estancia en los Estados Unidos carecía de sentido, toda vez que no tenía demasiados conocidos en América del Norte, mucho menos amigos, y su reputación como inventor de historias en el país era prácticamente inexistente. Es verdad que hubiera podido pedir cartas de recomendación y tal vez algunos contactos a antiguos clientes americanos que habían contado con sus servicios durante su estancia en Europa, pero de cualquier forma la construcción del sólido prestigio profesional del que gozaba en el continente sería cosa de bastante tiempo. Y Linus Daff no estaba seguro de contar con todo el necesario para empezar una nueva andadura profesional en aquella tierra ajena donde nadie le esperaba.

Antes de partir rumbo a Nueva York, Daff había transferido todas sus cuentas a un banco americano. Disponía de una pequeña fortuna en dólares, pero en ningún modo suficiente para sobrevivir como rentista en Manhattan durante el resto de sus días, y mucho menos llevando el nivel de vida al que se había acostumbrado en los últimos años. En esas circunstancias había dos opciones: la primera, trasladarse a una zona más tranquila del medio oeste americano, quizá a una pequeña población donde podría sobrevivir con sus ahorros sin demasiados problemas. La segunda, volver a Europa. Pero en aquel momento no se sentía con fuerzas para emprender otra travesía similar, para enfrentar de nuevo las jornadas larguísimas a bordo de un barco construido con el propósito de desafiar al mismo Dios. Y luego, el regreso a Londres, las preguntas de los amigos, la obligación de relatar una y otra vez la experiencia vivida con la certeza de que ser ya un elemento de la historia trágica de la navegación moderna... Tuvo que reconocer ante sí mismo que no estaba en absoluto preparado para volver a Inglaterra, pero la posibilidad de instalarse en Tejas, en Alabama o en Minnesota no le seducía lo más mínimo. Decidió permanecer unas semanas en Nueva York y luego reconsiderar sus opciones antes de inclinarse por una o por otra, aunque en aquel momento estaba casi seguro de que nunca se consideraría preparado para emprender un viaje de regreso a Europa. Claro que entonces él ignoraba que Fernando Castro de Lema había mandado a alguien a seguir su pista desde Londres, y que ese hombre estaba en Manhattan con el único propósito de dar con él y comprarle una historia. Pero, sobre todo, Linus Daff ni siquiera podía imaginar que el hombre que Castro de Lema había enviado en su busca era un viejo conocido suyo: el mismísimo Pedro Almeiras.

Linus Daff decía siempre que al intentar evocar los primeros días después del naufragio se sucedían en su cabeza un montón de escenas sin orden ni concierto que le era de todo punto imposible situar en una sucesión coherente, como si el estado de shock hubiese revolucionado su cerebro y hasta su sentido común. Lo que sí recordaba con total nitidez eran las palabras de un desconocido que se brindó a acompañarlo a su hotel desde las dependencias portuarias, después de responder a muchas preguntas y de aguardar inútilmente alguna noticia sobre Patrick O'Brien. Aquel hombre le llevó al Waldorf en un coche pequeño que olía fuertemente a tabaco, y no dijo nada mientras duró el trayecto. Al dejarlo frente al hotel, vestido con las ropas ridículas que le había prestado el personal de la compañía naviera, el desconocido le puso la mano en el hombro y buscó sus ojos.

—Y ahora, señor, prepárese para volver a la vida.

Arrancó el coche y se marchó. Ni siquiera dijo su nombre. Tenía un aspecto amable y ramplón, un rostro de facciones correctas exactamente igual al de decenas de personas, vestía sin elegancia ni estridencias. Linus Daff no pudo mantener su imagen en la memoria más allá de unos minutos, pero aquella frase le persiguió durante muchas horas, y volvió a escucharla en sueños cuando pudo por fin meterse en la enorme cama de su habitación del Waldorf y dormir durante doce horas seguidas amparado por los sedantes facilitados por el médico que le atendió a su llegada a los muelles.

Al despertar al día siguiente comprendió el significado último de aquellas palabras: no obstante la pesadumbre que le embargaba, no obstante el desánimo y la tristeza, había asuntos prácticos de los que tenía que ocuparse. En primer lugar, la adquisición de ropa nueva, porque no cabía duda que el uniforme que le habían prestado los marineros del *Carpathia* no era la indumentaria más conveniente para moverse por una ciudad civilizada. De pronto se dio cuenta de que no tenía dinero: era urgente, pues, una visita a los bancos. Pidió al servicio de habitaciones un lote de objetos de aseo y solicitó a un botones que adquiriese para él un pantalón, una camisa, ropa interior y un par de zapatos. Después de tomar un baño, de afeitarse y de vestirse con ropa seca de su talla, el inventor de historias tuvo que reconocer que se sentía bastante mejor. Tras desayunar, un taxi le dejó frente a la oficina del Banco de Londres, adonde había transferido sus cuentas. Milagrosamente, llevaba encima su documentación personal en el momento del naufragio, de modo que no tuvo problemas para hacerse con dinero suficiente para sus gastos futuros. En el banco, el empleado le atendió con lo que Linus Daff pensó que era una suerte de cariñosa conmiseración, y la posibilidad de que el muchacho hubiera reconocido en él a uno de los supervivientes del desastre le llenó de inquietud: ¿cómo iba a poder olvidar aquella sucesión de acontecimientos amargos si todos se empeñaban en tratarle como a un resucitado? Abandonó la oficina bancaria de muy mal humor. Visitó luego unas cuantas tiendas. Allí, rodeado por decenas de personas que no reconocían en él al rescatado del naufragio, recuperó parte de su serenidad. Compró varios equipos completos, diciéndose que tendría que localizar cuanto antes a un sastre en condiciones. Luego comió un bocadillo en un café cercano y regresó al hotel recordando las palabras del desconocido. Prepárese para volver a la vida. No quedaba otro remedio. Por grande que fuese la tragedia vivida, por intenso que pudiera resultar el dolor, a pesar del desconcierto y de la pérdida, el regreso a las cosas cotidianas era una parte más de la burocracia de la desdicha. Uno tenía que volver a comer, a afeitarse, a hacer compras, a cruzar la calle y a tomar un coche, a visitar un banco, a encargar un traje, a quitarse un piedra de un zapato, a elegir un postre. No se podía escapar a semejantes asuntos. La vuelta a la vida era inevitable. Y todas aquellas pequeñas obligaciones engorrosas irían despejando el camino de regreso a una existencia más o menos normal.

Linus Daff llevaba tres días en Nueva York cuando un camarero del hotel le trajo un sobre cerrado. Dentro había una nota rematada por una firma inconfundible: «Mi querido amigo: tengo que verle urgentemente. Puede localizarme en el hotel Plaza. Firmado, Pedro Almeiras.»

El inventor de historias llevaba tanto tiempo sin pronunciar aquel nombre que casi le costó trabajo decirlo en voz alta cuando intentó hacerlo. Un aluvión de recuerdos acudió instantáneamente a la llamada de la nostalgia: las noches de Londres, los conciertos de piano, el placer de la conversación con un hombre excepcional... y, cómo no, el rostro de Lucrecia Sánchez, sus ojos oscuros, el timbre de su voz, la música de su risa, la flor que llevaba en el pelo cuando la vio por primera vez, su forma de moverse, el rumor de sus pasos perdiéndose puntualmente por las escaleras del Savoy antes de las diez de la noche... Linus Daff hubiera querido plantar cara a todas aquellas imágenes, poner nuevamente coto a su bien controlada melancolía y olvidar otra vez a los que tanto trabajo le costó dejar de recordar a diario, pero no pudo hacerlo, como si torturarse con aquellas escenas del pasado fuese un modo de tocar fondo en la tristeza absoluta que le rondaba el alma durante los días infames en la soledad de un hotel de lujo. Tuvo que admitir que, en realidad, nunca había dejado extinguirse en la memoria ni a Lucrecia ni a Pedro: simplemente, y mediante un esfuerzo heroico, consiguió relegarlos al último rincón de su cerebro, y la imagen de ambos había permanecido allí agazapada durante muchos años, en una suerte de hibernación. Sin embargo, habían bastado una carta y una firma para que uno y otra despertasen de su letargo y regresaran una vez más para hacerle caer en la cuenta de cuánto los había querido. Linus Daff mantuvo la nota en sus manos durante mucho tiempo, acarició el papel rugoso, estudió una y mil veces aquella caligrafía familiar de mayúsculas levemente inclinadas, y luego, sin querer meditar en la conveniencia de su gesto, sin detenerse siquiera a pensar en las consecuencias que podía tener para él un próximo contacto con otro momento de su vida, el inventor de historias se sentó frente al escritorio y redactó una concisa nota de respuesta: «Le espero mañana a las once en punto en el bar de mi hotel. Firmado, Linus Daff.»

El inventor de historias apenas si durmió aquella noche, inquieto como estaba por la inminencia del reencuentro, y a los pocos momentos de descanso se sucedían bruscos regresos al estado de vigilia. Era ya casi de madrugada cuando Linus Daff se sumió en un sueño verdaderamente profundo del que despertó pasadas las diez de la mañana, con el sobresalto de haber dormido más de la cuenta y la vaga sensación de haber soñado con una mujer que no era Lucrecia Sánchez. Faltaba menos de una hora para su cita con Pedro Almeiras, y Linus Daff tuvo que asearse y vestirse con más celeridad de la acostumbrada para no cometer el pecado imperdonable de la impuntualidad.

Entró en el bar del Waldorf Astoria a las once menos

cinco. Pedro Almeiras no había llegado aún, y el inventor de historias se sintió extrañamente aliviado, como si todavía necesitase de unos minutos más de soledad antes de afrontar el reencuentra. Eligió una mesa y pidió una taza de té. Estaba absorto en la contemplación del azúcar disolviéndose en el líquido cuando escuchó una voz familiar.

—Señor Daff...

Frente a él, diez años después, estaba Pedro Almeiras. El inventor de historias se puso de pie y le tendió la mano. El español la estrechó con el calor de un amigo antiguo, y entonces Linus Daff se dio cuenta de lo mucho que precisaba la visión de un rostro conocido después de los días de amargura, de cuánto tiempo llevaba ansiando el apretón de manos que ahora le brindaba Pedro Almeiras.

—Siéntese, por favor. ¿Qué va a tomar?

Quedaron frente a frente y en silencio. Un camarero solícito atendió al recién llegado, y mientras Pedro Almeiras explicaba cómo quería el café, el inventor de historias tuvo ocasión de observarle. No había cambiado en absoluto. Conservaba el aire sereno que tenía diez años atrás, y también la buena costumbre de mirar de frente y no huir de los ojos del otro. Tenía la piel exactamente igual, porque ya en la época de Londres habían empezado a aparecer las primeras arrugas, y la sonrisa juvenil que surcaba fugazmente su rostro amable no había perdido ni una pizca de su encanto. Pedro Almeiras acercó un poco más su silla, sacudió la cabeza y miró fijamente al inventor de historias.

—¡Daff! Llevo varias semanas intentando localizarle. Le envié un telegrama a Inglaterra, y me trasladé a América desde La Habana al enterarme de que había emprendido viaje a Nueva York. —Pedro Almeiras hablaba con el atropello de un adolescente, y Linus Daff pensó que por primera vez en su vida el español había perdido su serenidad proverbial—. En Londres me dijeron que tenía un pasaje para viajar en ese barco del demonio... Por todos los santos, Daff, cuando tuve noticias del naufragio llegué a pensar que había muerto.

—Pues ya ve —Linus Daff se encogió de hombros—, no había llegado mi hora. Supongo que estoy de enhorabuena.

Los ojos de Pedro Almeiras se ensombrecieron un poco.

—Daff... escuche, debe haber pasado usted unos días terribles... pero está vivo para contarlo. Debería dar gracias a Dios por haber salvado la vida. Otros no han tenido la misma suerte. Además, viajaba usted solo... Piense en todas esas personas que perdieron a sus familias en el naufragio.

Linus Daff bajó la cabeza y recordó a Patrick O'Brien. Instintivamente se pasó la mano por los ojos, como si ésa fuera una forma de espantar los recuerdos. Junto a él, Pedro Almeiras observaba en silencio el desaliento del inventor de historias.

Entonces escondió la cara entre las manos, respiró profundamente, y por primera vez en su vida adulta, Linus Daff, el inventor de historias, se echó a llorar. Lloró por Patrick O'Brien, que ya no podría ser Irwin Howard, y lloró por su amistad interrumpida con Pedro Almeiras. Lloró por la ausencia irreparable de Lucrecia Sánchez, por el paso del tiempo, por los años perdidos, por la angustia sin nombre padecida durante el naufragio, lloró por la soledad de aquellos días en Manhattan, por no saber qué hacer con las horas por venir, y lloró porque estaba vivo y porque no tenía valor para desear estar muerto.

Una vez más, y como había hecho en otras ocasiones, Pedro Almeiras se dijo que los americanos eran bastante menos discretos que los ciudadanos ingleses. Al escuchar los sollozos de Linus Daff, muchos clientes del bar del Waldorf volvieron la cabeza sin disimulo para conocer la identidad del autor del llanto, y en un tono de voz que era, cuando menos, inapropiado, se preguntaban unos a otros, ¿y qué le pasa a ése? El inventor de historias estuvo a punto de desmayarse al caer en la cuenta de que era el centro de atención por un motivo más bien poco amable. Pedro Almeiras se puso de pie.

—Daff... ¿le importa que sigamos hablando en su habitación?

Sin detenerse a pedir la cuenta, Pedro Almeiras dejó sobre la mesa unos cuantos billetes, y los dos hombres abandonaron el bar seguidos por las miradas curiosas de más de la mitad de los parroquianos de postín que abarrotaban el bar del Waldorf.

Subieron en silencio a la suite de Linus Daff, que tenía que esforzarse para reprimir los sollozos, mientras el español se preguntaba qué se dice a un hombre que llora para consolarlo sin incurrir en ninguna impertinencia. Se sentaron en dos butacas, frente a frente otra vez. Linus Daff echó la cabeza para atrás y respiró como si llenarse los pulmones de aire fuera una forma de conjurar las lágrimas.

—Le pido disculpas, Pedro. Lo que acabo de hacer es imperdonable.

El otro meneó la cabeza.

—No se preocupe. Mire, Daff, nadie en el mundo está en condiciones de entender lo que han pasado ustedes durante estos días. Ha debido ser una experiencia espantosa, y si alguien se cree capacitado para juzgar sus reacciones... bueno, le aseguro que no seré yo quien lo haga. —Sacó la tabaquera de cuero que siempre llevaba consigo—. ¿Quiere un cigarro? ¿No? Yo fumaré uno, si no le molesta...

Pedro Almeiras encendió el puro con las cerillas de madera que le gustaba utilizar, largas, acabadas en una cabeza rosada que al encenderse dejaba en el aire un vago olor a azufre. Luego aspiró el humo en silencio, cerró los ojos y al abrirlos fijó las pupilas azulísimas en los ojos del inventor de historias.

—¿Sabe una cosa, Daff? Le he echado mucho de menos todos estos años. Dejó usted sin contestar un par de cartas mías... supongo que se perdieron. El correo ultramarino es un completo desastre. —Sonrió—. Puede creerme si le digo que haber dado con usted es lo mejor que me ha ocurrido en bastante tiempo.

Linus Daff le escuchaba aspirando a su vez el perfume inolvidable del tabaco cubano. El aroma del cigarro tuvo la virtud de devolverle más recuerdos de la época pasada en Londres con Pedro Almeiras y Lucrecia Sánchez, cuando al final de las cenas los hombres fumaban con delectación los habanos que fabricaba la familia de Lucrecia mientras ella se moría de envidia y maldecía los remilgos sociales que le impedían fumar en público, porque en aquellos momentos hubiera dado años de su vida por disfrutar no ya del humo de uno de los cigarros espléndidos, sino del de una miserable tagarnina.

—¿Está seguro de que no quiere uno de éstos? —Pedro Almeiras señaló la purera. El otro negó con la cabeza. Luego sonrió levemente por primera vez en toda aquella mañana aciaga.

—Pedro... Yo también me alegro de verle. Me he sentido muy solo durante estos días... Y muy desorientado también. No tengo amigos en Nueva York... En realidad, vine a petición de un cliente que de pronto dejó de precisar mis servicios.

Pedro Almeiras dejó el cigarro en un cenicero.

—Precisamente por eso le buscaba, Daff. Porque necesito que trabaje para alguien muy cercano a mí—echó la cabeza hacia atrás y expulsó el humo—. Escuche, antes de nada tengo que advertir que la tarea que voy a encargarle requiere cierto tiempo.

—Por eso no se preocupe. Tengo todo el del mundo.

Pedro Almeiras consultó su reloj.

—Son casi las doce y media. ¿Le parece que salgamos a almorzar?

—Si no le importa, preferiría comer aquí mismo. Puedo pedir algo al servicio de habitaciones.

—Como prefiera.

Linus Daff ordenó un almuerzo completo y una botella de vino español en homenaje al amigo recuperado. Mientras esperaban la llegada de las viandas, Linus Daff se sorprendió al notar que ardía en él una llama que ya creía extinguida para siempre: la de la curiosidad. ¿Qué asunto importantísimo quería encomendarle Pedro Almeiras? ¿Qué razón poderosa le había impulsado a salir en su busca tantos años después de su último encuentro? De pronto y por primera vez en mucho tiempo, Linus Daff se sintió rejuvenecer: un sexto sentido le decía que, cuando había dado ya por finalizada su etapa de inventor de historias, el destino le enviaba una oportunidad de oro para ejecutar un triple salto mortal sin red, un más difícil todavía. No le sorprendió que la ocasión llegara precisamente de la mano de Pedro Almeiras, y se dio cuenta de que el azar echa mano de estrategias sorprendentes para reconducir la vida de las personas. De pronto, tuvo el convencimiento absoluto de que el encargo de Almeiras iba a variar de forma definitiva los próximos meses de su existencia.

Como Linus Daff se temía, Pedro Almeiras no empezó a hablar hasta que el almuerzo estuvo servido y el vino de las copas brilló al sol que entraba por las ventanas de la suite. El español probó el vino, hizo un comentario elogioso y luego buscó con sus ojos azules la mirada de Linus Daff.

—Como habrá adivinado, Daff, le he seguido hasta aquí porque necesito comprarle una historia.

—¿Usted? —Linus Daff sonrió—. Si mal no recuerdo, hace algún tiempo le ofrecí una como regalo y ni siquiera quiso escucharme.

El recuerdo de Lucrecia Sánchez pasó como un ángel por la habitación, revoloteó la mesa del almuerzo, se deslizó por las cuatro esquinas de la pieza y al final, sin que Linus Daff pudiera evitarlo, salió por la ventana abierta y desapareció en silencio.

—No se trata de mí, Daff. Es un amigo de La Habana. Necesita recomponer su pasado, y además con mucha urgencia.

—Suele ocurrir. —El inventor de historias se llevó a la boca un pedazo de *filet mignon*—. Lo de la prisa, quiero decir. En fin, me hacen falta más detalles... antes de nada ¿cómo se llama su amigo?

—Fernando Castro de Lema. Es gallego, como yo. Tiene más de setenta años y se está muriendo.

Linus Daff se sobresaltó.

—Caramba, Almeiras... en fin, éste es un caso atípico... cambiar la historia de uno cuando ya está a punto de dejar este mundo... Si quiere que le diga la verdad, no estoy seguro de que merezca la pena. Ni el gasto de dinero ni el esfuerzo.

Pedro Almeiras bebió un sorbo de su copa de vino. Luego quedó en silencio mirando fijamente la botella medio llena.

—Voy a decirle una cosa, Daff... es muy posible que el caso Castro de Lema sea uno de los más fascinantes de cuantos le hayan tocado en suerte en toda su vida de inventor de historias. No sabría decirle si es también uno de los más complicados, porque eso le corresponde decidirlo a usted en el supuesto de que decida aceptarlo. Pero puedo prometerle que hay muchas cosas en juego. Entre ellas, asegurar a un hombre bueno la posibilidad de morir en paz.

Linus Daff frunció el ceño.

—Oiga, Pedro, todo esto es muy interesante, pero me gustaría que no fuese usted tan misterioso. Por favor, cuénteme la historia completa, y entonces estaré en condiciones de decidir...

Por primera vez en aquella comida, Pedro Almeiras bajó los ojos.

—Ése es el problema, Daff... no estoy autorizado a hacerle saber prácticamente nada.

—¿Entonces...?

—Entonces deberá trasladarse usted conmigo a La Habana. Allí le espera Fernando Castro de Lema para contarle toda su historia y explicarle cuáles son los motivos que hacen que quiera cambiarla cuando sólo le quedan unos cuantos meses de vida.

Linus Daff se reclinó en su silla, juntó las palmas de las manos y apoyó la barbilla en las puntas de los dedos. La sola posibilidad de tomar otro barco, de enfrentarse de nuevo a una travesía larguísima, le causaba verdadero horror. Por otro lado, su curiosidad proverbial iba aumentando por segundos hasta convertirse en verdadera ansiedad por conocer cada uno de los detalles de la historia de Fernando Castro de Lema. Además, llegar a La Habana no sería una experiencia tan traumática como volver a Londres. Después de todo, pensó, en Cuba nadie le conocía y no tendría que contestar a preguntas impertinentes sobre la aventura del *Titanic*. Y por si fuera poco, en algún lugar de la isla estaba Lucrecia Sánchez diez años después. Frente a él, Pedro Almeiras aguardaba una respuesta.

—¿Sabe su amigo cuáles son mis honorarios? —de alguna forma, Linus Daff quería disimular la contundencia de su decisión, que de todas formas ya estaba tomada.

—Sabe que no hay dinero que pueda compensar la reconstrucción de un pasado, Daff. Está dispuesto a pagarle cuanto usted pida. Eso sí, en el caso de que decida aceptar el encargo, no podemos demorarnos demasiado. A Castro de Lema ya no le queda mucho tiempo.

Linus Daff apartó las cortinas y miró por la ventana. Fuera, Nueva York crecía a pasos agigantados y se preparaba para convertirse en la capital de todas las metrópolis del mundo. Ajenos a las vidas que latían en su interior, los primeros rascacielos de la isla de Manhattan empezaban a convertirse en un desafío para el mismo Dios, en un símbolo del afán de superación de todos los hombres. Por la calle, en plena ebullición a aquella hora del día, desfilaban decenas de seres humanos. Cada uno de ellos tendría su propio destino escrito en la palma de la mano, y media docena de oportunidades para metamorfosearlo en otro distinto. Daff fijó su mirada en un punto de la calle. Allí, una joven rubia elegantemente vestida parecía reprochar algo a un hombre que estaba a su lado. De pronto, la mujer se llevó las manos a la cara y se echó a llorar. Su acompañante quiso tomarla por el brazo, luego habló, pero ella meneó la cabeza y dibujó un gesto definitivo con la mano. A continuación paró un taxi, se metió dentro y se marchó. El hombre quedó junto a la acera con las manos en los bolsillos, mirando hacia el coche que se alejaba. Luego, él mismo echó a andar en otra dirección. Cuántas vidas que ignoramos, pensó Linus Daff, cuántos acontecimientos de los que nunca tendremos noticia están sucediendo en este preciso instante. Una vez más, el inventor de historias sintió en su interior la agitación de la curiosidad, y casi inmediatamente pensó en Fernando Castro de Lema, que le esperaba en La Habana para contarle su historia. Se volvió hacia Pedro Almeiras.

—Compre los pasajes para Cuba. Yo estoy listo. Nos vamos en cuando usted quiera... y espero que sea muy pronto.

Pedro Almeiras y Linus Daff tomaron el primer barco que salió de los muelles de Nueva York con destino a La Habana. Se trataba de un buque en condiciones que distaban mucho de ser las óptimas, pero el inventor de historias casi agradeció esa circunstancia: prefería viajar en un barco que recordara lo menos posible al trasatlántico majestuoso que había acabado por hundirse sin remisión en las aguas congeladas del océano Atlántico. Habían comprado camarotes de primera clase, pero era evidente que aquella calificación resultaba demasiado generosa: se trataba de dos cubículos asfixiantes de dimensiones reducidísimas, donde a duras penas cabían una cama y una mesa con una silla. El capitán Conrado Bermúdez, un cubano de origen mestizo grande como un armario y más bien falto de maneras de sociedad, no parecía reparar en todas las incomodidades del barco, y enumeraba con ilegítimo orgullo las ventajas que sólo él era capaz de reconocer.

—Las cabinas son pequeñas, claro está —decía—, pero eso fomenta en los pasajeros el deseo de hacer vida en las zonas comunes. De lo contrario, mucha gente haría el viaje entero encerrado en un cuarto... y eso es una pena ¿no les parece? La comida es espléndida, ya lo verán. Y los partes meteorológicos no pueden resultar mejores. Llevamos ron cubano —dirigió a Pedro Almeiras una mirada que quería ser de complicidad— y cigarros puros, todo en cantidad suficiente como para tumbar a un regimiento. Va a ser una travesía inolvidable.

—No me cabe la menor duda. —Pedro Almeiras había fijado en su rostro una expresión insípida—. Gracias por todo, capitán.

—No hay por qué. Avíseme si necesitan algo.

El capitán Bermúdez se alejó meneando su fisonomía paquidérmica. Pedro Almeiras forzó una sonrisa.

—Daff, me hubiera gustado realizar este viaje en un barco con mejor dotación, pero...

—Me hago cargo, el tiempo apremia. De todas formas, yo ya hice una travesía en una nave de lujo, y no crea que me quedan muy buenos recuerdos —sonrió—; además, eso del ron cubano y los cigarros puros...

—¿Entendió lo que dijo el capitán?

—Aprendí español después de que usted se marchara de Londres.

Pedro Almeiras apretó el puño en una señal de triunfo.

—No va a dejar nunca de sorprenderme... Oiga, es estupendo que hable usted nuestro idioma. Podrá entenderse perfectamente con Castro de Lema... y yo mismo me sentiré más cómodo si sé que no pronuncio mal la mitad de las palabras que le digo.

—Supongo que a partir de ahora será mi pronunciación la que merezca reproches...

Pedro Almeiras describió un gesto alegre.

—Eso importa muy poco... además, nadie en La Habana habla el español correctamente. Mientras pueda hacerse entender por Fernando Castro...

Linus Daff no dijo nada, pero cuando aprendió español (enseñado por un maestro de Valladolid tan riguroso como antipático, que no le daba tregua y le regañaba como a un niño cuando se equivocaba en los ejercicios escritos) lo hizo nada más que movido por la intención difusa de poder comunicarse algún día con Lucrecia Sánchez sin que la voz de ella tropezara continuamente con los escollos del inglés. Fue por eso que nunca puso tanta atención ni tanto empeño en aprender un idioma, cuando todos sus conocidos le aconsejaban que desistiese en la empresa, habida cuenta que no tenía ya edad para iniciarse en el conocimiento de una lengua tan complicada, tan rica y tan plagada de matices. Pero era evidente que quienes prestaban tan sabios consejos al inventor de historias no conocían para nada su determinación absoluta rayana en la tozudez, ni tampoco que aquellas advertencias bienintencionadas no servían sino para espolear su ánimo y hacer más firme su empeño. Un año después de la marcha definitiva de Pedro Almeiras y Lucrecia Sánchez, Linus Daff, el inventor de historias, hablaba español casi tan correctamente como el maestro vallisoletano que se murió después de la última lección impartida, seguramente de un ataque de rabia por no encontrar ningún fallo en el ejercicio escrito del alumno tenaz. Durante todos aquellos años había tenido ocasión de practicar el español con su buen amigo Juan Sebastián Arroyo, que alababa siempre su dominio de la sintaxis y del léxico castellano. Fue él quien le regaló una edición de *El Quijote*, de Miguel de Cervantes, publicada en Sevilla con ilustraciones de Gustavo Doré. Linus Daff leyó el libro durante su segunda visita a Ribanova, y al terminarlo tuvo que reconocer que el aprendizaje del español habría merecido la pena aunque nunca más en su vida fuese a tener la ocasión de hablarlo con Lucrecia Sánchez.

A pesar de que lo intentó con todos los recursos a su alcance, Linus Daff no pudo obtener de Pedro Almeiras más que una somera información sobre su futuro cliente. Nacido en un pueblo remoto del norte de España, Fernando Castro había emigrado a Cuba cuando contaba sólo trece años. Allí se labró un patrimonio incontable. La isla vivía entonces una época dorada, y eran muchos los que hacían fortuna en los ingenios azucareros y las plantaciones inmensas que habían llenado la ciudad de una nueva estirpe de ricos recientes. Eran emigrantes tocados de improviso por la buena fortuna, que llegaban con lo puesto al malecón de La Habana y antes de darse cuenta se habían embarcado en un negocio próspero que los hacía millonarios. Algunos asimilaban como buenamente podían su nueva situación, pero otros no sabían qué hacer con las fortunas incontables, con las ganancias espléndidas, con los billetes de banco que se multiplicaban a ojos vista sin que los dedos tuviesen tiempo de contarlos siquiera. Buena parte de ellos, aturdidos por la bonanza económica y sin poder entender todavía de dónde habían salido los miles de pesos que se acumulaban en las cuentas bancarias, empezaban a jugar con el dinero, a reinvertirlo en negocios imposibles, en proyectos de loco que parecían destinados al fracaso, por el puro placer de retar a la buena suerte. Pero la Cuba de entonces era un lugar tocado por la magia, y los negocios absurdos se enderezaban solos y las inversiones descabelladas tenían un punto de razón que acababa por volverlas rentables. Cuando por fin comprendían que la perla de las Antillas los había vuelto ricos de remate, la mayoría de los emigrados se declaraban heridos por la nostalgia y decidían volver a sus lugares de origen. Llegaban cargados de regalos exóticos para los parientes pobres que se habían quedado, estrenando sombreros de paja de Italia y trajes de lino blanco con el reloj de leontina asomando por el bolsillo del chaleco, y construían magníficas mansiones de indiano con terrazas inmensas para dominar el poniente y soñar con las tardes lentas del malecón de La Habana. Había quienes no resistían entonces la añoranza de las Antillas, del olor del azúcar de caña, de la flor del tabaco, del rumor del mar Caribe perdido para siempre, y pasaban las horas soñando en cubano y tarareando habaneras que se iban diluyendo en el recuerdo.

Por lo general, y una vez que habían aprendido a sortear las trampas de la melancolía, los indianos regresados se adaptaban sin dificultad a la patria recuperada. En sus pueblos de origen les recibían como lo que eran: los hijos pródigos que volvían al nido después de haber triunfado en el otro rincón del mundo, y ponían sus nombres a una calle o a una plaza, y ellos correspondían haciendo una generosa donación al ayuntamiento para construir un estanque en el parque, un templete de música en la plaza mayor o una diana cazadora en la alameda de la villa con una placa en la base para dar cuenta del origen del regalo. El nombre del emigrado se insertaba ya para siempre en la historia de la ciudad, y muchos años después los portadores del apellido seguían distinguiéndose de los demás como descendientes del personaje ilustre, paseando por las calles del pueblo la dignidad del antepasado, haciendo valer ante los otros el rango indiscutible de un bisabuelo cuyo recuerdo quedaba sólo en los daguerrotipos de la época, en el regalo del templete de la plaza y en la mansión familiar que luchaba como podía para sobrevivir a la desidia y a la carcoma. Desde el día en que ganó su primer millón de pesos, Fernando Castro también soñaba con un regreso triunfal a la madre patria, que no había vuelto a pisar desde su partida.

—Pero no volvió. —Pedro Almeiras miró a Linus Daff con los brazos en jarras.

—¿Puedo saber por qué?

—Claro que sí, Daff. En cuanto lleguemos a La Habana. Lo que sí puedo decirle —Pedro Almeiras sonrió— es que por fin, después de casi sesenta años, Fernando Castro está preparando el viaje de regreso. Y ahora, por favor, no siga con sus inquisiciones. No puedo contestarle la verdad, y si usted no recuerda mal, tampoco puedo mentirle. Tenga un poco de paciencia. Llegaremos dentro de tres días, y entonces podrá usted hacer todas las preguntas que quiera.

Pedro Almeiras tuvo que agarrarse el sombrero para evitar que el viento se lo arrancara. Como todas las mañanas después del desayuno, él y Linus Daff paseaban por la cubierta del barco. Los días de navegación habían transcurrido con una placidez definitiva, que casi hizo olvidar al inventor de historias su última travesía a bordo del *Titanic*. Durante aquellas jornadas, él y Pedro Almeiras habían tenido ocasión de recuperar algunos fragmentos de la amistad que tuvieran años atrás, y pasaban las horas enredados en conversaciones de diversa índole. Linus Daff recordó enseguida por qué en otro tiempo había pensado que Pedro Almeiras era el único hombre del mundo con el que nadie hubiera podido aburrirse: incluso en silencio el español resultaba prodigiosamente divertido. Tenía madera de bebedor, y aunque jamás se emborrachaba, los vapores del alcohol ejercían en él un efecto inmediato. Acabó por hacer muy buenas migas con el capitán Conrado Bermúdez, que sólo con ellos dos compartía de vez en cuando una colección de botellas de ron añejo cuyo aroma nítido hacía que los ojos se llenaran de lágrimas, y alargaba hasta lo indecible todas las sobremesas contando historias de navegantes y cuentos de ahogados. Además, enterado de su virtuosismo, el capitán puso a disposición de Pedro Almeiras el piano de a bordo que a pesar de su aspecto destartalado seguía conservando un sonido exquisito. Por las noches, después de la cena en la mesa de Conrado Bermúdez, Pedro Almeiras se ponía frente al instrumento y la mayoría de las veces eludía a Haydn, a Chopin o a Mozart para interpretar las habaneras que tan bien conocía y que constituían, sin duda, el mejor preludio de la próxima llegada a tierras cubanas. Allí, según contaba el propio Almeiras, el aire era cálido y las mujeres bellísimas, y soplaba una eterna brisa marina que hacía moverse con la cadencia de una música misteriosa las palmeras exuberantes y los barcos atracados en el puerto de La Habana. La tierra era fértil y se desataba en cosechas espléndidas y el cielo tenía un azul imposible que sólo las tormentas oscurecían de vez en cuando. Sin embargo, las tempestades en aquella zona eran absolutamente magníficas, y las lluvias torrenciales arrancaban del suelo un perfume sin comparación que lo llenaba todo, mientras las nubes volvían a su sitio en otro lugar del mundo. Enmudecido ya el retumbar apocalíptico de los truenos y el resplandor sobrenatural de los relámpagos, un sol de fuego volvía a brillar en el cielo turquesa mientras el mar recobraba su eterna placidez de siglos.

Fue en la última noche de navegación cuando Linus Daff se atrevió a hacer a Pedro Almeiras la única pregunta que le importaba más que toda la verdad sobre Fernando Castro. Estaban sentados en cubierta, sintiendo en el rostro la caricia húmeda de la brisa del mar, y sobre ellos había tantas estrellas que cualquiera podía entender el concepto de infinito perdiendo la vista en la bóveda celeste.

—¿Y qué es de Lucrecia Sánchez? —Linus Daff lo dijo

con un tono tan neutral, tan aparentemente intrascendente que a él mismo le sonó impostado.

—Está bien. La veo con cierta frecuencia. —Pedro Almeiras se cerró un poco la chaqueta que llevaba, y por unos segundos Linus Daff sintió ganas de gritar porque creyó que el español iba a conformarse con aquella información miserable—. ¿Sabe que se casó poco después de volver del continente? Su marido es riquísimo, bastante mayor que ella por cierto. No tienen hijos. Viven en La Habana, y coincidimos de vez en cuando en casas de amigos comunes. No ha cambiado mucho desde que usted la vio.

El barco avanzaba en silencio, y sólo se escuchaba el chapoteo de las turbinas y el golpe seco del agua al chocar contra el casco del barco. La temperatura había bajado varios grados, o eso le pareció a Linus Daff, hasta que se dio cuenta de que en realidad el frío podía venir también de su interior. Lucrecia Sánchez se había casado. Es curioso, durante aquellos años había intentado imaginarse el destino de ella y había especulado con todas las posibilidades generadas por su desatada imaginación de inventor de historias: un suicidio por amor, una muerte repentina fruto del disgusto causado por la infidelidad del amante, el traslado a un país extranjero que hiciese más sencillo el proceso del olvido, incluso el regreso a los brazos de Pedro Almeiras y la reconciliación definitiva. Pero nunca hubiera creído que fuese capaz de casarse con otro, y menos con tanta prisa. Realmente, pensó, los mecanismos del despecho funcionan por su cuenta.

—¿Qué hora es? —preguntó, aunque en realidad no le importaba lo más mínimo. Sólo quería desviar la conversación y evitar por todos los medios que Pedro Almeiras pudiese darle más detalles de la nueva vida de Lucrecia Sánchez al lado de un marido viejo y rico que tuviera ocasión de disfrutar a diario su voz bellísima y los habanos inimitables producidos en la factoría familiar.

—Más de las once, Daff. Deberíamos descansar. Faltan sólo unas horas para llegar a La Habana.

—Muy bien. Buenas noches, Pedro.

La isla blanca se aproximaba al barco. El sol empezaba a salir, y un cielo rosa perdía por segundos la oscuridad antigua de la última noche. El mar Caribe estaba en calma, y sólo el chapoteo producido por el lento avance de la nave quebraba un silencio de otro mundo. Cada vez más cerca, La Habana empezaba a convertirse para Linus Daff en una ciudad real después de haber pasado tantos días imaginándola a la fuerza, ayudado por las descripciones amables y todos los recuerdos que Pedro Almeiras había desgranado para él. Las gaviotas sobrevolaban el barco, y el vuelo rasante de las aves marinas era una prueba más de la proximidad de la tierra firme. El aire olía intensamente a sal, y Pedro Almeiras creyó notar también el aroma de la flor del tabaco y de la caña de azúcar, pero no dijo nada porque tuvo que reconocer ante sí mismo que aquellas percepciones no podían ser otra cosa que trampas de la añoranza. Aquella tierra era también suya, pensó, y casi inmediatamente le vino a la memoria su verdadera tierra, allá en España. Recordó su vida primera, recordó su infancia y su adolescencia, la patria perdida sólo a medias y recobrada cada día desde el complejo engranaje de la nostalgia. Recordó todas las cosas que a veces quería olvidar y no podía, y también aquellas que había querido preservar de la acción devastadora de la desmemoria. Perdiendo la mirada en las mansiones habaneras, Pedro Almeiras sintió una ansiedad irreprimible de tocar tierra, de llegar por fin a la ciudad de La Habana y hacerla suya una vez más.

El capitán Bermúdez dirigió las maniobras de atraque desde el puente de mando, y lo hizo a gritos y en un tono de amenaza. Eran las siete de la mañana cuando el barco echó por fin el ancla en el malecón de La Habana. Conrado Bermúdez despidió en cubierta a Pedro Almeiras y a Linus Daff, y el inglés pensó que recordaría durante mucho tiempo a aquel mastodonte simpático que había compartido con ellos sus botellas de ron y todas las historias que había asimilado después de tantos años vinculado a la profesión de la marinería.

—¿No se olvida nada? —Linus Daff llevaba una maleta diminuta.

—Almeiras, le recuerdo que hace quince días todas mis cosas se hundieron en el fondo del Atlántico norte.

—Claro, claro... de todas formas, tendrá que comprarse ropa nueva. Los trajes europeos no valen de mucho en el Caribe. Bueno, habrá tiempo para todo. —Echó una mirada circular como buscando a alguien—. Se supone que un criado mío debería venir a recogernos, pero me temo que nos hemos adelantado un poco. En fin, de todas formas es un gusto no notar nada que se mueva debajo de los pies.

En tierra firme, la ciudad se desperezaba todavía trabajosamente, pero ya había pescadores vendiendo en el puerto pescados de plata, y mujeres con la piel de cobre preparando puestos de frituras en la misma calle mientras colaboraban las unas con las otras en la tarea de colocarse pañuelos floreados para recoger los cabellos. Había vendedores de frutas exóticas que pregonaban su mercancía de mangos, de papayas, de cocos abiertos en canal y rebosantes de leche dulce y clara, chamarileros, marinos en eterno tránsito que llegaban o dejaban el malecón de La Habana con destino a todos los lugares del globo. Había fardos de tabaco mal cerrados y apilados de cualquier manera, barriles de ron preparados para llevar a Europa, pacas de algodón y piñas de banano que acababan de madurar bajo un sol de justicia. Linus Daff recibía de golpe todas las impresiones del nuevo mundo, el color del cielo recién inaugurado, de la piel de las mulatas, de las frutas en venta, la cadencia del habla que convertía en su surros sensuales los gritos más desabridos, el ruido de una música de fiesta que se escapaba no se sabía de dónde. Los coches de caballos circulaban en un sólido repiqueteo de herraduras y adoquines, pero la gente ni siquiera se apartaba al paso de los brutos, como si en aquel lugar pleno de vida la prisa no tuviese un lugar reservado. Las mujeres caminaban despacio, ondulando las caderas, y los hombres habían aprendido a acompasar sus pasos a los de aquellas sirenas cuya cola de pez había sido transmutada en piernas larguísimas por alguna deidad generosa. Detrás de los puestos de frituras, las vendedoras parecían murmurar sin descanso, y el inglés pensó que rezaban alguna oración misteriosa, pero Pedro Almeiras vino a sacarlo del error: están cantando, le dijo.

—Todo el mundo canta en La Habana. Por una razón o por otra, todo el mundo canta. —El español observaba complacido la impresión que aquella tierra suya había causado al inventor de historias—. ¿Sabe qué? Creo que en ningún lugar de la tierra hay tanta música como en las ciudades cubanas. Ya se dará cuenta, Daff. —Le palmeó la espalda—. ¡Eh! Ahí está Juan del Carmen. Ha traído el coche. Vamos, a casa. Nos hace falta un poco de descanso en una cama que no se mueva.

Pedro Almeiras vivía en una casa pintada de azul, en el mismo centro de La Habana Vieja. Se trataba de una construcción decimonónica de tamaño mediano, con falsas columnas en la fachada principal y ventanales enormes que llenaban de luz caribe todas las habitaciones cuando los postigos de madera no las clausuraban para conjurar el calor a la hora de la siesta. La vivienda estaba construida alrededor de un patio central en el que reinaba un silencio de otro mundo. Había una fuente de piedra donde el agua manaba sin hacer ruido, y algunas plantas tropicales cuyas hojas ni siquiera murmuraban al paso del viento. Incluso los siervos cruzaban de puntillas el suelo de piedra del patio, y las criadas dejaban de cantar para no interrumpir la quietud irreal de aquel lugar pacífico que recordaba sin remedio al claustro de una abadía. Aquella mañana, después del viaje a bordo del barco descuajeringado del capitán Bermúdez, Pedro Almeiras encontró que el silencio del patio era más denso que nunca. Avanzó junto a Linus Daff por el camino de piedra que llevaba a la puerta principal, debajo de los arcos encalados, y los dos hombres pudieron percibir sin dificultad el aleteo de un pájaro escondido entre los árboles.

El ama de llaves había formado a todo el servicio en el vestíbulo de la casa para dar la bienvenida al señor y a su invitado. Jacinta Rodríguez, una mulata afable que llevaba casi quince años dirigiendo la casa con mano de hierro, se ocupó de informar al señor de que nada excepcional había ocurrido durante su ausencia. Había flores frescas en todos los jarrones, la plata brillaba a la luz del sol y las maderas nobles parecían tan pulidas como un espejo. En el comedor de la sala estaba servido un desayuno a base de chocolate y pan de dulce, y la habitación de los huéspedes estaba perfectamente dispuesta desde el día en que el señor había anunciado su regreso en compañía de un invitado. Pedro Almeiras se dirigió al inventor de historias en un susurro.

—Jacinta es una joya. Es la única mujer con la que me casaría si amenazara con dejarme.

Desayunaron juntos el cacao aromático, que a diferencia del que tomaban en Inglatera era consistente, espeso y con un punto amargo al final del trago. Después, y a pesar de que Linus Daff hubiese preferido tener una primera toma de contacto con la ciudad, Pedro Almeiras aseguró que sería preferible dormir un poco.

—No he pegado ojo en toda la noche, Daff, y apostaría a que tampoco usted ha dormido muy bien. Acuéstese un rato y luego haremos planes.

El inventor de historias aceptó a regañadientes. El cuarto que le habían asignado era una pieza confortable con vistas al patio, una enorme cama colonial coronada por un dosel de lino y un hermoso aguamanil de loza adornado con hojas de hiedra. Le llamó la atención el cuadro único que decoraba la pieza: representaba un castillo pequeño y de aspecto sólido, que se alzaba sobre una loma como el recuerdo inequívoco de otros tiempos gloriosos. En una esquina de la habitación había una mesa de castaño y una butaca de aspecto cómodo, y frente a la cama un armario enorme con puertas de espejo. Las cortinas eran blancas, lo mismo que la colcha, y todo el cuarto rezumaba frescura. Las sábanas olían a espliego, y los almohadones de pluma invitaban al sueño. A pesar de sus reticencias a aquella siesta improvisada, a pesar de su interés por conocer la isla, Linus Daff se sintió nacer de nuevo cuando se dejó caer en el colchón de lana. Apoyó la cabeza en uno de los cojines, aspiró el aroma del embozo y luego, sin hacer nada por evitarlo, se quedó profundamente dormido.

Despertó tres horas después, ayudado sin duda por el zafarrancho de combate orquestado por Jacinta Rodríguez con vistas a la hora del almuerzo. En el aire de la casa flotaba el olor picante de especias desconocidas mezclado con el del asado de lechón, que derrotaba sin remedio a la fragancia sutil de las flores de los jarrones. Linus Daff hubiera querido tomar un baño, pero no sabía muy bien a quién pedir su preparación así que se lavó ligeramente en la palangana de loza y luego bajó de nuevo al salón. Pedro Almeiras ya estaba allí, y había cambiado radicalmente su aspecto: despojado por fin de los ternos europeos, vestía un traje de lino crudo con camisa blanca con un lazo bajo el cuello y chaleco abotonado. Estaba sentado en una butaca de caoba, leyendo un libro. Linus Daff reparó entonces en que sobre la chimenea de la sala (una pieza inútil en la canícula del Caribe) había un cuadro que representaba el mismo castillo que colgaba en las paredes de su habitación pero visto desde otra perspectiva.

—¡Daff! ¿Ha descansado bien?

—Demasiado bien. Ya veo que se ha cambiado.

—No puede imaginarse lo mucho que echaba de menos esta ropa. Los trajes europeos son bastante más incómodos que los que usamos aquí. Por cierto, mi sastre le está esperando. Necesita unos cuantos como éste —señalaba su chaqueta— y también un sombrero y calzado nuevo. Venga conmigo.

El sastre, un hombre de piel mucho más blanca que la del propio Linus Daff, tomó medidas al recién llegado. Midió el ancho de su espalda, el grosor de su cintura, la longitud de sus piernas y el diámetro de sus finos tobillos ingleses. Midió el contorno de su cuello, el tamaño de su tórax y hasta el perímetro de su cabeza, y lo hizo de tal forma y con tanta atención que Linus Daff llegó a pensar que el hombre en cuestión iba a elaborar algún estudio anatómico. Anotó todas las cifras obtenidas en una libreta.

—Muy bien, señor.

—¿Cuánto tardará en tener los trajes?

—Una semana.

—Ni hablar. Nos hacen falta mucho antes.

—Cinco días.

—Sigue siendo mucho.

—¡Usted me exige demasiado, señor! ¡Sabe mejor que nadie que tengo trabajo atrasado en el taller! He venido en cuanto me ha llamado... ¿Le he dicho que para acudir a esta casa he tenido que dejar pendiente el remate de una chaqueta?

—Mañana por la mañana.

—¡Señor Almeiras, por favor! No voy a negar que es usted uno de mis mejores clientes, pero me está pidiendo un imposible. —El sastre gimoteba, suplicaba, parecía próximo a caer de rodillas frente a Pedro Almeiras.

Linus Daff atendía boquiabierto a aquel regateo demencial donde no se pretendía obtener una rebaja en el precio, sino simplemente delimitar plazos de entrega. Al final, ajustaron la diferencia: el sastre entregaría uno de los trajes en la tarde del día siguiente, posponiendo dos jornadas más la entrega del resto de los equipos encargados. Aquella misma tarde enviaría un traje ya confeccionado de la talla de Linus Daff, para que pudiera salir del paso hasta que obrara en su poder la ropa confeccionada a medida. Cuando el hombre se marchó, Linus Daff se volvió a su anfitrión.

—Me ha parecido una escena increíble...

—Váyase acostumbrando. En Cuba el tiempo se mide de manera distinta... Y no es precisamente la celeridad lo que distingue a los trabajadores. De no ser por mi insistencia, no hubiese usted tenido sus trajes antes de diez días. Pero las cosas son así —meneó la cabeza—. En fin, comeremos dentro de media hora. He pedido que le preparen un baño y una de mis camisas. Espero que Leocadio no tarde mucho en enviarle ese traje que le prometió. A las siete en punto tiene usted una cita.

—¿Con quién?

—Con quién va a ser, Daff... con su cliente. Esta misma tarde va a conocer usted a Fernando Castro de Lema.

—Claro... claro.

Sin poder evitarlo, el corazón de Linus Daff había dado otro vuelco. Porque al escuchar la palabra cita, y sin que él supiese por qué, al cerebro del inventor de historias había acudido, limpia y puntual, la imagen querida de Lucrecia Sánchez, que desde que llegara a La Habana había cobrado una nitidez prodigiosa diez años después de perderla para siempre en una mañana brumosa como eran todas y cada una de las mañanas inglesas.

Linus Daff se presentó con una puntualidad extrema. Pedro Almeiras se había ofrecido a acompañarle y servir de introductor en aquel primer encuentro con Fernando Castro de Lema. La casa del indiano era un edificio bellísimo, circundado por un jardín frondoso donde crecía una ceiba gigantesca y las flores exuberantes del Caribe se desataban en colores brillantes y formas incomprensibles para un europeo acostumbrado al verde casi artificial de los parques de Londres y los tonos insípidos de las plantas de invernadero. El jardín de Castro de Lema era una explosión vegetal que atacaba los sentidos por todos los flancos, y el visitante ocasional se fascinaba sin remedio con la pericia trepadora de las jacarandás, el perfume del hibisco, las formas caprichosas de las orquídeas, la sombra eterna de la ceiba y de las araucarias, la riqueza de la hiedra rastrera y de los ficus de hojas de cera, las palmeras dobladas en ademán de sumisión por el peso de las piñas y los racimos de banano.

Linus Daff admiró sin disimulo aquel remedo del edén que circundaba la casa. Pedro Almeiras le contó entonces que para Fernando Castro aquel jardín tan parecido al paraíso era en realidad un motivo de desencanto. El gallego había fracasado repetidas veces en la empresa titánica de adaptar al jardín tropical las plantas de su verdadero mundo, los robles centenarios, los imponentes castaños de indias, las dígitas purpúreas, las madreselvas, los pensamientos, las hortensias y las camelias, que iban siendo devorados sin piedad por las especies autóctonas del trópico.

—Uno siempre acaba queriendo cosas distintas a las que tiene. —Almeiras sonrió.

Entraron en la casa. Castro de Lema les aguardaba en la biblioteca. Estaba sentado en una butaca de cuero, pero se puso en pie en cuanto les vio entrar, y Linus Daff tuvo que echar mano de todo el entrenamiento de aquellos años para no mostrar la más mínima sombra de sorpresa. Desde el primer momento había imaginado a Castro de Lema como un anciano achacoso, torpe y definitivamente derrotado por la edad y las enfermedades. Sin embargo, Fernando Castro se movía con la agilidad de un treintañero, y sus ojos oscuros eran alegres y tremendamente vivos. La abundancia del cabello cano era un serio desafío a los embates de la edad, y las escasas arrugas que surcaban el rostro enjuto parecían no ser más que un simple capricho de la piel curtida bajo el sol de fuego del Caribe. Tenía la sonrisa radiante y uniforme de un adolescente, las cejas oscuras y la espalda erguida, las manos grandes y libres de cualquier mancha del tiempo y una expresión chispeante cruzaba su cara. Sin duda debía haber algún error. Aquel hombre juvenil no podía en modo alguno ser el viejo próximo a la muerte que quería metamorfosear su historia antes de dejar este mundo.

—Señor Daff, le presento a Fernando Castro de Lema.

El supuesto anciano estrechó la mano del inventor de historias, y luego se volvió hacia Pedro Almeiras.

—Querido Pedro... pensé que no ibas a volver nunca —le abrazó con un afecto paternal, e inmediatamente miró a Linus Daff—. Señor, es un placer recibirle en mi casa. No sabe cuánto le agradezco que se haya trasladado a La Habana para atenderme... Pedro me ha dicho que habla usted nuestro idioma.

—Eso intento, señor.

—Es una suerte, desde luego... pero vamos a sentarnos. ¿Quiere beber alguna cosa? Yo voy a tomar un refresco. Este calor es insufrible. —Sacó un pañuelo del bolsillo y se secó la frente. Un leve aroma de agua de lavanda se escapó de la tela—. ¿Qué le apetece, señor Daff?

Tomaré lo mismo que usted.

—Limonada entonces. —Hizo sonar una campanilla—. Pedro, supongo que querrás otra cosa.

—No te preocupes por mí. Además, no voy a acompañaros. Hablaréis mejor los dos solos. Voy a dar un paseo por el jardín.

Un criado sirvió las bebidas y se retiró con una venia antigua. Castro de Lema señaló un sillón a Linus Daff.

—Siéntese, por favor.

Se hizo el silencio, y Linus Daff intuyó que Fernando Castro estaba esperando que fuera él quien hablara.

—Usted dirá en qué puedo serle útil.

Fernando Castro miró sonriendo al inventor de historias.

—Es una historia larga.

—Todas lo son. Yo no tengo prisa.

—Muy bien. Hay algunas cosas que debe usted saber... soy español, gallego por más señas. Hasta los trece años viví en un pueblo costero que las tropas francesas tuvieron el mal gusto de saquear. Arrasaron la aldea entera. Sólo dejaron casas incendiadas, muertos en todas las familias y el caldo de cultivo para tantas enfermedades infecciosas como pueda imaginarse. Mi padre murió de tifus unos años después de la invasión. Nos quedamos sin nada, y unos parientes me prestaron dinero para comprar un pasaje a La Habana. Llegué allí con dos mudas de ropa, unos cuantos billetes para sobrevivir un par de días y poca cosa más. Empecé trabajando para un ferretero...

—Y acabó haciéndose rico... Las Américas son algo así como la fuente del maná.

No interrumpir a sus clientes era una de las reglas de oro del negocio. Linus Daff nunca supo decir por qué lo hizo aquella vez, pero se arrepintió casi instantáneamente, y más cuando creyó ver la sombra de un reproche en los ojos limpios de Fernando Castro de Lema.

—Ése es el problema, señor Daff. Que todos creen que los emigrantes se marchan de su tierra con lo puesto, llegan a Cuba y en cosa de meses podrían empedrar de oro un pueblo entero. Pero eso no es cierto. Claro que algunos nos hacemos ricos, pero somos..., ¿cómo decirle?, la punta del iceberg. Tras de nosotros quedan todos aquellos que llegaron a América con una mano delante de la otra y fueron timados por personajes sin conciencia que se aprovecharon de su necesidad y de su ignorancia. Algunos de los que viajaron conmigo acabaron trabajando como esclavos. No, no exagero. Esclavos europeos que arribaron La Habana guiándose por ese espejismo de los indianos ricos que vuelven a su pueblo contando a todo el que quiere oírles que aquí es muy fácil hacer fortuna, que el dinero crece en los árboles o sale de esa misma tierra que muchos terminarán labrando para un hacendado sin escrúpulos. Cuando yo embarqué, en el muelle de La Coruña había un tipo que ofrecía contratos de trabajo en una plantación cubana. Ninguno de los que firmaron aquellos papeles sabían leer, porque los textos les comprometían a trabajar de por vida en unas condiciones delirantes.

Acababan de perder toda oportunidad de prosperar, pero ellos no lo sabían.

Bebió un trago largo de su vaso de limonada y luego siguió hablando con mesura y la mirada perdida.

—En La Habana, hacerse rico es casi una cuestión de magia, como si la Fortuna estuviese parada en el malecón esperando a los recién llegados y así, sólo por azar, designase a unos cuantos como destinatarios de su gracia. Yo fui uno de ellos. Y si la suerte lo elige a uno no importa lo que haga ni cómo lo haga: acabará siendo millonario. Pero somos los menos, señor Daff... somos los menos. La suerte no llega para todos. No puede imaginarse cuántos se quedan en el camino. Unos se mueren de hambre. Otros caen fulminados por una insolación después de trabajar de sol a sol como macheteros de zafra. El cólera, las fiebres tropicales, el dengue, se ceban con una facilidad especial en los cuerpos de hombres que, al fin y al cabo, vienen de otras tierras y otros climas, y llegan después de un viaje infame en las peores condiciones. Ésos son los que no regresan para contar su historia. Quienes sí lo hacen son los otros. Vuelven ricos, gordos y felices, contando que es llegar y besar el santo, y hay quien escucha eso y empeña los ahorros de su vida en comprar un pasaje para Cuba. No sabe usted cuántos de ellos son víctimas de desaprensivos, ni cuántas veces he recordado aquellos contratos firmados por hombres que no sabían leer y que se comprometían a trabajar en las plantaciones a cambio de un sueldo miserable. Y ésos no vuelven para advertir a otros infelices —se quedó un momento en silencio—. La gente pobre necesita creer en algo, no sé, en la posibilidad de una mejoría... Los pueblos que han sufrido tienen una fe inquebrantable en el futuro. Y en mi tierra ha sufrido mucha gente. Por eso se van. Porque tienen la convicción de que lo que les espera al otro lado del mar tiene por fuerza que ser mejor que lo que dejan atrás.

Se sirvió otro vaso de refresco y buscó los ojos del inventor de historias.

—¿Le aburren estas explicaciones? —preguntó.

—En absoluto.

—Me alegro, porque es necesario que comprenda usted ciertas circunstancias que... Pero no quiero anticiparme. ¿De verdad no le estoy impacientando?

—Le aseguro que no. Siga, por favor.

—¿Ha estado alguna vez en Galicia? —Linus Daff asintió con la cabeza—. Yo casi no recuerdo mi tierra. Era muy joven cuando me marché, pero he cultivado el afecto por ella mediante el contacto con los compatriotas que conocí en Cuba. Por extraño que parezca, he tenido que reconstruir mi lugar de origen apoyándome en las evocaciones de otros, así que supongo que la imagen que tengo por fuerza debe estar distorsionada. No importa. En realidad, siempre he dicho que no cuenta tanto la tierra como los hombres que en ella se crían. He conocido muchos gallegos. Buena raza, señor Daff. Gente noble. Llegan a La Habana con los brazos remangados dispuestos a trabajar en lo que sea. A veces pienso que el entusiasmo y el coraje que demuestran en América también les hubiera valido para salir adelante si se hubiesen quedado en su tierra. El problema es que allí no ven futuro. Y eso es lo que yo quiero proporcionarles. La posibilidad de un futuro sin dejar su patria... o bien las armas necesarias para no acabar siendo víctimas de una estafa si es que a pesar de todo deciden emigrar.

—Sospecho que llegamos al punto culminante de su historia.

—Todavía no —sonrió y se pasó luego la mano por la

cara—. Señor Daff, llevo cincuenta y siete años viviendo en Cuba, y ese tiempo me ha bastado para amasar una fortuna cuya cuantía a mí mismo se me escapa. Acabo de cumplir setenta años, y a pesar de mi buen aspecto sé que estoy muy enfermo. Hace tiempo empecé a pensar qué ocurrirá con mi dinero cuando yo muera. No tengo familia. Mi madre y mis hermanos murieron poco después de marcharme yo. No me he casado. Me quedan algunos parientes lejanos a los que he ayudado económicamente todo este tiempo, y creo no tener hacia ellos mayores obligaciones. Por eso he tomado una decisión: al morir yo, gran parte de mi fortuna se consignará a la construcción de un colegio de primera y segunda enseñanza en mi pueblo natal.

—Es muy generoso por su parte... —empezó a decir, pero Castro de Lema no le escuchaba.

—No estoy hablando de una escuela rural. Quiero un centro espléndidamente dotado, con una biblioteca moderna donde no falten las mejores enciclopedias ni las publicaciones más prestigiosas. Quiero que se construya un laboratorio de física y otro de química, y que un experto se preocupe de la compra de materiales de consulta sin reparar en gastos. Habrá un gabinete consignado al estudio de biología y mineralogía, un jardín botánico, una sala de dibujo. Quiero aulas amplias y modernas, luminosas y bien ventiladas, un comedor gratuito y un fondo de becas para enviar a la universidad a los estudiantes más destacados. Se destinará una partida económica generosa para la contratación del mejor profesorado. Quiero que todos los niños dispongan de material escolar sufragado por el centro, y que se ponga en marcha un dispensario para prestar atención médica a los alumnos enfermos. Cuando yo muera, señor Daff, si alguien se marcha de mi pueblo será porque de verdad quiera hacerlo... y, en cualquier caso, no saldrá de allí como un analfabeto capaz de firmar su sentencia de muerte. Ése será mi legado, señor Daff. Proporcionaré a mis paisanos las condiciones necesarias para permanecer en su tierra y los instrumentos para defenderse de los abusos si deciden dejarla. Mis compatriotas heredarán de Fernando Castro de Lema una oportunidad para su vida futura.

Fernando Castro miró a Linus Daff esperando un comentario. El inventor de historias asintió con la cabeza, algo acobardado todavía por el entusiasmo y la elocuencia que demostraba Castro de Lema al hablar de su futuro mecenazgo.

—Eso que me cuenta me parece... en fin, me parece una idea excelente. Y, en efecto, no creo que haya una forma mejor de dar buen uso a su dinero...

—En cuanto todo esté resuelto, viajaré a mi pueblo para entregar el legado personalmente y supervisar el inicio de las obras que, por desgracia no podré ver concluidas. El tiempo pasa muy rápido, Daff.

Castro de Lema había permanecido con los ojos fijos en los del inventor de historias, y la última frase dio a su mirada un brillo distinto. Desvió la vista. Había empezado a atardecer y Fernando Castro de Lema se quedó callado mirando el cielo durante unos segundos. Linus Daff tuvo entonces la certeza de que estaba buscando el modo de contarle algo más. Abrió la boca para hablar de nuevo, pero esta vez los ojos vivos del indiano no buscaban los otros, y seguían perdidos en la tarde que caía fuera.

—Señor Daff... hay una cosa que no le he contado. Supongo que se estará preguntando usted cuál es el origen de mi fortuna.

Linus Daff se encogió de hombros aparentando una indiferencia que estaba muy lejos de sentir. Un proyecto como el que pensaba materializar Fernando Castro de Lema requería algo más que unos cuantos miles de pesos bien invertidos.

—Supongo que habrá trabajado usted muy duro, señor Castro. Supongo que tendrá usted una cabeza bien amueblada y supongo también que no le falta cierta mano izquierda para los negocios... Supongo que habrá tenido buenos asesores y la mejor de las suertes, supongo que habrá sabido arriesgar en el momento indicado y retirarse a tiempo...

Fernando Castro le dirigió una sonrisa franca.

—Es usted demasiado bueno suponiendo. Escuche, Daff... mi enriquecimiento no ha llegado de un modo lícito. Quiero decir que para acumular el capital del que hoy dispongo he tenido que transgredir ciertas leyes morales. Muchas, para ser más exactos. Gané la mayor parte de mi fortuna estafando a terratenientes cubanos. No crea que me arrepiento. Elegí bien a mis víctimas: eran todas personas despreciables que previamente habían explotado, engañado y utilizado a decenas de compatriotas míos. En España existe un dicho, «quien roba a un ladrón tiene cien años de perdón». Agarrándome a esa máxima he labrado mi fortuna, señor Daff. Emplear la mayor parte de ella en ayudar a mis paisanos puede ser un modo de ponerme en paz con mi conciencia... que, dicho sea de paso, tampoco me ha atormentado mucho. Gozo de cierta capacidad para la indulgencia.

Fernando Castro de Lema guardó un silencio breve.

—Sólo me preocupa una cosa, Daff... que después de mi muerte alguien en el pueblo pueda averiguar el origen oscuro de mi legado. Que mis paisanos llegaran a saber que su benefactor es en realidad una especie de ladrón de guante blanco es algo que me aterra más de lo que soy capaz de expresar. Para ser franco, es precisamente el miedo a ser descubierto lo que me ha impedido regresar a mi tierra ya hace años para entregar personalmente mi legado. Una cosa es que sea permisivo con mis propios pecados, y otra muy distinta esperar que los demás se muestren igualmente magnánimos. No me avergüenzo de nada de lo que he hecho... pero también sé que me he saltado casi todas las normas de la ética y hasta de la moral, y eso es algo altamente reprobable. Tanto, que podría motivar el rechazo del regalo que quiero hacer a la gente de mi aldea.

Linus Daff empezaba a encontrar desproporcionada la inquietud de Fernando Castro de Lema. Sus conocimientos de geografía humana eran mucho más vastos que los de su futuro cliente, y estaba seguro de que nadie en el mundo sería capaz de despreciar aquella herencia fabulosa sólo porque el origen de la fortuna del benefactor no fuese del todo digno. Después de todo, se dijo, todos los grandes negocios tienen algo de ilícito. Hasta entonces y tras de la impertinencia inicial, el inventor de historias había observado un silencio casi escrupuloso, pero creyó necesario intervenir.

—Mire, señor Castro... a mí me parece que la gente no es tan rigurosa como se imagina. Cuando usted muera, y espero de corazón que falten para ello muchos años, importará bien poco de dónde provenga su fortuna, toda vez que va a ser empleada en un fin tan honorable.

—No es eso, Daff... no se trata de que mis vecinos me perdonen, no se trata de que me absuelvan ni de que miren voluntariamente hacia otro lado para no ver que su benefactor ha sido un delincuente. Quiero que crean que mi fortuna proviene del trabajo limpio, que estén seguros de mi honradez, que cuando recuerden a Fernando Castro de Lema piensen en un hombre íntegro y no en un ladronzuelo generoso. Llámelo vanidad, si quiere, pero deseo pasar a la historia como un personaje enteramente digno. Por eso le necesito a usted. Invénteme un pasado intachable, aburrido incluso, el pasado de un indiano que se ha hecho rico trabajando de sol a sol, y pida por ello lo que quiera. Puesto que para mí es tan importante su ayuda, no pienso regatear ni un céntimo. Fije usted los honorarios que considere justos, y yo pagaré la cantidad por adelantado.

Linus Daff miró con atención a Fernando Castro de Lema, y una vez más le llamó la atención su aspecto juvenil, el brillo de los ojos dorados, la lozanía del cabello blanco y la tersura de su piel casi libre de arrugas. Desde luego, pensó, no tenía el aspecto de un viejo moribundo estragado por el trabajo, ni tampoco la facha de un abuelete chiflado dispuesto a emplear su fortuna en arreglar la vida de un montón de aldeanos a los que ni siquiera conocía. Sin embargo, el inventor de historias no acababa de ver necesaria su colaboración en el caso. Hizo un último intento para convencer de lo mismo a Fernando Castro.

—Señor Castro, uno no tiene por qué ir por el mundo dando explicaciones sobre el origen del patrimonio propio. Como usted dijo, no sería usted la primera persona que regresase de Cuba cargada de oro... Además, teniendo en cuenta los muchos kilómetros que median entre La Habana y su pueblo natal, considero poco probable que exista alguien capaz de revelar su verdadera historia, sea cual sea.

—Poco probable. —Fernando Castro se había puesto de pie. Desvió otra vez a mirada de la del inventor de historias y la fijó en algún punto del fin del día. En el jardín, la sombra eterna de la araucaria parecía magnificarse con los últimos rayos de sol.

—Altamente improbable, sí...

—Pero posible.

—Cualquier cosa lo es, señor Castro. Incluso con mi intervención, siempre existiría una mínima posibilidad de ser descubierto.

—¿Cuántos años lleva usted en su profesión?

—Algo más de treinta.

—Dígame, Daff, ¿cuántas veces ha sido descubierta como falsa una historia inventada por usted?

Linus Daff frunció el ceño.

—Bueno, es difícil saberlo... no tengo contacto con todos mis antiguos clientes... y hace ya mucho tiempo de mis primeros encargos...

—¿Cuántas, Daff? ¿De cuántos fracasos tiene usted noticia?

El inventor de historias se rindió.

—De ninguno, señor Castro. Pero créame si le digo que todos y cada uno de mis trabajos llevan consigo un componente de riesgo. Los artificios de la suerte son muy complicados. Y nadie está a salvo de ser descubierto. Mis historias son muy buenas, pero advierto a mis clientes que siempre hay una posibilidad de fracasar.

—Quiero asumir ese riesgo, señor Daff...

—Insisto en que dadas las circunstancias las posibilidades de ser descubierto son prácticamente las mismas. Usted puede instalarse en su tierra sin dar explicaciones...

—¡Pero es que yo quiero darlas! No quiero llegar a mi pueblo sin un pasado, Daff... Y el que yo me he labrado no me sirve. Invente uno nuevo para mí... porque, si no lo hace, no seré capaz de volver y enfrentarme a todos... y si no soy capaz de volver, mi testamento quedará invalidado. Quiero ser yo quien entregue el legado. Y quiero que todos mis paisanos se convenzan de que ese legado proviene de un hombre cuya vida es un ejemplo a seguir.

Linus Daff pensó entonces que había algo de mezquino en la pretendida generosidad de Fernando Castro de Lema, una buena cantidad de egoísmo en su supuesto espíritu filantrópico. Hubiera podido negarse a hacer el trabajo: no sería la primera vez que rechazaba un caso. Sin embargo, tenía la sensación de que todavía le quedaban muchas preguntas por hacer, muchos detalles por conocer de cerca. Además, se dijo, aquello empezaba a volverse una cuestión moral: si él rechazaba crear un pasado nuevo para Fernando Castro, en algún lugar remoto del norte de España un pueblo entero perdería una legado magnífico del que todavía no tenían noticia alguna, pero que de materializarse estaría en condiciones de mejorar definitivamente las condiciones de vida de todos los vecinos.

—Dígame ¿va a aceptar el encargo? —Fernando Castro de Lema se arrellanó en la butaca y cerró los ojos como para aguardar la respuesta el tiempo que hiciera falta. Linus Daff tentó su chaqueta nueva y sacó su famosa libreta negra.

—Sí, señor Castro. Pero a partir de ahora tendrá usted que ser sincero conmigo y contestar con la verdad a todas cuantas preguntas vaya a hacerle.

—Soy todo suyo, señor Daff. Empezaremos por donde usted quiera.

—Entonces por el principio. Va usted a contarme su verdadera historia.

A pesar de que llevaba mucho tiempo siendo presa fácil de la añoranza, Fernando Castro de Lema no había permitido que la nostalgia magnificase los recuerdos de su villa natal. Cuando intentaba evocar el lugar de la infancia, en la memoria del indiano aparecían sólo unas cuantas imágenes borrosas de un pueblo desolado, una madre que lloraba por el padre muerto, la miseria de un lugar saqueado sin piedad por los invasores, los albañales de las calles, los niños sucios y hambrientos, la amenaza del tifus y del cólera, la ruina de las casas, el aire enrarecido por las cenizas de los tejados incendiados, y mientras el miedo y la ira, el ansia de venganza y la resignación a la desdicha se disputaban el monopolio de los sentidos, la emigración a tierras de ultramar se convertía para algunos en la única salida al desastre. En realidad, Fernando Castro no supo nunca de quién surgió la idea de su marcha: si de la madre destrozada por la prematura muerte del marido, si de los familiares pretendidamente solícitos que le prestaron el dinero para el pasaje y que veían en el mozalbete raquítico una responsabilidad adicional y una futura rémora... El caso es que un día, con trece años mal cumplidos y la única dotación de un atadillo de ropa, Fernando Castro de Lema se encontró embarcado rumbo a la tierra que nunca quiso que le prometieran, situada en un lugar del globo que ni siquiera era capaz de ubicar y de la que no esperaba gran cosa: simplemente, que en ella le fuera concedida la gracia suprema de no morirse de hambre.

Para defenderse de aquel cuadro indeseable, Fernando Castro empezó a construir en su imaginación el cuadro de una aldea idílica donde todo funcionaba perfectamente, un lugar limpio y bien cuidado poblado por hombres y mujeres de buena salud y preparación correcta. Un lugar cuyo centro fuese una escuela de primer orden llena de niños rubicundos y bien alimentados, dignamente igualados por el uniforme colegial, que asistieran a clase cada día con maestros cualificados dispuestos a adiestrarles en todas las disciplinas necesarias para enfrentarse con la vida.

Nunca supo cuándo aquella imagen ideal apareció por primera vez en su cerebro, pero es posible que fuese en el mismo barco que le llevó a La Habana. Allí, amontonado con decenas de paisanos que viajaban buscando una tierra de promisión en cuya existencia confiaban ciegamente, el niño Castro tuvo que crecer muchos años en sólo unas semanas de navegación y entender que para él la época de la infancia había terminado.

Al llegar a Cuba se encontró perdido, triste y más solo que nunca. Llevaba el traje mojado y tan lleno de arrugas que era imposible reconocer en él el terno azul oscuro que su madre planchó varias veces hasta dejarle una apariencia equívoca de calidad, había gastado todo el dinero durante los días de viaje y estaba tan débil que el primer fogonazo del sol del Caribe estuvo a punto de tumbarlo de espaldas. Pero, aunque Castro de Lema no lo sabía, la buena suerte se había fijado en él en su paseo diario por los muelles habaneros, y decidió cruzar en su camino a Jeremías Sinclair.

El viejo Sinclair había llegado a La Habana treinta años

antes y a raíz de su matrimonio con una criolla a la que había conocido en Pensacola. Ella le habló de su tierra natal con tanto amor que el soltero vocacional Jeremías Sinclair se enamoró a la vez de una y de otra: de la cuarterona de ojos oscuros y de la patria de ella, que olía a azúcar de caña, a tabaco y a ron. Vendió casi todo lo que poseía, compró dos pasajes de barco y una licencia de matrimonio y se instaló en La Habana junto a María de la Luz, que antes de morir de fiebres tifoideas le dio un hijo varón y una ligazón eterna con la tierra donde la enterraron una mañana otoñal. Jeremías Sinclair, que había instalado en el centro de La Habana un próspero negocio de ferretería, se consagró a su hijo y al olvido con pasión idéntica. En contra de lo que todos esperaban, tardó muy poco en olvidar a la esposa y ser feliz de nuevo con su hijo Andrés, que había heredado de la madre los ojos oscuros y el deje cubano, y del padre el andar zambo y el genio aplacado. Jeremías Sinclair hubiese deseado dejar en herencia al hijo el negocio de los clavos y los tornillos, pero la historia del padre se repitió a la inversa y el muchacho se enamoró perdidamente de una nativa de Pensacola que lo arrastró a su tierra y le hizo renegar de su patria del mismo modo que un día la cubana María de la Luz habría obligado al viejo Sinclair a abdicar de su tierra y su destino.

Habían pasado ya tres semanas desde la marcha de Andrés, y el señor Sinclair todavía dedicaba el tiempo libre a reflexionar sobre las argucias de la casualidad. Al cerrar el negocio, Sinclair invertía una hora en pasear lentamente por el malecón, recordando a su hijo y a María de la Luz, y aceptando la certeza de haberse quedado solo. Fue una de aquellas tardes cuando reparó en un adolescente, casi un niño, que parecía esperar su destino sentado en un fardo. Aquel niño era Fernando Castro de Lema. Y Jeremías Sinclair iba a suplir con él la falta del hijo y del heredero. Aquella noche, guiado por un extraño instinto de protección, le dejó dormir en su casa, en la cama que poco tiempo antes había ocupado Andrés Sinclair, y al día siguiente le ofreció un trabajo remunerado en su ferretería.

Fernando Castro de Lema, que no podía dar crédito a su buena estrella, aceptó alucinado las atenciones del desconocido, como aceptó después su oferta de empleo y su trato paternal. Por aquel entonces él casi no podía recordar a su verdadero padre, pero tenía la sensación de que aquel hombre generoso tenía por fuerza que parecerse mucho al autor de sus días, así que de un modo tal vez inconsciente correspondió a sus desvelos con cierta dosis de cariño, que se multiplicó cuando Jeremías Sinclair cayó enfermo y su hijo contestó al llamado que le hicieron con un telegrama tan conciso como revelador: «Lamento tu enfermedad. Siento sea imposible mi traslado a La Habana. Cuídate.»

Fernando vio el telegrama junto al lecho donde Jeremías Sinclair se consumía de fiebre y de pena, y desde el momento en que leyó las palabras ingratas tomó la decisión de asumir por cuenta propia las tareas del hijo pródigo. Pasaba las noches velando al enfermo, atendiendo a sus caprichos y a sus apetencias intempestivas, trayéndole vasos de agua con azúcar a media noche y preparando tazas de tila para templar los nervios en mitad de la madrugada. En uno de los instantes de lucidez que le brindaba la fiebre, Jeremías Sinclair pidió a Fernando Castro que no descuidara el negocio, y el chico se hizo cargo de la ferretería con una seriedad y un dominio de la situación que sorprendió a todos los que sabían de sus catorce años recién cumplidos.

Jeremías Sinclair estuvo con un pie en el otro barrio,

pero, ya fuera por los cuidados de Fernando Castro, ya por su naturaleza robusta, empezó a recuperarse. A pesar de haber perdido la visión del ojo izquierdo y aunque como secuela de la enfermedad le quedaron unas migrañas crónicas que le atormentaban puntualmente, Jeremías Sinclair se sintió afortunado por haber dado el esquinazo a la muerte y, sobre todo, por entender que no se había equivocado al acoger bajo su ala al joven Castro de Lema: el chico, tal como se encargaba de recordar a todos los que le rodeaban, no sólo le había cuidado con paciencia franciscana durante casi cuatro meses, sino que además había sacado tiempo y fuerzas de flaqueza para evitar que el negocio se fuese a pique.

Si desde el principio Jeremías Sinclair se había comportado como un padre con Fernando Castro, una vez superada la enfermedad fue mucho más allá, e incluso propuso al joven la posibilidad de adoptarlo y darle sus apellidos. Sin embargo, Castro de Lema no quiso aceptar la oferta.

—Mire, señor, le agradezco mucho la buena intención, pero ya tengo un nombre y no me parece bien cambiarlo.

Sinclair entendió como buenas las razones de su protegido. Y ya que no podía tomarlo en adopción, se decidió a ser el mejor padre postizo del mundo. Preparó para él una habitación propia en la casa que ocupaba, le compró ropa nueva y solicitó los servicios de un maestro particular que le diese clase tres veces por semana. En cuanto el chico cumplió la mayoría de edad, puso el negocio de la ferretería a nombre de los dos, e hizo lo mismo con la casa que ocupaban. Cuando Jeremías Sinclair murió, próximo ya a los ochenta años, Fernando Castro compró a su hermano de pega la parte del negocio y la vivienda que le correspondía por derecho legal y acabó por hacerse dueño absoluto del establecimiento ferretero y de la casa de los Sinclair. Propietario ya del negocio que había llevado casi en soledad durante los últimos años, Castro de Lema amplió notablemente las prestaciones de la tienda, pasando a vender también instrumentos de menaje doméstico y, con el paso del tiempo, incluso manteles y ropa de cama, que él mismo elegía con muy buen tino en los buques que llegaban de Holanda. Las amas de casa habaneras decían que no había en toda la isla una tienda mejor surtida que la del hijo adoptivo de Jeremías Sinclair, que empezaba a amasar una pequeña fortuna vendiendo encajes primorosos a las recién casadas y herramientas de la mejor calidad a los macheteros de zafra.

Por aquel entonces, Fernando Castro de Lema ya había entrado en contacto con la Sociedad de Gallegos Trasterrados que acababa de fundarse en La Habana «con el propósito de mantener viva la memoria y el espíritu de nuestra tierra allende los mares», como rezaba el texto fundacional. En un principio, la Sociedad la integraban poco más de una docena de gallegos enfermos de nostalgia, que dedicaban las noches a llorar por la patria perdida, pero poco a poco fueron soplando aires nuevos y empezaron a unirse a ellos gallegos bien asentados en las fértiles tierras de Cuba, terratenientes prósperos, propietarios de plantaciones inmensas y de ingenios azucareros que invertían sabiamente sus ganancias en la bolsa de Nueva York. La Sociedad de Gallegos Transterrados empezó a ser algo más que una asociación de norteños melancólicos, y se convirtió en una organización filantrópica dedicada a ayudar a los gallegos recién llegados a Cuba a encontrar trabajo, que organizaba periódicamente conciertos de música patria y fiestas populares en las que no faltaba el vino de la tierra ni los platos típicos, porque bien es sabido que la añoranza empieza a atacar por la boca del estómago.

Fue Román Castelo, uno de los socios fundadores y buen cliente de la ferretería de Jeremías Sinclair, quien propuso a Castro de Lema su incorporación a la Sociedad. Fernando Castro aceptó inmediatamente.

—¿Qué tengo que hacer?

—Abonar la cuota de entrada, que es muy pequeña, y nada más... —De pronto, los ojos de Castelo adquirieron un brillo malicioso—. A no ser que quieras entrar a formar parte de la Junta Directiva. En ese caso tendrías que dar una prueba de galleguismo. De amor a la tierra, vaya.

—No entiendo nada. Se supone que a la tierra la queremos todos...

Román Castelo le explicó entonces que, según los estatutos, para integrar la junta había que llevar a cabo un acto que denotase una profunda ligazón con la tierra perdida, un cariño desmedido a la Galicia natal, y que desde el acto fundacional de la Asociación, quince años antes, nadie había estado en condiciones de llevarlo a cabo.

—Pues, la verdad, no lo entiendo... ¿no lo ha intentado nadie hasta ahora?

—Sí, hombre... pero con poca fortuna. Es que muchos se creen que el aprecio a la tierra se demuestra organizando pulpadas o cantando canciones que todos nos sabemos. Eso no es galleguismo, Fernandito. Es folclore y ailalelo. La cosa es más complicada. Necesitamos pruebas de patriotismo indiscutible, ¿sabes? Se supone que los de la Junta ya las dimos al montar la Sociedad. Y los que vengan ahora, que se espabilen.

Castelo describió un gesto cómico y bajó la voz como para hacer una confidencia.

—Mira, todo eso fue una historia que nos inventamos los miembros de la directiva para que no hubiese nadie empeñado en quitarnos los laureles. Anda, paga la cuota de afiliación y olvídate del resto.

Pero Fernando Castro no se olvidó. Durante varios días con sus noches se dedicó a pensar en las posibilidades de demostrar su afecto por la tierra que lo había visto nacer y partir hacía ya demasiados años. La ocasión se le presentó quince días más tarde, cuando Olivier Picoud entró en su tienda para encargar un servicio de cubertería para un centenar de personas.

Olivier Picoud era uno de los personajes más impopulares entre los gallegos de La Habana. Dueño de una plantación de caña de azúcar y de una destilería de ron, la mayoría de sus trabajadores eran gallegos de poca fortuna, analfabetos en su mayoría, a los que reclutaba en el puerto de La Coruña antes de que subiesen al barco que los llevaría al otro lado del mundo. Entre aquella grey de emigrantes que se despedían en el muelle de su patria y de su tierra, un charlatán contratado por Picaud localizaba a los más desdichados, a los más tristes, a los más débiles, a aquellos que nada tenían y que por eso estaban dispuestos a cualquier cosa a cambio de una oportunidad, y les ofrecía trabajo en La Habana, alojamiento y comida. Allí mismo se les daba a firmar un contrato mediante el que arrendaban de por vida sus cuerpos y hasta sus almas. Una vez en Cuba, las gentes de Picaud recogían a los trabajadores en el mismo malecón, y los trasladaban a toda velocidad a las plantaciones lejanas, donde nunca más se volvía a saber de ellos.

La operación de reclutamiento por parte de Olivier Picaud era más un misterio que otra cosa: nunca nadie puso nombre al emisario que ofrecía a los emigrantes los contratos draconianos, nunca nadie le vio operar ni se supo nunca cómo era capaz de distinguir entre la muchedumbre lista para embarcarse a aquellos incapaces de leer el papel que firmaban con un garabato dibujado trabajosamente. Con el tiempo, el esbirro de Picaud se convirtió en un personaje de leyenda, en el protagonista de cuentos infantiles con el que las madres sin sesera aterrorizaban a los niños reacios al sueño en las noches tormentosas. Se hablaba de un hombre bajito y jorobado, eternamente oculto por un sombrero y una capa negra, a quien un misterioso radar guiaba entre la multitud de miserables hasta dar con los más pobres entre los pobres, los más tristes entre los tristes, a los elegidos que iban a trabajar para siempre a las órdenes de Olivier Picaud.

La Sociedad de Gallegos Trasterrados había intentado enfrentarse a él en varias ocasiones, pero no era tarea fácil poner zancadillas a un empresario riquísimo que contaba además con el apoyo de la colonia de antillanos que habitaban otras zonas de la isla. Así, lo único que pudieron hacer Román Castelo y los suyos fue prevenir a los futuros emigrados contra la firma de contratos ilegibles, pero aun así eran muchos los que sucumbían al canto de sirenas del contratante desconocido que tan generosamente les ofrecía casa, trabajo y pan antes incluso de llegar a su destino.

Fernando Castro de Lema había oído hablar muchas veces de Olivier Picaud, pero nunca hasta entonces había surgido la ocasión de tenerlo enfrente. Cuando se presentó con su nombre completo e hizo el encargo marcando las letras con su acento francés, el nuevo miembro de la Sociedad estuvo a punto de tomarlo del brazo y expulsarlo para siempre de su tienda, pero no lo hizo. De pronto, un sexto sentido le dijo que en aquel hombre repelente que engolaba la voz para hacer su pedido podía estar la posibilidad de acceder a un puesto directivo en la Sociedad de Gallegos Trasterrados. Así que se tragó su rabia y sus ganas de patear hasta el cansancio el orondo trasero de Picaud y se dirigió a él con una amabilidad rayana en el servilismo.

—Es un placer verle por aquí... Dígame cómo puedo servirle.

—Necesito una cubertería... una cubertería de ciento cincuenta piezas. Voy a dar una fiesta en mi casa de Matanzas. Una fiesta única, ¿sabe? Con más de cien invitados. Voy a traer desde Austria una orquesta de valses, y un cocinero de París para preparar el banquete. Y quiero comprar una cubertería. Me dicen que podría alquilarla... pero no es lo mismo ¿verdad?

—Claro que no. Le enseñaré los modelos para que usted escoja... naturalmente, no dispongo de tantas piezas iguales. Habría que encargarlas. ¿Para qué fecha necesita usted la cubertería completa?

—La fiesta será dentro de dos meses.

—En ese caso, no se preocupe. Tenemos tiempo. Siéntese, por favor, y le iré trayendo modelos para que decida cuáles le gustan más.

Durante más de una hora, Fernando Castro de Lema mostró a Olivier Picaud toda una selección de tenedores, cucharas y cucharillas, palas de pescado y cubiertos para servir la mesa, mientras luchaba contra el natural impulso de agarrar uno de los cuchillos que enseñaba a su futuro cliente y utilizarlo para rebanar su pescuezo blandengue. Al fin, tras muchos dimes y diretes, Olivier Picaud se decidió por una cubertería de alpaca con un pequeño adorno en forma de caracola en el mango de cada cubierto.

—Haré el pedido hoy mismo, señor Picaud, y espero tenerlo aquí en el plazo de un mes.

—¿Está seguro de que dará tiempo? Ya sabe, la fiesta...

—Segurísimo, señor. Déjelo de mi cuenta. Yo mismo

iré a avisarle cuando su encargo esté disponible. Por favor, escriba su dirección en esta tarjeta...

Aquella noche, Fernando Castro durmió extraordinariamente bien: había trazado un plan muy sencillo para jugar la peor de las pasadas al explotador de compatriotas. Cumpliría con el encargo, por supuesto. Los cubiertos elegidos por Picaud llegarían a tiempo para la fiesta. Pero ni Picaud ni sus invitados iban a utilizarlos nunca. Porque iba a darles el cambiazo, y el día señalado para la entrega Picaud recibiría menos juegos de los solicitados, y por supuesto, nada de cuberterías homogéneas: cada pieza iba a ser de su padre y de su madre. Luego, él mismo organizaría una fiestecilla para celebrar su ingreso en la Sociedad de Gallegos Trasterrados, y los invitados al sarao utilizarían los cubiertos escamoteados a los huéspedes de Olivier Picaud. Y Fernando Castro de Lema sonreía al imaginar a los distinguidos amigos de Picaud comentando entre ellos la poca previsión de su anfitrión, que había tenido que mezclar media docena de cuberterías para servirles la cena, y aun así ni siquiera había servicio para todos y los matrimonios bien avenidos tendrían que turnarse en el uso de la paleta del pescado y el tenedor de postre. Claro que, después de semejante episodio, es posible que su buena fama como vendedor de menaje sufriese una herida muy difícil de restañar... pero merecía la pena.

Fernando Castro cumplió con el encargo, y lo hizo con la diligencia que le caracterizaba. Un mes antes de la celebración de la fiesta, decidió pasar por la casa de Olivier Picaud para anunciarle que la cubertería completa estaría en La Habana en un plazo máximo de quince días. Olivier Picaud lo recibió con cierta displicencia, porque no entendía la necesidad de que un vendedor de platos entrase en su casa, pero lo cierto es que se alegró tanto de saber que su encargo iba a estar disponible antes incluso de lo que él había previsto, que acabó tratando a Castro de Lema con un atisbo de cordialidad.

—Le agradezco que me traiga tan buenas noticias —le dijo—. En realidad, es lo único que queda pendiente. El contrato con los músicos de Viena está ya firmado, el cocinero llegará de París la semana que viene, y esta misma mañana he terminado de redactar las invitaciones.

Olivier Picaud señaló un montón de sobres colocados cuidadosamente sobre la mesa del recibidor. Y en ese momento, Castro de Lema recibió un soplo de inspiración angélica.

—Señor Picaud... ¿quiere usted que me ocupe de entregar los sobres en la oficina de correos? A primera hora de mañana tengo que ir personalmente a recoger un envío.

—Pues... en realidad, pensaba mandar a un criado... pero si usted dice que puede llevarlos a primera hora...

—A las ocho en punto estaré allí.

—En ese caso, llévese los sobres.

—Mañana estarán repartidos. Y en cuanto a la cubertería, no se preocupe. Se la enviaré en cuanto llegue.

Aquella noche, Fernando Castro de Lema no durmió en absoluto. La pasó en vela abriendo con vapor y una buena dosis de paciencia los sesenta y siete sobres dirigidos a los invitados a la fiesta magnífica de Olivier Picaud. Luego, extrajo de dentro la cartulina de invitación, donde, de puño y letra y con tinta china, el anfitrión daba cuenta del día y hora de celebración de la fiesta: el 25 de mayo a las nueve de la noche. Entonces, y recordando un truco del que le había hablado Jeremías Sinclair para hacer frente a las malas calificaciones escolares, buscó en su bien surtida ferretería la cuchilla más fina y mejor afilada, y una por una raspó todas las fechas que aparecían en los tarjetones. Cuando terminó la operación, sustituyó la fecha del 25 por la del 26 de mayo. Luego volvió a meter las invitaciones en los sobres, cerró éstas cuidadosamente y, como ya clareaba, se dirigió a la oficina de correos portando alegremente la mercancía que iba a servir para ridiculizar a Olivier Picaud delante de toda La Habana. Una semana después, Fernando Castro entregaba en casa de Picaud la cubertería completa. Había pensado que, después de todo, no era necesario dar el cambiazo.

El veinticinco de mayo amaneció, como era previsible, soleado y radiante. Desde las primeras horas de la mañana, un ejército de criados y de camareros se afanaban en colocar mesas y sillas en los jardines de la casa magnífica que Olivier Picaud poseía en Matanzas. El chef parisino había pasado casi toda la noche en vela preparando la pastaflora y la masa para el hojaldre, y comenzaba ahora el ritual de aderezar los patos que iba a introducir, ya cerca del mediodía, en un horno gigantesco, para que se asasen con una lentitud extrema y pudieran servirse dorados y en su punto a las diez de la noche. Le preocupaba la factura del soufflé: con aquel calor, habría que esperar casi hasta el último minuto para batir las claras a punto de nieve, y la precisión francesa del señor Cazotte no permitía fallos en ese sentido. La cena comenzaría a las nueve y media. Así las cosas, el soufflé debería estar a punto para ser flameado a las once menos cuarto, hora en que, previsiblemente, los invitados habrían dado ya buena cuenta de la crema de cangrejos de río, el hojaldre de hongos y el pato asado con miel. Media docena de pinches debían empezar a batir las doscientas claras de huevo exactamente a las nueve menos cuarto de la noche. Con aquella fiesta, el señor Cazotte se jugaba su reputación en tierras de ultramar. No podía cometerse un solo error. Había calculado los tiempos con precisión milimétrica, igual que había cuidado hasta extremos enfermizos la selección de los ingredientes de cada uno de los platos. Había rechazado tajantemente cualquier intromisión del personal local de cocina, y traído consigo desde París a su propio equipo de ayudantes: no se fiaba en absoluto de los pinches cubanos, tan aficionados a las especias y a las frutas tropicales. El señor había sido claro: quería un menú francés, así que nada de pimienta de Cayena, arroz congrí o plátano frito. Y mientras Alexis Cazzotte dictaba órdenes en las cocinas, los músicos vieneses recién llegados de Europa repasaban los compases de los valses y las polkas que iban a interpretar para complacer los pies y los oídos de los selectos invitados a aquella fiesta en cuya organización Olivier Picaud se había gastado una auténtica fortuna.

A las ocho y cuarto del día veinticinco de mayo, Olivier Picaud empezó a vestirse con un frac adquirido en la mejor sastrería londinense. Lamentó profundamente no poseer condecoraciones que colgarse en el pecho (había llegado a tener en sus manos sin atreverse a comprarla una Legión de Honor cuyo dueño estaba arruinado), pero una vez dio dos vueltas delante del espejo de cuerpo entero decidió que, después de todo, el traje le daba una apostura lo suficientemente gallarda como para no preocuparse de la ausencia de medallas y bandas de gala. A las nueve menos cuarto, en el mismo momento en que los pinches franceses de monsieur Cazzotte empezaban a levantar las claras para convertirlas en merengue, llegaron los primeros invitados: siete amigos próximos a Olivier Picaud que habían recibido en mano sus invitaciones. El anfitrión hizo que les sirvieran una copa de champaña y canapés de salmón mientras esperaban la llegada del resto de los asistentes, y dio orden de que comenzara la música. Dieron las nueve, y en vano Picaud y los otros agudizaron el oído para anticiparse a la llegada de los carruajes, para escuchar desde lejos el rumor de las voces de los recién llegados. Pasaron los minutos y no llegaba nadie.

—En estas tierras la gente no sabe lo que es ser puntual —decía François Dunant, un empresario educado en Suiza y maleducado en todos los lugares del mundo—. Son salvajes, Olivier, no lo olvides: salvajes de sangre española mezclada con sangre india. No esperas gran cosa de semejante combinación.

Olivier Picaud pidió que sirvieran otra copa de champaña y otra bandeja de canapés. En las cocinas, las claras de huevo empezaban a tomar consistencia.

—No dejen de batir —ordenaba Cazotte—, no dejen de batir.

Fuera, los músicos empezaban a sentirse un poco extraños interpretando las piezas que tan bien conocían para un auditorio tan restringido. Estaban acostumbrados a un público bastante más numeroso. Mientras, los criados habían encendido todos los farolillos colocados en los árboles para iluminar el jardín, y se paseaban de un lado a otro del parque sin saber qué hacer, mientras el hielo de las cubiteras se derretía y los canapés empezaban a estropearse.

—Salvajes, Olivier. Salvajes. —Dunnant seguía en sus trece—. Aparecerán una hora más tarde pidiendo a gritos de comer y de beber, atravesarán tu jardín dando voces para disfrutar de la cena que has encargado y de la música que les has traído. No lo merecen, Olivier. No merecen esto ni tampoco otras cosas. Pero qué se puede esperar. No tienen nuestro pasado glorioso, no tienen nuestra historia...

A las diez y cuarto, consternado, al borde del paroxismo, Olivier Picaud dio orden de que sirvieran la cena. En la cocina, las claras habían subido tanto como era de esperar, pero en contra de las previsiones del señor Cazzotte, el soufflé no podría flamearse a las once menos cuarto sino bastante más tarde. Casi tan atribulado como el propio anfitrión, el cocinero francés mandó sacar a la mesa la crema de cangrejos de río, y luego el resto de los platos, mientras la blanca espuma del merengue iba subiendo hasta alcanzar proporciones desorbitadas. En el jardín, los ocho comensales cenaban en un silencio mortal interrumpido por el tono casi fúnebre de los músicos vieneses, que comprendían que el momento no era el más adecuado para arrancarse con una polka ni mucho menos con una marcha triunfal. Los invitados de Olivier Picaud trataban de no mirar las mesas vacías y perfectamente dispuestas con la vajilla de Limoges y la cubertería de alpaca puntualmente servida por Fernando Castro de Lema, y saboreaban ya sin entusiasmo el hojaldre crujiente y el pato agridulce que con tanto esmero había preparado monsieur Cazotte, reputado chef francés que en aquel momento se encontraba en la cocina a punto de sufrir una apoplejía mientras trataba de contener la furia expansiva del merengue y contemplaba desolado cómo en la cocina se mezclaban, en impío desbarajuste, más de un centenar de patos asados, otras tantas cazuelas de crema de cangrejos, el hojaldre de hongos y las yemas desechadas por no servir para el soufflé.

Los invitados se marcharon de madrugada, borrachos como cubas y tratando de restar importancia al desaire colectivo del que su amigo había sido objeto. Dunnant insistía en el comportamiento rudimentario de los descendientes de españoles, mientras los músicos austriacos guardaban los instrumentos entre decepcionados y ofendidos, como si el plantón a Picaud también les hubiese afectado a ellos. En la cocina, el señor Cazzotte se esforzaba por contener las lágrimas mientras se juraba a sí mismo que nunca jamás en su vida volvería a trabajar en tierra de indios y sus pinches parisinos se bebían a escondidas las botellas de cointreau que debieran haber servido para flamear el soufflé.

Olivier Picaud se acostó cuando ya clareaba el día, pensando que sin duda aquélla había sido la peor noche de todas las noches de su vida. Claro que no le quedó más remedio que cambiar de opinión cuando, a las nueve de la noche del día siguiente, empezaron a llegar a la casa de Matanzas los invitados ausentes en la jornada anterior. Llegaron puntuales, impecables los caballeros, bellísimas las damas, ellos luciendo el frac de rigor y las condecoraciones legítimas, ellas llevando con la gracia caribe los vestidos de seda, de muselina y de moaré, las joyas más hermosas, los perfumes de moda. Para entonces no quedaba en la casa ni uno solo de los vestigios de la fiesta: habían recogido las mesas y las sillas, los faroles venecianos del jardín, las guirnaldas de flores de los árboles. La cubertería había sido embalada y devuelta con una nota confusa a la tienda de Fernando Castro, la vajilla estaba otra vez guardada en el desván, y el frac londinense de Olivier Picaud reposaba en el fondo del armario en medio de bolas de naftalina. Las botellas de champaña sobrantes estaban en la bodega, los platos de la noche anterior habían sido incinerados en la parte de atrás de la finca y los músicos de Viena y el cocinero francés tomaron un barco aquella misma tarde después de cobrar sus honorarios y despedirse con notable frialdad de aquel majadero que ni siquiera era capaz de calcular cuántas personas acudirían a su llamada antes de organizar fiestas multitudinarias.

Cuando empezaron a llegar los invitados, Picaud calibró seriamente la posibilidad de descerrajarse un tiro entre ceja y ceja con su escopeta de caza para no hacer frente a aquella situación indeseable, pero no se atrevió a tanto. Arrancó de su percha el frac arrugado, se lo puso de mala manera y bajó al jardín oscuro a dar explicaciones, o más bien a recibirlas. Fue un momento horrendo. Cien pares de ojos se clavaron en él y en su traje de gala hecho un higo, en su faz descompuesta y en su sonrisa congelada. Quiso hablar, pero no supo qué decir. Le entraron ganas de llorar, pero las lágrimas no le salían. Y entonces, sin saber por qué, la boca de Olivier Picaud se contrajo y del centro mismo de su pecho brotó una risa histérica que estremeció la brisa templada del jardín. Nadie dijo nada. Uno a uno, los invitados volvieron a tomar sus coches de punto y se marcharon, conscientes de habérselas entendido con un completo chiflado que había convocado en su propia casa a más de cien personas con el único propósito de reírse en sus mismas narices.

Aquella historia supuso la defunción social de Olivier Picaud y el ingreso de Fernando Castro de Lema en la junta directiva de la Sociedad de Gallegos Trasterrados, cuyos miembros escucharon la historia de la fiesta reunidos en sesión extraordinaria, con la boca abierta y el corazón henchido de orgullo patrio. Aquel sinvergüenza, aquel mequetrefe, aquel cobarde que explotaba a sus paisanos había recibido, por fin, una lección inolvidable.

Para Fernando Castro, sin embargo, la broma suprema con que obsequió a Olivier Picaud tuvo consecuencias que alteraron para siempre el curso de su historia personal. Porque unos días después de haber enviado las cartas retocadas, el heredero de Jeremías Sinclair se dio cuenta de que uno de los sobres había caído debajo de la mesa en mitad del proceso de manipulación, y por tanto no había sido puesto al correo con los demás.

Lo recogió con disgusto: si uno de los invitados no recibía la carta, su gestión como responsable de enviar las invitaciones podía quedar en entredicho, y llegar a relacionar su intervención con el cambio de fechas en las cartulinas. Así que decidió tomar la carta y llevarla personalmente a su destinatario, un tal Oskar Schmitd que se alojaba en un hotel de La Habana. Había decidido dejar la carta en la recepción del hotel, pero el azar dispuso otra cosa: al preguntar por Oskar Schmitd al conserje solícito, éste dibujó una sonrisa amable en su rostro rubicundo e hizo una seña alegre:

—Es ese caballero que acaba de entrar. ¡Señor Schmitd! Aquí preguntan por usted.

Fernando Castro vio cómo se le acercaba un hombre alto, delgado, de unos cuarenta años de edad, levemente encorvado, de ojos muy claros y mentón firme que le saludó con una inclinación de cabeza.

—¿Qué se le ofrece?

—Tengo un sobre para usted. Lo envía el señor Olivier Picaud.

—Ah, Picaud... estoy haciendo negocios con él. Traiga, muchas gracias. ¿A quién tengo el gusto...?

—Fernando Castro. Y ahora, si me disculpa...

—Oskar Schmitd. Encantado de conocerle. Por favor, acepte un refresco... Aquí hace un calor espantoso, y yo no estoy acostumbrado a estas temperaturas. Soy alemán ¿sabe?

—Ya, pero es que tengo algunos asuntos...

—Nada que no pueda esperar, seguro. Estoy recién llegado a esta isla suya, y me siento un poco perdido. Me vendrá bien hablar con alguien que pueda darme algunos consejos, por ejemplo para combatir la canícula. Venga conmigo, haga el favor.

Sin saber cómo, Fernando Castro de Lema tuvo que dejarse arrastrar al bar del hotel por aquel desconocido tan persuasivo y, desde luego, tan simpático. Oskar Schmitd se presentó: era alemán, arquitecto y experto en paisajismo. Había estudiado y obtenido títulos en media docena de universidades de prestigio, era viajero empedernido y políglota, cultísimo y amable, de grata conversación y modales sin tacha. Una vez que hubo desgranado toda la información sobre sí mismo, recabó a su vez datos sobre su interlocutor. Animado por la simpatía que en él despertaba el extranjero, Fernando Castro habló de sus orígenes, de su condición de gallego emigrado, de sus comienzos en la isla como empleado de Jeremías Sinclair, de su ascenso a hombre de confianza primero y a propietario del negocio después. Le habló de la Sociedad de Gallegos Trasterrados, de su intención de pasar a formar parte de la directiva, y casi sin darse cuenta hasta dejó caer que profesaba muy poca simpatía a Olivier Picaud por su condición de explotador de paisanos. Oskar Schmitd le escuchó con una atención desmedida, meneando la cabeza en señal de aprobación y mesándose de vez en cuando las cejas pobladas que empezaban a encanecer.

—Escuche —el alemán bebió el último trago de su refresco—. He venido a Cuba con la intención de quedarme aquí una temporada poniendo en marcha una serie de negocios. Y necesito un socio. Creo haber encontrado en usted a la persona indicada. ¿Le parece que volvamos a vernos dentro de unos días?

Fernando Castro de Lema abrió mucho los ojos. No entendía qué tipo de sociedad podía querer formar con él un arquitecto alemán, ni de qué iba a servir un ferretero gallego a los negocios de un hombre de mundo. Intentó explicar a Oskar Schmitd que, a buen seguro, no era él la persona indicada, pero el extranjero no le escuchaba.

—Nada, nada, usted déjeme a mí. ¿Puede darme la dirección de su tienda? Pasaré a verle un día de éstos.

Fernando Castro de Lema había olvidado ya al simpático alemán y sus ofertas societarias cuando, dos semanas después de la fiesta fallida de Picaud, Oskar Schmitd entró en la ferretería, vestido de indiano, con un panamá flexible en la mano derecha y la sonrisa perenne y sincera encajada en su magnífica dentadura.

—Mi querido amigo... Es un placer verle de nuevo... Así que ésta es su tienda. Muy bonita, desde luego, y muy bien surtida.

Oskar Schmitd examinaba todo con un interés sincero, las cajas de tornillos, la loza, las cortinas de encaje, los juegos de cuchillos y las regaderas de latón. Fernando Castro le observaba desde detrás del mostrador intrigado por los movimientos del alemán, porque no entendía qué interés podía suscitar una mercancía tan corriente en un hombre de mundo, de seguro acostumbrado a visitar establecimientos de prosapia y tiendas de lujo. Sin embargo, no dijo nada y le dejó hacer a su gusto. Después de todo, pensó, a nadie molesta. La tienda estaba vacía, y de hecho él se encontraba bastante aburrido, así que no había por qué desdeñar la visita de un curioso.

—¿Tiene usted tiempo para tomar un café conmigo?

Fernando Castro negó con la cabeza.

—Me temo que no. Estoy solo y no puedo cerrar la tienda.

—Entonces hablaremos aquí, si le parece bien.

Fernando Castro sacó de la trastienda dos sillas de madera y las colocó frente a frente. El alemán ocupó una y él se sentó en la otra. Estuvieron un rato así, en silencio, examinándose mutuamente, hasta que al fin Oskar Schmitd se decidió a hablar.

—Mi querido amigo —le dijo—, llámelo sexto sentido, deformación profesional o lo que quiera, pero desde el momento en que le vi supe que era usted la persona que estaba buscando.

El gesto de Castro de Lema fue de una perplejidad sincera.

—No entiendo...

—Necesito un socio desesperadamente, amigo mío. Alguien que me ayude a salir adelante en esta tierra suya que, si me permite el comentario, es muy diferente a la vieja y civilizada Europa. He trabajado en América, ¿sabe? Pero, claro, Nueva York no tiene nada que ver con La Habana. Y déjeme que le diga una cosa: no acostumbro a trabajar en compañía. Pero aquí las cosas son distintas: el carácter de las gentes, el correr del reloj... mire, creo que si no estuviese tan ocupado escribiría un ensayo sobre el valor relativo del tiempo en la isla de Cuba. Porque yo creo que aquí las horas tienen demasiados minutos. Pero dejemos ese tema para otra ocasión.

Fernando Castro de Lema empezaba a marearse y a aceptar la posibilidad de que el alemán no estuviese del todo en sus cabales. Sin embargo, Oskar Schmitd parecía la viva imagen de la serenidad, la mesura y el equilibrio.

—Como le decía, necesito asociarme con alguien... con alguien como usted. Lo supe en cuanto lo vi. Y después del episodio de la fiesta...

Fernando Castro palideció súbitamente y notó que le entraban unas ganas terribles de vomitar.

—La... la fiesta.

—Sí señor. La fiesta que no hubo en casa de Picaud. Evidentemente, tuvo usted mucho que ver en aquel desastre.

El otro tragó saliva. Sólo había confesado los detalles del cambio en las fechas de las invitaciones a los miembros de la junta directiva de la Sociedad, y cada uno de ellos había jurado por su honor guardar el secreto.

—Se estará preguntando cómo sé de su intervención en el cambio de fechas. No, no tema, nadie ha sido indiscreto, y apostaría cualquier cosa a que he sido el único en darme cuenta de su intervención. Mire, cuando llegamos a casa de Picaud y tuvimos que marcharnos, todo el mundo pensó que Olivier se había vuelto loco y que había invitado a un centenar de personas a una fiesta inexistente. Pero yo supuse que tendría que haber otra explicación. Al llegar a casa estudié la cartulina detenidamente y me di cuenta de que alguien había sustituido la cifra de la fecha. Usted me había entregado en mano el sobre de Picaud. Así que había muchas posibilidades de que fuese usted el responsable de la jugarreta. ¿Puede darme un vaso de agua, por favor?

Fernando Castro sirvió dos, y dudó si beber el suyo o echárselo por la cabeza. Estaba a punto de asfixiarse. Oskar Schmitd acabó con el agua de un solo trago, sonrió y siguió hablando.

—Ah, querido amigo, debería haber estado usted allí, toda aquella gente enfadada, insultando por lo bajo al pobre Olivier, todos aquellos coches aparcados en orden frente al jardín, los vestidos de las señoras, los fracs de los caballeros, Picaud carcajeándose como un demente junto a la escalera... Fue espléndido, hermosísimo, inolvidable. Y usted se lo perdió. Ese detalle era el único que me faltaba para considerarle definitivamente un profesional. ¿Sabe? Los aficionados necesitan comprobar por sí mismos el resultado de sus acciones. Y, en la mayoría de los casos, es eso lo que les pierde, porque suelen ser descubiertos. Usted actuó y esperó a conocer las consecuencias por boca de otros. Es usted un maestro, amigo mío. Aunque quizá todavía no lo sabe. Pero dígame... ¿por qué lo hizo?

Castro de Lema hubiera querido tener valor para negarse, para defender su inocencia a capa y espada, pero de pronto se dio cuenta de que, en realidad, le importaba muy poco que Oskar Schmitd, la isla entera o el mismísimo Picaud supiesen que había sido él el causante del fiasco. Como por arte de magia recobró todo su aplomo.

—Porque Picaud es un hijo de mala madre que tiene a mis paisanos trabajando como esclavos en sus plantaciones.

Oskar Schmitd cerró los ojos y su rostro adquirió una expresión beatífica.

—Excelente. Maravilloso. Ni en sueños podría pedir más. Es usted un idealista. Un caballero andante. Me dijo que tenía orígenes españoles, ¿no es así? Eso lo explica todo. Qué suerte la mía.

De pronto, recobrado ya el dominio de sí mismo y la tranquilidad de espíritu, Castro de Lema decidió que ya estaba bien de responder preguntas y que había llegado el momento de hacerlas a su vez. Si aquel alemán chiflado tenía alguna propuesta sensata que hacerle —cosa altamente improbable, porque nada de lo que decía tenía mucho sentido— que fuese al grano de una vez por todas. Y si no, podía volver por donde había venido con sus licenciaturas universitarias y su don de lenguas.

—Mire, señor... don Oskar... yo no acabo de entender qué es lo que quiere de mí. Y me temo que, sea lo que sea, no voy a poder complacerle. Usted y yo somos muy distintos, y no creo que haya ningún negocio que podamos emprender juntos... Así que...

—No juzgue tan a la ligera. Es cierto que usted y yo somos muy diferentes. Y eso es una ventaja. Nos complementaremos.

—Pero vamos a ver ¿a qué se dedica usted exactamente?

El otro no alteró lo más mínimo la expresión de su cara para responder.

—Soy estafador.

Fernando Castro se desplomó en una silla. Evidentemente, aquel hombre estaba loco. Loco como una cabra.

—No se ponga así. Le aseguro que no es para tanto. El mundo está lleno de gente como yo... lo que pasa es que no todos tienen el valor de llamar a las cosas por su nombre. Llevo siete años en el negocio de las estafas, y le aseguro que no es más vergonzante que muchos otros oficios tenidos por decentes. Además, permítame decirle que soy lo que se podría llamar un estafador de los de guante blanco. Jamás timo a gente con apuros económicos. Me dedico sólo a los ricos muy ricos, y si es posible prefiero emplearme a fondo con los que practican el arte de la estafa amparándose en argucias legales... como su amigo Picaud, por ejemplo. Esa clase de tipos son mis favoritos.

Castro de Lema recordó entonces una máxima que su madre le había enseñado siendo muy niño: quien roba a un ladrón, tiene cien años de perdón, y casi instantáneamente lo que Oskar Schmitd contaba empezó a tener cierto sentido.

—He llegado a Cuba desde muy lejos porque me han dicho que ésta es una tierra de ricos donde muchos han hecho dinero como por arte de magia. Es el mejor caldo de cultivo para practicar el arte del engaño. Pero necesito ayuda, Fernando. Necesito ayuda y consejo para localizar a los más ricos entre los ricos, a los más ingenuos y los más pánfilos, a los más arrogantes. No quiero estafar a un trabajador que haya hecho fortuna después de destripar terrones, no quiero arruinar a una familia ni amargar con un timo a un desdichado a quien quede poco tiempo de vida. Me hace falta alguien que conozca la isla, que conozca a sus gentes y, sobre todo, que me eche una mano a la hora de descifrar ese modo de ser suyo que es tan distinto al europeo. Seríamos socios. Usted seleccionaría para mí a las futuras víctimas y yo diseñaría para cada una de ellas una estafa distinta y adecuada a sus circunstancias. Algunas veces le utilizaría a usted como enlace. En otros casos actuaría solo. Yo me llevaría el setenta y cinco por ciento de cada operación, y usted se quedaría con el veinticinco restante.

Oskar Schmitd se puso de pie.

—No quiero que me conteste ahora. Tómese su tiempo para pensarlo. Vaya a verme al hotel cuando haya decidido algo. Y cuento con su discreción, al igual que usted puede contar con la mía en el asunto Picaud. Hasta pronto, querido amigo.

Hizo una leve inclinación de cabeza, tomó el panamá que reposaba sobre el mostrador y salió de la tienda abanicándose con el sombrero. Fernando Castro de Lema se quedó allí, con la boca abierta y la certeza absoluta de que su vida iba a cambiar irremediablemente. Dos días después, al cerrar la ferretería, se dirigió con paso firme al hotel donde se alojaba Oskar Schmitd. Le encontró en el bar, sorbiendo un refresco, secándose con un pañuelo blanco el sudor de la frente mientras se dibujaba en su rostro la expresión de placidez que tan habitual resultaba.

—Señor Schmitd...

—Fernando Castro... me alegro mucho de volver a verle. Pero siéntese, por favor. ¿Quiere tomar una limonada? Yo voy a pedir otra para mí.

Les sirvieron las bebidas, y entonces Castro de Lema enfrentó sus ojos pardos a los ojos azules del alemán.

—Voy a aceptar su oferta —le dijo sin respirar. El otro no descompuso el gesto.

—Me alegro infinitamente. —Sonrió—. Y deje que le diga que ya lo esperaba... y también que su decisión va a hacerle rico.

—Pero hay algo que me gustaría aclarar con usted...

—Adelante.

—Seré yo y sólo yo quien elija a las víctimas de las estafas, y usted tendrá la obligación de informarme de las características de cada timo antes de ponerlo en práctica. Desde este momento quedan descartados como blancos todos los miembros de la colonia gallega de La Habana, y serán víctimas preferenciales aquellos que en algún momento hayan abusado, engañado o explotado a mis paisanos de Galicia.

Los ojos de Oskar Schmitd brillaban alegres.

—Perfecto, amigo mío, perfecto. Veo que ha comprendido usted la dinámica del negocio. No sólo se trata de hacernos ricos usted y yo, sino que además esta profesión sirve a veces para hacer justicia. ¿Sabe quién era Robin Hood? Un bandido inglés que robaba a los ricos y entregaba a los pobres el fruto de sus ganancias. Bien es verdad que yo no pienso dar un céntimo a nadie, pero tampoco voy a participar en asaltos en cruces de caminos. Entonces ¿somos socios?

—Somos socios, señor Schmitd.

Se estrecharon las manos.

—Llámeme Oskar.

Linus Daff estuvo escuchando a su futuro cliente sin interrumpirle ni una sola vez, y Castro de Lema había desgranado para él todos sus recuerdos con una precisión asombrosa. Había anochecido. Un criado entró de puntillas y encendió las lámparas de la biblioteca.

—Fue así como empecé a labrar mi patrimonio, señor Daff. Oskar Schmitd y yo trabajamos codo con codo durante siete años. Debería haberle conocido. Era un genio, un auténtico genio. Nunca he tratado a nadie tan simpático, con tanta labia y tanta capacidad para meterse en el bolsillo a cualquiera a poco que se lo propusiese. Durante aquellos años, él y yo estafamos a treinta y cinco millonarios de la isla. Todos ellos compartían una característica común: ser infinitamente ricos y haber perjudicado en algún momento a los miembros de la colonia gallega. Hicimos cosas increíbles. Comprar un terreno lleno de piedras y venderlo luego veinte veces más caro demostrando previamente que podría haber una mina de diamantes bajo el suelo... fabricar una diadema adornada con trozos de cuarzo y hacerla pasar por una joya perteneciente a una reina inglesa... Hubo un tipo completamente estúpido que compró a Oskar Schmitd una parte importante del palacio de Versalles. No soy capaz de recordar todos aquellos engaños deliciosos, pero podría escribirse un libro sobre ellos.

—¿Qué pasó con Schmitd?

—Acabó volviendo a Europa. En realidad, él decía siempre que se sentía más un arquitecto que otra cosa, y acabó encontrando el modo de compatibilizar el negocio de los timos con el de la arquitectura. En una de sus cartas me explicó que estaba preparando un proyecto falso para trasladar las piedras de una muralla romana de tres kilómetros de perímetro a otra ciudad vecina, pero luego me contó que aquella operación le salió mal porque un tipo más listo descubrió el pastel antes de tiempo. Tuvo que desaparecer. Había expresado su intención de volver a La Habana para seguir trabajando conmigo, pero su hermano mayor murió y tuvo que hacerse cargo de la educación de su sobrino. Y Schmitd consideraba que esta tierra de indios no era el mejor lugar para criar a un mozalbete. No volví a saber nada de él.

—¿Y usted? —Linus Daff tomaba notas en su libreta negra—. ¿Qué hizo cuando Schmitd dejó La Habana?

—Bueno... digamos que ya había aprendido lo suficiente como para volar con alas propias. Seguí en el negocio de las estafas, aunque tengo que reconocer que las mías no constituían ningún alarde de imaginación comparándolas con las orquestadas por Schmitd. También tuve que ampliar mi radio de acción... en Cuba empezaba a ser peligroso reincidir tantas veces. Hice buenos trabajos en la península de La Florida, y también un par de cosas en Surinam. Y luego, eso sí, tuve la habilidad de invertir bien los beneficios de mis actuaciones. Un día, no sé por qué, empecé a pensar para qué necesitaba yo tanto dinero, y si no habría cometido un error haciendo de la delincuencia un modo de vida. Entonces recordé a aquel bandido inglés del que me hablaba Schmitd, Robin Hood, que robaba a los ricos para dar a los pobres. Y volví a pensar en mi pueblo, en los niños que no tenían escuela y que viajaban a Cuba con lo puesto, a veces a hacer fotuna, y otras, las más, a matarse a trabajar explotados por miserables como Olivier Picaud. Decidí volver y construir la escuela... Pero una cosa tuve muy clara: no quería llegar a mi aldea y presentarme ante ellos como un tipo que se hizo rico por arte de magia. Quiero que todos piensen que mi fortuna es fruto de la constancia, de la dedicación, del esfuerzo, del trabajo extremo. Y aquí es donde entra usted.

Linus Daff cerró la libreta.

—Muy bien, señor Castro. Si quiere que sea sincero, no me será difícil construir para usted un pasado honorable. Dígame sólo una cosa ¿cuánta gente está al corriente de sus actividades reales?

—Casi nadie. Pedro Almeiras, por supuesto, pero Pedro es como un hijo. En cuanto al resto de mis amigos... ya le he dicho que aquí nadie sabe muy bien cómo se hicieron ricos los demás. No, Daff, no se preocupe por eso. No hay peligro de que nadie cometa una indiscreción.

—Entonces, tendré que ponerme a trabajar. Desde este mismo momento, señor Castro de Lema, puede considerar que Linus Daff, el inventor de historias, está a su servicio.

Fernando Castro sonrió y cerró los ojos.

—No sabrá nunca cuánto se lo agradezco, Daff. Pero tengo que pedirle que se dé prisa. Porque no me queda mucho tiempo.

Pedro Almeiras recogió a Linus Daff en casa de su amigo, y por la expresión de ambos supo que habían llegado a un acuerdo.

—Veo que tiene usted un nuevo cliente, Linus.

—Eso creo. —El inventor de historias sonreía—. Esta misma noche empezaré a trabajar.

—Esta noche no, Daff. Tendrá que dejarlo para mañana. Me han invitado a una fiesta y quiero que venga conmigo. Será divertido. Ha venido una orquesta de jazz desde Nueva Orleans, y además hay gente a la que quiero presentarle.

Linus Daff iba a replicar que, de todas formas, prefería quedarse en casa. Trabajaba mucho mejor amparado por el silencio nocturno, sin interrupciones de ningún tipo, y en ocasiones las mejores ideas llegaban con las luces del alba. Pero Pedro Almeiras dijo algo que dejó varada su capacidad de reacción.

—Lucrecia Sánchez estará allí.

Linus Daff tuvo que echar mano de todo su entrenamiento de tantos años para construir instantáneamente un filtro que tamizase sus emociones hasta convertirlas en gestos casi imperceptibles. La inminencia del reencuentro con Lucrecia Sánchez le había dejado suspendido en un especie de limbo del que no sabía cómo salir, y aunque su rostro no dejaba entrever la ansiedad que sentía, podía percibir cómo sus manos sudaban bajo los guantes blancos, y cómo el latir de su corazón se había desacompasado severamente desde que escuchara el nombre de ella al salir de la casa de Castro de Lema. Ahora, en el mismo umbral de la mansión donde se celebraba la fiesta, se sentía verdaderamente aterrado ante la perspectiva de ver de nuevo a la mujer que había ocupado su pensamiento durante tantos años, y a la que creía haber aprendido a olvidar forzado por las circunstancias y por su bien domesticado sentido común.

Entraron. Una salva de aplausos sinceros saludó la llegada de Pedro Almeiras y su amigo, quienquiera que fuese, porque los amigos de Pedro Almeiras eran siempre bienvenidos en las casas cubanas, o al menos así se lo dijo Patricio Salgado, que fue el primero en saludar a ambos.

—Te hemos echado de menos estas semanas. ¿Dónde estuviste?

—Por ahí —repuso Pedro, sin perder la sonrisa. Desde muy pequeño detestaba dar explicaciones, y además aquella vez su discreción estaba justificada, porque no podía contar que había hecho un viaje relámpago a Nueva York para contratar a un inventor de historias dispuesto a metamorfosear la vida de Fernando Castro de Lema.

—Pedro es muy misterioso —Patricio Salgado palmeó con afecto la espalda de su amigo—. En fin, cada cual a lo suyo. Me alegro de conocerle, señor Daff. Y ahora, vengan conmigo. Ya es hora de tomar una copa.

Llegar al bar fue una odisea, porque a cada instante había alguien que detenía su paso para saludar a Pedro, para abrazar a Pedro, para solicitar su próxima compañía en una fiesta, en un baile, en una cena íntima, en una viaje, en un paseo por el malecón de La Habana. Con una habilidad que hasta entonces Linus Daff no había tenido ocasión de percibir, Pedro Almeiras no contestaba ni que sí ni que no, no aceptaba ni rechazaba ninguna de las invitaciones, driblaba el compromiso, dejaba en el aire las respuestas para, a última hora, reservarse siempre la posibilidad de elegir. Ninguno de sus interlocutores era consciente de aquella ambigüedad suya que le permitía siempre conservar su libre albedrío hasta el último momento y eludir cualquier tipo de obligación hasta el instante final: aquélla era una de tantas parcelas de la libertad que Pedro Almeiras se obstinaba en conservar para sí y que constituía sin duda su posesión más preciada.

Los amigos de Pedro le recibieron con la misma calidez que dispensaban al español. A ninguno de ellos ocultó su oficio, soy Linus Daff, inventor de historias, y cuando algunos pedían más detalles sobre su curioso empleo, era el propio Pedro quien se los proporcionaba. Para extrañeza del inglés, por primera vez nadie pareció sorprenderse de su profesión estrambótica.

—Los habaneros dan por hecho que en Cuba puede pasar cualquier cosa —Pedro Almeiras parecía leer los pensamientos de su amigo—, así que dejan muy poco sitio para el asombro. Nos hemos acostumbrado a pensar que aquí todo es posible, de modo que nada nos extraña. Ni siquiera una profesión tan poco común como la suya.

Linus Daff agradeció la explicación. Desde su llegada a Cuba, empezaba a intuir que se le presentaba la oportunidad de descubrir un universo diferente, un mundo particular hecho de seres excepcionales, de estafadores de guante blanco como Fernando Castro de Lema capaces de jugárselo todo por vengar afrentas cometidas en la piel de otros, de patriotas que amaban sus tierras respectivas desde la distancia insalvable de las millas marinas, de hombres que habían cruzado el mundo para hacerse ricos y habían aprendido a vivir de otra forma, a enfrentarse a un clima diferente, al aroma equívoco de las flores del trópico, al color de un mar que no era el de su infancia, al sabor de las especias en los guisos y a la ropa colonial. A cambio de la renuncia, todos aquellos que encontraron su sitio en Cuba habían recibido un don invaluable: el secreto para disfrutar de la existencia. Nunca Linus Daff había sentido tan de cerca el amor por la vida, la capacidad para saborear el momento presente, como en aquella fiesta en una mansión habanera. En el aire flotaba el humo y el aroma de los cigarros puros, y las risas sonaban más francas y recias que en cualquier otro lugar del mundo. Los invitados hablaban alto y claro, las mujeres se retocaban en público sin ningún pudor para mantener más viva su belleza, y había cierta avidez en absoluto insana en la forma de beber, de morder los canapés servidos por los criados de librea, de pedir otra copa de champán y de ver caer el líquido dorado en las copas esbeltas. Todos, hombres y mujeres, acompañaban inconscientemente con el cuerpo el rumor de la música, algunos tarareaban sin reparo las canciones conocidas y otros seguían el ritmo con el pie en un placer del todo exento de disimulo. Sin poder evitarlo, Linus Daff comparó aquella fiesta con las fiestas de Londres, donde divertirse de una forma demasiado evidente era considerado un síntoma de mal gusto, donde había que ocultar la afición por la bebida so pena de que considerasen a uno un beodo sin solución, donde se entendía de buen tono dominar una charla hablando de subidas y bajadas bursátiles y la música se escuchaba con reverencia pero sin el placer innegable que experimentaban los cubanos cuando las notas llegaban a sus oídos. Efectivamente, pensó el inventor de historias, aquella isla estaba llena de música. Estaba a punto de cerrar los ojos para dejarse llevar a su vez por la melodía cuando descubrió la llegada de Lucrecia Sánchez, vestida de rojo encendido y con una rosa blanca prendida en el cabello que se obstinaba en ser negro. Estaba igual que diez años antes, sólo que más asentada y más bella, y Linus Daff la observó en silencio durante unos segundos como la había observado una vez en Londres, en el bar del Savoy, cuando las cosas eran iguales pero eran distintas y la música sonaba mientras el inventor de historias se enamoraba a distancia de una mujer sin saber que era la amante de su mejor amigo. Estuvo unos segundos así, saboreando en silencio el espectáculo de su cuello blanquísimo, de su boca, de su talle impecable, de los ojos negros que sabían reírse al compás de los labios. Dudó de la conveniencia de acercarse: probablemente ella ya no le recordara, y de todas formas para Lucrecia Sánchez el inventor de historias tenía que ser parte de una época felizmente superada, cuando recorría Europa de manos de su amante y tenía que esconderse para fumar cigarros puros. Ahora Lucrecia Sánchez era una mujer casada, esposa dignísima de un hombre respetable. Seguramente hubiese sido un impertinencia obligarla a recordar un tiempo que, a lo mejor, ella había enterrado ya donde vive el olvido. Se quedó allí, viéndola reír, hablando con unos y con otros, aceptando las galanterías de un hombre mayor que estaba a su lado y que, seguramente, era su esposo. No cabía duda de que, lejos de Londres, de Pedro Almeiras y del propio Linus Daff, Lucrecia Sánchez había sabido reconducir el barco y tomar con él el rumbo de la felicidad. El inventor de historias se dijo que nunca hubiera imaginado en Lucrecia Sánchez semejante capacidad para pasar página. Cuando supo de la traición de Pedro Almeiras, el inventor de historias sintió una pena inmensa por aquella mujer, porque dio por hecho que ella nunca podría recuperarse de semejante golpe. Y sin embargo ella se había casado sólo unos meses después, y allí estaba ahora, hermosa, serena, consciente de su belleza y de su privilegiada posición en la vida.

Cuando estaba a punto de darse la vuelta y obligarse una vez más a aprender a olvidarla, Lucrecia Sánchez vio desde la distancia al inventor de historias y no le costó reconocerle en su nueva indumentaria de caribeño de adopción. Cruzó la sala sin muchos miramientos y se plantó frente a él hablándole en el mismo inglés atravesado de la época de Londres.

—Señor Daff... ¿es usted, verdad? ¿Me recuerda?

El inventor de historias hubiera querido decirle que sí, que la recordaba real y dolorosamente, que la recordaba más que nunca desde que llegó a Cuba y adivinó su presencia en algún lugar, entre Cienfuegos y Santiago, entre La Habana y Varadero, entre los manglares del trópico y las arenas doradas del mar Caribe.

—Lucrecia... Lucrecia Sánchez... es un placer volver a verla. Hábleme en su lengua, por favor. Me costó demasiado trabajo aprenderla como para perder ahora la ocasión de practicarla hablando con usted.

—¿Qué hace aquí? Dios mío, Linus, no sabe qué feliz me hace verle de nuevo.

Cuando hablaba en su idioma, Lucrecia Sánchez era más expresiva y más bella, y el tono metálico y algo ronco de su voz cobraba una cadencia nueva que bailaba con el ritmo del acento cubano.

—Hablar con usted es como volver a Londres —entornó un poco los ojos de pestañas larguísimas—. Tiene que contarme muchas cosas, Linus.

—Y usted también a mí.

Ella dibujó un gesto alegre que al inventor de historias se le antojó levemente frívolo, y encontró entonces que había una luz distinta en sus ojos oscuros.

—No lo crea... De todos modos, estas fiestas no son el mejor sitio para hablar con nadie. Mire, ya llega la banda de jazz. Dentro de unos minutos estaremos todos bailando. ¿Por qué no viene a verme mañana a mi casa? ¿Qué le parece a las doce y media? Comerá usted conmigo y tendremos ocasión de ponernos al día.

Le entregó una tarjeta de visita con su dirección, le regaló otra de sus sonrisas rutilantes y se marchó. Desde ese mismo momento la fiesta terminó para Linus Daff, que empezó a contar las horas y los minutos que faltaban para que en todos los relojes de Cuba diesen las doce y media del siguiente día.

Después de huir de Londres y de Pedro Almeiras, Lucrecia Sánchez se dio cuenta de que no tenía a donde ir.

Pensó que era imposible regresar a Cuba: toda la isla le traía retazos de los momentos pasados al lado del amante. La ciudad de La Habana era la casa de ambos, el refugio común, la patria compartida y magnificada por el amor. Buscó refugio para su tristeza en Calais, pero rechazó la idea de viajar a París porque la ciudad de la luz era el próximo punto de destino del viaje organizado por ambos. Llevaba tantas semanas imaginando los lugares ya conocidos que allí compartiría con Pedro Almeiras que no le hubiera sido posible visitarlos sola. De Francia se trasladó a España. Pasó una semana en un hotel de Madrid, pero apenas salió de la habitación porque, triste como estaba, no se sentía con ánimo para enfrentarse a la vida de aquella ciudad luminosa y alegre. Pensó entonces en volver a Lisboa, una ciudad que conservaba en la memoria como la más cálida y hospitalaria del mundo, pero había estado allí con Pedro sólo dos meses atrás, y el recuerdo de él mezclado con el de las calles tortuosas de la Baixa se le antojaba muy difícil de soportar. Desde la primera vez que la visitara, Lucrecia Sánchez había sentido por Lisboa una pasión desmedida, y aprendió a quererla mucho más después de recorrerla al lado de Pedro Almeiras. De pronto, la imagen de las calles retorcidas y del cielo incomparable de la tarde lisboeta habían pasado a convertirse en una memoria dolorosa. Ya nunca podría volver a aquellos barrios escarpados, a retrepar en tranvía las cuestas imposibles de la Alfama, y la certeza de haber perdido a Lisboa tanto como a Pedro Almeiras casi acabó por volverla loca. No tardó mucho tiempo en darse cuenta de que le había robado todo: las ciudades que amaba, el gusto por la música, el placer de los cigarros puros, la capacidad para disfrutar de los buenos vinos, el recuerdo de La Habana, el rumor del mar Caribe. Eran cosas que había compartido con Pedro Almeiras, y el recuerdo de cada una de ellas estaba indefectiblemente ligado a su presencia. Ahora que le había perdido, era imposible recuperarlas para ella sola: simplemente se habían convertido en parte de una memoria indeseable. Lucrecia Sánchez tuvo que admitir que no había un solo lugar en el mundo en el que pudiera estar lejos de Pedro Almeiras, una sola ciudad en que fuese posible no echarlo de menos las veinticuatro horas del día, así que decidió volver a La Habana y morirse de pena de una buena vez.

A pesar de todo, algo dentro de ella le recordaba vagamente que, en efecto, había habido una etapa anterior a Pedro Almeiras, aunque hacía mucho tiempo que esa parte de su existencia había dejado de importarle. En sólo unos meses había compartido todo con él: su familia más cercana, los amigos más queridos, los recuerdos de infancia, el destino frustrado de cantante de ópera, el sabor del tabaco y del ron de Cuba, y ahora que Pedro no estaba todas aquellas cosas semejaban haberse contaminado por una ausencia dolorosa y detestable. Reconoció ante sí misma y también ante los demás que tenía que aprender a olvidarle, pero a diferencia del canto y la música, para aquella empresa no había maestros reconocidos ni profesores cualificados: la disciplina del olvido se aprende en soledad, y sólo en soledad puede uno superar la desdicha. Los amigos de siempre estuvieron a su lado y trataron de compartir el dolor intensísimo que le devoraba las entrañas a cada hora del día, pero Lucrecia Sánchez tenía muy claro que a pesar de todas las buenas intenciones estaba completamente sola, y que era ella y únicamente ella quien tenía la llave maestra para salir de la pena y empezar otra vida sin Pedro Almeiras.

Los primeros días en La Habana fueron lo más parecido al infierno. Se levantaba con el alba, como había hecho siempre, y al abrir los ojos y enfrentarse con la aurora una oleada de congoja invadía sin piedad todos los rincones de su alma. Tardaba sólo unos segundos en localizar la raíz del dolor, y entonces lloraba sin consuelo pensando en Pedro Almeiras y en los trucos que había aprendido para hacerlo despertar y que ahora ya no le valían de nada. A veces permanecía en la cama hasta bien entrado el día, con la mente en blanco a ratos, a ratos recordando con sevicia al amante perdido. Algunas veces volvía a quedarse dormida, siempre con la vaga esperanza de que todo lo sucedido fuese parte de un mal sueño del que despertaría como otras mañanas al lado de Pedro Almeiras. Cuando al fin se decidía a dejar el lecho que tantas veces compartiera con él, Lucrecia Sánchez vagaba por la casa que había acabado por ser de ambos, o se sentaba en un sillón a llorar por sí misma y por la dicha pasada. Dejó de comer, de interesarse por los vaivenes de la moda que llegaba de Europa, y no volvió a cantar en solitario como le gustara hacer en otro tiempo. Su voz bellísima se debilitó al mismo tiempo que su cuerpo, y la piel de melaza empezó a perder la lozanía que tuviera siempre. Sus primos, una docena de hombres y mujeres de todas las edades, se coaligaban con sus amigos para entretenerla inventando para ella toda clase de diversiones de distinto pelaje: una excursión a Cienfuegos, una velada musical con Adelina Patti, la posibilidad de un viaje a Nueva York, el encargo de un retrato suyo a un pintor francés de moda dispuesto a desplazarse a La Habana para inmortalizar su rostro hermosísimo... a todos aquellos planes pergeñados con tanto amor por quienes la apreciaban contestaba Lucrecia Sánchez con una negativa tajante: no quería viajar a Cienfuegos, no quería conocer a ninguna diva italiana ni posar durante horas para un majadero dispuesto a cruzar el mundo para pintar cuatro rayas en un lienzo. Sólo quería quedarse en aquella casa suya muriéndose de pena las veinticuatro horas del día. Y, sobre todo, que la dejasen tranquila, ya que no había nadie en el mundo capaz de comprender lo que estaba sintiendo. Le asqueaba escuchar a cada hora los buenos consejos de las amigas solícitas repitiéndole una y otra vez que el tiempo lo cura todo, que ningún hombre es insustituible, que era todavía joven y bella, que habría otros hombres a quienes querer que fuesen a su vez más constantes y más leales en sus afectos de lo que había sido Pedro Almeiras, ese golfo, ese sinvergüenza, ese donjuán de poca monta que se servía de su habilidad para aporrear el piano para rendir a las mujeres, y Lucrecia Sánchez escuchaba toda aquella colección de improperios deseando ardientemente ser capaz de hacer lo mismo que sus amigas, capaz de insultar sin piedad al causante de su desdicha y vaciarse de amargura con el recurso de la rabia. Pero no era capaz de desquitarse con palabrotas de bucanero ni mucho menos de serenar el alma consolándose con la idea de que el antiguo amante no era más que un miserable que en esta vida o en otra encontraría el castigo del que se estaba haciendo acreedor.

Una mañana se levantó, envuelta en lágrimas como siempre y sin poder recordar si ya la noche anterior se había dormido llorando. Entró en el tocador, y de pronto el espejo de cuerpo entero le devolvió una imagen desconocida: al otro lado del cristal, una mujer avejentada y casi fea le lanzaba una mueca ingrata. Tardó unos segundos en reconocerse, pero al final tuvo que admitir que la figura del azogue era ella o lo que quedaba de ella: una piel marchita, unos ojos vacíos y enrojecidos por el llanto perenne, una boca que se había quedado sin su frescura característica y que parecía incapaz de curvarse en una sonrisa. El pelo negro, ahora sin brillo, empezaba a perder el esplendor nocturno que lo caracterizara en otro tiempo, y el talle se había afinado tanto por los muchos días de ayuno que era imposible reconocer en él las formas irresistibles que habían dado fama en toda la isla a sus caderas perfectas. Lucrecia Sánchez se contempló sin piedad durante unos segundos intentando recordar cómo había sido en un tiempo no lejano, y en ese mismo momento se propuso recuperar las riendas de sí misma antes de que una pasión desnortada acabase por devastarla definitivamente.

No quiso posponer ni un día más el comienzo de su recuperación para la vida. Encargó a la sirvienta un desayuno completo, reclamó a su peluquera y a su manicura, que ya casi no recordaban el tacto sedoso de su pelo negro y la suavidad de sus manos y de sus uñas diáfanas. Buscó en el armario el mejor de sus vestidos, y al comprobar que todos le quedaban grandes por efecto del adelgazamiento repentino hizo venir a la modista y le encargó la confección inmediata de media docena de equipos completos adaptados a su nueva talla. Ordenó que pusieran flores en todos los jarrones, que abrieran las ventanas, que aireasen las habitaciones clausuradas, que pintaran las paredes humedecidas y bruñesen la plata hasta que brillara como un espejo. Revisó con la cocinera el menú semanal, haciendo sugerencias y peticiones, y entre las dos compusieron un selecto repertorio de platos exquisitos de la cocina antillana y europea cuya sola contemplación hacía la boca agua. Visitó las bodegas de la casa, bastante mal surtidas en los últimos tiempos, y encargó vinos españoles, franceses e italianos que podían comprarse en los barcos que llegaban a diario al muelle de La Habana cargados de tesoros del otro continente. Compró también licores de calidad cubanos y europeos y pagó un disparate por una botella de Armagnac que, decían, había pertenecido a un oficial del ejército napoleónico y que estaba destinada a brindar por la victoria de Waterloo. En realidad, Lucrecia Sánchez nunca se creyó la leyenda apócrifa, pero compró de buen grado la botella de licor sólo por el gusto de ver brillar en su interior el líquido ambarino y casi espeso que hacía presagiar una historia de amor y de misterio detrás de cada gota.

Se propuso animar el espíritu rodeándose de cosas hermosas, compró obras de arte sabiamente asesorada por un primo experto en pintura moderna, llenó la casa de música enlatada (obvió solamente a Bach y a Telemann, por ser los preferidos del amante) y retomó los paseos a caballo por las plantaciones de tabaco para mejor contemplar la puesta de sol y los amaneceres increíbles que regalaba todas las mañanas el cielo cubano. Adquirió joyas espléndidas, echarpes de seda, dos mantones de Manila, una peineta de carey y una mantilla española, plumas de pájaros exóticos para adornar los trajes, sombreros imposibles, guantes de piel y decenas de pares de zapatos. Todas aquellas compras a veces compulsivas le proporcionaban un remedo de dicha, un sucedáneo de la felicidad conocida junto a Pedro Almeiras, y reconocía ante cualquiera y sobre todo ante sí misma que quería tener cerca cosas hermosas simplemente porque ya no podía tenerlo a él. Claudicó en su costumbre de retirarse temprano, y empezó a participar en fiestas, en bailes nocturnos y en todas las reuniones mundanas donde reclamaron su presencia, y para su sorpresa descubrió el encanto de las noches largas y del amanecer visto desde la otra orilla.

Quiso reincidir en las clases de canto para darse también la oportunidad de obtener el placer del éxito en los teatros de Italia, pero su maestro le comunicó que sus cuerdas vocales se habían fosilizado con la edad y el reposo, y hubiera sido imposible educarlas para retomar una carrera profesional. De todos modos, Lucrecia Sánchez siguió recibiendo clases de canto por el placer de escucharse a sí misma. Descartada la posibilidad de triunfar como cantante, se propuso obtener nuevas victorias en el campo de las transacciones comerciales, así que volvió a tomar con mano férrea el control de los negocios que había dejado de lado durante mucho tiempo. Nunca puso tanto interés ni tanto empeño en defender y rentabilizar la plantación de la familia, nunca trabajó con más ahínco ni su esfuerzo produjo resultados mejores: en cuestión de meses estuvo en condiciones de comprar cien acres de terreno cultivable para ampliar sus dominios y sus beneficios. Toda aquella actividad, todo el placer proporcionado por la riqueza, era nada más que un sustitutivo de algo que había perdido para siempre, pero también una medicina eficaz para defenderse del dolor y de los recuerdos.

Por aquellos días pensó que para olvidar a Pedro Almeiras tenía que aprender a detestarle con la misma intensidad con que lo había amado, que para conjurar aquella pasión no había otra medicina que el odio mismo, y a él se entregó con tanto cuidado y tanta fuerza como se había entregado una vez al calor antiguo de los brazos de Pedro. Dedicó cada minuto del día a buscar con sevicia cada uno de sus defectos, su falta de ternura en instantes decisivos, su desapego por todas los elementos materiales, su incapacidad para muchas cosas, y luchaba encarnizadamente por olvidar su habilidad frente al piano, el tacto de la piel de su espalda o la luz azul de sus ojos intensos, hasta que entendió que de nada valía el recurso tantas veces sugerido de sustituir el amor por el desprecio. Había querido tanto a aquel hombre que no había manera humana de aprender a detestarlo. Aquellas sesiones de odio artificial no hacían otra cosa que llenar de amargura el alma de ella, y la dejaban cansada y triste porque, en realidad, sólo servían para hacerla sentir débil, miserable y sola. Fue entonces cuando Lucrecia Sánchez entendió que no le quedaba otra opción que vivir con el recuerdo de él enquistado en el alma, que no podría olvidarlo por más que se propusiera, mucho menos odiarlo ni despreciar su memoria. Bastaba con aceptar que le había perdido para siempre, seguramente porque nunca Pedro Almeiras le había pertenecido por entero.

Así pasó el tiempo y las heridas abiertas empezaron a cerrarse. Y hubo un día en que Lucrecia despertó sin aquella opresión en el pecho que le partía el alma en dos cada mañana que sucedía a una noche sin él. Entonces entendió que, después de tantos intentos infructuosos, después de tantas lágrimas y de tantos legítimos deseos de escapar de todos los sitios, estaba llegando algo que se parecía al olvido. Sólo tres meses después conoció a Miguel Cifuentes y se casó con él sin pensar muy bien en lo que hacía. En realidad, aquel matrimonio era sólo una pieza más del complicado engranaje de la maquinaria que consigue atenuar el sufrimiento.

Aquella mañana, mientras esperaba la llegada de Linus Daff, Lucrecia Sánchez volvió a sentir la punzada de los recuerdos dolorosos. No había vuelto a ver al inventor de historias desde la época de Londres. Lo que nunca le dijo a nadie fue lo mucho que pensó en él cuando abandonó el hotel Savoy envuelta en furia y en lágrimas, despechada y sola, víctima del dolor y del fracaso. En aquellos días aciagos sopesó la posibilidad de localizar al inventor de historias y buscar consuelo en aquel hombre afectuoso en quien, desde el primer momento, había supuesto la virtud de la ternura. Pensó muchas veces hacerle llegar un telegrama de auxilio, suplicarle que se reuniera con ella en cualquier lugar para tener ocasión de derramarse en llanto sobre un hombre amigo, y que alguien secase sus lágrimas con el afecto de un padre. Linus Daff, tan sereno, tan amable, tan correcto, tan medido en todo, hubiera sabido reconducir su pena y calmar su ánimo. Lucrecia Sánchez llegó incluso a redactar el texto en demanda de amparo, pero nunca llegó a enviarlo, como tampoco pudo sospechar nunca que Linus Daff hubiese querido tener el valor de salir a buscarla, dar con ella dondequiera que estuviese y convertirse en un eterno paño de las lágrimas amargas derramadas por Pedro Almeiras.

Cuando Linus Daff llegó a las doce y media del mediodía, Lucrecia Sánchez le aguardaba en la terraza de la casa.

—Daff... querido amigo... cómo le agradezco que haya aceptado mi invitación.

—Soy yo quien le agradece que me haya invitado.

—Hace mucho tiempo desde la última vez.

—Diez años —dijo Linus Daff—, pero usted está igual que en Londres.

Lucrecia Sánchez abrió el abanico que descansaba sobre sus rodillas.

—Londres... dígame ¿cómo está la ciudad?

—Como siempre, Lucrecia. Gris, triste... y mortalmente aburrida.

—No diga eso. Recuerde cuánto nos divertimos allí... Claro que de eso hace ya mucho tiempo. Vamos, pase al comedor. Servirán el almuerzo en unos minutos. Mi marido no podrá acompañarnos, tenía que atender un asunto en Santiago de Cuba. Tiene que volver otro día cuando él esté, le encantará conocerle.

Lucrecia apoyó su mano en el brazo del inventor de

historias y juntos entraron en la casa. Allí, en un comedor magníficamente iluminado, esperaba una mesa preparada para dos. Lucrecia había dispuesto un almuerzo perfecto, y Linus Daff disfrutó de él y de la charla alegre de Lucrecia Sánchez, que le hablaba de su vida actual, de la marcha de la plantación, de la factoría de cigarros que no se comercializaban y que ella seguía fumando cada vez con más frecuencia. Terminado el almuerzo, se sentaron en el salón para tomar el café. Lucrecia sirvió las tazas, tendió la suya al inventor de historias, y luego clavó en él sus ojos negros.

—Y dígame, Linus... ¿qué le trae por La Habana?

—Encontré a Pedro Almeiras en Nueva York y me invitó a pasar una temporada con ustedes. —El inventor de historias sintió en el alma tener que engañar a aquella mujer admirable—. Hace tiempo que tenía ganas de conocer la isla, así que...

Pero Lucrecia Sánchez ya no le escuchaba. Al oír el nombre de Pedro Almeiras, una nube gris cruzó su rostro y cambió su expresión.

—Linus —ella había permanecido en silencio por unos minutos—, voy a preguntarle algo, y quiero que me responda sinceramente.

Linus Daff sintió en el costado un pinchazo de alarma, pero se rehízo y trató de aparentar naturalidad.

—Usted dirá.

—¿Qué piensa de mí?

El inventor de historias sonrió, pero en realidad estaba aterrado, porque intuía que la pregunta tenía muy poco de casual.

—¡Qué quiere que piense, Lucrecia! Que es usted una mujer espléndida, alegre, inteligente, que tiene una vida envidiable...

Ella levantó la mano como para detener la elocuencia

del inventor de historias. Evidentemente, Linus Daff pensaba zanjar la pregunta con una retahíla de cumplidos más o menos sinceros, y no eran ésos los derroteros por los que Lucrecia Sánchez quería llevar la conversación.

—Linus... ¿sabe usted por qué me fui de Londres de una forma tan precipitada?

El otro asintió con la cabeza.

—¿Sabe usted qué pasó después? ¿Imagina cómo fueron los días siguientes?

—Lucrecia...

—No, déjeme. No sé por qué, pero necesito que conozca usted toda la historia. No quiero que me juzgue, Linus.

—Yo no me atrevería...

—Claro que sí, Linus. Ya lo ha hecho. Seguramente en cuanto supo que me había casado, y después ayer al verme bailar, reírme y disfrutar como nadie de la fiesta. —Sirvió más café y bebió un solo sorbo de su taza—. Escuche, aquella mañana salí de Londres sin rumbo fijo. Durante unas semanas vagué sola por media docena de ciudades, y regresé a Cuba cuando me di cuenta de que estaba a punto de enloquecer y que iba a morirme de pena sola, al otro lado del océano.

Se pasó la mano por la frente y luego, en un gesto enérgico, volvió a su sitio un mechón de pelo.

—Al principio, cuando volví a La Habana, fue como descender a los infiernos. Ver de nuevo los lugares donde habíamos estado juntos, habitar mi casa, pasear por el mismo jardín que había recorrido con él... Cada nuevo día suponía nuevas penas que enfrentar. Y qué le voy a decir de la gente, Daff, de los amigos comunes que sin mala intención me preguntaban por Pedro. Cada vez que escuchaba su nombre era como si me golpeasen en mitad del pecho, ya sabe, uno de esos golpes secos, contundentes, que dejan a uno sin respiración. Es un dolor físico —había en su comentario una necesidad de descripción casi científica—, un dolor que nada tiene que ver con la melancolía o la nostalgia. Ni siquiera con la tristeza. Es como si cada una de las partes del cuerpo advirtiesen la ausencia de alguien y reclamasen su presencia del único modo que saben hacerlo: doliendo, molestando.

Linus Daff escuchaba en silencio, entendiendo todas las palabras de Lucrecia Sánchez. También a él le había dolido la ausencia de ella, le había dolido en el alma, y en la cabeza, y en la boca del estómago, y en las palmas de las mismas manos que nunca habían llegado a describir la caricia anhelada en su pelo sedoso, le había dolido en la espalda, en las articulaciones, en los dedos incapaces de tocar el piano, en las cuerdas vocales obstinadas en hablar en la lengua de ella.

—¿Sabe lo que más me atormentaba? —continuó Lucrecia—. La certeza de que un día u otro, más tarde o más temprano, iba a volver a verle. Señor, y cómo temía yo ese momento, y cómo me aterraba la posibilidad de verlo en compañía de otra mujer. Pasé semanas enteras sin salir de casa, pretextando dolencias inexistentes para escapar de las obligaciones sociales. Pero claro, uno no puede esconderse toda la vida. Recuerdo nuestro primer encuentro después de la ruptura. Fue en una velada musical. Lo vi nada más entrar en la sala. Estaba allí, exactamente igual que siempre, exactamente igual que el día que nos presentaron. Las piernas se me volvieron de manteca. Tuve que apoyarme en una pared para no caer redonda delante de todo el mundo. Él ni siquiera se dio cuenta de que yo estaba allí. Afortunadamente, apagaron las luces y empezó el concierto. Yo me senté en mi silla y estuve llorando hasta que terminó la música. Pedro me vio en el momento en que me disponía a marcharme. Estaba a punto de subir al coche cuando agitó la mano para saludar. Me sonreía desde lejos, me sonreía tranquilo y tan feliz, como si nada hubiera pasado, como si los últimos meses no hubieran supuesto el fin de toda mi vida. Pedro no es consciente, no lo fue nunca, del daño que me hizo.

Linus Daff entendió que debía decir algo.

—Afortunadamente, el tiempo lo cura todo...

Él mismo se sorprendió de la simpleza de la frase, y por eso no le llamó la atención el tono casi condescendiente que Lucrecia empleó para contestar.

—No sea ingenuo, Daff. Hay cosas que no se curan con nada. El tiempo atenúa el dolor, lo mismo que lo atenúa la distancia y la incorporación de elementos nuevos a nuestras vidas, que sirven de distracción o de vía de escape. Pero el dolor sigue ahí, como esperando la mejor ocasión para revolverse y recordarnos su existencia, para advertirnos que sigue presente y listo para avivarse a la menor ocasión. Cuanto más feliz nos ha hecho algo o alguien, más consistente es el dolor que se experimenta en cuanto falta. Y yo fui demasiado feliz al lado de Pedro. A veces siento como si esas semanas de dicha que me proporcionó fuesen en realidad la ración de toda la vida, que a mí no se me había servido dosificada sino de un solo trago: ya ve, Linus, me pegué un atracón de felicidad. Y después ya no me quedó nada. Ni motivos para ser feliz... ni, seguramente, la capacidad para serlo. Porque, en el fondo, yo creo que la felicidad tiene mucho de acto voluntario.

—¿Me está diciendo que es usted desgraciada?

—No, Linus, no se trata de eso. Tengo un marido que me adora, muchos amigos, una legión de primos que parecen mis hermanos y un patrimonio que mantener y cuyo gobierno absorbe una buena parte de las horas del día. Me gusta la música, la pintura, la buena comida y los vinos de Europa, me gusta leer novelas y montar a caballo. Tengo sentido del humor, envejezco relativamente bien y mantengo unas excelentes relaciones con todos aquellos que me rodean. Sé disfrutar de la vida como pocas personas. Cuando perdí a Pedro me obligué a descubrir que había otras cosas, y fueron esas cosas las que me volvieron a la vida. Pero no soy estúpida ni me engaño a mí misma: cambiaría cualquiera de ellas por uno solo de los minutos que pasé con Pedro Almeiras.

A Linus Daff le conmovió sinceramente la franqueza de Lucrecia Sánchez, la falta de autocompasión, el modo en que estaba desnudando su alma frente a él, sin falsos pudores, sin recato. El inventor de historias siempre había admirado a las personas que no se avergüenzan del dolor que sienten y son capaces de hablar de él y diseccionarlo sin dramatismos.

—¿Sabe qué? —Lucrecia seguía hablando—. Es curioso comprobar cómo amar a alguien es claudicar en una buena porción de elementos materiales que dejan de ser nuestros. Y no hablo de regalos que uno hace o de objetos personales que se pierden. —Sonrió con una dulzura extraña—. A mí Pedro me robó muchos lugares que me pertenecían. No he podido regresar a ninguna de las ciudades que visité a su lado. Cuando preparábamos nuestro viaje de bodas, mi marido me propuso media docena de destinos, y los rechacé todos porque todos me recordaban a él. Acabamos en Bruselas. Una ciudad detestable, amigo mío. Fría, triste, con un cielo de plomo que parece una amenaza y una lluvia gris que no se acaba nunca. No volveré ni muerta. —Forzó una sonrisa—. Como ve, por un motivo o por otro tengo vetadas casi todas las ciudades de la vieja Europa. Sin embargo, en La Habana me encuentro bien. Es raro, ¿verdad? No he podido volver a Lisboa, donde pasé tan poco tiempo junto a Pedro, y sin embargo sí soy capaz de vivir en la misma ciudad que él. El dolor causado por el despecho es muy complicado, Daff. Y muy difícil de entender.

Linus Daff hubiera vendido el alma por atenuar la tristeza de Lucrecia Sánchez, pero nunca en su vida se había sentido tan torpe como en aquel momento. De todos modos lo intentó.

—Pedro lamentó mucho que usted se marchara —dijo.

—¿De verdad lo cree así? Sí, supongo que apreciaba mi presencia... pero sólo eso, Linus. Nada más. Si de verdad hubiese querido conservarme a su lado hubiese venido detrás de mí para pedirme que volviera. Linus, Linus, no sabe usted cuánto deseé que lo hiciera, cómo pedí a Dios que Pedro Almeiras saliera en mi busca para obligarme a volver, que algo le hiciese luchar por mí y conseguir que regresase a su lado. Pero no lo hizo. Me dejó marchar convencido de que era un modo de respetar mi libertad del mismo modo que él exige siempre que respeten la suya. En el fondo, le importaba muy poco el hecho de perderme. Yo hubiese deseado que utilizase cualquier argucia para hacerme regresar. Aquella madrugada pudo haberme contado un embuste que justificase su ausencia. ¡Y cómo hubiese deseado yo escuchar ese embuste y darlo por bueno...!

—Pero usted sabe que Pedro no puede mentir.

Lucrecia Sánchez guardó silencio y bajó la vista. Estuvo así unos segundos. Luego levantó los ojos negros y los clavó en las pupilas pálidas del inventor de historias.

—Eso es lo peor. Mire, Linus, la mentira es absolutamente necesaria para la supervivencia. Uno tiene que saber mentir igual que tiene que saber leer o abrocharse las camisas. Aquellos que no son capaces de aprender a mentir hacen algo peor: aprenden a deformar la verdad. La transforman, la estiran, juegan con ella a su antojo o a su conveniencia. Y la verdad no admite matices, Daff. Es dura, compacta, y de una sola pieza. Las personas corno Pedro manejan una verdad muy particular, blanda como la melcocha, maleable y dúctil. Perdóneme, Linus, pero a mí esa verdad hecha de silencios, de datos ocultos, de historias contadas a medias porque no se pueden contar enteras me parece una forma de mentira mucho más despreciable que cualquier otra.

Se hizo el silencio. Por primera vez en aquella tarde, Linus Daff reparó en la existencia de un reloj de pared cuyo tictac llenaba todo el ámbito de la sala. De pronto, el rostro de Lucrecia se iluminó.

—¡Casi se me olvida! Tengo algo para usted.

Se levantó de un salto, y entonces el inventor de historias pensó que aquella mujer tenía también algo de niña. Abrió la portezuela de madera de un mueble y extrajo una caja chata y cuadrada.

—Aquí tiene, Linus. Desde que le conocí en Londres pensé en que algún día tendría que hacerle este regalo. Son cigarros puros fabricados en la factoría de mi familia. Creo que ya le expliqué una vez que no los vendemos: los fumamos nosotros y los regalamos a nuestros amigos. Y esta caja es para usted.

El inventor de historias sintió que le temblaban las manos cuando Lucrecia Sánchez le rozó con las suyas al hacerle entrega solemne del objeto.

—No sabe cuánto se lo agradezco.

—No diga eso. Soy yo quien le da las gracias. A veces es bueno vaciarse por dentro.

Linus Daff entendió que había llegado el momento de la despedida.

—¿Cuánto tiempo va a quedarse en Cuba?

—No estoy seguro... —Linus Daff no sabía aún cuántos días iba a necesitar para rehacer la historia de Fernando Castro, ni tampoco qué iba a ser de él en cuanto terminase su trabajo—. Depende de muchas cosas. De todas formas, ya le haré saber la fecha de mi marcha, que en cualquier caso no es inminente.

—Venga a verme otro día. Además, ya le he dicho que Miguel quiere conocerle.

—Será un placer, Lucrecia —le tomó la mano y, sin saber muy bien lo que hacía, besó levemente la punta de sus dedos. Ya estaba en el umbral de la puerta cuando se volvió hacia su anfitriona.

—Lucrecia... créame usted cuando le digo que Pedro la quiso mucho.

Ella volvió a sonreír y echó la cabeza para atrás entornando los ojos.

—No, Linus, Pedro no ama a nadie. A veces creo que ni siquiera es capaz de amarse a sí mismo. Nació sin esa facultad, igual que otros nacen ciegos, sordos o con un dedo menos en la mano izquierda. Es un lisiado. —Linus Daff encontró que no había sombra de rencor en las palabras de Lucrecia Sánchez—. Y por eso, en cierta forma, es más digno de lástima que yo misma.

Dos días después de su primer encuentro, Linus Daff volvió a la casa de Fernando Castro de Lema llevando consigo un montón de cuartillas escrupulosamente caligrafiadas donde estaba escrita la historia apócrifa del último cliente del inventor de historias. Linus Daff había trabajado de forma enfebrecida durante las últimas veinticuatro horas, espoleado no tanto por el deseo de dar pronto servicio a Fernando Castro como por la intención de no dejar tiempo para pensar en Lucrecia Sánchez. El inglés tuvo que reconocer que aquél no era un caso difícil, toda vez que su contratante era un perfecto desconocido para las personas a las que iba a enfrentarse y, además, no había en su vida privada ningún suceso susceptible de ser variado. Simplemente, Castro de Lema necesitaba maquillar el origen de su fortuna, y eso era relativamente sencillo. No haría falta variar fechas, ocultar amistades improcedentes ni mucho menos cambiar nombres, como aquella vez en que dos americanos que habían inventado un modelo de coche que haría historia se presentaron en su oficina de Russell Square suplicando que inventase un nombre nuevo para uno de ellos, llamado Smith, que consideraba que su apellido no era suficientemente elegante para figurar como patronímico de un automóvil de lujo.

—Llamen al coche de otra manera —sugirió Daff, que sabía de lo complicado de introducir variaciones en los apellidos.

—Ni hablar. Rolls —señaló a su colega— quiere que su nombre aparezca en la marca, y yo no voy a ser menos. El trabajo lo hemos hecho a medias.

—No pienso llamar a nuestro coche Rolls-Smith —se obstinó el otro—, ni tampoco ponerle un nombre que no signifique nada. Llevo años trabajando en este prototipo y no me da la gana de que andando el tiempo nadie se acuerde de que fue cosa mía.

Linus Daff acabó dando con un apellido a gusto de los dos fabricantes, que en pago por sus servicios le ofrecieron uno de los modelos de su creación, pero el inventor de historias decidió cobrar en metálico por considerar aquel artefacto demasiado ostentoso, empezando por las iniciales del nombre cambiado que lucían con letras de plata en la parte superior de cada uno de los vehículos. Afortunadamente, el caso de Castro de Lema era muy distinto, y por eso tardó muy poco en pergeñar su historia: una historia vulgar, en absoluto arriesgada ni emocionante y, por tanto, completamente creíble.

Castro de Lema le recibió en la biblioteca y le ofreció café.

—Preferiría una taza de té, si no le molesta.

—Claro que no. A veces olvido que es usted inglés. —Ordenó las bebidas a un criado—. En fin, señor Daff... ¿he de suponer que tiene algo para mí?

Linus Daff asintió y agitó las cuartillas.

—Aquí está su vida, señor Castro. Su historia personal desde que llegó a Cuba hasta el día en que decidió regresar a su tierra natal para hacer a sus paisanos partícipes de su buena suerte. He tenido en cuenta todos los detalles que puedan hacer de usted un ciudadano ejemplar que sirva de modelo para generaciones futuras. Ahora, por favor, preste usted atención a lo que voy a contarle, porque se trata de su propia historia.

Fernando Castro dejó en la mesa la taza de café que estaba a punto de llevarse a los labios y concentró sus cinco sentidos en el relato del inventor de historias.

—Vamos a ver... he decidido conservar intactos los acontecimientos que marcaron su vida hasta la muerte de Jeremías Sinclair. No creo que haya nada susceptible de ser mejorado durante ese período, y además el hecho de que se ocupara usted de su patrono durante la enfermedad de él le deja bastante bien parado. En fin, Jeremías Sinclair muere y nombra a usted y a su hijo herederos universales. Creo recordar que tan pronto como tuvo noticia del contenido del testamento, hizo una rápida oferta al joven Sinclair para comprar su parte del negocio, él aceptó inmediatamente y usted se quedó con todo...

—Así es...

—Pues eso no nos vale. Demasiado fácil. Escuche, el hijo de Jeremías Sinclair no le vendió la tienda por las buenas. Exigió una cantidad desorbitada a cambio de renunciar a sus derechos sobre el negocio paterno, y usted no disponía de esa cantidad. Así que tuvo que pedir un préstamo. Para ayudarse a devengar cuanto antes la cantidad solicitada trabajaba dieciocho horas al día siete días a la semana, descargaba usted mismo las mercancías de la tienda para ahorrarse el sueldo de un mozo y en sus ratos libres llevaba las cuentas de otros comerciantes para proporcionarse algún dinero extra. Durante dos años no tuvo un solo día libre.

—¿No le parece un poco exagerado?

—Por supuesto que no. Recuerde que usted quiere

aparecer como un modelo de trabajo y abnegación. En fin, cuando acabó de devolver el dinero prestado pudo aflojar un poco. Su ferretería empezó a marchar bien, amplió usted el negocio con la venta de menaje y ropa de casa, y entonces surgió una ocasión de oro: la compra de unos terrenos aptos para el cultivo de caña de azúcar.

—Y me quedé con los terrenos...

—Efectivamente. Claro que otra vez tuvo que empeñarse hasta las orejas, pero eso no fue un obstáculo. Usted mismo trabajó las tierras, con ayuda de más braceros, naturalmente, y la primera cosecha fue notable, así que recuperó parte de la inversión y se convirtió en un pequeño hacendado. La ferretería seguía funcionando bien, y por eso decidió ampliar un poco más el negocio y hacerse importador de las mismas novedades que le llegaban de Europa. Entró así, tímidamente, en el negocio de los transportes marítimos. Y las cosas no fueron nada mal, así que invirtió sus ganancias en la compra de más tierras para ampliar su plantación. Las dos siguientes cosechas y los beneficios de las importaciones le permitieron hacerse con una pequeña fortuna. Y entonces fue cuando conoció usted a Oskar Schmitd...

Castro de Lema se llevó las manos a la cabeza.

—¡No irá a meter a Schmitd en todo esto!

—Calma, por favor... en este caso, el señor Schmitd no va a ser un estafador simpático... sino, simplemente, un agente de cambio destinado a mover su dinero en la bolsa de Nueva York. Mire, señor Castro, es muy difícil justificar un patrimonio fabuloso como es el suyo sin recurrir a algo arcano como las transacciones bursátiles. En fin, el señor Schmitd era muy hábil vendiendo y comprando, y consiguió triplicar su fortuna en sólo dos años. Así que pudo invertir en una compañía naviera parte de las ganancias obtenidas en Wall Street.

—¿Es estrictamente necesario que ese tipo se llame Oskar Schmitd?

—No, señor Castro. No es estrictamente necesario. Nada lo es. Pero la mejor mentira es aquella que se parece a la verdad, y si en su vida real hubo un hombre llamado Schmitd que fue crucial para hacerle rico, siempre es preferible que en su vida inventada haya un individuo con el mismo nombre que juege idéntico papel. Es evidente que la última palabra la tiene usted, pero si quiere un consejo...

—Está bien, Daff. Convertiremos a Oskar Schmitd en un honrado inversionista que hizo para mí una fortuna en la bolsa. —Se secó el sudor que le perlaba la frente—. Espero no olvidarme de nada.

—No se preocupe, está todo anotado. Bueno, hagamos un paréntesis para ocuparnos de su vida privada.

—¿Cómo dice?

—Oiga, señor Castro, me ha pedido usted que le construya una historia intachable. Y perdone, pero no creo que podamos obviar las circunstancias personales. ¿Cree usted que no va a llamar la atención en su pueblo el hecho de que, rico y bien parecido, haya permanecido usted soltero?

—Daff, yo hubiera querido casarme... pero el negocio de las estafas era demasiado complicado para hacerlo compatible con una vida en pareja. Al principio tenía que viajar mucho y a veces pasaba largas temporadas fuera de casa, y ya me dirá usted cómo justificar ante una esposa tantas idas y venidas. Tuve dos o tres novias, y todas me abandonaban convencidas de que tenía una amante. Luego, cuando pude por fin descansar un poco y viajar menos, era demasiado viejo como para pretender a las mujeres que me gustaban... y las mujeres a las que podía aspirar no me seducían lo más mínimo. Se me pasó el arroz, como dicen en España.

—Todo eso está muy bien —Linus Daff se ajustó los lentes—, pero no pensará dar en su pueblo esa explicación. Lo siento, señor Castro, pero no nos vale.

Fernando Castro de Lema se rindió.

—Siga, Daff. Pero le aseguro que todo esto empieza a superarme.

Linus Daff enarcó las cejas.

—No podrá decir que no se lo advertí, señor Castro. Y permítame decirle que no hemos hecho más que empezar. No es tan fácil creer como propia una historia hecha a medida.

El resto de la tarde lo empleó Linus Daff en hablar a su cliente de Alina Jiménez, que había estado a punto de convertirse en su esposa y a la que unas extrañas fiebres tropicales llevaron al otro mundo cuando empezaba a estudiar los modelos del traje de novia que hubiese lucido en su boda con Fernando Castro. Era tal el realismo con que el inventor de historias describía a la joven enferma, tal la profusión de detalles del amor que ambos se profesaban que Fernando Castro de Lema, que nunca en su vida había estado enamorado de nadie, se conmovió hasta las lágrimas con la muerte de una mujer inexistente que en la historia falsa compuesta por Linus Daff había estado tan cerca de ser la mujer de su vida.

—Usted nunca superó la muerte de Alina. Por eso no quiso casarse con otra mujer, renunció a tener hijos y vivió para siempre en soledad, entregado a sus negocios y a sus amigos, que son muchos.

—Eso es verdad. Lo de los amigos, quiero decir.

—Ya lo sé, señor Castro, y créame que eso podría ser un inconveniente. Escúcheme bien: cuando regrese a su aldea, deberá asegurarse de que nunca recibirá usted visitas de antiguos compañeros de emigración. No les invite, no les escriba. Intente romper todo contacto con ellos. Las personas que han formado parte de nuestro pasado son el obstáculo peor para comenzar una nueva vida.

Castro de Lema guardó silencio.

—Ya había pensado en eso, señor Daff. Y no me preocupa demasiado porque, como ya le he dicho muchas veces, me queda poco tiempo en este mundo. Cuando regrese a Galicia, sólo comunicaré mi partida a una persona.

—A Pedro Almeiras...

—Efectivamente. No haría nada sin su aprobación y su consentimiento. Pedro fue el hijo que nunca tuve y... ¿sabe una cosa?, en los últimos tiempos, y pese a su juventud, creo que es también como un padre.

Se quedó callado, sonriendo de un modo casi imperceptible.

—Recuerdo la primera vez que vi a Pedro. Estaba paseando por el malecón. Él acababa de bajarse de un barco. Un niño le ayudó a llevar su maleta, y él le recompensó con una moneda de oro. Por aquel entonces yo era ya un as en el negocio de los timos, y di por hecho que un ricachón acababa de llegar a La Habana, así que me acerqué a él para tantearle. En un segundo supe que Pedro Almeiras nunca podría ser víctima de una estafa mía: en primer lugar, porque era gallego. Y en segundo, porque la moneda de oro que acababa de dar al niño era el último dinero que le quedaba. Así llegó a Cuba Pedro Almeiras, señor Daff. Con los bolsillos vacíos y una total despreocupación por las cosas materiales. No hace falta decir que le tomé enseguida bajo mi protección, e incluso le ofrecí asociarse conmigo en el negocio de los timos, pero él me explicó entonces que no sabía mentir y, como comprenderá, ése es un obstáculo insalvable en una empresa como la mía. De todas formas, lo cierto es que Pedro no necesitaba la ayuda de nadie para sobrevivir en Cuba. No me pregunte cómo se las apañó, pero un año después de llegar a La Habana tenía un trabajo bien pagado en una compañía naviera, más amigos que nadie y media docena de mujeres que se disputaban sus afectos. Tres años después empezó en el negocio de la caña de azúcar y compró la casa en la que vive ahora. Desde luego, si hay alguien en el mundo capaz de arreglárselas solo, ése es sin duda Pedro Almeiras.

—¿Por qué vino a Cuba?

Fernando Castro se encogió de hombros.

—No lo sé, Daff. En realidad, creo que nadie lo sabe. El pasado de Pedro Almeiras es uno de los pocos secretos bien guardados en una isla en que todo el mundo habla a gritos de su vida anterior. Lo que sí está claro es que Pedro no fue nunca un niño pobre como yo, ni un adolescente desesperado por el hambre que vio en la emigración el único recurso para la supervivencia. La primera vez que lo vi llevaba un traje bien cortado, unos zapatos hechos a medida y sus modales eran los de un hombre que ha recibido una educación excelente.

—Me parece curioso que nadie le haya preguntado nunca por sus orígenes.

—¿Cree que no lo han hecho? Mucha gente, Daff, y yo el primero, hemos intentado por todos los medios sonsacarle alguna información sobre sí mismo. Pero no hay nadie como Pedro para eludir las preguntas y responder con ambigüedades. Es evidente que, pasado un tiempo, nos hemos resignado a no saber nunca por qué vino a Cuba Pedro Almeiras. Y, en realidad, poco importa su otra vida. Es generoso, sincero, humano, de una honestidad sorprendente... ¿qué más da quién o qué le haya traído a La Habana? Lo importante es que está con nosotros —los ojos de Fernando Castro se humedecieron—, lo importante es que le tengo a mi lado. Nadie me ha ayudado como él a sobrellevar mi enfermedad, nadie ha pasado más horas conmigo, y nadie se hubiera lanzado a buscarle por medio mundo para encontrarle a usted y solicitar su ayuda.

En el reloj de pared dieron las ocho.

—Se ha hecho tarde —dijo Linus Daff.

—Ese reloj adelanta. De todos modos, creo que es mejor que terminemos por hoy. Me encuentro un poco cansado.

—Es natural. Volveré mañana por la tarde. Le dejaré mis notas para que las repase. Si tiene alguna duda, anótela y la resolveremos.

Fernando Castro de Lema se puso en pie y le acompañó a la puerta.

—Gracias por todo, Daff. Pedro no se equivocó cuando me dijo que era usted la persona que yo necesitaba.

Eran las ocho y media cuando Linus Daff llegó a la casa habanera de Pedro Almeiras. Las notas del piano quebraban el silencio del patio, y el inventor de historias pensó que había algo mágico en el ámbito quieto de aquel recinto adormecido ahora por la música triste que interpretaba su amigo. Un criado abrió la puerta.

—El señor está en el salón. Dijo que fuese a verle en cuanto llegara.

Linus Daff entró en la sala intentando por todos los medios no arruinar con el ruido de sus pisadas el concierto improvisado que Pedro Almeiras interpretaba para nadie. El indiano no le oyó entrar y siguió tocando, dominado por la música que sólo sus manos sabían arrancar a cualquier piano del mundo. El inventor de historias buscó acomodo casi sin respirar en una butaca de cuero y permaneció allí, en silencio, hasta que el intérprete concluyó la ejecución magistral de la pieza.

—Pedro, créame que le detesto cuando le escucho tocar así.

—¡Daff!, ¿cuánto tiempo lleva ahí?

—El suficiente para morirme de envidia. Ah, querido amigo, la naturaleza es injusta.

El otro hizo un gesto de indiferencia y dejó caer la tapa del piano.

—Yo sé tocar, usted sabe mentir... cada uno de nosotros está bendecido por una gracia distinta, Daff, no lo olvide. Y le aseguro que para la vida diaria es mucho más útil ser capaz de contar mentiras que saber tocar el piano. Hablando de mentiras... ¿qué tal le va con su nuevo cliente?

—No puedo decirle nada —Linus Daff adoptó una expresión de dignidad extrema—. Secreto profesional, ya sabe.

Pedro Almeiras soltó una carcajada sonora.

—Daff, le aseguro que no esperaba de usted ninguna indiscreción. En fin, supongo que las cosas están en el camino correcto. —El rostro de Pedro Almeiras se ensombreció—. En serio, Daff, a Castro de Lema no le queda mucho tiempo de vida.

—Para su tranquilidad, le diré que su amigo estará listo para partir hacia su tierra dentro de dos o tres semanas.

—La travesía a Galicia dura otro tanto. —Pedro Almeiras parecía hablar consigo mismo—. No sé, Daff... el viaje es largo y puede resultar penoso si se presentan complicaciones de navegación...

Teniendo en cuenta la época del año, las condiciones del mar no van a ser las peores.

—De todas formas, me preocupa que Fernando no sea capaz de aguantar el viaje él solo. Podría ponerse peor, necesitar alguna medicina —se acarició la barbilla con la punta de los dedos—. Daff, estoy pensando en irme con él.

—¿Usted? —el inventor de historias sonrió—. Vaya, Pedro, pensé que no quería regresar a su tierra.... o, al menos, no todavía.

—No se trata de eso. En realidad, sería un viaje de ida y vuelta. Acompañaría a Fernando en la travesía y cuidaría de él durante el trayecto. Una vez hubiésemos desembarcado en Galicia, tomaría el siguiente barco con destino a Cuba.

—¿De verdad va a cruzar el mundo dos veces por acompañar a un amigo? Es un gesto muy generoso...

Pedro Almeiras movió la cabeza en un ademán de negación y levantó la mano como para detener al inglés.

—Nada de eso. —Estaba claro que Pedro Almeiras prefería zanjar el asunto—. Bueno, creo que va siendo hora de que pida que nos sirvan la cena. ¿Está usted hambriento, Daff? Porque yo sí lo estoy, y creo que Jacinta ha decidido volver a sorprendernos con sus habilidades.

Tal como había prometido, Linus Daff volvió a casa de Fernando Castro a la mañana siguiente. El indiano paseaba por el jardín tropical esperando la llegada del inventor de historias, y al verlo llegar agitó la mano en un gesto alegre.

—¡Señor Daff! Es usted muy puntual. Venga, acérquese. ¿Le importa que caminemos un rato antes de empezar a trabajar?

—En absoluto. —En realidad, Linus Daff siempre había pensado que su oficio tenía algo de peripatético—. Además, es una suerte poder disfrutar de un jardín como el suyo.

—Ni me lo recuerde. Supongo que Pedro ya le habrá explicado que quería levantar aquí un parque con especies vegetales traídas de Galicia. Pero las condenadas se achicharran en cuestión de días.

—Cosas del clima.

—Supongo que sí. ¿Sabe? He decidido reservar una partida presupuestaria para construir en Vilabranca un jardín como éste. Será mi venganza. No conseguí adaptar a Cuba los árboles gallegos... y ahora me llevaré a Galicia las especies del trópico. ¿Qué le parece? Araucarias, hibiscos, orquídeas gigantes viviendo en una tierra lluviosa y más bien fría.

El inventor de historias sacudió la cabeza con una sonrisa.

—Una idea muy original, señor Castro —pareció dudar unos momentos—. Por cierto, hay algo que quiero comentar con usted. Es un poco delicado...

—Vamos, Daff, en mis circunstancias hay pocas cosas que puedan parecerme improcedentes. Hable sin miedo.

—Verá, creo que en lo que respecta a la historia que he inventado para usted, podemos darnos por satisfechos. Quedan muy pocos cabos sueltos, por no decir ninguno. Pero hay algo que me preocupa mucho.

Fernando Castro se alarmó.

—¿De qué está hablando?

—De su físico, señor. Puede ser el obstáculo más difícil de salvar y convertirse en un lastre a la hora de hacer creíble la historia que me ha encargado.

El indiano miró de frente al inventor de historias.

—Haga el favor de explicarse.

—Mire, señor Castro —Linus Daff había decidido que sería mejor no andarse con rodeos—, si quiere usted que se le tenga por un indiano que regresa a su tierra para morir allí después de deslomarse trabajando, será mejor que comience por cambiar su aspecto. No se ofenda, pero usted no es el anciano que esperan en su pueblo. ¿Cómo cree que lo imaginan? ¿Bien plantado, ágil, rebosando salud? Claro que no. Allí estarán aguardando a un viejecito achacoso, con el pelo blanco y muchas arrugas, que necesita un bastón para caminar y una trompetilla pegada a la oreja para entender lo que le dicen. Tiene usted setenta años, señor Castro... y nadie en sus cabales sería capaz de adjudicarle muchos más de cincuenta. En el pueblo debe constar su partida de nacimiento, y habrá allí parientes lejanos y amigos de la infancia de su misma quinta. No querrá que empiecen a pensar que un impostor intenta hacerse pasar por el verdadero Fernando Castro de Lema.

Castro de Lema escuchaba como alucinado el discurso del inventor de historias.

—Perdone, señor Daff, pero no sé qué puedo hacer yo al respecto...

—Dejarse aconsejar por mí. —Linus Daff retrocedió unos pasos, ladeó la cabeza y escrutó la elegante fisonomía de Fernando Castro—. Mmm... vamos a ver, debería empezar por cortarse el pelo. Lo lleva usted demasiado largo, y así es muy difícil ocultar la abundancia de cabello. Y déjese crecer la barba. Será una buena manera de disimular que no le han salido arrugas. Por cierto ¿no tiene usted ningún defecto en los ojos?

El otro meneó la cabeza, deseando de corazón poder confesar el padecimiento de miopía, astigmatismo o cualquier otro lastre que menoscabara su capacidad visual. Linus Daff se dio una palmadita en la frente.

—Increíble. Increíble. Con setenta años... ¿sabe usted que yo llevo lentes desde los treinta y siete? Y usted, sin embargo... En fin, tendremos que hacer algo al respecto. Un viejo con vista de lince podría despertar sospechas. Si le parece bien, le encargaré unas gafas de hipermétrope. Así se verá obligado a cerrar un poco los ojos para ver mejor. Y tendrá que aprender a usar bastón. Es lo menos que se puede pedir a un hombre que va rumbo a los ochenta. Olvídese de dar pasos largos al caminar, como hace ahora. Y haga el favor de doblar un poco la espalda. Cuando le veo de lejos, tengo que hacer esfuerzos para no confundirle con un muchacho de veinte años.

Castro de Lema miró a Linus Daff como pidiendo un poco de compasión.

—Lo de la espalda va a ser difícil... me acostumbré a caminar erguido y no creo que sepa hacerlo de otra forma.

—Tonterías. Bastará con que fije la vista en el suelo y relaje los hombros. —El otro siguió sus indicaciones—. ¿Ve como no es tan complicado? Al principio le dolerá un poco el cuello, pero es cuestión de entrenarse.

Fernando Castro no sabía muy bien si indignarse o desesperarse. Tantos años intentando conservarme, decía, tantos años cuidando mi aspecto y alegrándome de tener mucho pelo y pocas arrugas y ahora resulta que lo ideal sería parecer un viejo escacharrado. Linus Daff se conmovió ante su tribulación.

—Señor Castro, entiéndame bien: su transformación no es un capricho. Y no crea que voy a convertirle en un abuelo decrépito, sino en un anciano digno que lleva en sus espaldas muchos años de trabajo honrado. No es necesario que parezca Matusalén... pero tampoco puede volver usted a su aldea con el aspecto que tiene ahora.

El otro suspiró.

—Muy bien, Daff. Después de todo, esto ha sido idea mía. Pero tendrá que ayudarme un poco.

—Claro, señor —el tono de Linus Daff era casi festivo—, me paga usted para eso.

Fernando Castro y el inventor de historias trabajaron

juntos durante varios días. Linus Daff supervisó cuidadosamente el corte de pelo que el barbero practicó al indiano, y también indicó de qué modo debía dejarse crecer la barba blanca, que según sus cálculos tardaría unas dos semanas en alcanzar la longitud deseada. Le enseñó a moverse despacio y a pedir ayuda con la mirada para subir los escalones, a apoyarse delicadamente en el brazo de quien se lo ofreciera para levantarse y para sentarse, a usar los lentes de carey. Le indicó cómo debía llevarse la mano a los ojos de vez en cuando para simular cansancio en la vista, cómo mesarse la barba, cómo agarrar el mango del bastón y apoyarse en él. Le enseñó a sonreír suavemente, a dominar un poco la sonoridad de sus carcajadas, a fingir la emoción de un abuelo con el temblor de la voz y la digna torpeza de un septuagenario al agarrar las cosas. El inventor de historias fue como siempre un maestro inflexible que corregía el menor gesto erróneo, que no permitía una sola equivocación y que señalaba sin piedad todas y cada una de las consecuencias fatales que un paso en falso podría traer consigo.

Durante el tiempo que duró el entrenamiento, Linus Daff aconsejó al indiano que no se dejase ver por nadie, ni siquiera por Pedro Almeiras, porque sería más fácil ir cambiando modales y costumbres sin sentirse constantemente observado y evaluado por más testigos que su propio instructor, y además sería preferible que Pedro calibrase el resultado del trabajo terminado sin haber sido testigo de la evolución paulatina de Castro de Lema. Mantenerse fuera del alcance de miradas indiscretas fue relativamente fácil: Fernando Castro llevaba bastante tiempo sin hacer vida social y recibía más bien pocas visitas, así que nadie se extrañó cuando desapareció definitivamente de las reuniones de la Sociedad y los almuerzos de confraternización. Más complicado fue disuadir a Pedro Almeiras de la conveniencia de visitar a su amigo y de alentar con su presencia el proceso de transformación.

—Hágame caso, Pedro —le decía el inventor de historias—, para Castro de Lema será más fácil concentrarse en su nueva vida si no tiene gente alrededor.

—Pero yo no soy gente...

—En este caso sí lo es. Si de verdad quiere hacer algo útil, se me ocurre que podría ocuparse de notificar al alcalde de Vilabranca la próxima llegada de Castro de Lema y su intención de construir en el pueblo un centro de enseñanza. Le aseguro que mi cliente se sentirá más tranquilo si sabe que usted va a encargarse de ese tipo de detalles.

Pasaron quince días sin que Fernando Castro tuviese un momento de tregua, como tampoco lo tuvieron el inventor de historias ni el propio Pedro Almeiras, nombrado casi por sorpresa gerente de la operación de acercamiento a la aldea gallega donde había nacido Fernando Castro. Al primer telegrama enviado desde Cuba contestó el alcalde de Vilabranca con otro que, más que otra cosa, traslucía sorpresa y cierta incredulidad por las nuevas que llegaban de ultramar. Pedro Almeiras contestó con otro telegrama mucho más largo en el que se daba cuenta de la historia personal de Fernando Castro de Lema, de su infancia en la aldea y su emigración a tierras cubanas, y su deseo de regresar a la patria perdida y hacerla depositaria de su fortuna. Almeiras reconocía sonriendo la particular desconfianza galaica en los textos cablegrafiados desde Vilabranca, y tuvo que utilizar toda su mano izquierda para aportar más detalles del legado, hasta convencer a los ediles de la aldea de que aquella sorpresa monumental no era parte de un timo ni indicio de una tomadura de pelo.

Mientras Pedro Almeiras bregaba pacientemente con la prudencia de los gallegos, Daff y Castro de Lema continuaban con el duro trabajo de convertir al indiano en un viejecito respetable con un pasado digno de admirar. Por las mañanas repasaban las notas del inventor de historias, y dedicaban las tardes el entrenamiento físico. Linus Daff tuvo que reconcer en Fernando Castro a un alumno aplicado, y algunas veces, al ser testigo de su agilidad y su excelente estado físico, le parecía imposible que aquel hombre estuviese en realidad tan cerca de la muerte, porque nunca había tenido cerca a un anciano tan lejos de la decrepitud y la erosión de los años.

Durante aquellos días, Linus Daff volvió dos o tres veces al hogar de Lucrecia Sánchez y tuvo ocasión de conocer al marido de ella, Miguel Cifuentes, un miembro de la aristocracia criolla enamorado perdidamente de las gracias de su mujer, del timbre de su voz de soprano y de su belleza sin límite. En contra de lo que él mismo hubiera esperado, Linus Daff no sintió al verle junto a Lucrecia la punzada de los celos que lo atormentaban en Londres, cuando compartía cenas y paseos con ella y con Pedro Almeiras. Al principio se sorprendió con su propia indiferencia, pero enseguida se dio cuenta de que no le importaba ver a Lucrecia Sánchez en compañía de su marido porque Lucrecia amaba a Miguel Cifuentes tan poco como al mismo Linus Daff.

Miguel era su marido, su compañero, el brazo en que apoyarse todos y cada unos de los días de su vida. Era el hombre sensato que prodigaba seguridad y afecto, que jamás se alteraba, que había puesto a su disposición su fortuna, su vida y toda su bonhomía. Por parte de Lucrecia, no había en toda la isla esposa más devota ni más solícita, compañera más dispuesta a complacer al hombre con quien vivía, mujer más pendiente de los caprichos de su marido, de sus necesidades y de sus carencias. Hablaba de él y con él utilizando un cariño sincero e intenso, le gustaba dedicarle todo el tiempo que precisara y dejaba cualquier cosa por estar a su lado si él lo necesitaba así. Miguel Cifuentes no ignoraba que ni en un millón de años hubiera encontrado una esposa mejor que Lucrecia Sánchez, y se lo decía a todos los que querían oírlo. A su vez, él era un marido intachable, y formaban una pareja feliz y bien avenida. Ambos sabían que no había entre ellos lo que gusta de llamarse amor verdadero, pero se sabían cómplices en muchos asuntos y amigos en casi todo. Ninguno de los dos pedía otra cosa, seguramente porque tampoco estaba en condiciones de darla.

Linus Daff fue siempre consciente de esa falta de amor sustituido voluntariamente por afecto y ternura. El inventor de historias no volvió a ver nunca en los ojos de Lucrecia la luz particular que había en ellos cuando miraba a Pedro Almeiras, muy lejos de Cuba, en otro tiempo, en una ciudad distinta, en otras circunstancias irrepetibles, y por eso entendió que nunca más iba a ver a Lucrecia como la había visto en Londres: engrandecida por el amor. Durante aquellos encuentros en La Habana, Linus Daff se dio cuenta que la pasión indomable que había sentido un día por Lucrecia Sánchez había ido sublimándose en un cariño sincero. La mujer que había amado tanto y con un calor que el propio secretismo se encargaba de magnificar había desaparecido en la niebla de otro lugar y de otra época. Lucrecia Sánchez ya no existía. Pedro Almeiras se la había llevado para siempre.

Exactamente tres semanas después de su primera visita al domicilio de Fernando Castro, Linus Daff decidió que el trabajo estaba terminado y que había conseguido convertir al indiano en el modelo de hombre que esperaban al otro lado del mar. Ambos decidieron entonces que era el momento de recibir la visita de Pedro Almeiras, para que el amigo de tantos años tuviese ocasión de convertirse en juez supremo y evaluase el resultado de tantos días de trabajo. Almeiras entró en la casa de Castro de Lema acompañado del inventor de historias. Fernando Castro les esperaba en la biblioteca, sentado en una butaca de cuero, y cuando oyó llegar a sus invitados se puso en pie del modo en que Linus Daff le había enseñado a hacerlo, y se acercó a ellos en su nueva apostura. Pedro Almeiras contuvo la respiración al estar ante el hombre en que Fernando Castro se había convertido. Todo en él resultaba perfecto y armónico. La espalda, levemente encorvada, y el bastón de caña que ahora usaba para moverse le hacían perder algo de la apostura gallarda que siempre había tenido. La barba blanca y recortada en uve y el pelo apelmazado a la fuerza bajo el agua de lavanda le daban el aspecto de un patriarca venerable, mientras los lentes de pega restaban parte del brillo juvenil que sus ojos dorados se obstinaban en mantener a traves de los tiempos. Había en sus manos un temblor casi imperceptible y una torpeza tan evidente en sus movimientos de anciano que nadie hubiese creído que eran simplemente fruto de dos semanas de duro entrenamiento. Pedro Almeiras contempló en silencio el resultado de la operación, y de pronto se dio cuenta de que frente a él estaba el verdadero Fernando Castro de Lema, como si el hombre que había conocido y querido hasta entonces fuese en realidad un artificio de la imaginación o, simplemente, un farsante que gustaba de hacerse pasar por un viejo respetable, dignificado por las canas y los achaques propios de una edad provecta.

—¿Qué le parece? —Era Linus Daff quien preguntaba.

—Asombroso. Verdaderamente asombroso. —Pedro Almeiras se dejó caer en un sillón—. Fernando, pareces otra persona.

Castro de Lema respiró hondo y se quitó los lentes.

—¿Puedo? —preguntó a Linus Daff con la docilidad de un niño—, todavía me mareo un poco si los llevo mucho rato seguido.

—Claro. Además, creo que se merece usted un respiro. Ahora póngase cómodo y escuche las novedades que le trae Pedro.

Pedro Almeiras contó entonces que mantenía frecuente correspondencia cablegráfica con el ayuntamiento de Vilabranca, y que ya todo el pueblo estaba al corriente del regalo que Fernando Castro de Lema iba a hacer a la villa.

—Están como locos —explicó—. Les he dicho que llegarás en cuestión de semanas para hacer entrega de los documentos que certifican la autenticidad del legado.

—Gracias por todo, Pedro. Has hecho un trabajo admirable.

—Te aseguro que no ha sido fácil vencer las reticencias iniciales. Hasta que les convencí de la veracidad de la historia, todo el pueblo pensaba que se trataba de una broma.

Fernando Castro se volvió hacia el inventor de historias.

—Daff... ¿cree usted que podría marcharme ya?

—Por supuesto, señor Castro. Está perfectamente preparado para representar su papel. Lo hemos repasado cientos de veces y no creo que vaya usted a cometer ningún error. Y en lo que se refiere a su aspecto físico... creo que Pedro ha dado el visto bueno definitivo.

—Entonces no hay nada más que decir. Pedro, tendrás que hacerme un último favor: comprar por mí un pasaje en un barco que pueda llevarme a España.

—No hay problema. —Pedro Almeiras miró a Castro de Lema con el afecto de un hijo—. Pero tendré que comprar dos pasajes. Pienso acompañarte hasta llegar a Galicia.

Fernando Castro de Lema iba a decir algo, pero Pedro siguió hablando.

—Está decidido, así que ni una palabra. Eso sí, no pienso quedarme ni un solo día en ese pueblo de locos donde piensas invertir todo tu dinero. Saldré de Galicia en el primer barco que encuentre. Así que no se te ocurra hacerme chantaje para que permanezca a tu lado más tiempo del debido. ¿Estamos?

—Lo que tú digas, Pedro.

—Entonces, todo correcto. Mañana mismo cablegrafiaré al alcalde de Vilabranca para comunicarle tu llegada, y luego intentaré encontrar pasajes en el primer barco que salga con destino a España.

Linus Daff tosió brevemente como para interrumpir a Pedro Almeiras.

—Pedro... por el bien del secretismo que debe mandar en el traslado del señor Castro, creo que sería preferible que iniciasen ustedes un viaje que les llevase a un punto intermedio en el camino a Galicia. No se le ocurra buscar plaza en un barco donde viajen otros indianos que regresan a la tierra natal, porque es muy posible que les hagan preguntas comprometedoras, o aún peor, que propongan visitarle a usted —señaló a Castro de Lema— en su nuevo domicilio.

—No había pensado en eso —confesó Pedro—, pero no habrá problema. Podemos viajar a cualquier punto de la costa americana, y de allí tomar otro barco con destino a Galicia. Nos demoraremos un par de días, pero supongo que no queda otro remedio.

—Caballeros —Fernando Castro de Lema había hecho sonar una campanilla, y casi al instante un criado entró en la habitación llevando una botella de ron añejo y tres copas de cristal que llenó con el líquido oscuro—, propongo un brindis. Por el éxito de esta operación y por ustedes dos, sin quienes no hubiera sido capaz de convertirme en el nuevo Fernando Castro de Lema. Salud.

—Salud —contestaron los otros, antes de vaciar las copas de un único trago.

Aquella noche, Linus Daff y Pedro Almeiras se acostaron muy tarde. Habían llegado a casa de Pedro algo mareados por efecto de los vapores del ron inolvidable que Castro de Lema les había servido, y ninguno de los dos tenía ganas de dormir.

—¿Quiere otra copa? —Era Pedro quien preguntaba. El inventor de historias negó con la cabeza.

—No, muchas gracias. Preferiría una taza de café.

—Como quiera. Si no le importa, seguiré con el ron —compuso un gesto digno—, no conviene mezclar.

Les sirvieron las bebidas y estuvieron un rato sin hablar.

—Dígame, Daff..., ¿qué piensa hacer ahora?

El inventor de historias se encogió de hombros.

—No lo sé. De todos modos, sepa que estas semanas me han resultado muy provechosas. De haber permanecido en Nueva York me hubiese vuelto loco... y, a decir verdad, no me apetecía lo más mínimo volver a Londres.

—¿Y ahora le apetece?

—No mucho —sonrió—, pero en algún sitio tengo que vivir. Allí poseo una casa y una reputación profesional, y de todos modos Londres es un lugar tan bueno o tan malo como cualquier otro.

Pedro Almeiras hizo girar el ron dentro de la copa, aspiró el perfume del licor y luego bebió un trago pequeño. Linus Daff se dio cuenta de que intentaba decirle algo.

—Linus... voy a proponerle una cosa... quédese en La Habana.

El inventor de historias no pudo reprimir la sorpresa.

—¿En La Habana? ¿Haciendo qué?

—Su trabajo, por supuesto.

Linus Daff meneó la cabeza.

—No es tan fácil, Pedro. Estoy acostumbrado a operar en espacios más grandes que esta isla. Inventar historias es mucho más complicado en un lugar como Cuba, donde las redes de relaciones son bastante más estrechas... Desde Londres puedo considerar el continente europeo como un inmenso campo de trabajo. Pero esto es una isla, Almeiras, y hay muchas limitaciones...

—Eso es algo que yo no puedo discutir... pero considere la posibilidad de convertir Cuba en su base de operaciones. La Florida está muy cerca, Daff. Y, hoy por hoy, esta isla está bastante bien comunicada. Además, usted habla español. ¿Sabe cuántos emigrantes que han prosperado en Sudamérica se encuentran en situaciones similares a la de Fernando Castro? Decenas. Cientos. Su fama como inventor de historias recorrería en cuestión de meses todo el continente americano. Podría hacerse rico.

—Si quiere que sea sincero, la probabilidad de enriquecerme me preocupa muy poco.

—Entonces piense simplemente que se le presenta una ocasión de instalarse en un lugar pacífico, de clima insuperable, donde podrá encontrar paisajes de fábula y personas interesantes con las que compartir su vida. —Pedro Almeiras cerró los ojos—. Y además... hay algo que no debería contarle todavía, pero dadas las circunstancias creo que es mejor que lo sepa: Castro de Lema va a regalarle su casa.

—Su... su casa —hipó el inventor de historias—, ¿su casa de La Habana? ¿La del jardín?

—Sí, Daff —el tono de Pedro Almeiras era de auténtico entusiasmo—, una mansión de setecientos metros cuadrados, con un jardín de diez acres que es lo más parecido al Edén... y, por supuesto, todo el mobiliario. Será suya en cuanto Fernando Castro se marche de Cuba. Ya ha preparado los documentos de cesión.

—Pero —el inventor de historias parecía sinceramente aturdido—, ¿cuándo decidió hacerme semejante regalo? ¿Y por qué?

Pedro Almeiras levantó las palmas de las manos.

—Es obvio, Daff... le está muy agradecido por los servicios prestados.

—Pero él ya pagó los honorarios que estipulamos. No tiene por qué regalarme nada. Y esa casa, además...

—Recuerde que Fernando Castro no tiene parientes directos. Ya ve quién va a beneficiarse de su fortuna: un pueblo perdido que ni siquiera aparece en los mapas.

Linus Daff miró de frente a Pedro Almeiras.

—¿Y usted, Pedro? Fernando Castro le considera un hijo.

—Pero yo ya tengo una casa —contestó el otro—. Y además, me gusta mucho. No, Daff, hace tiempo que Fernando Castro me dejó elegir cualquier cosa que formase parte de su patrimonio para que fuese mía después de su marcha. Seleccioné un reloj de plata antiguo, con su leontina, y un mapa de Galicia fechado en el siglo XIX. No me parece apropiado aceptar nada más de una persona a la que quiero tanto, sobre todo teniendo en cuenta que no tengo apuros económicos. La casa de Castro de Lema será para usted... y yo me alegro mucho de saber que va a pasar de las manos de un amigo a otra persona que también lo es.

Linus Daff se puso en pie y caminó hasta el ventanal que daba al patio del silencio. Fuera, como siempre, no se escuchaba nada, y el inventor de historias fue enseguida capaz de distinguir su respiración y la de Pedro Almeiras.

—Quédese en La Habana —insistió Pedro a sus espaldas—, después de todo, no se trata de nada definitivo. Pase con nosotros una temporada que puede ser tan larga como usted desee. Y si no está a gusto en Cuba, siempre podrá marcharse. El mundo es muy grande, Daff. Y no hay nada que dure para siempre. Considere su estancia en La Habana como una especie de paréntesis que podrá alargar o no a su entera libertad.

Daff volvió a sentarse. Sin preguntar nada, Pedro tomó otra copa y se la tendió después de llenarla de ron. El inventor de historias bebió en silencio.

—Después de todo —dijo—, en ningún lugar del mundo iba a encontrar un ron como éste...

—¿Eso quiere decir que acepta quedarse?

—Supongo que sí... pero sólo por un tiempo.

—Esto se merece otra ronda —volvió a llenar las copas—. Y algo más... voy a buscar un par de cigarros.

—Discúlpeme un momento —Linus Daff se levantó—, vuelvo enseguida.

El inventor de historias regresó llevando bajo el brazo la caja de puros que Lucrecia Sánchez le había entregado unos días atrás y que ni siquiera había empezado.

—Vamos a fumar uno de éstos. Lucrecia Sánchez me los regaló. —Linus Daff tendió uno de los cigarros a Pedro Almeiras, pero éste ni siquiera alargó la mano para cogerlo.

—Me parece que no.

—¿Por qué? Había dicho que quería un puro...

—Pero no uno de la factoría Sánchez, Daff. Lucrecia los regala sólo a sus amigos... y me temo que desde hace diez años no me encuentro en la nómina de éstos. Y conste que nunca en mi vida volví a fumar puros como el que usted me ofrece. En esta isla se producen los mejores cigarros del mundo... pero cuando uno prueba los que son propiedad de Lucrecia Sánchez está seguro de que ya nunca va a encontrar un tabaco mejor.

Tomó el que Linus Daff tenía en la mano y lo apretó entre las yemas de los dedos. Luego lo llevó junto al pabellón auditivo para escuchar cualquier sonido que pudiese producir.

—¿Escucha, Daff? Nada, absolutamente nada. Estos cigarros parecen no resecarse jamás. Prepare uno para usted, por favor. Use mi cortapuros. No, así no. Caliéntelo primero con la cerilla a la altura de la mitad. Muy bien. Y ahora, enciéndalo.

El tabaco atrapó la llama instantáneamente, enrojeció de inmediato y un humo azulado empezó a elevarse. Linus Daff se llevó el cigarro a la boca, y Pedro Almeiras cerró los ojos para disfrutar de un aroma que creía perdido para siempre. Estuvieron un rato así, el inventor de historias apurando el cigarro y Pedro Almeiras conformándose con la delicia del humo perfumado. De vez en cuando, el fumador experto daba instrucciones precisas al fumador bisoño, no sacuda la ceniza, roce el borde del puro, aspire ahora antes de que se apague, y Linus Daff encontraba en aquellos habanos el recuerdo de Londres y el de Lucrecia Sánchez. Fue entonces cuando se dio cuenta de que seguramente Pedro Almeiras también había dejado que la nostalgia le pusiese una trampa en forma de cigarro. En aquella ocasión mandó a paseo su exquisita educación inglesa, dejó el puro consumido en el cenicero y se encaró con el gallego.

—¿Por qué no fue tras ella, Pedro? ¿Por qué dejó que se marchara?

El otro sacudió la cabeza.

—¿Para qué? De todas formas tenía que pasar un día u otro. Hubiera ido en su busca, ella hubiera regresado, y en cuestión de semanas habría sido yo el que se marchara. No puedo conservar las cosas mucho tiempo, Daff. Me asfixio si lo hago.

—Lucrecia no es una cosa. —Linus Daff iba sintiendo que la boca se le llenaba de un regusto amargo.

—Da igual. Me ocurre lo mismo con las personas. He pasado la vida esquivando todo aquello que quería ser para siempre. Nada es eterno, Daff. Todo está abocado al final, al fracaso, a la destrucción, a la muerte...

—Y por eso usted se niega la posibilidad de ser feliz. —El inventor de historias notó que la voz se le quebraba—. Pedro, Pedro, no sabe manejar las riendas de su vida. Se le presenta una oportunidad de oro y la deja escapar sólo por pura desidia, porque se ha propuesto no ser dichoso y ha empeñado su existencia en escapar de todo aquello que amenazaba con traerle la felicidad. No le entiendo. No le entendí en Londres cuando perdió a Lucrecia simplemente por no transigir en ese estúpido empecinamiento suyo de contar siempre la verdad... y sigo sin entenderle ahora, diez años después, cuando ni siquiera es capaz de reconocer ante sí mismo que aquella vez echó por la borda la mejor ocasión de su vida.

Pedro Almeiras pasó el dedo índice por las cenizas heladas del cigarro que Linus Daff acababa de fumar.

—¿Era Lucrecia esa ocasión, Daff? ¿Por qué está tan seguro?

—Porque ella le amaba tal como era. Porque nunca le habría abandonado si usted no la hubiese obligado a ello. Y en cambio ahora... —Dudó sobre la conveniencia de seguir hablando, pero supo que nada podía detenerle—. Ahora se ha quedado solo.

Pedro Almeiras compuso una mueca amarga.

—Da igual quien esté a nuestro lado, Linus. En el fondo, pase lo que pase, uno está solo siempre.

—¿Y pensar semejante estupidez le da derecho a sembrar de cadáveres el camino? —Por primera vez en su vida, el inventor de historias parecía fuera de sí—. ¿Cree de verdad que esa apreciación pedante le autorizaba a romper en dos a una mujer que sólo quería ayudarle a sostener su vida? Tiene usted razón, Pedro... Hay mucha gente sola por ahí adelante. Pero usted no hubiera sido uno de esos desgraciados entre los que por desdicha me encuentro. No lo hubiera sido de haber dejado a Lucrecia permanecer a su lado. Aquella madrugada en Londres destrozó dos vidas, Pedro. La de Lucrecia Sánchez... y, lo que es peor, la suya propia. Ha sido usted verdugo de sí mismo. No sé qué Dios será capaz de perdonarle.

Se derrumbó en la butaca que ocupaba. Frente a él, Pedro Almeiras le miraba intentando masticar por su cuenta las palabras terribles del inventor de historias, que había ocultado la cara entre las manos.

—Daff —dijo—, le pido, como amigo suyo que soy, que no me juzgue. Hay cosas que no puedo explicarle, cosas de mí que no sabe todavía y que ni siquiera espero que entienda... —Pasó una vez más los dedos de pianista por la ceniza del cigarro—. Es muy tarde y creo que ambos hemos bebido más de la cuenta. Deberíamos dormir un poco. Hasta mañana.

Las fechas previas a la partida de Fernando Castro fueron de intensa actividad. Pedro Almeiras cablegrafió al alcalde de Vilabranca para anunciar la próxima llegada del benefactor de la aldea, compró los billetes y pidió un coche de alquiler que estuviese esperando por ellos en el mismo puerto de La Coruña, para que el traslado a Vilabranca no se demorase ni lo más mínimo. Linus Daff repasó por última vez la historia falsa del estafador para comprobar que, en efecto, no había quedado en ella ni un solo fleco, y luego colaboró también en labores de intendencia consiguiendo para Castro de Lema ropa más apropiada para el clima gallego que aquellos trajes de indiano que tanto le gustaba lucir en las tierras cubanas. Fernando Castro le agradeció sus desvelos y su trabajo. Ya le había hecho llegar el importe íntegro de la cantidad acordada por la invención de su nueva vida, y encontró que era oportuno comunicarle también que había decidido regalarle su casa. Linus Daff fingió una sorpresa que ya había sentido días atrás.

—Pero, señor Castro... Esto es demasiado.

—No, Daff, nada lo es. Y además, piense que a mí de poco va a servirme a partir de ahora una casa en La Habana. Cuando salga de Cuba será para no volver nunca. Me gusta pensar que alguien a quien aprecio va a vivir en la misma casa que yo... aunque si decide venderla, por mí no hay ningún inconveniente. Pedro dice siempre que las cosas no tienen valor en sí mismas, y que sólo importan en tanto en cuanto sean capaces de proporcionarnos satisfacciones inmediatas. Por favor, no me haga discutir. He preparado los documentos de cesión. No tiene más que firmar aquí.

Le tendió un texto que el inventor de historias rubricó sin leerlo, cosa que hacía muy pocas veces.

—Ya está. Mi casa es suya. Que la disfrute con salud. —Sonrió—. Por cierto, esta tarde he despedido a toda la servidumbre. Dadas las circunstancias, y como no sé muy bien cuáles son los planes de usted, he pensado que sería mejor que fuesen buscando otro empleo. Si decide instalarse aquí, Pedro podrá ayudarle a encontrar otros criados.

La falta de los siervos mutiplicaba intensamente el silencio y el tamaño de la casa, que a Linus Daff se le antojó entonces de unas dimensiones casi angustiosas. Demasiada casa, pensó, y le invadió una extraña sensación al pensar que aquel lugar era ya parte de sus pertenencias.

—Ahora voy a dejarle. —Fernando Castro se puso en pie—. Quiero descansar un poco. Estos días están siendo verdaderamente agotadores. Mire, ahí viene Pedro. Gracias por todo, Daff. Nos veremos mañana.

Castro de Lema salió de la habitación utilizando el nuevo paso que Linus Daff le había enseñado, apoyándose en el bastón y encorvando la espalda. Daff y Pedro Almeiras abandonaron también la casa.

—Bueno —dijo Pedro—, creo que ya está casi todo listo. Nos marchamos mañana por la noche. Por cierto, Fernando Castro quiere que comamos los tres juntos mañana, ya sabe, a modo de despedida.

—Recuerde que es preferible que no den mucha publicidad a su marcha. —En su dilatada experiencia, Linus Daff sabía que era esencial hacer hincapié en la necesidad de discreción, y le aterraba la idea de encontrar en el puerto a un centenar de amigos y allegados prestos a despedirse entre lágrimas del indiano que regresaba por fin a la patria común.

—Tranquilo, ya hemos hablado de eso. Nuestros amigos tienen la vaga idea de que Fernando y yo habíamos previsto hacer un viaje por mar, pero tampoco hemos dado muchas explicaciones sobre el destino del viaje ni la fecha de partida. Una vez en alta mar mandaré un cable anunciando nuestra marcha pero no definiré rutas ni planes de regreso. Sin embargo, hay algo que me preocupa...

—Dígame qué es...

—¿Qué ocurrirá cuando yo vuelva solo? La gente empezará a hacer preguntas sobre Fernando Castro, y yo no sé mentir. ¿Qué voy a decirles?

—Diga la verdad. Que Fernando Castro de Lema ha decidido quedarse en Galicia. Y luego cierre el pico.

—Querrán saber más... —Pedro Almeiras conocía de sobra la curiosidad de sus amigos habaneros.

—Pues no puedo ayudarle, Pedro. Sería muy fácil si usted fuese capaz de soltar un embuste. Pero como eso es algo que le está vedado tendrá que apañárselas con el silencio. Y, de todas formas, consuélese pensando que todavía falta más de mes y medio para que empiecen las preguntas impertinentes. —Le palmeó la espalda—. Tiene por delante varias semanas de navegación, así que intente no preocuparse.

Pedro Almeiras y el inventor de historias no habían vuelto a hacer referencia a la extraña discusión mantenida la última noche. Al día siguiente, consciente de haber entrado sin permiso en asuntos privados, Linus Daff inició una disculpa, pero Pedro Almeiras le había detenido al instante:

—Déjelo, Daff —le dijo, sonriendo—, las palabras se las lleva el viento... y, además, ayer había mucho ron de por medio. Lo que es por mí, las cosas están bien.

Para el inventor de historias supuso un sincero alivio el saber que Pedro Almeiras no estaba enojado. Era incapaz de recordar con precisión las cosas que le había dicho, porque en efecto llevaba muchas copas encima, pero estaba seguro de haber invadido el territorio particular de las emociones, y eso le avergonzaba profundamente. Pero en el talante de Pedro Almeiras no había demasiado sitio para las memorias ingratas. Sabía en el inventor de historias a un amigo leal, conocía la firmeza de sus afectos y la constancia de su aprecio por él, y por eso no había dedicado ni un minuto de su tiempo a reflexionar acerca de las frases vertidas por Linus Daff en una noche de todo punto olvidable para ambos. Por eso ni siquiera le parecían necesarias las disculpas: apenas era capaz ya de recordar cuáles habían sido las faltas.

—Por cierto, Daff... no hace falta que se lo diga, pero durante mi viaje puede usted disponer libremente de la casa y de todo cuanto hay en ella. A mi regreso, y una vez que Fernando Castro se haya instalado para siempre en Vilabranca, podrá usted trasladarse. Aunque lo cierto es que empiezo a acostumbrarme a tenerle a usted viviendo conmigo... Dígame. ¿qué piensa hacer durante mi ausencia?

—Recorrer la isla. Sólo conozco La Habana, y sé que hay otras ciudades que también merecen la pena. Visitaré a Lucrecia Sánchez y a su esposo, daré algunos paseos...

El inventor de historias escrutó de modo imperceptible el rostro de Pedro Almeiras al pronunciar el nombre de Lucrecia, pero el gesto del otro siguió conservando su placidez de esfinge.

Llegaron a la casa y cenaron un guisado de cerdo con arroz que había preparado Jacinta Rodríguez. Hacía un calor sofocante aquella noche de finales de junio, y Pedro Almeiras abrió las ventanas con la vaga esperanza de dejar entrar una brisa que no existía.

—Esto es un horno —dijo, pasándose el pañuelo por la frente— y, para colmo de males, tengo que volver a salir.

—¿Ocurre algo?

El otro negó con la cabeza.

—Manías de Fernando Castro. Como nos vamos mañana, quiere que charlemos un rato y entregarme algunas cosas para que las lleve conmigo. Creo que se está poniendo un poco nervioso.

—Es natural. —El inventor de historias sabía que en las vísperas de poner en práctica una mentira, todos sus clientes comenzaban a sentir una profunda inquietud—. Dígale que se tranquilice. Le aseguro que todo va a salir según lo proyectado. Si sigue mis instrucciones no habrá un solo fallo.

Pedro Almeiras encendió un cigarro.

—¿De verdad cree que no hay ninguna posibilidad de que las cosas se compliquen?

El inventor de historias miró fijamente a Pedro Almeiras.

—Siempre la hay, amigo mío, y en su momento ya advertí de ello a Fernando Castro. En el fondo, estamos a merced del azar, de los caprichos del destino. Y nadie puede luchar contra esos elementos. Pero creo que esta vez —meneó la cabeza en señal de negativa— incluso el destino tendrá muy complicado el volverse en nuestra contra. No se inquiete. Dentro de poco tiempo brindaremos por el éxito de esta operación.

Linus Daff se acostó temprano aquella noche, y no tardó mucho en sumirse en un profundo sopor, fruto quizá del calor inclemente y del cansancio acumulado durante los últimos días. Pero a media noche algo le arrancó del sueño con una sacudida enérgica. Era Pedro Almeiras, que le tenía firmemente asido por los hombros.

—¡Daff! ¡Daff, despierte, por amor de Dios!

—¿Qué... qué es lo que pasa? —el inventor de historias luchaba como podía por sacudirse del sueño bruscamente interrumpido.

Se sentó en la cama. Frente a él, por primera vez en toda su vida, Pedro Almeiras parecía sumido en una tribulación sin límites. El gallego se dejó caer en una butaca.

—Es Castro de Lema —dijo, con la voz en un hilo—. Ha muerto, Daff.

Si Linus Daff hubiese tenido acceso al extraño testamento de Fernando Castro de Lema, probablemente nunca hubiera aceptado la proposición de Pedro Almeiras para viajar a Cuba a inventar una historia que permitiese al indiano reconstruir su pasado.

Aquella noche, cuando Pedro le despertó bruscamente, Linus Daff tuvo la certeza de que el gallego había interrumpido de golpe no sólo su sueño reparador, sino también todos los planes que había trazado para su futuro inmediato. El inventor de historias se vistió en cuestión de segundos espoleado por la tribulación de Almeiras. Tardaron sólo veinte minutos en llegar a la mansión habanera de Fernando Castro, y cruzaron de un salto el parque tropical bajo la sombra funesta de la ceiba. No había nadie en la casa. Linus Daff recordó que Castro de Lema había despedido a todos los criados después de entregar a cada uno una carta de recomendación y una generosa cantidad en metálico. No dio muchas explicaciones: comunicó a la servidumbre que iba a realizar un largo viaje y que la casa pasaría inmediatamente a manos de otra persona. Pedro Almeiras encendió las luces y guió al inventor de historias por los pasillos a media luz hasta llegar al gabinete personal de Castro de Lema. Allí, en un sillón, con los ojos cerrados y fija en el rostro una expresión de placidez extrema, Fernando Castro parecía entregado a las delicias del sueño.

—¿Está... está seguro de que ha muerto? —Linus Daff examinaba desde lejos la figura de Castro de Lema.

—Completamente, Daff. No respira. No tiene pulso...

Ignorando las palabras de Pedro Almeiras, Linus Daff se acercó al cuerpo y palpó su cuello en busca de alguna señal incompatible con el deceso, pero no encontró nada.

—Es el muerto menos muerto que he visto en mi vida —murmuró el inventor de historias, impresionado con la tranquilidad que había quedado en la cara de Castro de Lema después del zarpazo de la muerte, la docilidad de su postura en el sillón, el gesto amable de las manos que descansaban sobre el regazo del cadáver. Muerto, Fernando Castro conservaba la impronta inconfundible del hombre eternamente joven, y Linus Daff pensó que finalmente había fracasado en su intención de convertirle en un anciano.

—Llegué a la casa a eso de las doce de la noche... o es posible que fuesen las doce y cuarto, no me acuerdo bien... en cualquier caso, salí hacia aquí minutos después de despedirme de usted... —Pedro Almeiras parecía decidido a ofrecer una descripción pormenorizada de los hechos—. Él mismo abrió la puerta, ya sabe que despidió a todos los criados...

—Pedro, haga el favor de tranquilizarse. Parece que le estuviera interrogando la policía.

—Pasamos a esta habitación y hablamos durante un buen rato de cosas sin importancia. Se empeñó en hacer cuentas y en abonar los pasajes de barco que yo había comprado para los dos. Discutimos un rato porque no quise cobrárselos. Después me entregó los objetos personales que pensaba regalarme y una copia de su testamento, y también siete mil dólares en metálico. Dijo que prefería que fuese yo quien llevara el dinero para los gastos del viaje. Luego echó la cabeza hacia atrás y cerró los ojos. Llegué a pensar que estaba dormido, pero cuando quise despertarle...

Linus Daff se sentó en otro butacón y se pasó la mano por la barbilla varias veces.

—Pedro... dice usted que Castro de Lema le entregó una copia de su testamento antes de morir. ¿Le importa que lo vea?

—Claro que no —le alargó un sobre sin cerrar—. Yo ni siquiera tuve tiempo de leerlo.

Linus Daff se colocó bien los lentes antes de examinar aquel documento escrito de puño y letra de Fernando Castro.

> Yo, Fernando Castro de Lema, de setenta y un años de edad, gallego de nacimiento y de fe y cubano de adopción, instituyo como mi único y universal heredero al pueblo de Vilabranca, lugar de mi nacimiento y patria mía en la que quiero me entierren.
>
> Mi universal patrimonio, que por este testamento ordeno, deberá destinarse en su totalidad a la creación de un colegio de primera y segunda enseñanza al que tendrán acceso gratuito todos los hijos de Vilabranca.
>
> Este Colegio habrá de ser gobernado por un Consejo Rector cuyos miembros designaré en un posterior codicilo que complementará el presente testamento y que personalmente otorgaré ante el Notario de Vilabranca.
>
> Su primera misión será la elaboración de unos Estatutos en los que habrá de detallarse la inversión concreta de mis bienes, con la sola limitación de que deberá estar orientada a dotar el Colegio con todos los recursos humanos y materia-

les necesarios para que pueda llegar a ser considerado entre los mejores de Europa.

Estos Estatutos, garantía última de que mi voluntad será cumplida y mi herencia no será desviada a otros fines, deberán ser respetados por las autoridades de Vilabranca, so pena de devenir automáticamente ineficaz esta institución.

Declaro por último ser también mi voluntad el confiar a mi querido amigo Pedro Almeiras, al que siempre he amado como al hijo que nunca tuve, la salvaguarda del cumplimiento de este testamento. Sabiendo como sé que no hay cosa material alguna que desee, quiero hacer suyo lo único de vida que dejaré a mi muerte: mi memoria.

*En La Habana, a 17 de mayo de 1911.*

Linus Daff leyó varias veces aquellas líneas redactadas con la pulcra caligrafía de Fernando Castro de Lema, y Pedro Almeiras creyó ver en los ojos tranquilos del inglés un signo de sobresalto.

—Pedro... escuche, porque esto es muy importante... ¿tiene noticia de que alguien, excepción hecha de usted, esté en posesión de una copia del testamento?

—Por supuesto que sí. Un abogado de Nueva York, otro de La Florida y otro de Barcelona. Al parecer, a Fernando Castro de Lema le quedaban unos parientes lejanísimos desperdigados por ahí, y tenía miedo de que alguno de ellos reclamase su parte del pastel, así que decidió cubrirse las espaldas enviando copia del texto a varios despachos legales con los que había trabajado anteriormente. —Pedro Almeiras se dio cuenta de que las pupilas del inventor de historias habían adquirido un brillo de fiebre—. ¿Qué ocurre, Daff? ¿Hay algún problema?

Linus Daff describió un gesto amargo con la boca.

—¿Un problema? Es mucho peor que eso, Pedro. Por querer hacer bien las cosas, el pobre Fernando Castro ha convertido en un imposible sus planes para Vilabranca.

—No comprendo...

—Mire —le tendió el pliego manuscrito—, aquí, en el tercer párrafo: «Este Colegio habrá de ser gobernado por un Consejo Rector cuyos miembros designaré en un posterior codicilo que complementará el presente testamento y que personalmente otorgaré ante el Notario de Vilabranca.»

—Perdone, pero sigo sin entender...

—Dadas las circunstancias, esta frase invalida el testamento. Fernando Castro habla de un codicilo donde designará a los miembros del consejo rector del centro y que él en persona entregará al notario. Pero Castro de Lema ya no está en condiciones de redactar ningún codicilo ni mucho menos de entregarlo de propia mano. Fíjese ahora en los siguientes párrafos: «Su primera misión será la elaboración de unos estatutos... Estos estatutos.... deberán ser respetados por las autoridades de Vilabranca, so pena de devenir automáticamente ineficaz esta institución.» El testamento se declara ineficaz en caso de que los estatutos no se respeten... pero sucede que no hay estatutos que respetar.

—¿Entonces...?

—Entonces, Pedro, muerto Fernando Castro, su testamento es sólo papel mojado. —Tomó aliento antes de continuar—. Si fuese el único ejemplar del escrito, el asunto podría solucionarse. No es la primera vez que falsifico un documento... pero resulta que existen copias repartidas por dos países distintos. Y encima me dice usted que Fernando Castro tenía familiares en quinto grado que no dudarían en reclamar el legado como suyo... Si el testamento fuese declarado no válido, cosa que sucedería con toda probabilidad, la fortuna de Castro de

Lema pasaría directamente a manos de sus parientes más próximos.

Pedro Almeiras miró con una tristeza infinita el cadáver del amigo.

—Pobre Fernando —lo dijo en un susurro, como hablando consigo mismo—, tanto interés en atar cada uno de los cabos, tantas precauciones... y precisamente esas precauciones van a dar al traste con todos sus planes... Qué injusta es la suerte.

Quedaron los dos en silencio. Del jardín fantástico de Fernando Castro de Lema llegaban chirridos de insectos y el rumor de las mismas plantas tropicales que pensaba adaptar al suelo gallego para construir un vergel impensable al otro lado del mundo, donde la lluvia era eterna y el frío constante, y el mar batía siempre las aguas que no eran verdes, como en el Caribe, sino de un azul que a veces se volvía de plomo por la insistencia del cielo gris y de las nubes que formaban parte del paisaje.

—¿Qué vamos a hacer? —Era Pedro Almeiras quien rompía el silencio. Dentro de la habitación, los dos hombres y el cadáver componían un extraño cuadro—. No puedo creer que los mismos parientes de quienes quería protegerse Castro de Lema vayan a acabar siendo los dueños de todos sus bienes. Además ¿qué vamos a decir a esa pobre gente de Vilabranca? ¿Puede usted imaginarse la ilusión con la que, a estas alturas, el pueblo entero espera la llegada y el legado de Castro de Lema?

Pero hacía un buen rato que Linus Daff no escuchaba a nadie, ni siquiera el rumor vegetal que llegaba del jardín, ni siquiera el canto de los grillos. Su cerebro de inventor de historias trabajaba a toda presión. Porque, en efecto, había un modo de evitar que los planes de mecenazgo de Fernando Castro de Lema se fuesen al infierno para siempre. Y evidentemente Linus Daff había dado con la clave para reconducir el destino del pueblo de Vilabranca, que se había torcido aquella noche del mismo modo que, seguramente, se había torcido el suyo propio.

—Pedro... ¿ha comunicado a alguien más el fallecimiento de Castro de Lema?

—No, claro que no.

—Bien. Ha sido una suerte que Fernando Castro despidiese hoy a todos los criados. Hay una forma de arreglar este desaguisado. Pero es cualquier cosa menos sencilla. Y créame que siento muy de cerca la tentación de cerrar la boca y dar por finalizada mi misión en el caso Castro de Lema. Supongo que soy un profesional... o, a lo mejor, resulta que estoy loco de remate... En fin, ponga atención: hay que suplantar a Fernando Castro en su viaje a Vilabranca.

Pedro Almeiras estaba blanco como la pared.

—¿Cómo?

—Nadie debe saber que Fernando Castro ha muerto. Así que alguien tiene que hacerse pasar por él.

—Muy bien. ¿Y dónde piensa usted encontrar a un chiflado dispuesto a meterse en un lío semejante?

—Aquí mismo, Pedro. En esta habitación. Linus Daff, inventor de historias, va a renunciar a la suya por primera vez en su vida, va a tomar prestado otro nombre y otro pasado y va a convertirse, durante algunas semanas, en Fernando Castro de Lema, indiano rico y benefactor de Vilabranca.

Pedro Almeiras se desparramó en el sillón. Por el contrario, Linus Daff se puso en pie y empezó a recorrer la habitación dando grandes zancadas.

—Vamos a ver... necesitaré un par de días para preparar todo. Hará falta documentación nueva, y tendré que dar una serie de retoques a la historia de Castro de Lema que puedan explicar mi extraño acento español. Tengo que aprender a imitar su firma... Por cierto, Pedro... ¿dónde está guardada la fortuna de Fernando Castro?

—Hasta hace poco tiempo tenía todo su dinero depositado en un banco de Nueva York. Pero cuando supo la fecha del viaje a Vilabranca, mandó abrir una cuenta en un banco de La Coruña y transfirió allí los fondos para poder disponer de ellos inmediatamente.

—Hemos tenido suerte. Eso facilita las cosas, y no sabe hasta qué punto. —Se quitó los lentes, los limpió y volvió a colocárselos—. Muy bien. Pedro, a partir de ahora voy a necesitar su colaboración. No podré hacer esto yo solo.

—Estoy a sus órdenes, Daff.

—Tendrá que venirse conmigo a Vilabranca. Y olvide su idea de regresar a Cuba nada más tocar suelo gallego. Debe permanecer a mi lado hasta que yo termine el trabajo. Mañana zarpará con destino a Nueva York utilizando el pasaje que ya tiene. Me esperará allí, en el Waldorf Astoria, y yo me reuniré con usted en cuanto tenga lista mi nueva documentación. De Nueva York partiremos juntos rumbo a Galicia... y al llegar a su tierra yo dejaré de ser Linus Daff, inventor de historias, para convertirme en el hijo pródigo de Vilabranca. Intentaremos dejar todo listo para que se cumpla la última voluntad de Castro de Lema... y que Dios nos ayude en esta empresa, porque va a hacer falta la intervención divina para no acabar peor que mal. Amigo mío, prepárese para enfrentar muchos problemas. Quisiera ahorrarle los malos tragos que se nos vienen encima, pero le necesito conmigo.

—Ya le he dicho que pienso seguir sus instrucciones al pie de la letra. Daff... no sabe cuánto le agradezco lo que va a hacer por el pobre Fernando.

—Mmmm... Si quiere que le diga la verdad, no sé muy bien por quién lo hago. En cualquier caso, las cosas han ido ya demasiado lejos como para poner punto final de una forma tan poco elegante.

Pedro Almeiras volvió los ojos hacia el cuerpo de Fernando Castro y luego miró al inventor de historias como si hubiese recordado algo.

—¡Daff! ¿Qué hacemos con el cadáver? No podemos dejarlo aquí.

—Ya había pensado en eso... Pedro, ¿era Castro de Lema un hombre de fe?

—Sí, claro. Fernando Castro creía en muchas cosas. Pero puedo asegurar que Dios no se incluía en la nómina de sus confianzas mayores.

—Así que la idea de ser sepultado en suelo sagrado...

—No, no estaba entre sus preocupaciones. De hecho, hablaba siempre de lo mucho que le gustaría ser incinerado y arrojadas al mar sus cenizas.

—Me temo que no hay tiempo para eso —el inventor de historias consultó su reloj—. Las cuatro de la madrugada. Quedan dos horas para que amanezca y se despierte la ciudad entera. Querido amigo, me parece que nos toca cavar.

Como estaba previsto, Pedro Almeiras partió con destino a Nueva York a bordo del buque americano *Caribean Queen*, y Linus Daff permaneció en La Habana enfrascado en la tarea de retocar el pretérito creado para Fernando Castro de Lema al mismo tiempo que la documentación personal del fallecido. No tuvo mayor problema con los documentos, puesto que a fuerza de práctica se había convertido en un magnífico falsificador, pero le resultó más difícil que nunca inventar un pasado a sabiendas de que era él mismo quien iba a utilizarlo. Revisó varias veces las notas tomadas para Fernando Castro y todas y cada una de las vicisitudes de su presunta existencia de honrado trabajador, y decidió que sería preferible hacer el menor número de modificaciones: simplemente inventó un matrimonio con una muchacha americana que no tenía la menor idea de español para justificar su acento británico. De todas formas, se dijo, la historia creada para Castro de Lema era suficientemente sólida, y él había tenido tiempo de sobra para aprendérsela de memoria. Le preocupaba más el problema del físico: Fernando Castro de Lema le llevaba más de veinte años, y no estaba seguro de poder hacerse pasar por un anciano. Decidió dejar crecer su barba, igual que había aconsejado al indiano, y usar con insistencia el bastón que ahora utilizaba en ocasiones muy contadas. Después de todo, se dijo, yo siempre parecí mucho más viejo, y esa certeza acabó por tranquilizarle. Unos días después de la marcha de Pedro Almeiras, Linus Daff compró un pasaje en un buque que partía con destino a Nueva York para reunirse con su amigo y, desde allí, iniciar su viaje hasta el pueblo de Vilabranca.

Aunque hubiese querido hacerlo de otro modo, no informó de su próxima marcha a las amistades ligeras que había trabado durante su estancia en La Habana. Linus Daff estaba acostumbrado a aquellas partidas imprevistas, a las despedidas que no lo eran, porque entendía que la rapidez a la hora de levar anclas era pieza fundamental en el complicado engranaje de la discreción y el secretismo que debía mandar en su oficio. Sin embargo, en aquella ocasión hubiera querido que las cosas se desarrollasen de otro modo para poder despedirse de Lucrecia Sánchez. La víspera de tomar el barco acudió a almorzar con ella como otras veces, y como en ocasiones similares pasó unas horas de conversación grata en compañía de lo que quedaba de la única mujer a la que había amado. Después, cuando ya estaba la tarde bien entrada, Linus Daff se despidió con la misma reverencia de otros días, y como ya hiciera en anteriores visitas hizo que le mandaran a Lucrecia Sánchez un cesto de rosas. Sólo se permitió una licencia, y esta vez envió flores amarillas en vez de las blancas que acostumbraba, en recuerdo de los celos insufribles que sintiera hacía ya muchísimo tiempo, cuando los ojos de ella se hacían más grandes después de buscar las pupilas azules de Pedro Almeiras. El inventor de historias sonrió con tristeza al redactar el billete que habría de acompañar a las rosas de té: cuando Lucrecia leyese aquellas líneas, él ya habría tomado el barco que, por segunda vez, iba a poner entre ambos el irremediable parapeto de la distancia física.

Linus Daff llegó a Nueva York después de una semana de travesía infame, inusual para aquella época del año. Las tormentas marinas se cebaron casi con crueldad en la ruta de navegación, y la mayoría de los pasajeros hicieron todo el trayecto recluidos en sus camarotes respectivos, rezando algunos, maldiciendo otros la fecha elegida para semejante viaje, vomitando casi todos y prometiéndose los más que era la última vez que emprendían semejante singladura. Por su parte, Linus Daff casi agradeció la poca amabilidad del tiempo y la crudeza del temporal: era más fácil así aislarse de los viajeros para consagrar las horas a estudiar sus notas y pulir su acento español hablando consigo mismo en la soledad de su camarote. En ese sentido, el inventor de historias había sido muy claro con Pedro Almeiras: era preferible limitar al máximo el contacto con el resto del pasaje, para eludir así preguntas indiscretas. El problema se recrudecía en el caso del gallego, que al no saber mentir iba a tener francamente complicado el driblar determinadas cuestiones. Era preferible, pues, optar por la solución del silencio.

Llegó a Nueva York de madrugada, atontado todavía por el vaivén del barco y por el estrépito de la última tormenta. Había pensado en cablegrafiar a Pedro Almeiras para informarle de su próxima llegada, pero rechazó la idea por razones de seguridad. Tomó un coche en el mismo puerto y llegó al Waldorf Astoria cuando los clientes empezaban a bajar al comedor para disfrutar del desayuno. Linus Daff se registró en recepcion, siguió como un sonámbulo al botones solícito que le acompañó a su cuarto y en cuanto se tumbó sobre la cama inmóvil y enorme se quedó profundamente dormido. Despertó cinco horas después, sobresaltado por un sonido extraño: alguien llamaba con los nudillos a la puerta de la habitación. El inventor de historias necesitó unos segundos para recordar que estaba en Nueva York.

—¿Daff? ¿Está usted ahí?

El inglés reconoció sin dificultad la voz de Pedro Almeiras.

—Espere —se levantó de la cama y abrió la puerta. Frente a él, Pedro Almeiras le tendía la mano en inequívoca señal de bienvenida.

—Me alegro de verle, Pedro.

—No tanto como yo a usted, se lo aseguro. ¿Puedo entrar? —El otro le franqueó el paso y cerró la puerta—. Caramba, Daff, han sido unos días espantosos. No he hablado con nadie desde que salí de La Habana.

—¿Cómo dice?

—Que no he hablado con nadie. Por miedo a meter la

pata ¿sabe? Y casi me vuelvo loco. Primero, el viaje en barco. Me encerré en el camarote y pedí que me llevaran allí las tres comidas. A veces, cuando ya todos se habían acostado, salía a cubierta y daba un paseo o me colaba en el salón para tocar el piano, pero un día se acercó un tipo para darme conversación y tuve que marcharme para no decir nada inconveniente. Luego llegué a Nueva York ¿sabe que el hotel organizó dos fiestas durante estos días y que no pude asistir a ninguna?

El inventor de historias tuvo que morderse el labio inferior para no sonreír. Evidentemente, el pobre Almeiras se había tomado muy en serio sus recomendaciones sobre la discreción que debía mandar sobre sus movimientos.

—Pero, Pedro..., creo que se ha excedido.

—Usted no me conoce, Daff. Ya sabe cómo soy: enseguida hago amistad con cualquiera, y a la gente le gusta mucho estar al tanto de las vidas ajenas. Lo mejor para no decir nada que pueda comprometernos es cerrar el pico, usted me lo dijo. Pero ¿cómo va a asistir uno a una fiesta sin decir esta boca es mía? Ha sido horrible, se lo aseguro. —Pedro Almeiras se sentó en la cama y a Linus Daff le pareció entonces más joven que nunca. Había algo casi infantil en las pupilas desoladas, en el gesto de desencanto que se dibujaba en su boca al recordar la última fiesta a la que no había podido asistir por miedo a cometer alguna infidencia.

—¿Y usted? ¿Qué tal la travesía? ¿Le hicieron muchas preguntas los otros viajeros?

—Me temo que estaban demasiado ocupados vomitando bilis para interesarse por mí. Tuvimos un viaje absolutamente detestable. En fin, por fortuna ya estamos en tierra firme... aunque por poco tiempo. Tenemos que llegar a Vilabranca lo antes posible...

—De eso quería hablarle. He estado esta mañana en la compañía naviera. No salen barcos hacia Galicia hasta dentro de una semana, y el primero de ellos tiene vendidos todos los pasajes. Pero hay una solución: mañana por la mañana zarpa un buque con destino a Lisboa. Podemos tomarlo y, una vez allí, viajar en el primer barco que salga para La Coruña.

—Me parece lo mejor. Ganaríamos casi siete días. Coja los billetes, y ponga el mío a nombre de Fernando Castro de Lema. Me temo que Linus Daff va a estar ausente durante una larga temporada, al menos desde el punto de vista oficial. Y ahora ¿qué le parece si salimos a almorzar? Estoy muerto de hambre.

—¿No será peligroso?

Linus Daff estuvo a punto de echarse a reír ante el celo manifiesto de Pedro Almeiras.

—No, Pedro, no será peligroso. Además, me parece que necesita usted un poco de aire. Mire, está bien que sea tan cauto... pero creo que se está excediendo. Una cosa es que no haga exhibiciones de locuacidad... y otra que llegue al extremo de negar el saludo a quienes se le cruzan por miedo a las preguntas indiscretas. Hable lo justo, ni más ni menos. Si sigue así, le habrá salido una úlcera antes de llegar a Vilabranca. Y voy a tener que ocuparme de demasiadas cosas como para estar pendiente también de su estómago. De modo que intente comportarse con naturalidad... y, en caso de duda, déjeme hablar a mí.

Linus Daff aprovechó la comida para poner a Pedro Almeiras al tanto de todas los cambios introducidos en el pasado de Castro de Lema, y el gallego escuchó las matizaciones del inventor de historias con una atención extrema. Apuntó en un papel el nombre de la esposa inexistente que había muerto sin darle hijos diez años antes y luego lo leyó para sí media docena de veces.

—Es que soy muy despistado ¿sabe?

—De acuerdo. Pero piense que tampoco es muy probable que nadie vaya a preguntarle a usted el nombre de mi esposa.

Pidieron café y lo bebieron sin hablar.

—Linus... ¿cree que todo va a salir bien?

El inventor de historias vaciló antes de contestar.

—Mire, Pedro, no voy a andarme con rodeos. —Tomó aire—. Creo que éste es el caso más condenadamente difícil de todos los que he enfrentado a lo largo de mi ya dilatada carrera. Hay una historia falsa, una suplantación de personalidad, una fortuna... y, por si fuera poco, un muerto de por medio y un enterramiento clandestino. Amigo mío, las posibilidades de fracasar son muy grandes... y, ya que quiere que sea sincero, le diré que viviremos de ahora en adelante con una suerte de espada de Damocles sobre la cabeza. Ocurre siempre cuando se inventa una historia. Sólo que en esta ocasión las cosas son mucho más enrevesadas. Y algún día, más tarde o más temprano, alguien descubrirá quién era en realidad Fernando Castro de Lema.

—¿Entonces...?

—Entonces, Pedro, y ya que el éxito completo de la operación está descartado, se trata de ganar tiempo. Es posible que nos descubran, por supuesto... pero no tiene por qué ser inmediatamente. Se trata de tener el margen necesario para materializar los deseos de Castro de Lema en lo que se refiere a la construcción del colegio y su puesta en marcha. Después, una vez que el centro esté en funcionamiento, importará mucho menos que alguien descubra que yo no soy Castro de Lema, porque para entonces ya nos habremos gastado todo su dinero de la forma que él hubiera deseado hacerlo. ¿Comprende? Por eso es necesario agilizar las cosas, tomar ese barco con destino a Lisboa en lugar de esperar la partida de otro durante ocho días, presentarse en Vilabranca y comenzar cuanto antes las obras de la Escuela. Cada paso que demos, cada avance conseguido, será una forma no de reducir las posibilidades de que nos descubran, pero sí la magnitud de las consecuencias de que alguien averigüe que yo no soy el verdadero Castro de Lema. Y ahora vamos a pedir la cuenta y a comprar los pasajes. Mañana, a esta hora, habremos puesto rumbo a Vilabranca.

En los muelles de Manhattan se agolpaban aquella mañana cientos de personas que querían despedir a los suyos, preparados para zarpar con destino a otras tierras. Los pasajeros del *Sebastiao I* habían subido ya al buque de bandera portuguesa, y desde la cubierta del barco prolongaban las despedidas agitando las manos y los pañuelos que, como gaviotas diminutas, volaban en el aire de la mañana estival. Pedro Almeiras y Linus Daff se preparaban para pasar el control de pasajes, estrenando el último su identidad nueva.

—¿Fernando Castro de Lema?

—Yo soy.

—Bienvenido a bordo, señor. Que disfrute de la travesía.

Otros viajeros enseñaban sus billetes. Linus Daff guiñó un ojo a Pedro Almeiras.

—Ya está superada la primera prueba. Venga, acerquémonos a la proa.

Los dos hombres se acodaron en la barandilla del barco. La isla de Manhattan empezaba a alejarse muy lentamente, y el gemido de la sirena del *Sebastiao I* tenía el tono trágico de las despedidas definitivas. El inventor de historias tuvo la sensación de que nunca volvería a Nueva York, y por eso trató de fijar para siempre en la retina el extraño espectáculo de hierro, cemento y cristal que iba difuminándose en la distancia para sus ojos miopes.

—Bueno, estamos en camino. —Linus Daff se abotonó la chaqueta—. Voy a bajar al camarote a dejar los pasaportes. ¿Me espera aquí?

—Creo que sí. Me vendrá bien el aire del mar.

El inventor de historias se alejó y Pedro Almeiras se quedó solo mientras la tierra americana empezaba a convertirse en un punto que iría perdiendo consistencia hasta hacerse casi imperceptible. Cerró los ojos. Cuando los abrió, una joven había buscado acomodo junto a él y le sonreía.

—Pensé que se había quedado dormido. —La muchacha era rubia y lánguida, y hablaba un inglés depurado que no era, desde luego, su lengua materna.

—No... claro que no.

—Me llamo Isabel Cardoso. ¿Es usted americano?

Pedro Almeiras pensó en la posibilidad de murmurar una disculpa y alejarse de cubierta. Pero se trataba de una mujer muy joven, agradable desde luego, decididamente hermosa y a buen seguro inofensiva. Además, Linus Daff le había dicho que tenía que tranquilizarse, y emprender la huida ante un simple saludo no era, en absoluto, un síntoma de serenidad.

—No... soy español.

—Entonces podemos hablar en su idioma. Viví dos años en Madrid, y además no me gusta el inglés. ¿Cómo se llama?

—Pedro Almeiras.

—Almeiras... ¿es usted de origen portugués?

—No... soy gallego.

—Entonces somos casi primos —la joven exhibió una sonrisa de dientes perfectos—. Yo soy portuguesa. He pasado tres meses con mis padres en Nueva York y ahora volvemos a Lisboa. Me encanta América. ¿Vive usted en Manhattan?

—No...

—¿Dónde entonces? ¿En Boston, en Filadelfia?

—En realidad vivo en La Habana.

—La Habana. —Isabel Cardoso susurró el nombre de la ciudad y entornó los párpados—. Siempre he querido conocer Cuba, pero mi padre dice que es tierra de salvajes. Claro que usted no parece un salvaje. —Volvió a sonreírle—. ¿Va a quedarse muchos días en Lisboa?

—Todavía no lo sé. —Pedro Almeiras empezaba a ponerse nervioso.

—¿No? Ah, claro, está de viaje hacia su tierra. ¿Es usted uno de esos gallegos pobres que hacen fortuna en Cuba y luego regresan a Galicia a construirse una casa enorme para dar envidia a todo el mundo?

En otras circunstancias, a Pedro Almeiras le hubiese parecido irresistible la ingenua espontaneidad de la muchacha, pero en aquella ocasión no estaba en condiciones de valorar en su justa medida los encantos de la portuguesa. Ella, sin embargo, debía de estar muy acostumbrada a fascinar a todos cuantos hombres abordaba, así que no percibió el más mínimo signo de incomodidad por parte del conocido reciente.

—¿Es usted verdaderamente rico?

—Bueno... —Pedro Almeiras no sabía de qué cantidad de dinero había que disponer para considerarse «verdaderamente rico»—, ésa es una pregunta muy particular...

Isabel Cardoso hizo un mohín con la nariz y entornó los párpados otra vez.

—Claro que sí. Ésta es la cubierta de primera clase. Si no fuese muy rico habría comprado un pasaje de segunda. Dígame —bajó un poco la voz—, ¿viaja usted solo?

—No...

En las pupilas de ella se asomó el desencanto, y Pedro Almeiras se sintió en la obligación de aliviar su inquietud.

—Voy con un amigo.

—¡Qué bien! Nosotros somos muchos. Mis padres y otros amigos suyos... y sus hijos, naturalmente. Unos treinta en total, todos portugueses. Pero yo empiezo a aburrirme de estar siempre con ellos. Usted y su amigo podrían cenar con nosotros algún día. Debe de ser muy bonito eso de regresar a la tierra propia después de tantos años. ¿Cuánto tiempo vivió usted en Cuba?

Definitivamente, Isabel Cardoso parecía decidida a componer la carta de navegación de la vida anterior de Pedro Almeiras.

—Veinte años.

—Eso es mucho tiempo. Hace veinte años yo casi no había nacido. ¿Y su amigo?

—¿Cómo dice?

—Su amigo. El que viaja con usted. ¿Cómo se llama?

—Fernando Castro de Lema. A sus pies, señorita... —Linus Daff había llegado en el momento preciso.

La joven tendió al recién llegado una mano muy blanca, de uñas tan pulidas que cada una de ellas brillaba como un cristal diminuto.

—Soy Isabel Cardoso. El señor Almeiras y yo nos hemos hecho muy amigos, ¿no es cierto? —El otro compuso una sonrisa desesperada—. Vamos a pasar mucho tiempo juntos durante esta travesía. Estos viajes son muy largos si uno no conoce gente interesante. Estoy deseando hablar de ustedes a mis amigos. Dos gallegos ricos que vuelven a su tierra después de hacer una fortuna en Cuba... —Miró su relojito de pulsera—. Ah, qué tarde es. Mi madre debe de estar buscándome. Encantada, señor Castro. Tienen que cenar con nosotros hoy mismo. Hay muchas cosas que quiero que me cuenten. ¿Saben que mi padre es arquitecto? Podría ayudarle en el proyecto de su nueva casa.

—¿Qué... qué casa? —Linus Daff miró a Pedro Almeiras.

—La que va a construirse su amigo en cuanto llegue a Galicia. Espero que sea muy grande y que tenga muchas ventanas. A mí me encantan las casas con ventanas, ¿y a usted? Bueno, debo irme. Y no se olvide de que cenamos esta noche. Usted también, señor...

—Castro. Encantado, señorita Cardoso.

La portuguesa se alejó meneando un sombrero de paja que llevaba en la mano. Linus Daff y Pedro Almeiras la vieron marchar y tardaron unos segundos en recuperar el habla.

—Por todos los santos, Almeiras, ¿se puede saber qué le ha contado a esa cabeza de chorlito?

—Nada. Le doy mi palabra de honor. —Pedro Almeiras trataba de salir del aturdimiento provocado por la alegre locuacidad de la muchacha—. Era ella la que no dejaba de hablar y de sacar conclusiones.

—Pues la hemos hecho buena. A estas horas ya habrá contado a todo el mundo que viajan en el barco dos cubanos millonarios que vuelven a Galicia a gastar su fortuna.

—Quizá no diga nada —apuntó el otro.

—¿Usted cree? —Linus Daff le dirigió una mirada sarcástica—. Pues creo que la discreción no está entre las virtudes de esa chica. En fin, no podemos decir que las cosas hayan empezado demasiado bien. ¿Qué hora es?

—Las doce en punto. Servirán el almuerzo dentro de media hora. ¿No sería mejor pedir que trajesen nuestra comida a los camarotes?

—No, Pedro. No puede pasarse usted las próximas semanas escondido del mundo. Hágase a la idea de que esto es sólo el principio. Esperemos no encontrar a muchas damas del estilo de Isabel Cardoso en lo que queda de viaje.

El comedor estaba desierto cuando Pedro Almeiras y el inventor de historias ocuparon su mesa. Al parecer, el resto de los viajeros habían preferido almorzar en el último turno y dedicar los primeros momentos de travesía a conocer el buque. Estaban tomando el café cuando empezaron a entrar más pasajeros, que saludaron a los dos hombres con una inclinación de cabeza. Uno de ellos se detuvo frente a la mesa que ocupaban Pedro Almeiras y el inventor de historias y les miró sonriente. Ambos se pusieron en pie.

—Así que de regreso a su tierra, ¿eh? Mucho gusto. Me llamo João Taveira y tengo parientes en Galicia. ¿De qué parte son ustedes?

—Del norte —Linus Daff—. Soy Fernando Castro y él es Pedro Almeiras... Y ahora, señor Taveira, va a tener que disculparnos. Creo que necesitan esta mesa. Ya nos veremos.

Salieron del comedor.

—En efecto, la señorita Cardoso ha resultado ser un modelo de prudencia. Caramba, Pedro, parece que eligió usted a la dama más charlatana de todo el barco.

—Le juro que...

—No me diga nada. Y de ahora en adelante procure esquivar a ese Taveira. Creo que tiene la intención de encontrar parientes comunes en el árbol genealógico de cualquiera de los dos.

Pasaron la tarde descansando en sus camarotes respectivos. A las ocho en punto, el capitán del barco ofrecía una copa de bienvenida a los pasajeros de primera clase, y a pesar de las reticencias iniciales, Pedro Almeiras tuvo que reconocer ante Linus Daff que tenía demasiadas ganas de hacer vida social como para recluirse en el camarote y renunciar así a otra fiesta mundana.

Llegaron al salón. Un centenar de pasajeros disfrutaban ya de las primeras copas. El aire estaba tomado por la mezcla de los perfumes de las damas y el olor del tabaco de los caballeros, y el rumor de las conversaciones casi aplacaba el de la música que interpretaba la orquesta de jazz. Un camarero les sirvió dos copas de champán justo antes de que el capitán se acercase para saludarles.

—¿Cómo están? Soy Ricardo Pinto, el capitán del barco.

—Fernando Castro.

—Pedro Almeiras.

—Así que ustedes son los indianos. Yo tengo amigos en La Habana. He visitado Cuba un par de veces. ¿Conocen a Cristino Ramírez?

Pedro Almeiras palideció al escuchar el nombre de un conocido habanero. Por suerte, fue Linus Daff quien habló.

—Me temo que no. La Habana es más grande de lo que parece. Pero no queremos entretenerle, capitán. Me parece que esta noche tiene usted más trabajo que de costumbre.

—Volveré a verles. Por cierto, me parece que alguien les busca.

Isabel Cardoso se acercaba al grupo luciendo un vestido azul largo hasta los pies y una sonrisa rutilante, llevando del brazo a un caballero alto y delgado, con una boca idéntica a la de la joven y el mismo andar decidido de la portuguesa.

—Mira, papá, éste es Pedro Almeiras. Y su amigo, Fernando Castro.

—Alberto Cardoso. Encantado, caballeros. Isabel me ha dicho que vuelven ustedes a Galicia.

—Así es. —Linus Daff dejó sobre una mesa su copa de champán—. Ya saben, la tierra siempre espera el regreso de sus hijos pródigos.

—¿Es usted gallego? Su acento...

—Extraño, ¿verdad? Me casé con una dama norteamericana que no sabía español. Nada en absoluto. Así que en mi casa, y hasta la muerte de ella, no se habló más que en inglés. Nuestros criados eran americanos, y también la mayoría de nuestros amigos... Mi pobre Fanny murió sin haber aprendido una sola palabra de la lengua materna de su esposo. En compensación, mi inglés es prácticamente perfecto, aunque no puedo decir lo mismo de mi acento español.

—La vida es muy complicada —filosofó el portugués.

—No sabe usted cuánto. —Linus Daff lo dijo como hablando consigo mismo.

—Pedro —Alberto Cardoso se volvió hacia Pedro Almeiras, que se esforzaba denodadamente por permanecer en un discreto segundo plano—, Isabel me ha dicho que desea usted construirse una casa, y que quiere colocar en ella grandes ventanales.

—Yo no he dicho...

—Claro que sí. Esta mañana, en cubierta. —Isabel Cardoso arrugó su nariz perfecta—. No me dirá que lo ha olvidado.

—Supongo que mi hija le habrá contado ya que soy arquitecto. Si no tiene inconveniente, me gustaría hacer un esbozo de la que podría ser su casa. Nunca he trabajado en Galicia, ¿sabe? Y siempre he querido diseñar una casa para un indiano. Tenemos por delante muchos días de travesía, así que podemos trabajar juntos. Usted me dirá qué es lo que quiere exactamente, y yo plasmaré sus ideas sobre el papel. ¿Qué me dice?

—Pues... bien, es muy amable de su parte —Pedro Almeiras parecía al borde del colapso nervioso—, pero no estoy seguro de... en fin...

—Lo que el señor Almeiras quiere decir es que prefiere hablar con su prometida antes de iniciar el diseño de su casa.

—¿Su prometida? —Isabel Cardoso había perdido el color.

—Sí, señorita. Pedro se casará en cuanto lleguemos a Galicia. —El inventor de historias palmeó amistosamente la espalda de Pedro Almeiras—. Ya iba siendo hora ¿no les parece?

—No me dijo que fuera a casarse. —El tono de Isabel Cardoso era de una extrema frialdad. Pedro Almeiras esbozó una sonrisa dramática.

—En ese caso —el padre de la chica la tomó del brazo—, creo que no será necesario mi concurso. Es evidente que mi hija interpretó mal sus palabras... o a lo mejor es que usted no fue lo suficientemente claro con ella. Buenas noches, caballeros. Que disfruten del viaje.

Se alejaron los dos, padre e hija, ella en pleno ataque de dignidad ofendida, irguiendo su nariz magnífica y acompasando su andar al leve movimiento del barco. Pedro Almeiras la vio alejarse lamentando sinceramente que las circunstancias no fueran otras, para hacer junto a Isabel Cardoso el resto de la travesía y permitir que su padre dibujase enfebrecido mil y una veces la misma casa llena de ventanales inmensos por donde pudiese entrar la luz. Pero Isabel se había alejado para siempre, seguramente indignada y sintiéndose víctima de una imperdonable tomadura de pelo.

—Bueno —Linus Daff se caló el sombrero—, me parece que los Cardoso no le darán mucha conversación el resto del viaje. Pero ahora faltan los otros. Es evidente que todo el barco sabe ya de nuestra procedencia y de nuestro destino.

—Daff, lo siento mucho pero yo no valgo para esto. —Pedro Almeiras apuró de un solo sorbo su copa de champán—. Me iba mejor antes, cuando me limitaba a no decir esta boca es mía. Así que, a partir de ahora, cuando quiera conversación me conformaré con hablar con usted. No soportaría a otra Isabel Cardoso mirándome de ese modo. ¿Por qué ha tenido que decirle que iba a casarme? Le dio usted un disgusto, pobrecilla...

El inventor de historias soltó una carcajada.

—Pedro, no cambiará usted nunca. Pero tiene razón: a partir de ahora se acabaron las buenas relaciones con nuestros compañeros de travesía.

El viaje en barco fue largo y triste, marcado por los pensamientos funestos y las peores esperanzas que surcaban a veces la imaginación de Linus Daff, y por el humor lúgubre de Pedro Almeiras que se agudizaba al cruzarse con Isabel Cardoso y recibir una de sus miradas de hielo. Linus Daff repasaba los papeles de la historia inventada para Castro de Lema, y de vez en cuando paseaba con Pedro Almeiras por la cubierta del buque, sombríos y en silencio, negándose ambos a compartir las diversiones de los otros viajeros, a jugar al tejo en la terraza superior y a participar en los bailes nocturnos que organizaba con muy buen tino el sobrecargo del barco. Durante aquel viaje, ambos se ganaron una justa fama de indianos huraños, y de algún modo uno y otro fueron tema de conversación, porque el talante de ambos contrastaba francamente con el común a aquellos que regresaban a la patria real después de haber hecho fortuna en la patria prestada, en la tierra que tan bien les había acogido durante tanto tiempo como quisieron, y tampoco su actitud tenía nada que ver con la de quienes acababan de pisar la metrópoli de Manhattan y se encuentran saciados de sensaciones nuevas después de haberse dejado asombrar por el trazado de las avenidas neoyorquinas y la osadía de los rascacielos.

El voluntario ostracismo al que se sometieron Linus Daff y Pedro Almeiras les dejó mucho tiempo para compartir y todas las facilidades del mundo para diseñar la estrategia a seguir cuando estuviesen en Vilabranca. Desde Nueva York, Pedro Almeiras había cablegrafiado al alcalde del pueblo para dar cuenta de la fecha de su llegada. Una vez en la aldea, habría que buscar cuanto antes un terreno adecuado para la ubicación del colegio y seleccionar a un grupo de notables dispuesto a ayudarles en la puesta en marcha del centro de estudios. Pedro Almeiras expresó algunas dudas al respecto.

—No he estado nunca en Vilabranca... pero tengo la sensación de que no vamos a encontrar allí mucha gente preparada para colaborar en la organización de una escuela.

—No comprendo...

—Daff, Vilabranca es una aldea. Un pueblo diminuto dejado de la mano de Dios... y, hasta ahora, no muy favorecido por la fortuna. No espere dar con una docena de ilustrados.

—Pues ése es otro motivo para agilizar la apertura del centro. No sea cenizo, Pedro.

También durante aquellos días Pedro Almeiras habló a Linus Daff de la tierra de Fernando Castro, que era también la suya propia. Le habló de paisajes agrestes y valles amables, de los bosques de castaños centenarios, de las montañas del noreste y los viñedos del sur. Le habló del espectáculo bellísimo de las rías, de las torres de la catedral de Compostela, de la plaza del Obradoiro que era, sin duda, la más hermosa del mundo, le habló del fin de la tierra, que a buen seguro se encontraba en los acantilados gallegos, del espectáculo incomparable de las puestas de sol y las tormentas marinas, cuando los relámpagos parecían partir en dos mitades el mar y el cielo, y de las noches estrelladas en las montañas del Cebrero, donde se decía que una ermita diminuta guardaba en su hornacina el cáliz del Santo Grial. Le habló de la lluvia tenaz y de las mañanas de sol que tenían algo de milagro, de los mil ríos que surcaban la tierra, del olor incomparable que arrancaban al campo los aguaceros intempestivos, de las nevadas que no eran extrañas en los pueblos del interior, del puesto fronterizo de las montañas de los Ancares, del salitre del viento marino en las tierras costeras, del color sin igual de la flor de los tojos y de la ginesta que vestía de oro y de blanco la ladera de las montañas al llegar la primavera.

—Espere, voy a enseñarle algo.

Pedro Almeiras buscó entre sus cosas el regalo de Castro de Lema: un mapa decimonónico del territorio gallego, una auténtica joya de coleccionista confeccionada por el mismísimo Domingo Fontán, que desplegó trabajosamente y colocó ante Linus Daff.

—Vilabranca no viene en los mapas, pero debe de estar más o menos por aquí. —Señaló con el dedo un punto invisible al norte de la provincia de La Coruña—. ¿Ve esta zona? La llaman la Costa de la Muerte.

Linus Daff examinó el documento, bastante bien conservado a través de los años, y fue recorriendo con la mano las ciudades de nomenclatura desconocida, Monforte, Orense, Betanzos, hasta que sus ojos tropezaron con un nombre familiar: Ribanova. Y entonces, instantáneamente, el inventor de historias recordó también a Juan Sebastián Arroyo. No dijo nada a Pedro Almeiras, pero se dio cuenta de que el viejo amigo podría llegar a servirles de ayuda en la empresa que iban a acometer.

Llegaron a Lisboa en un atardecer de buena mar. Al ver la ciudad, Pedro Almeiras sintió cómo la memoria se desperezaba al recuerdo de Lucrecia Sánchez y los días pasados en la capital portuguesa, y notó con disgusto el zarpazo de la nostalgia: encontró Lisboa mucho menos alegre, menos hospitalaria y vivaz que en otro tiempo, y sintió como una opresión la tristeza que flotaba en las calles del Chiado, la misma tristeza que en otro tiempo le había parecido uno más de los muchos encantos de la ciudad del Tajo. Encontró sucio y angosto el barrio bullicioso de la Alfama, deprimente la iluminación deficitaria de las calles, angustiosa la decadencia de la atmósfera capitalina, producto de la desidia la pátina de verdín que lamía las estatuas, y en vano buscó el olor de la brisa marina en la plaza del Comercio, porque el viento le trajo sólo un vaho pestilente de pescados podridos. Pedro Almeiras calificó de estridencia insoportable el alegre campanillazo de los tranvías, halló provinciana la ciudad que años atrás se le antojara cosmopolita, e imposible la vida en el mismo lugar en el que en otro tiempo le hubiera gustado quedarse para siempre. Aquella noche, en el cuarto de su hotel, Pedro tuvo que reconocer ante sí mismo que aquélla no era la ciudad que había visitado en una época lejana, y que en realidad a Lisboa le faltaba una sola cosa para ser la que tanto había querido: la presencia inconfundible de Lucrecia Sánchez, que le había obligado a amar Lisboa con el argumento irrebatible de la adoración que ella profesaba a la ciudad marchita, devastada por los terremotos y las mareas, maltratada por el tiempo y mil veces rescatada del hundimiento final.

A primera hora de la mañana, el falso Castro de Lema se dirigió a las oficinas de la compañía naviera para buscar un barco que les permitiese seguir viaje hasta Galicia. Allí le dijeron que el próximo buque partiría cinco días después con destino al puerto de Vigo. Aquella noticia contrarió al inventor de historias, toda vez que iban a perder varias jornadas de viaje, y además deberían buscar el modo de trasladarse desde Vigo a un punto que distaba más de cien kilómetros de la ciudad pontevedresa.

Pedro Almeiras le esperaba en un café del Chiado, próximo al hotel donde habían encontrado alojamiento, y nada más ver al inventor de historias supo que su amigo estaba de un pésimo humor.

—¿Qué hay de nuestros pasajes?

—No podremos marcharnos hasta dentro de cinco días.

—¿Cinco días? ¿Cinco días en Lisboa? No creo que lo soporte. Esta ciudad es inaguantable. Fíjese en las casas, parecen a punto de desplomarse... y toda esa gente hablando a gritos, y esta peste a mar descompuesto. Tiene que haber otra salida. Escuche, podemos tomar un tren a Oporto... Desde allí será muy fácil llegar a Galicia.

—Mire, Pedro, empiezo a cansarme de hacer experimentos. A veces creo que hubiera sido mejor embarcar en La Habana y llegar derecho al puerto de La Coruña sin tanta escala y tantas vueltas. Esto empieza a parecer un viacrucis.

—Pero usted dijo...

—Ya sé lo que dije y me parece que me he equivocado de medio a medio. Al final, nuestros planes están resultando un completo desastre. Hemos perdido el tiempo, nos hemos complicado la existencia media docena de veces... y todavía estamos a seiscientos kilómetros de nuestro destino. Así que será mejor esperar la partida de ese barco, llegar a Vigo y una vez en suelo gallego trasladarnos a Vilabranca aunque sea andando.

—Excusen...

Linus Daff y Pedro Almeiras se dieron la vuelta. En la mesa de atrás, un hombre de edad mediana reclamaba su atención. Junto a él, un joven de veinte años se afanaba en escribir en un cuaderno.

—No he podido evitar oírles. Permitan que me presente... Afonso Henriques, inventor de epigramas y miembro fundador de la asociación Renascença Portuguesa. Mi amigo Fernando, eximio poeta.

El otro ni siquiera apartó la vista de la libreta, pero levantó una mano febril y muy blanca a modo de saludo.

—¿A quién tengo el honor? —Afonso Henriques había girado su silla hasta instalarla frente a la mesa que compartían los dos hombres, ignorando por completo al escribiente que seguía enfrascado en su tarea.

—Pedro Almeiras y Fernando Castro de Lema.

—Encantado, señores. —Llamó al camarero con un gesto amistoso—. Tráigame un café, haga el favor... y un pastel de crema. ¿Quieren ustedes alguna cosa? Decía que no he sido capaz de abstraerme de su charla... y quizá pueda ofrecerles una solución para su problema. Tengo entendido que necesitan llegar a Galicia cuanto antes...

—Así es.

—Tienen previsto viajar en barco. La travesía es corta, pero lamentablemente el buque que sigue la ruta de ustedes demorará unos días en partir de nuestra tierra... Usted —señaló a Pedro— hablaba de tomar un tren. No se lo aconsejo: son lentos, impuntuales y francamente incómodos. No, caballeros, no acepten embarcarse en esos gigantescos caballos de hierro que están a merced de cuantos imprevistos aparezcan en el camino. La última vez que viajé en tren perdimos dos días esperando a que alguien arreglase un pedazo de vía en pésimo estado que nos hubiera hecho descarrilar de no mediar en nuestro favor la Divina Providencia.

—¿Entonces?

—Entonces, señores, estoy en condiciones de ofrecerles un coche. Un coche de mi propiedad que podrán tomar aquí mismo y que les llevará a cualquier punto del mundo civilizado. Un coche insuperable, señores. Un prodigio. Una carroza de metal pulido a su entera disposición. Un lujo, en definitiva, que puede ser suyo en condiciones muy ventajosas.

El camarero se acercó con el pedido del recién llegado, que sin muchos miramientos acabó en un par de mordiscos con el pastel de crema antes de beber de un solo trago el contenido de la taza de café.

—Se preguntarán ustedes por qué razón no intento conservar contra viento y marea semejante fenómeno de la técnica... la respuesta es sencilla, señores: apremio del vil metal. Necesidad de dinero contante y sonante, en una palabra. El padre de mi esposa nos regaló el coche la semana pasada. Mi suegro es un burgués. Un reaccionario. Un sujeto sin sensibilidad que no duda en invertir su capital en algo totalmente prescindible pero se niega a prestarme un céntimo para financiar mi pobre revista.

—¿Su... su revista? —Pedro Almeiras necesitaba interrumpir de alguna, manera la generosa verborrea del portugués.

—Sí, señores —con una agilidad de contorsionista, Afonso Henriques giró bruscamente la cintura hasta tomar de la mesa que antes ocupaba un ejemplar impreso que puso ante los ojos atónitos de Linus Daff y de Pedro Almeiras.

—Aquí la tienen. *A Águia.* Órgano de expresión del saudosismo y punto de encuentro de las más grandes plumas de nuestras letras. —Hizo una señal significativa hacia su amigo el escribiente—. Deberían leer el artículo que firma Fernando en este número: «A nova poesía portuguesa sociológicamente considerada.» Un milagro. Un milagro. Por desgracia, el arte no entiende de números. Los usureros de las imprentas, los vendedores de tinta y de papel, reclaman su parte, como si la poesía no valiese mucho más que todos sus miserables aparejos. Por eso necesitamos fondos antes que las alas de *A Águia* se llenen del plomo que contra ella disparan sin piedad acreedores infames y prestamistas sin corazón. Por eso quiero vender mi coche. Un Rolls Royce amarillo...

Linus Daff sonrió al recordar el nombre de su invención que, en efecto, tenía un sonido musical y muy grato al oído.

—¿Qué me dicen?

—Es una oferta interesante. —Pedro Almeiras pasaba distraído las páginas de la revista—. Pero sucede que ni mi amigo ni yo sabemos conducir.

El otro le detuvo.

—Ni una palabra más. Mi suegro pensó en todo, y junto con el coche nos regaló también un chófer. Ya sabe cómo se las gastan esos señoritos: obsequian con la misma largueza cosas y personas. Para mí, su presencia en mi casa es francamente incómoda, puesto que en realidad supone una boca más que alimentar, y yo no estoy en condiciones de mantenerle, lo mismo que no puedo hacerme cargo de los gastos del coche. Habría que hablar con él, por supuesto, soy contrario a la compraventa de seres humanos... pero no creo que tenga inconveniente en ponerse a su servicio.

Pedro Almeiras y Linus Daff se miraron.

—¿Qué opina usted? —era Pedro quien hablaba.

—Sinceramente, me parece que para nosotros es la mejor solución. Dese cuenta de que al llegar a Galicia necesitaremos un vehículo para trasladarnos a Vilabranca... y una vez allí nos vendrá muy bien contar con un medio de transporte capaz de llevarnos a la ciudad cuando sea preciso. —Se volvió hacia Afonso Henriques—. Señor, creo que la oferta que nos hace es muy interesante... Sería cuestión de ponernos de acuerdo en cuanto al precio.

El otro se encogió de hombros en un ademán de resignación.

—Ah, señor, los pobres no estamos en posición de entrar en regateos. Si está usted en condiciones de abonar la cantidad inmediatamente y en dinero líquido...

—Por supuesto que sí... y en dólares americanos, además.

—El dinero es siempre dinero —sentenció Henriques—. ¿Qué le parecen quinientos dólares? El sueldo del chófer tendrían que ajustarlo con él.

Ninguno de los dos estaba en condiciones de calcular si se trataba o no de una cantidad excesiva. De todas formas, pensaba Linus Daff, los pasajes a Galicia en primera clase, la estancia en el hotel lisboeta y el necesario alquiler de otros medios de transporte durante los próximos días se llevaría por delante una cantidad similar. El inventor de historias sonrió involuntariamente al imaginar su llegada a Vilabranca a bordo de un coche de lujo, amarillo por más señas, y conducido por un chófer de uniforme.

—¿De acuerdo entonces?

—De acuerdo, señor Henriques... ¿cuándo podríamos ver el vehículo del que nos habla?

—Ahora mismo, si quieren. ¡Fernando! —El otro levantó los ojos miopes del cuaderno de escritura—. Nos vamos a mi casa. Acabo de hacer un negocio con estos señores. A no ser que quieras quedarte.

—Voy —repuso el otro. Era un hombre pequeño, menudo y frágil, intensamente pálido. Un bigotillo tímido le sombreaba apenas el labio superior, y los lentes imprescindibles contribuían a hacer huidiza su mirada. Metió en un bolsillo de la chaqueta el cuaderno en el que escribía, se caló un sombrero avejentado por el uso y miró a los dos hombres con una media sonrisa distraída. En ese momento, el camarero trajo la cuenta. Afonso Henriques se volvió hacia Linus Daff y Pedro Almeiras.

—¿Les importa? La gente cree que los poetas no tenemos que llenar el estómago, pero la verdad es muy otra.

El inventor de historias pagó la nota.

—Muchas gracias, caballero. Y ahora, síganme. Tenemos que tomar el tranvía.

La casa de Afonso Henriques estaba en pleno barrio de A Madragoa. Era una vivienda cuadrada y pequeña, con postigos de madera pintados de azul brillante, y generosos desconchones que se disputaban la fachada principal con las manchas de humedad y los restos tristes del último encalado. Henriques abrió con su propia llave.

—¡Amalia! —llamó—. ¡Amalia!

Una mujer joven, bellísima, acudió a las voces. Llevaba una camisa blanca abotonada hasta el cuello y una falda larga y verde ajustada al cuerpo, tan ceñida a las piernas que daba a su anatomía el aspecto equívoco de una sirena. Tenía el pelo rubio, ondulado y presumiblemente largo, y lo llevaba sujeto a la nuca con una enorme peineta de carey.

—¿Qué quieres? —Parecía de mal humor—. Estaba pintando. Me falta muy poco para terminar. No me gusta que me interrumpan cuando estoy acabando un cuadro.

El otro ignoró sus protestas.

—He vendido el coche.

Ella lanzó un grito de alegría y se lanzó a los brazos de su marido, que la besó largamente sin importarle la presencia de los otros hombres, aunque en realidad la del poeta era casi imposible de percibir: desde que habían dejado el café del Chiado, el joven parecía sumido en una especie de estado de shock que seguramente le impedía ser testigo de las efusiones del matrimonio Henriques. Con el ímpetu del abrazo, la peineta que llevaba Amalia cayó al suelo y la melena se desparramó generosamente por los hombros redondos de la mujer. Sin inmutarse, ella recogió el prendedor, hizo un nudo con su cabello magnífico y lo sujetó otra vez de mala manera, como si aquella cascada espléndida fuese sólo un motivo de estorbo y no el condimento final a una belleza absoluta. Pedro Almeiras tuvo que tragar saliva dos veces para sobreponerse al fogonazo de semejante aparición, y Linus Daff hubiera hecho lo mismo de no ser porque consideraba que, después de conocer a Lucrecia Sánchez, no había mujer en el mundo cuya hermosura pudiese alborotarle el ánimo.

—Mira, querida, éstos son los señores Almeiras y De Castro. Ellos han comprado el coche. Amalia, mi mujer. Amalia es pintora, ¿saben? Una pintora excelente, pero... ah, caballeros, la infancia burguesa que le proporcionaron estuvo a punto de acabar con su talento. Por suerte, la rescaté a tiempo de la mediocridad, y a mi lado está recuperando todo su potencial artístico.

Ella inclinó el cuerpo con una gracia un poco burlona para saludar a los recién llegados.

—Supongo que querrán ver lo que han comprado. Por favor, vengan por aquí.

Henriques abrió una puerta diminuta que daba a un patio con un portalón que lo comunicaba con la calle. Allí, sobre un suelo de adoquines, desprotegido de la humedad y de los excrementos de las gaviotas, había un Rolls Royce amarillo tapizado en cuero negro, con los tapacubos brillantes y las famosas iniciales en plata desafiando al mundo en la proa del artefacto a motor.

—¿Qué les parece? Ya les dije que era una joya. Cualquiera se volvería loco. Marinetti se volvería loco. Y yo mismo me volvería loco si pudiese conservarlo... pero el tiempo apremia y nuestras cuentas son estíticas. Vendemos arte a cambio de arte, señor. Un fenómeno de la ciencia a cambio de mantener viva la difusión de la poesía.

Pedro Almeiras se acercó y acarició el coche como si fuese un animal dormido.

—Es perfecto para nosotros. Nos lo quedamos, desde luego. —Linus Daff estrechó la mano que le ofrecía Afonso Henriques para cerrar el trato—. ¿Y el chófer?

Henriques se dio una palmada en la frente.

—Lo había olvidado por completo. Debe de estar durmiendo. Esperen aquí, voy a hablar con él. Pero ya le anticipo que estará encantado de ponerse a su servicio. El pobre se aburre mucho. El descanso es virtud, pero practicado en exceso se convierte en síntoma de molicie.

Afonso Henriques volvió en unos minutos. Lo acompañaba un hombre de piel negra y corpulencia descomunal, de espaldas enormes y manos como palas, cuyo aspecto hubiese resultado feroz de no ser por el aura de dulzura de sus ojos oscurísimos y la amplitud de una sonrisa que parecía ser eterna. Vestía un uniforme en verdad impresionante, blanco y con charreteras doradas, y aquel atavío inclasificable le daba un aspecto si cabe más espectacular.

—Esto es lo último que esperan en Vilabranca —susurró Pedro Almeiras.

—Les presento a Bernardo. Está encantado de ponerse a su servicio.

—¿Habla español? —preguntó Linus Daff. Afonso Henriques negó con la cabeza.

—No.

—¿Inglés, francés?

La sonrisa del chófer se hizo más ancha que nunca.

—Nada de nada, señor Castro. En realidad, Bernardo es mudo. Pero no se preocupe por eso. Se comunica muy bien por señas y entiende perfectamente todos los idiomas del mundo. Y, por si fuera poco, ha cubierto varias veces el trayecto entre Lisboa y el norte de España.

Linus Daff se dijo que nunca en su vida había conocido al mismo tiempo a tantos personajes extravagantes.

—Está bien. Si usted no tiene inconveniente —se dirigió al chófer— nos marchamos ahora mismo.

Se volvió hacia Afonso Henriques señalando al chófer.

—¿Cuál es su nombre completo?

—Bernardo. Bernardo Soares.

En ese momento, el poeta pareció salir de su estado de trance.

—Bernardo Soares —murmuró—, qué buen nombre.

Se pusieron en camino aquella misma tarde, después de abonar al contado los quinientos dólares que pidió por el coche su anterior propietario. Ni Afonso Henriques ni los otros hombres podían sospechar que el Rolls Royce amarillo valía bastante más, y que el padre de Amalia iba a sufrir una apoplejía que lo llevaría a la muerte al enterarse de que su hija y el desgraciado de su yerno se habían deshecho de aquella joya de cuatro ruedas por una cantidad miserable. En realidad, y de todos aquellos que fueron testigos de la transacción (incluido el poeta silencioso, que después de dejarse espabilar por el nombre del chófer volvió otra vez a su mutismo de otro mundo) fue precisamente Bernardo Soares, que sabía el precio de venta del ingenio y lo descompensado del precio de venta. Sin embargo, no dijo nada, en primer lugar porque era mudo de nacimiento, luego porque tampoco le habían pedido opinión, y sobre todo porque intuía que lo que le esperaba al lado de aquellos dos caballeros era mucho mejor y a buen seguro más emocionante que la vida que había llevado hasta entonces en casa de los Henriques, donde se limitaba a pasear como un fantasma descomunal por la vivienda destartalada y a presenciar sin quererlo las súbitas explosiones de afecto del matrimonio de artistas.

El viaje a Vilabranca duró casi cuatro días, porque el chófer insistía por señas en la necesidad de dejar reposar un motor que no había funcionado apenas en las últimas semanas. Desde Oporto, Pedro Almeiras envió un último telegrama al alcalde de Vilabranca para comunicar su próxima llegada a la aldea. Entraron en tierra gallega en una madrugada pacífica de finales de julio, y mientras Bernardo Soares se afanaba en descifrar el mapa de Castro de Lema para dar con el mejor trayecto para arribar la aldea, Linus Daff asimilaba sus primeras impresiones sobre aquella tierra que a la fuerza tenía que hacer suya. Mientras, Pedro Almeiras recuperaba para sí el paisaje perdido, el verde incomparable del campo gallego, el viejo olor del aire, y a cada paso sentía el asalto de los recuerdos dormidos. Aquel trayecto por caminos infames, retorcidos hasta la exageración, sirvió a Pedro Almeiras y al inventor de historias para sentir la llamada de una tierra que uno había perdido y el otro jamás había soñado con situar en su particular geografía.

Linus Daff no apartaba de la ventanilla los ojos miopes, intentando absorber para sí todos los matices del verde que le recordaba vagamente al de las tierras de Irlanda, las variedades arbóreas que Castro de Lema hubiera querido adaptar a su jardín de indiano, el ritmo de la lluvia amansada por la constancia. De pronto, como una sorpresa, sus ojos tropezaron con un paisaje familiar: el de un castillo erguido sobre una loma que hubiese jurado haber visto antes. Sacudió la cabeza como para espabilar los recuerdos, que acudieron de inmediato a su llamada.

—Pedro... ese lugar... ese castillo... es el de la pintura que usted tenía en La Habana.

Pedro Almeiras asintió en silencio sin mirar al inventor de historias, porque sus ojos volaban ya hacia aquella construcción pequeña y sólida que se alzaba sobre un pequeño promontorio, protegida por valles de un un verde intenso y colinas suaves como caderas de mujer. El castillo tenía cuatro torres almenadas, y estaba circundado por un foso ahora completamente seco. Linus Daff admiró a su vez la austeridad y la firmeza del edificio, adivinó las antiguas historias de batallas ganadas y perdidas que allí habrían tenido lugar en otros tiempos, distintos. Le pareció escuchar entre el viento el galope de los caballos y los aullidos de victoria de las tropas de ataque y de defensa. A su lado, Pedro Almeiras intentaba atrapar la imagen de la fortaleza, que empezaba a perderse, hasta que una curva se la llevó para siempre como si nunca hubiese existido.

—Ésa es mi casa —dijo sin mirar a nadie. El inventor de historias supo que no debía hacer preguntas, y quedaron los dos en silencio. Media hora más tarde vieron un cartel de madera colocado en un poste, donde un letrero pintado en color rojo señalaba el destino final. Habían llegado a Vilabranca.

Vilabranca era una aldea eternamente envuelta en vientos marinos y olor al pescado fresco que las barcas traían cada madrugada, cuando el sol aún no había empezado a abrirse paso entre las nubes que formaban parte de la fisonomía del pueblo. Era un lugar pequeño y algo triste, de lluvia menuda, casas diminutas y poco más de quinientos vecinos pacíficos y afables, que se conocían unos a otros por el nombre de pila y colaboraban entre sí en las tareas de la pesca y las labores agrícolas que constituían su única ocupación. En el pueblo había un almacén de ultramarinos, dos tabernas, una tienda de zapatos y otra de tejidos, un edificio desconchado que albergaba el ayuntamiento, una iglesia románica y una escuela que se caía a pedazos. Ilustrados por un maestro casi octogenario que amenazaba con jubilarse cada dos por tres y que ni siquiera vivía en la aldea, en la escuela convivían a diario alumnos de entre cuatro y doce años. A esa edad, los niños se daban cuenta de que su fututo estaba en el mar, como había estado el de sus padres y el de sus abuelos y dejaban atrás sin pena los muros de la escuela para adaptarse a otro mundo dominado a partes iguales por la gratitud, el respeto y el miedo al mar que daba al pueblo la vida y la muerte.

Cada invierno, las olas devolvían a la playa los cuerpos

de una docena de ahogados, y todo el mundo entendía que aquellos cadáveres tendidos en la arena como muñecos rotos eran el precio inevitable de la vida en Vilabranca. El riesgo de ser tragado por las aguas gélidas era simplemente una especie de tributo a la subsistencia, y por eso aquellos muertos se lloraban de otro modo, con igual intensidad pero mucho menos dramatismo que los producidos por la gripe o por una epidemia de tifus: eran muertos esperados, muertos que cualquiera podía anticipar y de los que era obligado llevar cuenta: nunca eran menos de nueve ni más de dieciséis, y todos lo sabían al empezar la temporada de pesca. Sólo faltaba conocer los nombres de los malhadados que contribuirían a incrementar la crónica obligadamente luctuosa de la vida en el mar.

Cuando un Rolls Royce amarillo entró traqueteando por las calles sin asfaltar de Vilabranca, algunos creyeron que había llegado el fin del mundo y que el diablo en persona, todo de azufre y negro, pilotaba aquel ingenio cuyo ruido no se parecía a ningún otro que hubieran escuchado antes y que despedía un humor pestilente por la parte de atrás, seguramente producto de las partículas infernales que ardían en su interior. Hubo algunos que gritaron para llamar al cura, otros que corrieron a esconderse en sus casas. Algunas mujeres se desmayaron y otras sufrieron ataques leves de histeria. Sólo los niños no se asustaron, porque la curiosidad que suscitaba en ellos el artefacto de metal era mucho mayor que el miedo a lo desconcido, y se quedaron mirando la máquina amarilla con los ojos espantados y tristes y un leve castañeteo en los dientes como señal del pavor que se habían propuesto vencer. El coche se detuvo junto a la iglesia, y aquello fue para algunos una señal inequívoca de que don Pedro Botero tenía que ver muy poco con aquel chisme de lata. Eso sí, cuando Bernardo Soares bajó del coche los miedos se redoblaron ante la visión del mastodonte negro vestido de librea, tocado con gorra de plato, que abría la puerta con una reverencia para que dos hombres llegados posiblemente del más allá descendiesen de aquella carroza misteriosa. Linus Daff fue el primero en bajar. Puso pie a tierra con el sombrero en la mano, hizo una venia general y luego se dirigió al hombre que menos temblaba intentando dominar en lo posible su acento británico que seguía sobreviviendo a pesar del duro aprendizaje al que lo sometiera durante las últimas semanas.

—Buenas tardes. Soy Fernando Castro de Lema y estoy buscando al alcalde del pueblo.

La petición del desconocido corrió como la pólvora entre la multitud, y alguien se ofreció para ir a buscar a Serafín Cortés. Lo trajeron en cuestión de minutos y casi en volandas.

—¡Señor Castro de Lema! —El alcalde de la aldea casi se abalanzó sobre el recién llegado—. Bienvenido a su pueblo, señor. Serafín Cortés, para servirle.

Se volvió casi con violencia hacia quienes les observaban.

—¿No habéis oído? Es don Fernando Castro. Castro de Lema. El que va a construir el colegio.

Hubo un silencio que pareció durar horas. La gente miraba a los pasajeros del Rolls Royce del mismo modo en que hubiesen mirado a un fantasma, con la curiosidad clavada en los ojos y el gesto expectante del que se enfrenta a un misterio. Fue entonces cuando se dieron cuenta que, en efecto, la venida de Fernando Castro era un hecho cierto y no una mentira orquestada por el alcalde para distraerles de las penurias diarias y la amargura de la escasez. Entonces alguien, nunca se supo quién, inició el aplauso. Un aplauso sincero que secundaron todos, que duró mucho tiempo y cuyo ruido pudo escucharse en todos los rincones del pueblo y puso en fuga a las gaviotas que anadeaban por la playa. Cuando escuchó aquel aplauso cuyo significado no acertó a explicarse del todo, Linus Daff tuvo por fin el absoluto convencimiento de que no había sido un error suplantar a Fernando Castro de Lema para hacer realidad el sueño del indiano y, por qué no, también los sueños de todos los vecinos de aquel pueblo perdido de la Costa de la Muerte.

Había empezado a caer la tarde cuando Serafín Cortés condujo a los recién llegados al que iba a ser su alojamiento en los próximos días, y Pedro Almeiras pensó que, pese a su innegable rudeza, aquel hombre era sin duda un buen organizador y estaba dotado de un valioso espíritu práctico. El alcalde de Vilabranca había reservado para ellos toda la planta superior de la casa de huéspedes que regentaba doña Josefa Chao, y que era residencia preferida (y única también) de visitas ocasionales y viajantes de comercio. La pensión de doña Josefa era una casona grande y destartalada, de techos altos y paredes surcadas por grietas, que a pesar de todo resultaba hospitalaria y acogedora. Había una docena de braseros repartidos por las diferentes habitaciones para luchar contra los efectos del viento del norte, calientacamas a disposición de todos los clientes, y una constante provisión de sopa de gallina que hervía eternamente sobre la cocina de carbón. La dueña de la fonda guisaba más que bien, y era famoso el chocolate con picatostes que preparaba muy de cuando en cuando y cuya receta conservaba en el más estricto de los secretos. En realidad, doña Josefa había aprendido a hacer aquel chocolate delicioso unos años atrás, cuando un rumor sin fundamento hizo creer a los vecinos de Vilabranca en la inminencia de la visita del rey Alfonso XII. Por supuesto, el viaje real era menos que una quimera, pero el pueblo entero se puso en pie de guerra para agasajar al monarca. Se encalaron las casas, se arreglaron los pocos muebles de las dependencias municipales, se encargó un trono tapizado en terciopelo rojo a un carpintero de La Coruña, y las mujeres confeccionaron enormes banderas rojigualdas que pudiesen ondear en los balcones de las casas recién pintadas y en los mástiles de los barcos de pesca. El rey no llegó nunca, pero aquella visita frustrada trajo consigo algunas cosas buenas: el sillón imponente del Ayuntamiento, la sacudida patriótica que galvanizó los corazones de los vecinos del pueblo durante mucho tiempo, y el insuperable chocolate que aprendió a preparar la señora Chao, que al saber de la visita regia había dado por hecho que el séquito palaciego iba a buscar alojamiento en la casa que regentaba. Había pasado mucho tiempo desde entonces, pero doña Josefa Chao seguía sintiendo como una suerte de tomadura de pelo el inesperado plantón real y asegurando ante todo el que quisiera oírla que no volvería a ofrecer su pensión a ningún miembro de la Corona, así que Serafín Cortés tuvo que asegurar bajo palabra de honor que Fernando Castro y sus acompañantes nada tenían que ver con la estirpe borbónica.

—Hágame caso, doña Josefa. En Cuba no hay reyes ni nada que se le parezca. Estos señores son ricos y punto.

Para poner a disposición de los ilustres visitantes toda la planta alta de la pensión, doña Josefa había tenido que desalojar casi por las malas a un joven representante de tejidos que, indignado, expresó a gritos su intención de no volver nunca más por aquella casa y evitar incluso el paso futuro por el pueblo perdido. Doña Josefa ni se inmutó:

había expulsado media docena de veces a aquel mozalbete temperamental, y el chico acababa regresando siempre, con la frente muy alta y una expresión de desdén tatuada en el rostro lampiño, casi sin saludar y perdonando la vida de la patrona, que lo admitía en su casa una y otra vez a pesar de su poca prontitud en los pagos y los ronquidos medio salvajes que turbaban el descanso del resto de los huéspedes.

Cuando Linus Daff conoció a doña Josefa, se dio cuenta de que aquella mujer corpulenta y afable se parecía notablemente a Judy Allen, la casera de la pensión de Whitechapel donde había vivido durante su primera etapa como inventor de historias, y una vez más pensó que en muchos sentidos la vida tiene cierto carácter cíclico. Doña Josefa había dispuesto para los recién llegados unos dormitorios de tamaño considerable, camas enormes y piso de madera, tan limpio que hubieran podido comerse sopas en él. Las habitaciones tenían un armario de luna, una mesilla de noche y un crucifijo de pasta colgado sobre el cabecero. En el piso de arriba había además una diminuta sala de estar con cuatro sillones con cojines floreados y una mesa baja donde, como indicó la patrona, podía servirles las tres comidas diarias.

—Así estarán ustedes más cómodos. Los de abajo alborotan mucho. Ya saben, son viajantes. Van y vienen por esos mundos de Dios, y no tienen patria ni respeto. Si alguno les molesta me lo dicen y lo pongo en la calle. Tengo yo muchos años encima como para andarme con contemplaciones. Por cierto —bajó un poco la voz—, el señor ese que viene con ustedes vestido de almirante ¿no se querrá bañar para quitarse la mugre? Miren que he visto yo a gente sucia, pero ese hombre se lleva la palma. Y eso que el uniforme lo tiene como una patena.

Pedro Almeiras tuvo que darse la vuelta para ocultar la risa. El falso Castro de Lema se vio en la obligación de explicar que el color zaino de la piel de Bernardo Soares no tenía nada que ver con la falta de higiene.

—Señora, se trata de un hombre de otra raza y tiene la piel negra de nacimiento.

—Pero digo yo que lavándolo bien....

—Ni por ésas, señora. Y le diré además que el señor Soares es una de las personas más aseadas que he conocido en toda mi vida. Pero por más que se bañe y por más que se restriegue con jabón, nació negro y va a morirse negro.

Doña Josefa menó la cabeza como si hubiese hecho un gran descubrimiento.

—¡Cousas veredes! —dijo, y después de dejar un montón de toallas limpias sobre la mesa salió de la estancia sin hacer ruido. Una vez que sus pasos se perdieron por la escalera, Pedro Almeiras se echó a reír ya sin disimulo.

—En realidad, era de esperar. —Linus Daff estaba decidido a tomarlo todo con filosofía—. Supongo que es el primer hombre negro que se pasea por estos pagos. Caramba, Pedro, esta gente está llevándose muchas sorpresas al mismo tiempo.

—De todas formas —Pedro Almeiras removió el picón del brasero y un grato olor a pino se escapó por el cuarto—, creo que no hemos empezado mal. El recibimiento ha sido muy bueno, y el alcalde me parece un tipo listo. Creo que se han terminado las dificultades.

—No cante usted victoria. Esto no ha hecho más que empezar.

Durmieron a pierna suelta durante toda la noche, arrullados por el ruido del mar cercano y del viento que golpeaba suavemente los postigos de madera de las ventanas. Por la mañana, doña Josefa preparó su famoso chocolate como deferencia a los huéspedes distinguidos, y tanto Linus Daff como Pedro Almeiras reconocieron que, en efecto, nunca en su vida habían probado un cacao tan rico ni unos picatostes tan crujientes.

—¿Y a usted? ¿Le gusta?

Doña Josefa se dirigía a Bernardo Soares, que hundía los cuscurros de pan en un chocolate tan oscuro como su propia piel. El chófer dirigió a la patrona una rutilante sonrisa acompañada de un movimiento de cabeza que no dejaba lugar a dudas.

—Señora Chao, debe saber que nuestro chófer es mudo.

—Virgen Santa. El buen Dios siempre se ceba en los mismos. Como si no fuese ya bastante desgracia tener la piel sucia de nacimiento. Tome otro chocolate, señor —vació en la taza del chófer todo el contenido de la jarra, como si una doble ración de dulce pudiese compensar de otras desdichas—, y si quiere más picatostes, me los pide y en paz. Me voy a la cocina. Ustedes desayunen con calma.

El alcalde de Vilabranca recogió a Pedro Almeiras y al falso Castro de Lema a las diez y media de la mañana para conducirles al Ayuntamiento, donde había organizado una reunión con los concejales para hacer las correspondientes presentaciones. A aquella hora la mayoría de las barcas habían regresado ya a puerto después de las capturas nocturnas, y en las inmediaciones de la casa consistorial había hombres cargados con cajas de sardinas y mujeres que portaban cubos rebosantes de almejas y de berberechos obtenidos después de muchas horas de escarbar en la arena en mitad de la bajamar. Había también niños pelones que sostenían malamente cajas llenas de mejillones y de navajas, niños descalzos con una gravedad suprema en los ojos abiertos, dobladas las piernas enclenques por el peso de la carga. Eran niños eternamente tristes que empezaban a forjar su destino en aquellos cajones llenos de crustáceos vivos aún, en aquellas incursiones a las rocas para arrancar las lapas, para vigilar la próxima cosecha de percebes, para acechar a los cangrejos y perseguir con sus deditos diminutos la huida de aquellos bichos que andaban de lado y se escondían en los recovecos de las piedras. Pedro Almeiras los miró al pasar, algunos sosteniendo a medias un peso imposible para un solo niño, y se dio cuenta de algo terrible: tenían todos la miraba endurecida de los viejos, la expresión rendida de aquellos que ya saben cuál va a ser su destino, de quienes han aceptado una sentencia de por vida y han renunciado a luchar en contra de ella.

En el corto paseo hacia el consistorio, apenas dos calles sin asfaltar, todas de lodo y de cantos rodados, la escasa comitiva fue recibiendo los saludos tímidos de los vecinos, pues ya ninguno de ellos ignoraba el origen y filiación del recién llegado. Todos sabían quién era y a qué había venido Fernando Castro de Lema, y miraban de reojo a su paisano y al hombre que venía con él, tan guapo, tan alto, con aquellos ojos tan azules y tan bien vestido, y sólo la timidez y el sentido de la moderación les impedía acercarse a ellos para abrazarles, para agradecer a Fernando Castro su decisión de volver a casa y hacer al pueblo que no había dejado de ser suyo un regalo de semejante calibre.

Entraron en el Ayuntamiento. En realidad, el edificio que albergaba la sede de la Alcaldía era poco menos que un establo venido a más, con el piso de piedra y las paredes húmedas, y unas corrientes de aire que entraban por todas partes y contra las que no cabía el desafío ni del mejor de los braseros. Allí, dentro, se encontraba reunida la corporación municipal, ataviados todos con sus mejores galas: las chaquetas de buen paño negro que sabían de entierros, procesiones y fiestas de guardar, y que aquella mañana habían sido rescatadas a la fuerza de los armarios, olorosas aún a bolas de naftalina. Pedro Almeiras y el supuesto Castro de Lema fueron saludándoles uno por uno. Sólo cuando habían escuchado ya los nombres de todos y estrechado todas las manos trémulas que les tendían los ediles repararon en la existencia de tres ancianos desdibujados por la edad y la penumbra, que les miraban callados desde el fondo de la sala. El alcalde de Vilabranca puso una mano en el hombro de Linus Daff.

—Señor Castro de Lema, le hemos preparado una sorpresa. —Y al decirlo señaló a los viejos que, en silencio, parecían aguardar un veredicto—. Ahí los tiene. Usted, seguramente, ya no los recuerda, pero esos señores eran sus amigos cuando dejó Vilabranca.

Linus Daff y Pedro Almeiras miraron a la vez hacia los tres hombres: eran ancianos decrépitos, cuajados de arrugas, encorvados por efecto de los años. Septuagenarios devastados por la vida en el mar, por los años de privaciones, por la escasez que seguía a las epidemias. Viejos, en fin, incapaces de ocultar el maltrato dispensado por la edad y por la vida. A su lado, el falso Castro de Lema parecía casi un chiquillo, y por primera vez desde que salieran de Cuba, Pedro Almeiras creyó que todo estaba perdido, y que en aquel instante alguien, no importaba quién, iba a reparar en la insultante diferencia física entre Linus Daff y los contemporáneos de Castro de Lema. Pero se equivocó, porque nadie en la sala se extrañó del aspecto juvenil del futuro benefactor de la aldea. Los allí presentes pensaron sólo que su antiguo paisano se había instalado en una madurez prodigiosa, que a buen seguro tendría mucho que ver con su triunfo en los negocios y en la vida, con la existencia cómoda en una casa bien armada y en una tierra distinta donde brillaba el sol y los inviernos eran suaves y amables. Aunque hubiese llegado un treintañero, se dijo Linus Daff, nadie hubiese puesto en duda su edad ni su origen, y entonces se arrepintió para sí de las muchas tardes que invirtió torturando al verdadero Castro de Lema para encorvarle la espalda y ajustar su vista de lince a los lentes de mentira.

El inventor de historias se acercó sin vacilar a sus supuestos coetáneos, les escrutó uno por uno hasta ver sus propias pupilas reflejadas en los ojos húmedos de los otros tres, estrechó sus manos con el calor de un amigo antiguo y luego les pidió, casi les suplicó, que dijesen sus nombres, y escuchó los respectivos patronímicos con una mueca de emoción en la boca...

—Bernardo González, Bernardo González —repitió el nombre como en un susurro—, ¿no venía usted siempre conmigo a coger mejillones?

Y el otro, que había pasado la infancia esquilmando las rocas, con Fernando Castro o con quien fuera, apretaba las manos del amigo de la niñez.

—¿Me recuerda, don Fernando? Soy Eufrasio Senén, el hijo del zapatero. Mi padre le regaló las botas que llevaba puestas cuando se fue usted a Cuba.

—Pero cómo iba a olvidarme, si mi madre casi no tenía cuartos ni para comprar las mudas... Si no llega a ser por su señor padre, que en gloria esté, hubiese tenido que hacer descalzo el viaje a La Habana. ¿Sabe que usé aquellos zapatos durante cinco años? Y usted... no recuerdo su nombre.

—Gerardo Gil, para servirle. Jugábamos juntos a la billarda.

—Y me ganaba usted siempre, que no había forma humana de hacerle perder una partida. —Linus Daff hizo el firme propósito de preguntar a Pedro Almeiras en qué demonios consistía el juego en cuestión—. Un día de éstos tiene que darme la revancha.

Y el otro se echó a reír mostrando los dientes mellados.

—Huy, don Fernando, para billardas estoy yo, si casi no puedo ni andar. En volandas ha tenido que traerme mi hijo para que pudiera estar hoy con usted. Cuando el alcalde me dijo que volvía al pueblo, estuve dos horas llorando de la alegría que me entró. Era mi mejor amigo —dos lagrimones enormes resbalaron por el rostro enjuto del anciano—, y cuando se fue a La Habana, bien que hubiera querido irme con usted. Pero mi madre no me dejó. Ya sabe cómo era. Fíjese si me hubiese marchado para esas tierras: ahora estaría como usted, hecho un pincel, y no viejo y cojo perdido.

Linus Daff miró alternativamente a los tres viejos.

—Pues ¿saben una cosa? Ya que estoy de vuelta, a ver si recuperamos el tiempo perdido, que los amigos de verdad lo siguen siendo por mucho que pasen los años. Y para empezar, vamos a tutearnos.

—Hombre, don Fernando, yo no sé si nos saldrá, que usted es un caballero muy principal y nosotros, ya ve, somos gente de pueblo.

—Pues insisto en que a mí se me llame de tú.

Serafín Cortés interrumpió la escena sin muchas contemplaciones.

—Bueno, hala, ya habrá tiempo para que discutan esas cosas, que el señor Castro tiene mucho que ver y mucho que contar. Mire, en esta sala nos reunimos una vez por semana para discutir cosas del pueblo. No es que haya mucho de lo que hablar, pero conviene estar al día, ¿no les parece? —Miró alternativamente a Pedro Almeiras y a Linus Daff—. El mes que viene, Dios mediante, vamos a dar una mano de pintura a las paredes. Y a lo mejor para la próxima primavera compramos una mesa. Ésta se la está comiendo la carcoma.

Luego, el alcalde señaló un cuadro colocado en la pared frontal.

—Nuestro rey —explicó—. Llevan años diciendo que va a venir por el pueblo... aunque, si le digo la verdad, yo ya no me lo creo. De todas formas hemos decidido quitar el retrato y cambiarlo de sitio.

—¿Por qué?

Al alcalde de Vilabranca le brillaron los ojos.

—Porque vamos a colocar un cuadro de usted. Un retrato grande con un letrero que diga «Fernando Castro de Lema, benefactor de Vilabranca».

—Pero... bueno, desde luego es un honor... claro que yo no tengo ningún retrato...

—Por eso no se preocupe. Benito Menán —señaló a uno de los concejales, que se ruborizó de inmediato— es un pintor de primera. Le encargué que pintara a mi madre y le sacó un parecido que pone los pelos de punta. Así que a ver si encuentra tiempo para ponerse delante de él... y en menos que canta un gallo le tendremos a usted colgado del salón de plenos... bueno, a usted no —se echó a reír—, al cuadro, claro. Y a don Alfonso, que lo coloquen en el pasillo ¿no le parece? Que es tan rey nuestro como de otros sitios, pero por aquí no se le ha visto el pelo todavía.

—Dicen que el año que viene —apuntó con un hilo de voz Santiago Gómez.

—Pues eso. El año que viene, si don Alfonso aparece por Vilabranca, volvemos a colgar el cuadro de marras. —El alcalde miró con un gesto fiero al autor del comentario—. Mientras tanto, que espere en el pasillo. Y además, a nosotros el rey no nos va a sacar las castañas del fuego, y aquí don Fernando nos va a montar un colegio. Me parece que ganamos con el cambio. Y ahora vámonos todos a comer, que ya va siendo hora.

En la Cofradía de Pescadores habían preparado aquel día la especialidad de la casa: arroz con mariscos.

—Comida de pobres —dijo el alcalde—, total ya ve: un poco de arroz y lo que sacamos del mar.

Linus Daff sintió cómo la boca se le hacía agua ante la visión de aquel plato previsiblemente suculento, del arroz cocinado a fuego suave que casi desaparecía bajo la costra de los bogavantes, las cigalas y los cangrejos, los berberechos y las almejas, y le sorprendió que aquellos hombres quitasen importancia a un plato que el mejor restaurante londinense hubiese servido a sus clientes más distinguidos como un manjar de dioses. Y en verdad lo era. La esposa del práctico del puerto, que regentaba el local, había aprendido a dar al arroz la consistencia justa y al caldo de mariscos el punto de sal. El inventor de historias tuvo la certeza de que nunca en su vida había probado un plato tan sabroso, se sirvió una segunda y una tercera ración cuando se la ofrecieron, y fue por puro sentido común que no dio cuenta de una cuarta, porque ganas no le faltaban de rebañar el perol del arroz y pasar un trozo de pan por los restos del caldo. El almuerzo remató con un flan casero (que el falso Castro de Lema rechazó por miedo a reventar) y un café de puchero que hizo a Linus Daff añorar el café cubano. A su lado, Pedro Almeiras se servía otra taza del brebaje casi insípido mientras aceptaba un cigarro de picadillo que le obligaría a evocar los puros habaneros.

—Y ahora que ya estamos comidos y bebidos —el alcalde apuró una copa de aguardiente de hierbas—, que don Fernando nos cuente cómo ha sido su vida en Cuba durante todos estos años.

Y entonces, el supuesto Castro de Lema tomó la palabra y empezó a hablar de sus comienzos en La Habana, del feliz encuentro con Jeremías Sinclair, de la buena marcha de la ferretería, de las deudas sin cuento que tuvo que afrontar, de la dureza de las labores de zafra, del sol cubano que saltaba la piel de la espalda y provocaba a veces insolaciones tremebundas. Les habló de su primera inversión en la bolsa neoyorquina, de su bienamada esposa Fanny a la que quiso tanto que casi olvidó su lengua natal por hablar en la de ella. Les habló de las posesiones que habían sido suyas, de su casa habanera, del jardín donde nunca habían querido crecer las plantas norteñas, y les habló por fin de la nostalgia por la tierra perdida, de la añoranza de Vilabranca, de todo el tiempo pasado al otro lado del mar aguardando el regreso y la ocasión de hacer a su pueblo natal partícipe de su fortuna. Les dijo que no había olvidado nunca la patria abandonada, que mientras hacía dinero y triunfaba en los negocios sólo tenía en la cabeza el deseo de volver, que no había dejado de soñar en gallego y de recordar las puestas de sol en los acantilados. Les dijo que en el otro confín del mundo recordaba cada día el rumor del viento entre las agujas de los pinos y el bramido del mar en las noches de galerna, que añoraba la lluvia y el sabor del marisco de roca con el que se había encontrado de nuevo aquel día y en aquella mesa, ante personas de su pueblo y de su sangre, y agradeció a todos que le hubiesen permitido recuperar sus raíces y su historia.

Una veintena de hombres escuchaban arrobados el discurso del hijo pródigo, y cuando Castro de Lema terminó su relato había ojos empañados y muecas de emoción en todos los rostros. Serafín Cortés abrazó emocionado al indiano, los tres ancianos coetáneos se secaron a la vez los ojos vidriosos y el resto de los asistentes al almuerzo prorrumpieron en un aplauso cerrado y sincero.

—Y ahora —Linus Daff había tomado otra vez la palabra por cuenta propia—. Tenemos que ponernos a trabajar. Porque, si Dios nos ayuda, en muy poco tiempo estará funcionando en este pueblo nuestro uno de los mejores colegios de España. A esa obra, señores, quiero dedicar todos los ahorros de una vida de trabajo. Antes de nada —se volvió hacia el alcalde—, necesito que localicen ustedes un terreno apropiado para la construcción del centro. Y tengan en cuenta que necesitaremos mucho espacio, porque quiero que disponga de un parque donde los alumnos puedan conocer de cerca especies vegetales de todas partes del mundo.

El alcalde se rascó la cabeza.

—Pues habrá que dar vueltas al asunto. Porque el Ayuntamiento no tiene tierras en propiedad. Ya ve, don Fernando, somos más pobres que las ratas.

—No se preocupe por eso, tengo intención de comprar el terreno, pero tendrán que ayudarme a dar con él. Calculo que necesitaremos una finca de unas dos hectáreas.

—¿Cuánto es eso en ferrados?

Serafín Cortés dirigió una mirada asesina al autor de la pregunta.

—Manolo, la gente civilizada como don Fernando mide la tierra de otra manera.

—Es que acabo de acordarme de una cosa. —Manolo Fandiño era bajito y escurridizo, de manos delgadas y pelo rapado como un tiñoso—. Esteban Segade tiene unas propiedades en el Agra, al pie del monte Armada.

—¿Esteban Segade? ¿El de los cuentos?

—El mismo. Me lo contó el otro día. Al parecer las heredó del padre, pero no las trabajó en la vida. Ya sabe, los Segade son gente de mar.

—Pues sería cuestión de que hablaran con él —el supuesto Castro de Lema se dirigía a todos en general—, si ese señor tiene un terreno que no le hace falta y quiere venderlo, que le ponga un precio.

Después de concluir el almuerzo en la cofradía de pescadores, cerca ya de las seis de la tarde, Linus Daff y Pedro Almeiras habían vuelto a la pensión de doña Josefa. Bernardo Soares estaba allí, en la cocina de la fonda, escuchando el parloteo de la casera y ofreciéndose por señas para ayudarla con los cubos de carbón que alimentaban la estufa central. Los dos hombres subieron al piso superior y se acomodaron en los sillones de la salita.

—Bueno —era Pedro Almeiras quien hablaba—, ¿qué le ha parecido?

—Una gente estupenda, no cabe duda. Si le digo la verdad, pensé que me recibirían con mucho más recelo. Y esos tres ancianos... ¿Sabe que casi sentí remordimientos al engañarles?

—Piense que es por una buena causa.

—Ya lo hago. Ahora habrá que ponerse a trabajar. Espero que no tarden mucho en conseguir que nos vendan los terrenos y empezar las obras. Necesitaremos un arquitecto... y un experto en botánica... y, claro, un asesor docente. —Linus Daff se acarició la barba de plata con la que había conseguido echarse encima unos cuantos años—. Definitivamente, nos hace falta ayuda. Y cuando antes. Mañana por la mañana pondremos un telegrama urgente.

—¿A quién?

—A un amigo mío. Se llama Juan Sebastián Arroyo, y vive muy cerca de aquí. Voy a pedirle que venga.

Juan Sebastián Arroyo era, sin ninguna duda, el personaje más popular de todo Ribanova. No tenía oficio conocido: colaboraba como columnista en el diario *El Comercio* y a veces en periódicos de tirada nacional, le gustaba viajar, era un maestro en el arte de la tertulia y vivía holgadamente gracias a la pensión vitalicia otorgada por el ayuntamiento de la ciudad cuando, merced a su proverbial sentido común, evitó que un timador alemán se llevase piedra a piedra las murallas milenarias de Ribanova. Era agradable y simpático, bondadoso por naturaleza, hermano de sus amigos y amigo de cualquiera. Juan Sebastián Arroyo amaba su ciudad sobre todas las cosas, y había sido el principal promotor de multitud de actividades lúdicas que aliviaban un poco el aburrimiento congénito de una localidad de provincias. Leía una media de tres libros por semana, le gustaba el teatro y sentía fascinación por el reciente descubrimiento del cine, y su principal patrimonio, como a él le gustaba recordar, lo constituían los centenares de amigos que tenía diseminados por el mundo entero, muchos de los cuales hubieran vendido el alma por tener ocasión de hacerle un favor. Porque Juan Sebastián Arroyo parecía haber sido bendecido por los dioses con un don excepcional: la capacidad ilimitada para hacerse querer incluso por desconocidos que apenas habían cambiado unas palabras con el periodista aficionado y diletante profesional.

Juan Sebastián Arroyo se había acostado muy tarde la noche anterior, por eso el sonido apremiante del llamador de la entrada antes de las ocho de la mañana le provocó un sobresalto incómodo. Abrió la puerta, y su sorpresa no disminuyó al ver ante él al chico de la oficina de correos.

—Telegrama para usted, señor Arroyo.

Arroyo torció el gesto. Como todo el mundo, relacionaba los telegramas con el comunicado de malas noticias, aunque nunca en la vida una nueva infausta había llegado a él por medio del telégrafo. De todas formas, respiró hondo antes de rasgar el sobre. La sorpresa del rostro se acentuó al comprobar que la firma era de un viejo conocido, Linus Daff, el inventor de historias, que años atrás había pasado una larga temporada de descanso en su casa de Ribanova. Leyó el texto casi sin respirar.

«Necesito urgentemente su presencia en Vilabranca. Enviaré un coche a recogerle si accede a venir. Envíe su respuesta a la atención de Pedro Almeiras.»

Juan Sebastián Arroyo quedó un rato con el papel en la mano y la mirada perdida.

—¿Malas noticias, señor Arroyo?

La voz del chico lo sacó de su ensimismamiento. En ese mismo instante, en el reloj eternamente estropeado del consistorio dieron las ocho de la mañana.

—No... no, nada de eso... mira, quiero mandar la contestación ahora mismo, ¿es posible? Bien, entonces entra un momento.

Había un lapicero junto a la mesa del vestíbulo. Juan Sebastián Arroyo escribió en un pedazo de papel.

«Estoy a su disposición. Ya sabe dónde encontrarme.»

El Rolls Royce amarillo, decididamente espectacular, conducido además por un negro de casi dos metros de estatura, provocó una auténtica conmoción en las calles de

Ribanova. A nadie sorprendió que viniese a recoger precisamente a Juan Sebastián Arroyo: si alguien en toda la ciudad estaba en condiciones de tener un conocido que poseyese semejante artefacto, ése era sin duda don Juan Sebastián. Él subió al vehículo en medio de las chuflas cariñosas de sus paisanos, y saludándoles con la mano se acomodó en el asiento de atrás. Después de cinco horas de viaje, que discurrió por caminos infames la mayor parte del tiempo, llegaban a Vilabranca. El coche se detuvo frente a la casa de Josefa Chao, y el chófer ceremonioso abrió con una reverencia la puerta del coche. Juan Sebastián Arroyo entró en la casa y se dirigió a la patrona.

—Querría ver a Pedro Almeiras.

—¿Es usted el señor que viene de Ribanova? Pase, haga el favor. Están arriba, esperándole. Ha llegado usted antes de lo que creían. Por aquí.

Juan Sebastián Arroyo subió la escalera amparado por la llama vacilante de un quinqué. Había una puerta entreabierta por la que se filtraba una luz tenue de hogar encendido. Llamó con los nudillos.

—Soy Juan Sebastián Arroyo.

Pedro Almeiras abrió la puerta. Allí, junto al fuego, estaba Linus Daff, el inventor de historias, que saludó su entrada con una sonrisa.

—Querido amigo. Querido Arroyo...

Los dos hombres se dieron un abrazo enérgico.

—Ha pasado mucho tiempo desde la última vez. Le envié una carta a Londres hace un par de meses...

—No sabe usted cuántas cosas han pasado. Dejé la casa de Londres... pero vamos a empezar por el principio. Pedro, cierre bien la puerta. A propósito, él es Pedro Almeiras. Y ahora siéntese y prepárese a escuchar la historia más extraordinaria que haya oído en toda su vida.

—Tratándose de usted, a mí ya no puede sorprenderme nada. Soy todo oídos.

Linus Daff le habló entonces de Fernando Castro de Lema, de su legado millonario, de su muerte repentina. Le habló de la obligada suplantación de su personalidad y su apellido, del viaje casi odiseico desde La Habana, de la llegada a Vilabranca, de los proyectos del indiano y de cómo, en efecto, la inmensa cantidad de dinero acumulada por él podría variar sustancialmente la vida en el pueblo. Juan Sebastián Arroyo escuchó con atención, llevándose a la boca de vez en cuando una taza llena de caldo de gallina, y al final fijó sus ojos cándidos en los del inventor de historias.

—¿Y qué puedo hacer yo? —lo dijo desde el corazón—. Aquí lo único que hace falta son cuartos, y eso ya lo tienen ustedes gracias a su amigo...

Linus Daff sonrió.

—No se trata sólo de dinero. Hay que organizar la puesta en marcha del colegio. Contratar profesores. Comprar material de estudio... Necesitamos su ayuda. Este pueblo está lleno de buena gente con la mejor voluntad... pero no están lo que se dice muy bien preparados. Pedro y yo no conocemos a nadie más que a usted en muchas millas a la redonda. Queremos que nos ayude, que nos oriente. Yo no sabría ni dónde comprar una docena de lapiceros, no digamos encontrar profesorado para el centro o asesores en materia de adquisiciones para los laboratorios. Es necesario contratar un arquitecto, un experto en el diseño de jardines... Estamos en sus manos, Arroyo.

Juan Sebastián Arroyo apuró el caldo de gallina.

—Bueno —se encogió de hombros—, si de verdad creen que mi ayuda es tan importante, cuenten conmigo. Después de todo, ya saben que tampoco tengo mucho pito que tocar por ahí adelante, y el médico me había recomendado una temporadita cerca del mar. Lo dicho, señores, que me quedo con ustedes. Y además, siempre tuve ganas de participar en una conspiración como ésta. Hala, díganle a su patrona que me prepare una habitación. Mañana será otro día.

Linus Daff y Juan Sebastián Arroyo se levantaron pronto a la mañana siguiente. El inventor de historias había decidido viajar a La Coruña con el propósito de cambiar en pesetas los dólares americanos de los que disponían.

—Me parece que estos billetes ya no nos van a valer de mucho.

—¿Cuánto nos queda?

—Algo menos de cinco mil dólares —Linus Daff contó los billetes de cien que guardaba en su cartera,

—Oigan —era Juan Sebastián Arroyo quien hablaba—, no quiero ser indiscreto, pero es para hacerme a la idea... ¿cuánto dinero dejó al morir ese amigo suyo?

—Cuatro millones de dólares.

—¿Y eso cuánto viene siendo en la moneda de los cristianos?

—Unos veintidós millones de pesetas.

—¡Virgen Santa! Juan Sebastián Arroyo se dejó caer en una silla—. Pero... pero es que no creo que haya en toda Galicia tanto dinero junto... si eso es una salvajada... Miren, el otro día compramos entre cincuenta compañeros un reloj de leontina para regalarle a un médico que se jubilaba... un reloj muy aparente, ¿eh?, en oro de dieciocho quilates. Pagamos trescientas veinticinco pesetas y nos pareció una fortuna. El alquiler de mi casa de Ribanova me cuesta doce duros al mes. —Tuvo que secarse el sudor en la frente—. Yo no sabía que en el mundo hubiese gente tan rica.

—Yo tampoco, se lo aseguro —Linus Daff se abotonó la chaqueta—, pero me alegro infinitamente de equivocarme, sobre todo cuando alguien decide dar a su dinero un destino tan generoso. Me voy a La Coruña. Volveré después de comer.

A su regreso, Linus Daff encontró a Serafín Cortés aguardándole en la puerta de la pensión. Llevaba la boina en la mano y en la cara el aire lúgubre del que trae malas noticias.

—Señor alcalde...

—Don Fernando, tenemos que hablar. Ya empiezan los problemas. Es Esteban, que dice que no vende.

¿Quién?

—Esteban Segade. El dueño del terreno del que le hablamos ayer. Estuve con él esta mañana, y dice que no piensa vender las tierras de su padre a un indiano rico por muchos millones que tenga. Ni siquiera me ha dejado explicarle lo del colegio. Se ha puesto cazurro y casi me echa de su casa. Ya ve, a mí, a su alcalde. Lo malo es que no hay respeto, don Fernando. Y es una lástima, porque era un buen sitio para poner la escuela.

El falso Castro de Lema se acarició la barba.

—Voy a hablar yo con él.

—Ni se le ocurra. Es terco como una mula y tiene muy mal genio.

—Y un terreno que nos hace falta. Déjemelo a mí, alcalde. Por favor, acompáñeme a la casa de ese Segade y permita que sea yo quien le explique las cosas.

Esteban Segade tenía la piel llena de arrugas y dos ojos diminutos y azules que brillaban bajo unas cejas muy pobladas y casi blancas. Chupaba una cachimba de arcilla con la paciencia del fumador empedernido, llevaba siempre un jersey grueso y un gorro de lana, y casi cincuenta años de vida en la mar a sus espaldas. Había sido grumete de un carguero, estibador en los muelles de Vigo, pescador en flotas de anchura y de bajura, arponero en un buque dedicado a la caza del tiburón, y sólo en los últimos años una asma crónica le había obligado a conformarse con travesías menores, pequeñas faenas eventuales en barcos de poca monta y la ocasión de colaborar en la carga y descarga de las barquitas que llegaban al puerto de Vilabranca con la captura diaria de rodaballos y sardinas. Eso sí, seguía acudiendo casi a diario a la cofradía de pescadores donde, a cambio de un plato de arroz con mariscos y una taza de vino blanco, contaba cuentos durante horas mientras a su alrededor se iba haciendo un silencio que sólo interrumpía el susurro de las olas en la playa y el borboriteo de la sopa de pescado en las brasas del hogar. Era una delicia escucharle narrar aquellos cuentos con la voz gastada por el tabaco de pipa y la raspadura de la sal en las cuerdas vocales. A pesar de que conocía argumentos de toda condición, Esteban Segade prefería sobremanera los relacionados con la vida en el mar, con los buques encallados, con tesoros de filibusteros y sirenas varadas que atraían con su canto melodioso a los viajeros incautos. En las noches de galerna, cuando el mar rugía con una fuerza descomunal y las olas amenazaban con tragarse el pueblo entero, Esteban recordaba viejas historias de marinos errantes cuyos espíritus se paseaban por la playa mientras duraban las tormentas y acallaban con sus gemidos de penitentes los aullidos del viento. Había cuentos de piratas y ahogados, de corsarios llegados a Vilabranca por un error al calcular las rutas que creyeron que iban a llevarles a otras tierras más prósperas, de doncellas robadas por bucaneros locos de amor, de batallas navales y asaltos a navíos cargados de oro, de naufragios tremendos y tesoros escondidos en el fondo del mar.

Aunque nadie ponía en duda la veracidad de aquellas historias, lo cierto es que gran parte de ellas provenían de la imaginación desbordante de Esteban Segade, avivada por los muchos años de vida en la mar y las noches solitarias pasadas en la cubierta de un barco con la única compañía del brillo de la estrella polar y el canto de las sirenas. Esteban Segade no sabía leer ni escribir, pero poseía una memoria envidiable capaz de cobijar sin problemas las historias que había escuchado a lo largo de sus cincuenta años de navegación, las historias que inventaba por su cuenta y también, por qué no, las historias que soñaba. Porque Esteban soñaba todas las noches, y rara era la vez que de aquellos sueños no sacaba un cuento para relatar a cambio de un plato de arroz. Él no podía sospecharlo siquiera, pero la mayoría de sus sueños eran en realidad premoniciones y reminiscencias de sucesos dramáticos del historial de la navegación: catástrofes marítimas, amotinamientos, pérdida de cargamentos de metales preciosos que los barcos traían desde las minas de Potosí, y lo único que Esteban podía hacer al despertar después de aquellas noches de zozobra era reírse de su propio dormir desbocado y de su imaginación marinera que seguía galopando incluso en sueños.

La noche que soñó con el capitán Van der Pol, el marino holandés que se hundió con su barco en una noche de Navidad y cuyo cadáver no fue encontrado nunca, Esteban no pudo imaginar que estaba anticipando casi un siglo un suceso que, muchos años después, iba a ocupar la primera página de todos los periódicos del país. Le había ocurrido más veces, aunque él no lo sabía: soñaba con desastres marinos ya ocurridos o con acontecimientos luctuosos que luego se encargaba de ratificar la historia, y lo que él tomaba por historias inventadas eran en realidad recreaciones oníricas de sucesos reales. Había visto en sueños el naufragio del *Andrea Doria*, el incendio del vapor *General Shawn*, y quince días antes de la voladura del *Maine*, Esteban Benítez se había despertado con el estrépito de una bomba que había estallado en su cabeza antes de hacerlo en un puerto antillano para provocar una guerra y el fin de un imperio. Había soñado con los motines de la *Bounty* y del *Caine*, con la pérdida luctuosa de la Armada Invencible, con todas las travesías fallidas de los vikingos y hasta con el fracaso marino del rey don Sebastiao. Pero de todos los sueños del contador de cuentos nunca ninguno había sido tan real como el del hundimiento de un trasatlántico que cubría la ruta de Southampton a Nueva York y que había sido tragado por las aguas heladas del Atlántico después de chocar contra un gigantesco pedazo de hielo. Aquella noche soñó algo particularmente extraño: después del naufragio, uno de los supervivientes llegaba a Vilabranca y le hacía un regalo: un lápiz y un cuaderno de pastas blancas donde escribir sus historias. Claro que aquél era un regalo inútil, porque Esteban Segade no sabía escribir.

Aquella mañana, Esteban había recibido la visita del alcalde del pueblo. Al parecer, el cubano recién llegado al pueblo tenía interés en comprar las tierras de su propiedad a los pies del monte Armada, justo en los límites de la aldea, y Serafín Cortés se creyó en la obligación de llevarle la encomienda. En realidad, el contador de cuentos nunca había sentido un especial aprecio por aquel terreno extenso que su padre heredara de un tío lejano. Esteban era casi un niño, pero no entendió el interés del autor de sus días por unos cuantos ferrados qué jamás llegó a cultivar, porque su padre, al igual que su abuelo, al igual que él mismo, era hombre de mar y no de tierra adentro. Sin embargo, haciendo gala de una obstinación mineral, el padre había conservado aquel terreno a través de los años, rechazando con la frase «esa tierra no se vende» multitud de propuestas de adquisición y hasta de canje, como aquella vez que un marinero a punto de jubilarse le había propuesto cambiar la finca por una barca de pesca. Por eso Esteban ni siquiera quiso escuchar al alcalde cuando éste llegó con sus ofertas de compra, si ese cubano rico quiere quedarse con suelo gallego, que lo busque en otra parte, que yo no me vendo por unos duros, y con las mismas pidió a Serafín Cortés que saliera de su casa. El contador de cuentos pensó que el asunto estaba definitivamente zanjado cuando sonaron dos golpes en el portón de entrada.

—¿Quién va?

—Soy Fernando Castro de Lema.

—¿Quién?

—El indiano. Me gustaría hablar con usted.

Esteban Segade dudó unos momentos y luego abrió la

puerta. Cuando vio a Castro de Lema la sorpresa fue mayúscula, porque frente a él, sombrero en mano, estaba el hombre que había aparecido en el sueño del último naufragio.

—¿Puedo pasar?

Esteban trataba de sacudirse la impresión recibida.

—Sí, señor —se hizo a un lado—. Entre y siéntese. Está usted en su casa.

Esteban Segade preparó café, un café fuerte y amargo capaz de mantener a raya la modorra en las noches de guardia, y luego se sentó en silencio frente al hombre que había soñado. Sin duda era él, aunque algo más viejo y ligeramente metamorfoseado por una barba blanca que no llevaba en el sueño. Pero los ojos eran los mismos, y también las manos y la expresión de la boca, y Esteban estaba esperando que le tendiese el lápiz inútil y el cuaderno que no necesitaba.

—¿Sabe a qué he venido?

—Más o menos.

—Esta mañana estuvo aquí el alcalde. Ya le dijo que quiero comprar sus tierras.

Esteban asintió con la cabeza.

—Pero usted no quiere venderlas.

—Las heredé de mi padre. Él nunca las vendió. Por algo sería, porque compradores no le faltaron. Esa tierra no se vende. Eso contestaba él cuando le llegaban con monsergas.

—¿Sabe usted por qué quiero ese terreno? —Linus Daff bebió un sorbo del café, y el recuerdo de Cuba pasó frente a él y se retiró de inmediato, igual que una ola.

—Es una buena tierra. Los ricos creen que pueden comprarlo todo. Usted se fue de Vilabranca antes de que yo naciera. Ahora regresa y quiere un trozo de pueblo.

El falso Castro de Lema clavó sus ojos en los del marino.

—Se equivoca. Necesito ese terreno para construir una escuela. Para eso he vuelto a Vilabranca. Voy a hacer un colegio. Un colegio para que estudien los niños de la aldea.

Esteban Segade frunció el ceño. Aquella revelación cambiaba las cosas. Se puso en pie y llenó otra cafetera.

—Yo nunca fui al colegio. Mis padres tampoco. Me hubiera gustado aprender a leer. ¿Van a enseñar a leer en ese colegio?

—Claro, señor. Y a escribir.

—¿Podrían enseñarme a mí?

Linus Daff no estaba preparado para aquella pregunta, pero no dejó que se le notara la sorpresa.

—Naturalmente. Usted véndame el terreno para hacer la escuela, y yo le prometo que aprenderá a leer y a escribir antes de lo que se imagina.

—Esa tierra no se vende. —Esteban Segade se miró las manos encallecidas por las jarcias y el recuerdo de los sabañones—. Lo decía mi padre y no voy a ser yo quien haga otra cosa. Le regalo el terreno, don Fernando. Y apúrese en hacer esa escuela, porque yo quiero escribir con buena letra antes de morirme. Ésa es su parte del trato.

Se dieron la mano. Esteban Segade había entendido el significado de su sueño. Linus Daff, por su parte, acababa de completar mentalmente el proyecto de Fernando Castro de Lema con la apertura de una aula de alfabetización de adultos. Después de todo, pensó, el auténtico Fernando Castro hubiera hecho lo mismo.

Los días sucesivos estuvieron marcados por una actividad frenética. El falso Castro de Lema quiso convocar otra reunión en el Ayuntamiento para dar cuenta del éxito de las gestiones con Esteban Segade, que asistió al encuentro en el consistorio y recibió las muestras de gratitud de los presentes sin dejar de fruncir el ceño ni de pensar en su futuro aprendizaje del arte de la escritura. Asimismo, el indiano aprovechó para presentar a los ediles a Juan Sebastián Arroyo, que había aceptado encargarse de la supervisión del proyecto de la escuela y que con tal motivo iba a residir en Vilabranca durante las próximas semanas. El ribanovense saludó al alcalde y a todos los concejales, que de inmediato experimentaron una súbita, inexplicable corriente de simpatía hacia el recién llegado, y empezaron a sentir por él un afecto sincero desde el mismo momento en que estrecharon su mano.

Aquella tarde se midió el terreno cedido por Esteban Segade: cuarenta ferrados de la zona, suficientes sin duda para albergar tanto el edificio como el jardín botánico que se quería construir. Por su parte, Juan Sebastián Arroyo también empezó su tarea y redactó casi un centenar de cartas a antiguos amigos y conocidos diseminados por el país entero, profesionales de prestigio destacados en disciplinas diversas cuyo concurso redundaría sin duda en el completo éxito de los planes de Castro de Lema. Linus Daff se sentaba a su lado y lo veía escribir, y el vecino de Ribanova explicaba al inventor de historias la procedencia, los estudios, la trayectoria profesional y académica de los destinatarios de las cartas.

Mientras, varias docenas de hombres iniciaban una labor que habría que acometer tarde o temprano: el desbrozamiento y la limpieza del terreno de Esteban Segade, que llevaba lustros enteros dominado por las malas hierbas, conquistado por los tojos y las ortigas y donde los árboles se enredaban unos en otros con la saña vegetal que provoca el abandono. En un principio, Linus Daff habló de la conveniencia de contratar a una cuadrilla de jornaleros que se ocupasen de la tarea de civilizar mínimamente aquella selva, pero fue el propio Arroyo quien lo disuadió.

—Daff, déjeles que hagan su parte. Al fin y al cabo, el colegio va a ser para ellos, para sus hijos, para los hijos de sus hijos... es natural que quieran colaborar de alguna forma.

Así se hizo. Todos los hombres del pueblo, y también muchas mujeres, participaron como voluntarios en las labores de limpieza que dirigió el propio alcalde, Serafín Cortés. Tal como intuyera Pedro Almeiras, el alcalde se reveló como un organizador insuperable: dividió el trabajo en cuatro turnos de cinco horas cada uno, formó a los voluntarios en grupos heterogéneos en función de su destreza y su fuerza, y día tras día supervisaba meticulosamente la marcha de las obras y llamaba a capítulo sin rubor a los menos duchos o a los decididamente vagos. Cada mañana, al regresar de las labores de pesca, una treintena de hombres armados con picos, con azadas, con hoces y con ferrallas diversas se dirigían, como un ejército bien entrenado, a la antigua tierra de los Segade, y trabajaban sin descanso hasta que llegaba el siguiente turno. Sólo se interrumpía la labor a partir de las ocho de la tarde, cuando ya el sol empezaba a descender, y las cuadrillas abandonaban la finca con los riñones hechos cisco y las manos en carne viva después de empuñar durante horas las herramientas de labor. Regresaban agotados pero felices, conscientes de haber participado en una tarea que redundaría en una mejora de las condiciones de vida en el pueblo, y mientras apartaban piedras y escarbaban terrones pensaban en sus hijos, que podrían por fin ir a la escuela sin tener que llevar de casa la silla para sentarse.

Uno de los más activos colaboradores en la limpieza del terreno fue Bernardo Soares. Sus labores como chófer eran solicitadas muy de tarde en tarde, y el portugués necesitaba ocupar las horas de ocio en algo útil. En contra de lo que cualquiera hubiese podido esperar, Bernardo Soares se había adaptado perfectamente a la vida en la aldea. Los vilabranqueses tardaron un poco en reponerse de la sorpresa de su aparición. En los primeros días, los hombres más rudos se apartaban a su paso, y los niños del pueblo huían despavoridos al ver llegar al gigante negro hasta que sus ojos pacíficos y su limitación en el habla convencieron a todos de que aquel hotentote era un ser inofensivo y casi angélico, que agradecía con una sonrisa intensa cualquier gesto de afecto, que ayudaba a las mujeres a llevar los cestos de ropa limpia y a los hombres a descargar el pescado que llegaba en las barcazas todas las mañanas. Su colaboración en las tareas de desbrozamiento fue muy bien recibida, sobre todo cuando el alcalde cayó en la cuenta de su fortaleza descomunal y su inquebrantable voluntad de trabajo, que le llevaba a hacer dos turnos seguidos de cinco horas cada uno, y muchas tardes, cuando ya el sol se había puesto, pretendía seguir apartando piedras o arrancando las raíces centenarias que se obstinaban en agarrarse al suelo. Bernardo Soares aprendió a medir el son cambiante de las mareas, a escuchar los relatos de naufragios y los cuentos de ahogados de Esteban Segade. Los niños de la aldea le enseñaron a nadar en la zona menos profunda de la cala, las mujeres a encontrar berberechos y chirlas en las arenas de la bajamar, los hombres le instruyeron en los primeros rudimentos del arte de la pesca, y tres semanas después de su llegada, Bernardo Soares tenía la sensación de haber pasado la vida entera en el pueblo de pescadores, mecido su sueño por el compás de las olas y curtida la piel oscura por la sal que arrastraba el viento. Un buen día se sorprendió a sí mismo mirando el mar con un embeleso desconocido, como si el azul intenso del agua estuviese ligado íntimamente a su historia personal. En efecto, así ocurría: aunque él lo ignoraba, el chófer portugués era el último descendiente de una larga estirpe de marinos, uno de cuyos miembros había acompañado en su expedición al rey don Juan Segundo, y sin él conocerlo llevaba en las venas la impronta del mar y en los genes la comunión con el océano, pero nunca en su vida había tenido ocasión de experimentar de cerca el llamado de las olas. En Lisboa, las aguas del estuario del Tajo eran dulzonas y mansas, y para él, criado en la Alfama, tan ajenas como las llanuras del Alentejo. En Lisboa el chófer había vivido siempre de espaldas al mar, pringadas las manos por el aceite de los coches y embotados los sentidos por la obstinación de su padre de existir tierra adentro, ignorando que la historia de su nombre se adentraba en las aguas del Atlántico hasta llegar al Cabo de las Tormentas.

El día que comió la primera ostra de su vida, en el mismo muelle de Vilabranca, Bernardo Soares sintió que el alma se le alborotaba en el recuerdo de algo que no había vivido en carne propia, pero que existía alojado en el fondo de su cerebro. El sabor de la ostra viva, arrugando su carne grisácea bajo la gota de limón, hizo que Soares aprendiese de golpe quién era en realidad, y de haber podido hablar hubiese desafiado en su lengua o en la lengua de cualquiera al monstruo Adamastor diciendo *«soy el pueblo que quiere el mar que es tuyo»*. En aquellos días, Bernardo Soares empezó a encontrar ridículas sus galas de almirante de tierra firme, su empleo de capitán de una nave de cuatro ruedas, y se hizo el propósito mudo de abandonar el oficio de chófer en cuanto don Fernando dejase de necesitarle para emprender por cuenta propia otras singladuras diferentes, lejos del suelo al que no pertenecía y buscando los límites desconocidos del mar de sus ancestros.

Mientras avanzaban satisfactoriamente los trabajos de desbroce de la finca de Esteban Segade, Serafín Cortés puso en marcha otro plan que Linus Daff hubiese preferido ver postergado: la ejecución de su retrato a manos del artista local. El inventor de historias recordaría por siempre la mañana de agosto en que, pertrechado de papeles y lapiceros, Benito Menán le pidió permiso para tomar algunos apuntes de su rostro. El falso Castro de Lema suspiró y durante más de una hora posó para el pintor pueblerino, un joven de poco más de veinte años, desgarbado y flaco, que tenía en la mirada cierta chispa de vida que Linus Daff no fue capaz de relacionar con la inteligencia en estado puro. O, al menos, no hasta que vio los primeros bocetos. Benito Menán se los mostró venciendo su timidez proverbial, y el otro Castro de Lema quedó fascinado ante aquellos estudios magistrales. Definitivamente, estaba ante un pintor de indiscutible talento, que sin haber recibido formación técnica alguna era capaz de hacer gala de una prodigiosa habilidad para el retrato.

—Dibuja usted muy bien.

—Favor que me hace, don Fernando.

—¿A qué se dedica? Aparte de pintar, claro.

El retratista sonrió y empezó a guardar los bocetos en el bolsillo del chaleco.

—Soy pescador, don Fernando. Como todo el mundo en este pueblo. Aquí no se puede ser otra cosa.

Linus Daff miró una vez más aquellos estudios, y en un segundo imaginó a Benito Menán en otra parte, lejos de Vilabranca, convertido en retratista de fama en Madrid, o en Barcelona o, por qué no, en el mismo París donde triunfaba un español que acababa de inventar el cubismo. El pintor se colocó el lápiz detrás de la oreja.

—Bueno, pues muchas gracias. Si no le importa volveré otro día. El alcalde me ha dicho que este retrato tiene que quedar muy bien, así que voy a molestarle más veces.

—No es molestia, señor Menán... —el inventor de historias vaciló un poco—. Dígame una cosa ¿le hubiera gustado estudiar pintura?

La risa del otro resonó en la habitación. Fue una carcajada sincera, agreste, incluso un poco ruda.

—Don Fernando, yo sé leer y escribir... y sumar malamente para que no me engañen con el precio de los pescados. Bastante me parece para el hijo de un marino muerto y una madre que se dejó media vida vendiendo sardinas. Y, la verdad, no sé cómo se puede estudiar pintura. Dibujo lo que veo y listo. —Se limpió con un trapo los dedos sucios de grafito—. Tengo que irme. Ya le veré otro día.

Un par de semanas después empezaron a llegar las respuestas a los requerimientos de Juan Sebastián Arroyo. El primero en contestar fue Ignacio Orayén, un catedrático de Santiago que había colaborado en la redacción del Plan de Estudios Romanones de 1901, del que Arroyo pidió que le hiciese llegar un duplicado, explicando las intenciones de un indiano rico que quería poner en marcha un colegio en una villa gallega. Don Ignacio, que tenía primos en Ribanova y pasaba temporadas en la ciudad, sentía un gran afecto por Juan Sebastián Arroyo, y no sólo le envió a vuelta de correo una copia del plan de 1901 sino que además, y sabiendo de la amplitud del presupuesto manejado por su amigo, elaboró para el centro un proyecto educativo de primer orden en el que proponía la creación de aulas complementarias a las materias académicas. Así, Ignacio Orayén hablaba de la formación de un gabinete de ciencias naturales, otro de disciplinas artísticas (música, pintura, escultura y grabado) y un tercero de lenguas vivas y muertas. El profesor Orayén le facilitó además el nombre de una veintena de recién licenciados por la universidad compostelana, muchos de los cuales podrían tener interés en integrar el claustro docente del Colegio de Vilabranca. Arroyo escribió a todos, y algunos contestaron enseguida mostrando su disposición de participar en el proyecto.

Simultáneamente, Juan Sebastián Arroyo había empezado las gestiones para localizar un arquitecto dispuesto a ajecutar los planos del centro. Lo encontró, por supuesto: José María Aguilar, miembro de la Escuela de San Fernando, al que tuvo ocasión de conocer años atrás durante una visita a Sevilla y que había sido su invitado en Ribanova durante unas fiestas patronales. El andaluz aceptó inmediatamente el hacerse cargo de los planos del edificio, y ofrecía a su vez su mediación para encontrar a otro arquitecto capaz de asumir el diseño del jardín botánico, pues se consideraba lego en materia de paisajismo y prefería delegar en un experto. Aguilar, que en realidad llevaba muchos años alejado de la práctica de la arquitectura y se dedicaba exclusivamente a dar conferencias y largos paseos por las playas gaditanas, manifestó incluso su intención de trasladarse a Vilabranca para supervisar las obras. Linus Daff asistía incrédulo a semejantes muestras de buena voluntad por parte de un desconocido.

—¿De verdad piensa cruzar España para dirigir la construcción del edificio?

—Anda ¿y por qué no iba a hacerlo? —una vez más, el inventor de historias pensó que Juan Sebastián Arroyo era un ser de otro mundo convencido de la bondad natural de todos los hombres—. Está jubilado y se aburre mucho. En esas circunstancias uno está deseando tener la cabeza ocupada. Yo creo que ni siquiera nos va a cobrar.

—No se trata de eso. Castro de Lema dejó dinero suficiente como para retribuir la labor de todos los que participasen en el proyecto. Diga a su amigo que ponga precio a su trabajo, que aquí no vamos a discutir por unos cuantos duros.

Sólo una semana más tarde, José María Aguilar hizo llegar a Juan Sebastián Arroyo un primer boceto con los planos. El arquitecto había proyectado un edificio grácil y lleno de luz, de aspecto firme y ventanales amplios que posibilitasen la existencia de aulas diáfanas y abiertas al aire. Había espacios previstos para la instalación de los distintos laboratorios, para los despachos del profesorado, para el aula de dibujo (una enorme habitación con el techo de cristal situada en el último piso), para el gabinete de música. Había una pequeña capilla, un gimnasio cubierto, un comedor con cocina y hasta un recinto concebido como salón de actos donde podrían celebrarse conciertos y representaciones teatrales. Cuando Pedro Almeiras vio los planos del colegio, pensó que aquel edificio era a buen seguro el mismo con el que Fernando Castro de Lema había soñado durante más de cincuenta años. Aquella misma tarde, Juan Sebastián Arroyo envió un telegrama a José María Aguilar aceptando todas sus propuestas arquitectónicas e invitándolo a trasladarse a Vilabranca en el menor plazo posible para poner en marcha el proyecto que hasta ahora no existía más allá del papel cebolla de los planos. El arquitecto andaluz contestó al día siguiente anunciando su próxima llegada a la aldea, que no se demoraría más allá de tres semanas, para empezar a trabajar cuanto antes. Además, Aguilar informaba a Juan Sebastián Arroyo de que en breve recibiría la visita de Silverio Martín, un paisajista asturiano interesado en hacer frente al trazado del jardín botánico.

En efecto, Martín llegó a Ribanova sin aviso previo. Apareció un domingo a mediodía, con un enorme cartapacio rebosando dibujos coloreados, y se presentó en la pensión de doña Josefa cuando los huéspedes terminaban el almuerzo y se disponían a tomar café.

—Busco a Juan Sebastián Arroyo.

—El señor Arroyo está acabando de comer —la patrona había asumido un papel casi maternal con todos sus realquilados, y le molestaba sobremanera que alguien pretendiese interrumpirlos a las horas de las comidas. Silverio Martín miró a la casera con cierta displicencia.

—No se preocupe por eso. Afortunadamente, yo ya he almorzado. Permita que me presente: soy el doctor Martín, arquitecto de jardines. Y ahora ¿sería usted tan amable de avisar a don Juan Sebastián?

—Claro, señor —Josefa Chao sintió un ataque de antipatía furibunda hacia el recién llegado—, en cuanto haya terminado con el café. Puede sentarse ahí —señaló un banco de madera de aspecto francamente incómodo—, y ya le digo yo al señor Arroyo que quiere usted verle.

Silverio Martín no estaba muy acostumbrado a obedecer órdenes de ningún tipo, pero bien es verdad que tampoco se cruzaba todos los días con mujeres del carácter de doña Josefa, así que tomó asiento en el banco, colocó el cartapacio con los bocetos encima de las rodillas y se dispuso a esperar. Juan Sebastián Arroyo apareció diez minutos después.

—¿Preguntaba por mí?

—¿Señor Arroyo? Soy Silverio Martín. José María Aguilar me dijo que estaba usted esperándome.

—¡Ah, claro, el paisajista! —le tendió la mano—. Perdone, pero no contábamos con que llegara tan pronto.

—¿Le parece mal momento?

—No, no, desde luego que no... Es sólo que me ha cogido de sorpresa... en fin, me alegro de conocerle. Supongo que el señor Aguilar le ha contado ya lo que queremos hacer.

—Por supuesto. —Silverio Martín abrió el cartapacio y extrajo un montón de dibujos que extendió sobre la mesa—. Un jardín botánico. Me parece una idea excelente, y me he permitido empezar a trabajar... Claro que esto son sólo aproximaciones. Tendría que ver el terreno, y quizá sería conveniente hablar del presupuesto que manejan.

—No se preocupe por eso. Lo que nosotros queremos es que el jardín quede lo mejor posible. Dígame una cosa, ¿va a pasar la noche en Vilabranca? Lo pregunto porque tendremos que hablar con doña Josefa para que le prepare una habitación...

El otro abrió mucho los ojos.

—De ningún modo, señor. Me alojo en un hotel de La Coruña. He venido hoy en un coche de alquiler para conocerle a usted, y también para visitar el terreno donde quieren ubicar el jardín. Volveré dentro de unos días para mostrarles mi trabajo. Y ahora, si es tan amable, le rogaría que me acompañase a visitar esa finca.

Al igual que había ocurrido a la patrona, Juan Sebastián Arroyo encontró decididamente antipático al jardinero asturiano, y de buena gana le hubiese pedido que recogiera sus bártulos y volviese por donde había venido. Pero estaba por medio la figura amable de José María Aguilar y la necesidad de hacer las cosas lo mejor posible, y el arquitecto andaluz había asegurado que no había en toda España un paisajista de la talla de Silverio Martín. Fueron juntos hacia el terreno de Esteban Segade, en medio de una lluvia menuda que agitaba el viento. El pueblo entero parecía flotar en la neblina gris. No había nadie en las calles sin asfaltar, y Silverio Martín pensó que Vilabranca era sin duda el último lugar del mundo que él hubiese elegido para levantar un jardín botánico. Sin embargo, no dijo nada y siguió a Juan Sebastián Arroyo hasta llegar a la finca. Las cuadrillas de limpieza estaban a punto de terminar el desbrozado del terreno, y una vez más Juan Sebastián Arroyo se asombró de la labor titánica de los vecinos, porque del bosque desatado en malas hierbas que aquella tierra fuera una vez quedaban ya sólo los robles centenarios y media docena de pinos apuntando al cielo.

—¿Qué le parece?

Silverio Martín se encogió de hombros.

—Nada especial. Una finca como tantas otras. La diferencia la marca lo que se haga con ella, pero de eso ya me encargo yo. —Abrió el cartapacio y sacó un cuaderno y un lápiz—. ¿Las lindes están marcadas?

—Sí, señor. Con aquellas estacas de madera.

—De acuerdo. Perdone, pero voy a medir.

—No se preocupe, ya lo hemos hecho nosotros. En la pensión tengo todos los planos...

—Me refiero a mis medidas. Yo mido por zancadas. Es una costumbre profesional..

Y sin mediar más explicación, Silverio Martín echó a andar a grandes pasos mientras tomaba notas en su cuaderno con un lápiz colorado. Juan Sebastián Arroyo le dejó hacer. Después de todo, Aguilar había dicho que era el mejor, y cada cual tiene sus propias manías. Aunque bien es verdad que aquel tipo parecía tener muchas más que el común de los mortales. Arroyo se sentó en una piedra y esperó bajo la lluvia sin impacientarse. El paisajista acabó sus mediciones en media hora.

—Muy bien. Ya he terminado. Es una buena tierra. Y además, este clima nuestro hace que las plantas crezcan sin problema. Voy a marcharme. Volveré la semana que viene. Por cierto, mi primera minuta es de dos mil reales. Normalmente cobro por adelantado, pero siendo ustedes unos recomendados del señor Aguilar creo que puedo saltarme esa norma. De todos modos, le agradecería que tuviesen preparada la cantidad para el día de mi regreso. Y ahora, si tiene la bondad de acompañarme, quiero volver cuanto antes a La Coruña. Creo que me he constipado.

Juan Sebastián Arroyo pensó que nunca en la vida había sentido tanto placer en ver partir a alguien. El paisajista de marras era decididamente un cretino integral, pero lo cierto es que no iba a ser sencillo localizar a otro.

No tuvieron noticias suyas en una semana. En ese intervalo de tiempo remataron definitivamente las obras de limpieza del terreno de la escuela, y también el retrato al óleo del falso Castro de Lema. Benito Menán había puesto un especial entusiasmo en aquel retrato, y se sentía íntimamente satisfecho del aplauso que don Fernando Castro, tan viajado y tan vivido, había dedicado a su trabajo. Para facilitar la labor del artista, Linus Daff había hecho traer de La Coruña un caballete de madera, y también una completa colección de óleos, aunque el pintor desdeñó las mezclas preparadas y prefirió seguir utilizando los colores base consiguiendo mediante mixturas los secundarios y terciarios. Lo que sí entusiasmó a Menán fue la arquitectura grácil del caballete de madera clara, que parecía sostener el lienzo en mitad del aire.

—Qué barbaridad, don Fernando, no sabía yo que existían estas cosas. Mire, ya estaba acostumbrado a colocar la tela encima de una silla, y así, mal que bien... Fíjese, fíjese qué comodidad, si antes me volvía loco con el dolor de cuello, y ahora, sin embargo...

Cuando el retrato estuvo terminado y seca por completo la pintura, el supuesto Castro de Lema se empeñó en enmarcarlo con cargo a su propio pecunio en la prestigiosa casa Piñeiro, en La Coruña, cerca de la plaza de Pontevedra. El edificio que albergaba el taller era el mismo en el que había vivido tiempo atrás un niño, de nombre Pablo, que años después cambiaría para siempre el rumbo de la historia del arte. Fue Bernardo Soares el encargado de llevar el lienzo a la Coruña y traerlo tres días después instalado en un soporte sobrio y aparente, un marco de madera oscura libre de adornos y retorcimientos, que encajaba muy bien con el carácter austero del inventor de historias aunque, como pensó el propio Linus Daff, quizá el auténtico Castro de Lema hubiese preferido otro tipo de marco para instalar su retrato. Tampoco al alcalde pareció gustarle mucho la moldura elegida.

—Hombre, don Fernando, parece un marco de casa de pobres, y usted perdone la comparación, pero es que yo había pensado en algo con pan de oro...

El otro sonrió.

—Así soy yo, alcalde: un hombre modesto —Linus Daff trató de apartar de su cabeza el Rolls Royce amarillo—. Y precisamente por eso quería pedirle un favor: me gustaría que colgase mi retrato en una de las paredes del colegio. Si quiere que sea sincero, me hace más ilusión perpetuarme dentro de la escuela, que al fin al cabo es cosa mía, que en el salón de plenos del ayuntamiento. Así que deje usted a don Alfonso donde está, y resérveme a mí un lugar discreto sobre los muros del colegio de Vilabranca.

El alcalde accedió a regañadientes. Llevaba como una cruz la ausencia real después de las tan cacareadas visitas, y había encontrado el modo de vengarse relegando el cuadro del rey a aposentos menores por una causa de fuerza mayor, pero tuvo que dar por buenas las razones de Fernando Castro, que propuso además que la nómina de retratos se incrementara con uno de Pedro Almeiras y otro de Juan Sebastián Arroyo.

—La ayuda de los señores Almeiras y Arroyo está siendo decisiva en este proyecto, y creo que es justo que ellos obtengan también su parte de reconocimiento. Por supuesto, el trabajo del señor Menán será justamente retribuido. Y hay otra cosa, alcalde... el colegio va a poner en funcionamiento un gabinete de pintura. A ver si convencemos a Menán para que tome unas clasecitas. Ese joven dibuja muy bien, y dirigido por un buen maestro podría aprender muchas cosas.

—Lo que usted diga, don Fernando. Pero a mí me parece que eso de ir a clase es para gente más joven. Nostros, con saber echar las redes, y distinguir los peces... ¿para qué iba a servirle al bueno de Menán aprender más de lo que ya sabe? ¿Para pintar retratos de aldeanos?

—Alcalde, yo he visto mucha pintura por ahí y le aseguro que ese Menán tiene bastante más talento que otros que andan vendiendo sus obras por miles de duros. Estoy convencido de que en Madrid...

—¿Madrid? Don Fernando, eso está muy lejos. Benito Menán tiene mujer y dos niños, una barca de pesca que aún no ha acabado de pagar y una madre enferma de tisis. ¿Qué se le ha perdido a él en Madrid, vamos a ver?

El falso Castro de Lema claudicó, y tuvo que reconocer que para algunos era ya demasiado tarde. Eso sí, habló personalmente con Benito Menán para encargarle sendos retratos de Pedro Almeiras y de Juan Sebastián Arroyo, y le pidió también que valorase su trabajo en los términos que considerase más justos.

—Pero don Fernando, cómo le voy a cobrar dos cuadros de nada... Ya me ha regalado el caballete y la caja de óleos.

—Si no me cobra, no hay retratos. Usted verá.

Benito Menán cedió y pidió la cantidad irrisoria de diez duros por cada pintura. Al día siguiente, Pedro Almeiras se puso por primera vez frente al artista. Justo cuando estaba acabando de posar para los bocetos iniciales llegó a la pensión Silverio Martín. Llevaba el mismo cartapacio atiborrado de la otra vez, y cubría su cuerpo con una enorme capa de color negro para protegerse de una lluvia que de momento no existía, pues el cielo lucía claro y sin nubes.

—¿El señor Arroyo?

—Está arriba. Soy Pedro Almeiras...

—Silverio Martín, arquitecto de jardines. Vengo a entregar un encargo.

—Don Juan Sebastián nos ha hablado de usted. Suba conmigo. El señor Arroyo y el señor Castro se alegrarán de verle.

Doña Josefa Chao acababa de servir el chocolate con picatostes en la sala del piso superior cuando entró Pedro Almeiras acompañado del paisajista. La patrona dirigió a Martín una mirada del todo ausente de buenas intenciones, pero a pesar de todo puso otras dos tazas en la mesa y buscó un cojín adicional para acomodar la silla del forastero.

—Si no mandan nada más...

—Nada, doña Josefa, muchas gracias. Y usted, señor Martín, siéntese. Estará cansado después del viaje. Ya conoce al señor Almeiras, así que le presentaré a Fernando Castro de Lema, promotor del proyecto que nos ocupa.

—Encantado, señor. Y ahora, si les parece bien, me gustaría que examinasen mi propuesta para el trazado del jardín. Aparten esas tazas, hagan el favor.

La mesa quedó libre mientras el chocolate y los picatostes empezaban a enfriarse. Juan Sebastián Arroyo decidió que, en efecto, detestaba con toda su alma a aquel jardinero venido a más, que parecía encontrar un placer morboso en llegar en el peor de los momentos. Martín extendió sus dibujos.

—Presten atención, por favor. He estructurado el parque en dos partes bien definidas: jardín antiguo y pradera arbolada. El jardín antiguo irá en torno al edificio de la escuela y se dividirá en una parte geométrica y otra paisajista, con terraza y un talud. La pradera arbolada también se articula en dos sectores separados por una calle: una zona menor cubierta de cesped inglés, y otra de mayor tamaño que albergará la plantación multiespecífica. Aquí tienen la lista de variantes que he seleccionado.

Les tendió una cuartilla de papel. Silverio Martín quería plantar un abeto griego, cuyas ramas inmensas empezaban a crecer en la misma base del tronco, cedros del Atlas y del Líbano, tejos silvestres e irlandeses, palmeras canarias, magnolias grandifloras, aligustres de la China, celindas, camelias de colores, rododendros del Ponto, tilos plateados, castaños de indias y setos de boj. Había un espacio pensado para un invernadero que albergaría distintas especies de flora tropical, respetando así los deseos de Castro de Lema de ver en su tierra gallega las plantas del suelo cubano, y también se sugería la colocación de algunos elementos ornamentales: una fuente, un comedero para pájaros y un reloj de sol confeccionado en cantería. Silverio Martín había pensado en instalar un pequeño huerto de hierbas aromáticas donde cultivar lavanda y espliego, menta y hierbabuena, romero y tomillo, pimienta de Cayena, azafrán castellano, orégano y cilantro, clavo y canela, y también un estanque con nenúfares y lirios de agua.

—¿Y bien?

Silverio Martín parecía aguardar un veredicto. Los tres hombres se miraron y sin decir nada estuvieron de acuerdo en una sola cosa: el paisajista era tan poco agradable como eficaz en su tarea.

—Señor Martín —el falso Castro de Lema se sintió en la obligación de tomar la palabra—, ha hecho usted un trabajo excelente. Éste es el jardín con el que he estado soñando años enteros. Permita que le dé la enhorabuena.

Silverio Martín estrechó la mano del inventor de historias convencido de estar saludando a un indiano multimillonario.

—Me complace saber que estamos de acuerdo. Y ahora debemos resolver otra cuestión...

—Sus honorarios. El señor Arroyo ya me había hablado de eso. Si quiere puedo pagarle ahora mismo. —Linus Daff sacó la cartera del bolsillo y entregó quinientas pesetas en billetes nuevos a Silverio Martín.

—Se lo agradezco. He tenido algunos gastos inesperados. También debo decirle que este montante cubre sólo los trabajos de diseño del trazado del parque. En caso de que estén interesados en que sea yo quien ejecute las obras, tendríamos que barajar otras cantidades.

—¿Estaría usted dispuesto a trabajar en Vilabranca?

—Por supuesto... siempre que usted acepte hacer frente a mis tarifas sin regatear.

—La costumbre del regateo no está entre mis muchos defectos, señor Martín. —El supuesto Castro de Lema enarcó una ceja.

—En ese caso, señores, sepan que normalmente cobro mil reales por semana de trabajo. Si ustedes lo desean puedo encargarme también de la localización y compra de las especies vegetales, que tendrían que abonar aparte.

—Muy bien. En ese caso, deje una dirección donde

podamos localizarle en cuanto estemos en condiciones de empezar las obras del parque. Y ahora, si no le importa, tenemos que seguir trabajando.

—Le acompaño a la puerta —era Pedro Almeiras quien hablaba—. Por favor, Arroyo, vaya sirviéndome una taza de chocolate. No tardo nada.

Los pasos de los dos hombres se perdieron por la escalera. Pedro Almeiras volvió en cuestión de segundos.

—¿De dónde han sacado a ese imbécil?

—Aguilar dice que es el mejor de España en materia de diseño de parques —contestó Juan Sebastián Arroyo—, pero empiezo a creer que tendría que superar a los jardineros de Versalles para hacer olvidar su estupidez. En fin, supongo que en el mundo tiene que haber de todo. Hala, vamos a tomar el chocolate. Me parece que aún está caliente.

Los días se sucedieron. Benito Menán avanzó en el retrato de Pedro Almeiras, Linus Daff aprendió a jugar al dominó para no desairar las continuas invitaciones de sus supuestos contemporáneos (que venciendo la timidez inicial estaban dispuestos a rescatar su antigua amistad con Fernando Castro de Lema) y Juan Sebastián Arroyo perfilaba los detalles de la organización académica del Colegio. En realidad, las últimas dos semanas habían sido especialmente fructíferas. Un total de quince jóvenes licenciados habían manifestado su disposición de trasladarse a Vilabranca para integrar el cuerpo docente de la Escuela (atraídos unos por el interés del proyecto y otros por los sueldos generosos que ofrecía Fernando Castro), el terreno de Esteban Segade estaba preparado para iniciar las obras, y se había avanzado considerablemente en la creación del Departamento de Ciencias y los laboratorios de física y química.

La organización del gabinete de historia natural corrió a cargo del profesor Hernán Salinas, un sabio sexagenario considerado primera autoridad en la materia en un tiempo en que en España seguían vivas las diferencias irreconciliables entre darwinianos y cuvieristas. La colección proyectada constaba de cerca de cuatro mil ejemplares entre los que se incluían esqueletos de distintos bichos, dos mil conchas marinas y fluviales, quinientos minerales, cuatrocientos fósiles y mil especies vegetales ordenadas en nueve herbarios. Aunque la colección de animales estaba integrada casi exclusivamente por ejemplares europeos, había también esqueletos de algunas especies exóticas, como el armazón de un canguro y el cráneo completo de un orangután. El catedrático Jerónimo Macho Velado, autor del primer tratado de mariposas publicado en Galicia, había aceptado hacerse cargo de la colección de insectos, y consiguió para el centro casi dos mil ejemplares distintos. El laboratorio de física contó con el asesoramiento de Jean Serrault, un francés eternamente triste a quien Arroyo había hecho reír durante casi treinta minutos seguidos cuando un conocido común los presentó en Madrid. Después de la inolvidable sesión de carcajadas, primera y última en la vida del francés, Jean Serrault juró amistad eterna al simpático español, y todas las Navidades le enviaba desde París un surtido de quesos y dos botellas del mejor Borgoña. Serrault, que dirigía en la capital del Sena un Instituto Avanzado de Investigaciones Científicas, elaboró a petición de Arroyo un completo listado de artilugios de física que conformarían el mejor y más completo laboratorio privado en la materia que hubo nunca en la España de la época. Serrault tenía excelentes relaciones con la casa G. Fontaine, primer fabricante europeo de instrumental de física, y manifestó que estaba dispuesto a encargarse personalmente de la compra de los aparejos recomendados, unos doscientos en total, entre los que había piezas como el hombre del doctor Anzou, totalmente desmontable, que tenía señaladas en el cuerpo dos mil partes diferentes, el fenaquisticopio de Plateau, el fonógrafo de Edison, el vibroscopio de Duhamel y el estereoscopio con vistas inventado por Wheatstone. Había además distintos tipos de máquinas a vapor, una prensa hidráulica, un telescopio y hasta un esqueleto humano con todos sus huesos que, según se dijo después, era en realidad la osamenta de una cupletista parisina que había cometido suicidio por causa de una pasión no correspondida. El montante de las compras era tan elevado que asustó al propio Juan Sebastián Arroyo, y mostró a Linus Daff la relación enviada por Jean Serrault y el presupuesto adjunto preparado por la casa Fontaine.

—Mire, Daff, yo no sé si esto será demasiado... Todos estos chismes son carísimos.

—Querido amigo, contamos con más de veinte millones de pesetas... le aseguro que nada es demasiado. Así que adelante. Dígale a su amigo que encargue el instrumental, y le enviaremos enseguida el dinero necesario para las compras y los costes de cada envío.

Así se hizo, y Serrault recibió una carta dando vía libre a las adquisiciones y un giro de quince mil reales para los primeros gastos. Entre unas cosas y otras, las casi treinta mil pesetas que quedaban de la cantidad en metálico entregada por el verdadero Castro de Lema antes de morir había ido mermando sensiblemente, y un buen día Linus Daff se dio cuenta de que apenas tenían dinero. Faltaba menos de una semana para la llegada de José María Aguilar, de modo que en cosa de quince días podrían comenzar las obras del colegio. Se hacía necesario, pues, disponer de dinero líquido para hacer frente a los muchos gastos que se avecinaban.

—Mañana iré a La Coruña a sacar dinero de la cuenta de Castro de Lema —dijo a Juan Sebastián Arroyo mientras comían—. ¿Quiere acompañarme?

—No le digo que no. Me apetece dar otro paseíto en ese coche suyo.

—Muy bien. Salimos mañana a las ocho en punto. ¿Y usted, Pedro?

—Me quedaré vigilando el fuerte. Además, voy a empezar a hacer la lista de los instrumentos necesarios para el gabinete de música, y Benito Menán quiere aprovechar la mañana para terminar mi retrato. Vayan ustedes dos.

Salieron del pueblo muy temprano, justo cuando volvían las barcas y el sol empezaba a brillar en el cielo rosáceo. El trayecto a La Coruña se prolongó más de dos horas, porque aunque salieron de Vilabranca con buen tiempo, a medida que el camino avanzaba el cielo iba volviéndose de un gris profundo y empezaban a caer las primeras gotas de lluvia. Llegaron a la ciudad a las diez de la mañana, y el coche maniobró en medio de la curiosidad de los paseantes hasta encontrar la sucursal del Banco Hispano Americano, donde Fernando Castro de Lema había transferido todos sus fondos semanas antes de fallecer. Linus Daff y Juan Sebastián Arroyo entraron juntos en la oficina bancaria. No había otros clientes en aquel momento, y un empleado solícito les sonrió cuando se acercaron a la ventanilla.

—¿En qué puedo ayudarles?

—Quiero retirar dinero de una cuenta a mi nombre, abierta hace dos meses desde mi banco de Nueva York.

—Por supuesto, señor. ¿Qué cantidad?

—Cuarenta mil pesetas.

El contable dio un respingo que hizo sonreír a Juan Sebastián Arroyo.

—Aquí tiene mi pasaporte y los datos de mi cuenta bancaria. —Linus Daff tendió los documentos al recién sorprendido.

—Muy bien. Por favor, aguarde un momento, señor...

—Castro. Fernando Castro de Lema.

El empleado se retiró y tardó unos minutos en volver. Cuando regresó, y para sorpresa de los dos hombres, no llevaba en las manos un fajo de billetes, sino una expresión hierática clavada en la cara.

—Señor..., lamento comunicarle que no puede disponer de la cantidad que solicita.

—¿Por qué razón? —el falso Castro de Lema ni siquiera alteró el gesto.

—Simplemente, porque en su cuenta no hay fondos suficientes. —El empleado del banco miraba desde el parapeto de cristal a Linus Daff y a Juan Sebastián Arroyo.

—¿Cómo? —Linus Daff sonrió—. Debe tratarse de un error. Hace poco más de un mes di indicaciones a mi banco de Nueva York para pasar a esta cuenta el montante íntegro de mis ahorros.

—Perdone, pero eso es todo lo que puedo decirle.

—Está bien —Linus Daff levantó la cabeza—. Necesito hablar con el director de la sucursal. Inmediatamente.

Había algo en verdad autoritario en las maneras suaves y corteses del supuesto Castro de Lema. El empleado de caja desapareció para volver en unos minutos.

—El director les espera en su despacho.

Roque León se puso de pie cuando vio entrar a los dos hombres, estrechó sus manos y les pidió que se sentaran. El director de la oficina bancaria era un hombre tímido y afable, que hacía su trabajo con un rigor y una meticulosidad extrema, y al que gustaba muy poco dar malas nuevas. No soportaba la tarea de denegar un crédito, ejecutar un embargo o comunicar a un cliente que estaba en números rojos, y empezaba a intuir que aquélla sería una de tantas ocasiones funestas en que su cargo le convertía en portador de las peores noticias.

—¿En qué puedo ayudarles?

—Señor, mi nombre es Fernando Castro de Lema... y me temo que estamos ante un asunto muy enojoso. Acabo de volver a Galicia después de pasar más de medio siglo en el extranjero, y poco antes de mi regreso ordené a mi banco de Nueva York que transfiriese a una cuenta abierta en esta entidad todo el capital acumulado después de cincuenta años de trabajo. Hoy he solicitado una cantidad de dinero con cargo a esa cuenta, y me dicen que el saldo del que puedo disponer no cubre el montante que necesito... lo cual no es posible, porque si los cálculos no fallan, el importe de mis ahorros, íntegramente enviados a esta sucursal, debe andar cercano a los cuatro millones de dólares.

El director del banco se pasó la mano por la cabeza.

—Señor...

—Castro.

Roque León abrió una carpeta llena de papeles y extrajo un documento en el que se consignaban distintas cifras.

—En efecto, señor Castro —el director del banco se caló las gafas—. Hace más de un mes y medio usted ordenó desviar a esta sucursal el montante completo del capital depositado en un banco americano. Pero en el momento de efectuarse la transferencia sólo había en su cuenta una cantidad que rondaba los seiscientos dólares. Al parecer, su socio retiró el resto del dinero unos días antes de materializarse esa transferencia.

—¿Mi... mi socio? —Linus Daff notó con disgusto que la voz le temblaba.

—Sí señor. El señor Schmitd —volvió a examinar los papeles de la carpeta—. Según lo consignado, desde hace más de treinta y cinco años Oskar Schmitd es firma autorizada en esa cuenta, y por tanto puede disponer del capital con la misma libertad que usted. Exactamente dos días antes de que ordenase la transferencia, el señor Schmitd retiró cuatro millones de dólares que, en efecto, estaban ingresados en su banco de Manhattan.

—Pero ¿cómo es posible...? —era Juan Sebastián Arroyo quien hablaba.

Roque León carraspeó un poco y, como tantas otras veces, se sintió absolutamente miserable.

—Lo lamento, señor Castro. Dispone usted de algo más de seiscientos dólares que puede retirar en cuanto crea oportuno... pero el resto de su capital se encuentra ahora mismo en manos de su socio, el señor Oskar Schmitd, en una sucursal suiza de su banco de Nueva York.

—Espere un momento. —Juan Sebastián Arroyo había perdido de golpe todo el color de la piel—, ¿cómo... cómo dice usted que se llamaba su socio?

—En realidad era mi agente bursátil —Linus Daff tenía que hacer esfuerzos por recordar sus propias mentiras—, aunque sí es cierto que Oskar Schmitd y yo tuvimos algunos negocios juntos.

—Pero... pero si yo conozco a ese tipo... Schmitd... y no es un agente de bolsa... es un estafador con todas las de la ley, que hace veinte años quiso llevarse piedra a piedra las murallas romanas de Ribanova. —Juan Sebastián Arroyo se rascó la cabeza para ayudarse a recordar—. Dijo que era arquitecto o no sé qué, y que la muralla podía desmontarse, vender las piedras al muelle de La Coruña y construir con el dinero resultante una réplica del palacio de Versalles. Afortunadamente, nos dimos cuenta de que era un timo...

—Una historia extraordinaria, sin duda. —Roque León había olvidado de un plumazo su condición de director de banco—. Y ahora ese mismo caballero ha desviado a una cuenta propia cuatro millones de dólares que pertenecían a los dos.

—Por el amor de Dios —Juan Sebastián Arroyo pasó por alto el comentario de Roque León—, por el amor de Dios... América del Norte está llena de agentes de cambio y bolsa. Ciudadanos honrados dispuestos a trabajar de forma honesta... y Castro de Lema... quiero decir, y usted —se volvió casi con ferocidad hacia Linus Daff— tiene que elegir como asesor a un estafador profesional. A un timador como la copa de un pino...

—Señores —Roque León se pasó un pañuelo blanco por la frente para retirar el sudor—, créanme que lamento verdaderamente lo que ha pasado... pero no hay nada que podamos hacer. Señor Castro, estoy a su disposición si en algo puedo ayudarle... pero me temo que, dadas las circunstancias, de poco va a valerle la buena voluntad de esta entidad financiera. Ya sabe dónde encontrarme si me necesita.

Linus Daff y Juan Sebastián Arroyo hicieron en un completo silencio todo el viaje de vuelta a Vilabranca, que se les antojó largo y tortuoso como nunca. Del cielo caía una lluvia menuda, persistente, muy parecida a la lluvia inglesa, que empañaba los cristales del coche y embarraba el camino, Pedro Almeiras supo que algo iba mal en cuanto vio el rostro sombrío del inventor de historias y el gesto atribulado de Juan Sebastián Arroyo.

—¿Qué ha pasado?

—Es el fin, Pedro. Ahora sí que es el fin —Linus Daff meneaba la cabeza en un ademán de derrota. A su lado, Juan Sebastián Arroyo sólo sabía murmurar entre dientes, qué desastre, qué desastre, qué desastre.

—Pero ¿cuál es el problema?

—¿Problema? Es algo mucho peor, amigo mío. El dinero de Fernando Castro se ha evaporado.

—Eso no es posible.

—Vaya si lo es. —Juan Sebastián Arroyo parecía decidido a intervenir—. Yo mismo vi el saldo de su cuenta bancaria. En este momento, don Fernando Castro de Lema posee una fortuna que importa la cantidad de seiscientos diecisiete dólares con veintiocho centavos.

—Pero no puede ser... Hace dos meses, el patrimonio en metálico de Fernando Castro rozaba los cuatro millones de dólares. Es posible que en las últimas semanas tuviese algunos gastos extra... me dijo que había sacado dos mil dólares en pesos cubanos para la liquidación de los criados, y luego los siete mil dólares que me entregó para los gastos del viaje... sé también que compró ropa nueva y que le pagó a usted —Pedro Almeiras se esforzaba por entender dónde y cómo podía haber dilapidado una fortuna su difunto amigo—, pero esa cantidad de la que me hablan...

—Pedro..., escuche, el asunto es más complicado. Se trata de un timo. ¿Recuerda usted a Oskar Schmitd?

—¿El socio de Fernando? Muy vagamente. No llegué a conocerle, pero es cierto que Castro de Lema me habló mucho de él... le tenía en gran estima.

—Pues el amigo de su amigo nos la ha jugado a base de bien. Juan Sebastián Arroyo parecía absolutamente indignado—. El muy sinvergüenza se las apañó para transferir a una cuenta en Suiza todo el capital acumulado por Fernando Castro.

—Pero ¿cómo pudo...?

—En el fondo, la culpa fue del propio Castro de Lema. Al abrir la cuenta en Nueva York, autorizó a su socio a firmar en su nombre determinadas operaciones. Ya sabe que, dada la especificidad de los negocios que ambos mantenían—Pedro Almeiras y Linus Daff intercambiaron una mirada cómplice—, en ocasiones les era necesario disponer de, dinero líquido, y al mismo tiempo resultaba más cómodo para Castro de Lema que su socio ingresase sin dificultad las comisiones correspondientes a los trabajos realizados en colaboración.

—Así que puso en la condenada cuenta el nombre de ese Schmitd de todos los demonios. —Juan Sebastián Arroyo hubiese estrangulado con sus propias manos al estafador alemán—. Cuando se produjo el último movimiento ordenado por Castro de Lema, el desgraciado ya había transferido prácticamente todo el montante: cuatro millones de dólares. Los seiscientos que quedan son una especie de pitorreo. La calderilla, vamos, la calderilla. Deberían haber enviado a la cárcel a ese miserable cuando quiso llevarse la muralla de Ribanova. Pero lo dejaron ir, y ahora ha vuelto para hacernos la Pascua. Qué pequeño es el mundo...

Quedaron en silencio. Por unos momentos sólo se escuchó el tableteo de las gotas de lluvia en los cristales y el gemido del viento del norte que anunciaba temporal.

—¿Qué vamos a hacer ahora? —Linus Daff parecía sinceramente afligido—, ¿qué vamos a decir a toda esa pobre gente? Están convencidos de que hemos llegado aquí para dar una oportunidad a este pueblo que hasta ahora no había tenido ninguna. Y además ¿qué pasa con los encargos que hemos hecho? Desde París van a enviar doscientos artículos carísimos para el laboratorio de física... y Aguilar llega dentro de unos días con los planos debajo del brazo. Iba a venir un constructor de La Coruña, y un fundidor de Lugo para cerrar la finca... Por no hablar de Silverio Martín, que ya ha encargado las plantas a unos viveros de Barcelona.

—Podríamos... podríamos seguir adelante a pesar de todo. —Pedro Almeiras fruncía el ceño—. Miren, yo tengo algunos ahorros... y también acciones en minas de wolframio... puedo vender los títulos, acaban de subir.

—Yo soy propietario de la casa habanera de Castro de Lema. —Linus Daff recordó la casa inmensa y el jardín de la araucaria—. Si la pusiésemos a la venta podríamos obtener unos cuantos miles...

—Caballeros... —Juan Sebastián Arroyo se vio en la obligación de intervenir—, perdónenme, pero estamos hablando de suplir una fortuna de cuatro millones de dólares. Vender una casa o unos títulos de propiedad no va a ayudarnos a salir del problema. Los gastos proyectados para la construcción de la escuela, la dotación de material y la contratación del profesorado se llevarían de golpe una cantidad diez veces mayor que la que ustedes estarían en condiciones de aportar. Lo siento, pero a no ser que ocurra un milagro debemos dar por finalizada esta historia. Y poner pies en polvorosa para salir del pueblo cuanto antes, porque me temo que dadas las circunstancias no vamos a ser muy bien vistos por estos lares.

—Daff —Pedro Almeiras miraba desconsolado a su amigo inglés—, tiene que haber una solución. Piense, por favor.

El inventor de historias sonrió con cierta tristeza. No podía negarse que la fe de Pedro Almeiras en su habilidad era del todo ilimitada. Pero ya no se trataba de fabricar una mentira, sino de conseguir una cantidad millonaria de un solo plumazo. Nunca, en su larga vida de inventor de historias, se había sentido tan impotente y tan cerca de declararse vencido. Pedro Almeiras leyó la derrota en sus ojos, y lo mismo le ocurrió a Juan Sebastián Arroyo. Y entonces, cuando ya todos estaban a punto de reconocer la imposibilidad de un remedio, las pupilas de Linus Daff brillaron con la luz del triunfo.

—Señores... no todo está perdido.

—Daff —Juan Sebastián Arroyo temió por un momento que su buen amigo se hubiese vuelto loco—, ¿sabe usted lo que está diciendo? El dinero no flota en el limbo...

—¿Está seguro, Arroyo? Pues yo diría que, en este caso, eso es precisamente lo que ocurre. Que una fortuna mayor incluso que la de Castro de Lema está suspendida en el aire esperando que alguien se haga cargo de ella.

—Explíquese.

—Hace seis meses que en un banco de Nueva York está depositada una cantidad por valor de un millón de libras esterlinas a nombre de un caballero llamado Irwin Howard. Al cambio español, más de veintisiete millones de pesetas que van a servir para hacer realidad el sueño de Castro de Lema.

—¿De verdad cree usted que ese Howard va a prestarnos su dinero para construir un instituto aquí, en Vilabranca? —Juan Sebastián Arroyo abrió mucho los ojos. Linus Daff negó con la cabeza.

—No, por supuesto que no. Irwin Howard no va a prestarnos ni un céntimo. Fundamentalmente porque Irwin Howard no existe.

Los dos hombres miraron al inventor de historias en demanda de más detalles.

—Es una invención mía. Un nombre creado para la nueva historia de otro hombre, beneficiario de una herencia fabulosa, que murió en el naufragio del *Titanic.* Irwin Howard se llamaba en realidad Patrick O'Brien, era irlandés de nacimiento y había decidido empezar una nueva vida con un nuevo nombre. Salió de Inglaterra con la intención de instalarse en América del Norte, pero supongo que tomó el barco equivocado. Nadie reclamará nunca su dinero, que está ingresado en una sucursal neoyorquina del Banco de Londres. Hay que cablegrafiar inmediatamente a la sucursal americana pidiendo que ingresen el dinero en un banco de La Coruña. Y luego uno de nosotros tendrá que hacerse pasar por Irwin Howard para transferir el millón de libras a la cuenta personal de Castro de Lema.

Se hizo el silencio. Juan Sebastián Arroyo y Linus Daff miraron sin disimulo a Pedro Almeiras.

—¿Qué... qué es lo que están pensando?

—Mi querido amigo —Linus Daff apoyó sus manos sobre los hombros del gallego—, me temo que ha llegado su turno.

—Ni hablar. Yo no sé mentir. Que se encargue Arroyo.

—¿Yo? Oiga, Daff, no creo que sea buena idea...

—Por supuesto que no. —El inventor de historias se sentó y unió las puntas de los dedos—. Debe ser Pedro quien suplante a Irwin Howard. En primer lugar, porque habrá que hacer una operación bancaria a cara descubierta, y a usted —señaló a Juan Sebastián Arroyo— ya le conocen en la sucursal. Y en segundo, porque con el acento gallego del señor Arroyo nadie se tragaría la historia de su origen americano.

—Usted tiene acento inglés y todo el mundo está convencido de que es de Vilabranca.

—Porque vino al pueblo a hacer un regalo —intervino Arroyo—. El tal Irwin Howard va a reclamar un millón de libras esterlinas. Y además, a mí en La Coruña me conoce mucha gente. Imagine que estamos en el banco y aparece alguien diciendo que soy de Ribanova y me llamo Juan Sebastián Arroyo. Acabaríamos todos en el cuartelillo, y yo el primero por ladrón.

—Señores —Linus Daff no quería enredarse en más discusiones—, la suerte está echada. Ni Arroyo ni yo podemos hacernos pasar por Irwin Howard. Pedro, esto depende de usted. Estamos muy cerca del final.

Pedro Almeiras se sentó en la butaca, metió la cabeza entre las manos y se alborotó el pelo.

—Díganme qué tendría que hacer.

—Intentaremos que todo sea lo más sencillo posible. Escuchen con atención: mañana, a primera hora, pondré un cable al Banco de Londres solicitando la transferencia de todos los fondos de Irwin Howard a la correspondiente sucursal en La Coruña. La operación de traspaso demorará dos o tres días. Después, usted y yo iremos juntos al banco. Allí, Irwin Howard en persona ordenará el traslado de sus fondos a la cuenta bancaria de Fernando Castro de Lema. Usted no dirá una sola palabra en castellano: hablará siempre en inglés y yo le serviré de intérprete ante los empleados de la oficina. Así evitaremos cualquier pregunta y reduciremos las posibilidades de que usted se ponga nervioso y diga algo inconveniente. Salude en inglés al entrar y al salir. Le prometo que será cosa de unos minutos. Después, todo habrá terminado y nadie volverá a hablarle nunca de Irwin Howard.

Pedro Almeiras asentía son los ojos vidriosos y el entusiasmo de un condenado a muerte.

—Vamos, vamos, no es para tanto. —Juan Sebastián Arroyo trataba de quitar importancia al asunto, pero en su fuero interno se alegraba de que fuese otro el encargado de suplantar a Irwin Howard—. Lo hará usted muy bien.

—Es que no estoy seguro de poder resistirlo. Si no soy capaz de contar una mentira miserable ¿cómo quieren que me haga pasar por alguien a quien ni siquiera conozco?

—Le aconsejo que no piense en ello. Lo que sí quiero que entienda es que no nos queda otra opción. Es nuestra última oportunidad. El dinero de Fernando Castro se ha evaporado. Y si usted no recupera el de Irwin Howard, podemos ir diciendo adiós a los planes de nuestro amigo. No hay mucho donde escoger.

Pedro Almeiras seguía mirando al suelo. En aquel momento entró la patrona.

—Perdonen la molestia, pero abajo les espera José Luis Otero. Dice que viene de Lugo a tomar las medidas para cerrar la finca.

—¡El de la fundición! —Juan Sebastián Arroyo se dio una palmada en la frente—. ¡Se me había olvidado que venía hoy!

—Y ha llegado un telegrama para usted —la patrona tendió a Arroyo un sobre algo arrugado y luego salió cerrando la puerta. El otro abrió el cable:

—«Adelantado viaje. Llego mañana a La Coruña en el tren de las nueve. Firmado, José María Aguilar.» —El vecino de Ribanova dirigió una mirada desolada a Pedro Almeiras—. Amigo mío, esto ya no hay quien lo pare.

Pedro Almeiras forzó una sonrisa.

—¿Puede preparar un pasaporte a nombre de Irwin Howard?

—Eso está hecho.

—¿Y enseñarme a imitar su firma?

—No hay problema —Linus Daff tendió la mano a Pedro Almeiras—, entonces ¿trato hecho?

—¡Qué remedio me queda! Dentro de unos días, y por el menor tiempo posible, renunciaré a mi nombre y a mi sinceridad proverbial. Pedro Almeiras se convertirá en Irwin Howard... y yo, en un mentiroso.

El arquitecto andaluz llegó a la aldea al día siguiente. El falso Castro de Lema pidió al alcalde que se le tributase un recibimiento especial, y Serafín Cortés accedió encantado y organizó una recepción oficial en el ayuntamiento y una comida en la cofradía de pescadores en la que participó toda la corporación municipal junto a Pedro Almeiras, Fernando Castro y Juan Sebastián Arroyo, y todo el mundo se extrañó de que en esta ocasión el señor Almeiras apenas probase bocado, cuando sabían de sobra su afición desmedida por el arroz con mariscos.

Al día siguiente, los bocetos de la escuela se expusieron bajo los soportales del ayuntamiento, y todos los vecinos de Vilabranca se dejaron admirar por el proyecto del edificio y el jardín circundante donde iban a crecer plantas nunca vistas. Como era de esperar, la imaginación popular no tardó en desatarse, y había quien aseguraba que el colegio iba a tener un tejado hecho de espejos, y en el jardín se construiría un lago profundísimo, que iban a venir profesores de la China y máquinas de América y que los suelos iban a ser de mármol y de seda las cortinas de las ventanas gigantes. Los niños escuchaban absortos aquellos relatos desproporcionados que poco tenían que envidiar al relato de los sueños de Esteban Segade, y empezaban a sentir una excitación creciente cuando pensaban que, en efecto, algún día podrían entrar por derecho propio en el palacio de cristal donde, según sus padres, iban a enseñarles a leer, y a dibujar mejor incluso que Benito Menán, y las partes del mundo y del cuerpo humano, y media docena de idiomas, y las diferencias entre las piedras y los huesos del brazo, que no eran, ni mucho menos, todos iguales.

Mientras todos los vecinos de Vilabranca esperaban el inicio de las obras, Linus Daff instruía a Pedro Almeiras en el arte de falsificación de una sola firma. Le enseñó también a unir las puntas de los dedos con una firmeza especial por si acaso se veía en la necesidad de disimular el temblor de las manos, a respirar acompasadamente para no perder el ritmo del pulso, a colocar la lengua pegada al paladar para evitar así la sequedad de la boca. La víspera del viaje a La Coruña para firmar la orden de transferencia del millón de libras a la cuenta de Castro de Lema, el inventor de historias tranquilizó una vez más a Pedro Almeiras.

—Sobre todo, recuerde una cosa: usted no tendrá que pronunciar una sola palabra. No conteste a ninguna pregunta hasta que yo las traduzca al inglés. Si alguien se dirige a usted, míreme a mí y responda exactamente lo que yo le diga.

—Nunca pensé que iba a verme en una situación como ésta.

—Yo tampoco, se lo aseguro —Linus Daff se abotonó bien la chaqueta—. Como comprenderá, cuando empecé mi carrera como inventor de historias no imaginaba que iba a acabar en un pueblo de Galicia suplantando a un indiano chiflado que se dejó estafar cuatro millones de dólares. La vida da muchas vueltas, Pedro.

—Ya. Pero yo creí que la mía ya había dado demasiadas.

Los dos quedaron en silencio.

—¿Quién es usted? —Linus Daff miró directamente a Pedro Almeiras—. ¿Se da cuenta de que conocerle ha cambiado por completo mi vida, y que yo en cambio no sé casi nada de la suya?

—¿Le interesa mi historia?

—Me interesan todas las historias del mundo, amigo mío. Especialmente la de usted. Su habilidad con el piano. Su capacidad de seducción. El motivo de su traslado a La Habana... y ese castillo que vimos antes de llegar a Vilabranca.

Pedro Almeiras se puso en pie y miró por la ventana.

—Va a llover otra vez —dijo.

—¿No va a contarme nada?

El otro negó con la cabeza.

—En otra ocasión. Ahora es mejor que descansemos.

Linus Daff se encogió de hombros.

—Como prefiera. Pero recuerde que me debe usted una historia.

Aquella noche, después de muchos años sin hacerlo, Pedro Almeiras soñó otra vez con el castillo de su infancia, donde su abuelo le contaba viejas historias familiares y el padre, Gaspar Almeiras, mandaba callar al mar todos los días, de cuatro a siete de la tarde, para que el ruido de las olas no interrumpiese sus ejercicios de piano. Entonces, la fortaleza de los condes de Trava quedaba suspendida en el silencio durante tres horas, y mientras el niño Pedro desarrollaba su habilidad para la música no se escuchaba ni el más leve susurro en todo el castillo. Dos cosas recordaba Pedro de su niñez casi feliz: las tardes eternas pasadas a la fuerza frente al teclado de marfil, y la figura amable del abuelo, Henrique Almeiras. El padre había decidido consagrar su tiempo y sus esfuerzos a la educación de Juan Francisco, primogénito de la familia, que había nacido cinco años antes que Pedro y heredaría por tanto el título nobiliario y la condición de cabeza de la estirpe. Gaspar Almeiras relegó sin muchos miramientos al hijo segundón, y sólo su rara habilidad frente al piano servía al pequeño Pedro para llamar la atención del autor de sus días. Como Pedro era huérfano de madre desde los tres años, el abuelo asumió por cuenta propia la tarea de educar a su nieto, y se ocupó de dar al niño lo que el anciano consideraba imprescindible en la formación de un Almeiras: el orgullo por el origen de sus apellidos, que se remontaba a la dinastía sueva, el gusto por los caballos y el desprecio a la mentira. La historia de la familia se la enseñó casi antes de que Pedro fuese capaz de hablar, inclinados ambos sobre un árbol genealógico de ramas retorcidas que iban enganchándose en otros apellidos y otras familias, que iban dando el fruto de nombres complicados hasta llegar al suyo, Pedro, Pedro Almeiras, el último descendiente de una saga cuyo pasado cargado de historia llegó a conocer, a honrar y a respetar tanto como había querido su abuelo. Henrique Almeiras le enseñó también a montar a caballo. El anciano había sido un apasionado de los nobles brutos, y ya que la edad y la artritis le impedían galopar por los prados cercanos, se había hecho construir un agujero en el suelo de su salón particular, situado justo encima de las cuadras, para así pasar los días vigilando a sus monturas, que rumiaban en silencio y miraban con nostalgia a su antiguo jinete fijando en él sus dulces ojos pardos. Pedro empezó a cabalgar muy pronto, y a los ocho años ya era capaz de montar con mucho brío a una yegua de raza árabe que había sido regalo de su abuelo.

—Mírala a los ojos —le había dicho al entregársela—, mírala a los ojos y busca cosas en ellos. Así te querrá siempre.

Era verdad. El niño aprendió a escrutar con sus pupilas azules los ojos oscuros de la yegua, y luego también los de los otros caballos. Enseguida entendió que los animales amaban más a aquel que sabía mirarlos, y andando el tiempo supo que ocurría algo muy parecido con las personas. Así que el niño Pedro se instruyó a sí mismo en el arte de la mirada, y el abuelo pensaba algunas veces que aquellos ojos suyos eran capaces de ver el alma de las cosas.

Cuando Pedro empezó a demostrar sus habilidades como jinete, Gaspar Almeiras se preocupó: las muñecas de su hijo, pequeñas y dulcificadas por los ejercicios de piano, podían endurecerse por culpa de la equitación. Cuando un médico amigo confirmó que, en efecto, el manejo de las bridas era incompatible con el virtuosismo delante del teclado, Gaspar Almeiras prohibió formalmente a su hijo que volviera a acercarse a su montura. Una muñeca rota, un brazo lesionado, darían al traste durante meses con las prácticas musicales, y era necesario que el pequeño Pedro no interrumpiese la disciplina del piano. Así que, para disgusto del abuelo y del nieto, el padre restringió el acceso del niño a las caballerizas de la casa, y en adelante Pedro y su abuelo tuvieron que conformarse con mirar los caballos desde el gabinete del anciano.

Aunque tuvo que renunciar a hacer del nieto un buen jinete, Henrique Almeiras se propuso convertir al niño en el más puro Almeiras de la estirpe. Pedro aprendió de memoria la intrincada genealogía de sus antepasados, la historia de su patria y de la patria de otros Almeiras, las leyendas apócrifas o no relacionadas con su familia, las estrategias militares favoritas de sus ancestros, los nombres antiguos de los territorios conquistados. El abuelo le hablaba también de las cualidades morales que había de tener para ser digno de su nombre y su pasado, de la obligación de la generosidad, de la capacidad para el perdón, y sobre todo, de la renuncia a la mentira.

—Sólo mienten los cobardes, Pedro. Y tú eres un Almeiras. Los Almeiras no tienen miedo. ¿Por qué habrían de tenerlo, si no deben nada a nadie y de nadie esperan cosa alguna?

Y el niño escuchaba hablar al abuelo y asentía en silencio, antes de que el padre acudiese al gabinete para reclamar su presencia en el salón de música. Luego, mientras tocaba al piano las piezas más difíciles, Pedro recordaba las palabras de Henrique Almeiras y se hacía el firme propósito de seguir escrupulosamente las instrucciones del anciano, honrar su casa y su nombre, llevar la frente erguida y la verdad en la boca.

Henrique Almeiras murió un otoño, poco antes de que Pedro cumpliese los once años. La falta del abuelo dejó en el niño una desolada impresión de soledad, que aumentó cuando una mañana de noviembre entró en el gabinete que ocupaba y encontró que su padre había hecho tapiar el agujero de comunicación con las cuadras. Gaspar Almeiras justificó su acción diciendo que aquel boquete llevaba el olor a estiércol a toda la casa, pero Pedro entendió que había una especie de traición en aquel gesto, como si el padre estuviese empeñado en borrar a toda costa el recuerdo del abuelo variando su espacio vital, arrebatando al castillo la señal de identidad del hombre que fuera su dueño. Tapado el agujero de comunicación con las cuadras, Pedro no volvió a ver a los caballos nunca más: había prometido a su padre no regresar a las caballerizas, y tenía que mantener su palabra contra viento y marea. La tarde que entró en el gabinete de Henrique Almeiras a buscar los ojos de su yegua y encontró el yeso aún fresco separándole para siempre de los establos, Pedro Almeiras entendió la gravedad del compromiso adquirido con el abuelo, y cómo su promesa de no mentir le iba a obligar a hacer grandes renuncias en la vida.

La rutina del niño transcurrió desde entonces marcada por la ausencia de Henrique Almeiras y la añoranza de su figura protectora, y por las tardes de silencio inclinado frente al piano. Siguió estudiando por cuenta propia el arte de la mirada, y al mismo tiempo que aprendía a dominar las piezas más difíciles hasta tocarlas sin partitura ejercitaba también su habilidad para sondear a los otros utilizando sus ojos, buscando en los ojos ajenos señales que sólo él era capaz de descifrar, y aquellos que le conocían se decían a sí mismos que era imposible no apreciar a aquel muchacho que ponía tanta atención en los ojos de otro, que sostenía todas las miradas sin desafiarlas, que parecía siempre dispuesto a encontrar con sus ojos las virtudes que transmitían los ojos de los demás. En los años sucesivos, Pedro Almeiras se convirtió en un virtuoso del piano y en utilizar la mirada como arma de seducción. En los últimos tiempos sus pupilas diáfanas habían adquirido un tono azul mucho más intenso, y él pensaba a veces que era de tanto mirar el mar cercano al castillo en las tardes de bonanza.

De haberse cumplido los designios del cabeza de familia, Pedro Almeiras hubiese estudiado teología en la Universidad de Compostela antes de ordenarse como sacerdote y hacer carrera en la Curia Romana, porque Gaspar Almeiras abrigaba el deseo secreto de tener un hijo cardenal, pero Pedro se negó en redondo a uncir su destino al de la Santa Madre Iglesia cuando su padre le expuso como cosa hecha los planes que había trazado. Gaspar Almeiras no supo cómo entender la determinación del hijo, y trató de convencerlo con argumentos bien hilados, glosando ante él las ventajas de los dignatarios de la iglesia, la vida cómoda y regalada de obispos y arzobispos (porque en ningún modo un Almeiras hubiese pasado por la etapa vergonzante de cura rural), la consideración de la que gozan los altos empleados de Cristo, de las prerrogativas inherentes al cargo de consejero papal. Le habló de la magnífica biblioteca vaticana a la que llegaría a tener acceso, del sonido incomparable de la seda de la púrpura cardenalicia al rozar los mármoles nobles de los edificios clericales de Roma, del sentimiento de poder que experimentan aquellos que, en última instancia, son responsables de elegir un nuevo pontífice, y, al tiempo que hablaba, Gaspar Almeiras iba imaginando a su hijo entregado a concienzudas deliberaciones para colocar a un mortal en el trono de San Pedro mientras la cristiandad de todo el orbe esperaba ver surgir la fumata blanca.

—Piensa, hijo, piensa —le decía—. ¿Qué más puedes desear?

Pero Pedro Almeiras nunca había deseado nada. Era plenamente consciente de la difícil posición que queda a los hijos segundones en familias como la suya, y por eso trató de aprender a aplacar las inclinaciones y los deseos propios. Había sido un niño tranquilo y pacífico, de naturaleza dócil y poco inclinado a ningún conato de rebeldía, que lo mismo se plegaba a las decisiones paternas que a los caprichos inexplicables del hermano mayor. Cuando el autor de sus días le comunicó que deseaba para él una carrera en Roma, Pedro Almeiras dijo no seguramente por primera vez en su vida, y el padre supo que había una verdadera determinación en las palabras de su hijo. No cruzó una sola palabra con él durante varios días, porque Gaspar Almeiras no era hombre de tolerar desafíos, pero lo cierto es que aquella actitud de su hijo menor le había soprendido tanto que su capacidad de reacción quedó casi anulada. Quince días después entendió como una señal divina la negativa de Pedro, porque un amigo inglés de apellidos casi tan largos como los suyos y fortuna sensiblemente superior a la de los Almeiras le insinuó la posibilidad de unir las dos familias en un matrimonio de conveniencia: su hija Stella acababa de cumplir los diecisiete años, manifestaba un amor desmedido por la tierra española y él mismo deseaba aposentar sus reales lejos de la pérfida Albión. Al inglés le gustaba la sonoridad del apellido Almeiras y el castillo familiar, y uncir su nombre y el destino de su hija a una estirpe como aquélla le parecía el mejor de los arreglos, así que habló con su antiguo amigo.

—Con vuestros títulos y nuestra riqueza formaremos una raza fuerte —había dicho a Gaspar Almeiras—. Hubiera preferido ver a Stella casada con tu hijo mayor, pero ya que alguien se nos ha adelantado no tengo inconveniente en que sea Pedro quien la lleve al altar.

Los padres sellaron el compromiso con un apretón de manos, antes siquiera de que los dos jóvenes llegaran a conocerse. Les presentaron tres días después en el castillo de los Almeiras: Stella era una muchacha rubia y triste, bonita y delicada, que no llegó a sucumbir ante la mirada de Pedro sencillamente porque nunca se atrevió a mirarle a los ojos. El joven Almeiras trató a la chica con mucha gentileza, pero le bastaron segundos para comprender que no iba a amarla nunca. Aquella misma noche se lo dijo a su padre cuando éste le comunicó los deseos de la familia de celebrar los esponsales de ambos.

—Eso es lo de menos —respondió Gaspar Almeiras cuando Pedro le dijo que no se sentía capaz de querer a Stella—, el amor es sólo un elemento secundario en estas bodas.

—No estamos en la Edad Media.

Gaspar Almeiras se puso de pie.

—Pedro..., ¿estás diciéndome que no piensas casarte con Stella?

—¿Por qué iba a hacerlo, si no la quiero?

Gaspar Almeiras sonrió ante la inocencia de su hijo.

—Vamos a ver, hijo... No se te oculta que tu hermano heredará la mayor parte de las tierras, y también del dinero de la familia. ¿Sabes cuál es la dote de Stella?

Pedro quedó en silencio y luego buscó los ojos del padre.

—Entonces... el matrimonio con esa chica sería una completa mentira.

—Como tantas otras por las que tendrás que pasar en tu vida adulta. No hace falta que la quieras, hijo. Preocúpate simplemente de que la gente así lo crea. Y luego, haz con tu vida lo que te plazca.

Pedro bajó los ojos y paseó su mirada limpia por la habitación. El recuerdo del abuelo llegó, y como otras veces bastó para llenarlo todo. El joven sintió una extraña opresión en el pecho.

—No voy a hacerlo.

—¿Cómo dices?

—Que no me caso con Stella, padre. Hacerlo sería mentir.

Gaspar Almeiras estaba a punto de perder la poca paciencia que tenía.

—¿Mentir? ¿A quién?

Pedro Almeiras se encogió de hombros.

—No lo sé muy bien. Pero si el abuelo viviera...

El conde de Trava tuvo que apretar los puños para no abofetear a su hijo menor.

—Mira, Pedro... tu abuelo está muerto. Y harías bien en sacarte de la cabeza todas las majaderías que te enseñó mientras vivió en esta casa. Escucha lo que voy a decirte: te casarás con Stella dentro de tres meses... y si no te parece bien, ahí tienes la puerta. Te doy dos días para pensarlo.

No le hizo falta tanto. Aquella misma noche, cuando ya todos estaban dormidos, Pedro Almeiras salió del castillo de Trava. Llevaba consigo un baúl en el que había guardado sin dificultad sus dieciocho años de vida, unas cuantas partituras de piano y una cantidad de dinero en monedas de oro que su abuelo le había entregado unos días antes de morir. En el camino real esperó hasta el alba la llegada de un coche de caballos que le llevó hasta La Coruña. Pedro había hecho el mismo camino muchas veces, años atrás, cuando acompañaba al abuelo a comprar cigarros puros en los barcos que llegaban de ultramar cargados de frutos exóticos y animales amaestrados. Años después, convertido ya en un empresario próspero, Pedro Almeiras había de recordar las mañanas de niebla, cuando visitaba los buques recién atracados y recibía en todos sus sentidos el aroma denso de los habanos venidos de tierras coloniales. El perfume intensísimo del tabaco fresco, que llenaba la garganta incluso antes de encenderlo, se le había quedado en la cabeza como la anticipación prodigiosa de todos los placeres.

Aquella madrugada recordó aquellas incursiones en los barcos que venían del otro lado del mundo, y al mismo tiempo que rememoraba el olor incomparable de los puros que compraba el abuelo se preguntó cómo sería la tierra generosa que alumbraba aquellos frutos aromáticos. Recordó entonces las conversaciones con los marineros que regresaban del viaje de Colón hablando por los codos de la tierra de las maravillas, donde el mundo era nuevo y los cielos limpísimos, y las mujeres más bellas del mundo desgranaban sin prisa la flor del tabaco. Y de pronto, como si se tratase de una revelación prodigiosa, Pedro Almeiras supo que su destino estaba en tierras de ultramar. Esa misma noche zarpó en un barco con destino a La Habana con la intención de construir su propia historia en un lugar distinto, donde nadie supiese nada de él, donde pudiese cultivar a sus anchas el respeto por la verdad y el recuerdo querido del abuelo muerto.

La primera noche pasada en el mar estuvo marcada por los peores presagios: al salir de puerto el barco se vio envuelto en una tormenta cuya furia sorprendió incluso a los marineros más avezados, y los muebles de a bordo resbalaban por el suelo inclinado de la nave mientras los pasajeros aterrados rezaban en grupo y esperaban su fin. Sin embargo, con las primeras luces del alba el mar recobró una calma milagrosa, y el cielo se hizo azul y el aire puro. El barco recuperó su ritmo pacífico y los viajeros que habían pasado la noche en vela temiendo por sus vidas y por sus almas, porque habían aceptado ya la certeza de morir sin confesión, sintieron que un Dios generoso había decidido regalar a todos una segunda oportunidad. Después de la larga noche sin sueño, el cansancio fue venciendo a todos, y uno por uno fueron entrando en sus camarotes para recuperarse de la obligada vigilia. Sólo Pedro Almeiras salió a cubierta, galvanizado quizá por el óptimo giro de las condiciones meteorológicas, por el brillo del sol y el color azulísimo del cielo. Paseó en solitario por el buque desierto, acompañado sólo por el chillido de las gaviotas (cuya presencia le sorprendió, porque estaban ya muy lejos de tierra firme) y el golpe débil del agua en el casco de la nave. Estaba a punto de regresar a su camarote para descansar un poco cuando reparó en la presencia de otro viajero: era un hombre de edad mediana cuyo rostro resultó a Pedro vagamente familiar, que se arrebujaba en un gabán algo gastado y lucía una barba espesa que empezaba a encanecer en los cañones. El desconocido saludó a Pedro con una leve inclinación de cabeza, y él correspondió a su saludo con una sonrisa porque había algo decididamente amable en aquel rostro barbado.

—Parece que tenemos mejor tiempo. —Fue Pedro quien habló, y el otro hombre sonrió asintiendo.

—Pedro Almeiras —dijo al extraño, tendiéndole la mano.

—¿Cómo estás, Pedro? Soy tu abuelo Henrique —Pedro dio un paso atrás—, no te extrañe notarme cambiado. Para la eternidad, uno escoge la edad que quiere. Tenía casi setenta años cuando ingresé en el otro mundo, así que me quité unos cuantos. Debo tener unos treinta y cinco, más o menos, y es un alivio saber que no voy a cumplir más. ¿Sabes que he vuelto a montar a caballo?

El supuesto nieto estaba blanco como el papel.

—¿Eres un fantasma?

El otro se encogió de hombros.

—Eso me temo. Pero, si no te importa, prefiero la palabra espíritu. Es menos dramática. —Se pasó la mano por la frente—. He venido a decirte adiós... y también que has hecho lo correcto dejando tu casa. Tu padre siempre tuvo la cabeza hueca... pero lo de tu boda con la hija del inglés es demasiado incluso para él, que nunca mostró muchas luces. Te gustará La Habana, ya lo verás. Y qué cigarros encontrarás allí, Pedro. Los mejores del mundo. Recuerda cómo los fumaba yo: sin ninguna prisa y dejando que la ceniza se desprenda sola sin apurarla con golpes. Eso es cosa de fumadores aficionados.

—Yo no he fumado en mi vida.

—Ya lo sé, pero tampoco has estado en Cuba. —Se ciñó el gabán un poco más—. Se me acaba el tiempo, Pedro. Tengo que irme. Sólo quiero desearte suerte y buena memoria. La suerte, para abrirte camino empezando otra vez. La memoria, para recordar quién eres y de dónde vienes. Y ahora, cierra los ojos.

Cuando los abrió estaba en su camarote, tendido en la cama, medio atontado después de dormir a deshora. No cabía duda de que había sido un sueño, pero Pedro Almeiras tuvo que reconocer que aquella experiencia onírica había tenido la virtud de tranquilizarle definitivamente. No volvió a haber tormenta en las tres semanas de travesía, y tampoco Pedro volvió a soñar con su abuelo rejuvenecido. Disfrutó del viaje, hizo amistad con algunos caballeros y con muchas damas, y empezó a respirar por anticipado los aires de libertad de su nueva vida.

Al llegar a Cuba, un niño se ofreció para llevarle el baúl. Pedro recompensó su servicio con una moneda de oro. Era la última del lote legado por Henrique Almeiras. A partir de ahora, pensó, puedo empezar otra vez, como decía el abuelo en el sueño. Así lo hizo. Se construyó su historia personal guardando para sí todos los resquicios del pasado, negó a sus nuevos amigos todos los detalles sobre su origen y filiación y reservó para su orgullo particular la dignidad de sus apellidos. En veinte años nadie logró de él más que el nombre completo y una vaga referencia a su origen gallego, pero cuando otros indianos regresaban a Galicia después de hacer fortuna en Cuba y se ofrecían a Pedro Almeiras y a otros para llevar mensajes y regalos a la tierra común, Pedro era el único que declinaba la oferta con un gesto amable. Había decidido no volver a su patria en mucho tiempo, a pesar de que la añoraba con todos los sentidos y recordaba cada noche lo mucho que amaba el paraíso perdido de los valles del norte. Hizo pintar su castillo a un acuarelista italiano, que recreó la fortaleza orientado por los recuerdos del propio Almeiras, cuidó su acento para no perderlo en la cadencia del son cubano y pidió a su cocinera que aprendiese a elaborar varias especialidades sencillas de la cocina gallega. Algún día, se decía siempre Pedro, tendré que regresar. Pero no lo haría hasta no encontrar el momento. Lo que nunca pudo imaginar, Pedro Almeiras es que su regreso, aunque sólo fuese temporal, iba a verse marcado por tan extrañas circunstancias.

Aquella noche, en Vilabranca, cuando logró por fin dormirse después de conciliar malamente los recuerdos del pasado, Pedro Almeiras soñó otra vez con su abuelo Henrique. Iba montado en un caballo sin bridas y pasó junto a él agitando la mano a modo de saludo. Al despertar horas después, Pedro Almeiras no fue capaz de recordar los detalles del sueño, pero una cosa estaba clara: Henrique Almeiras había sonreído vivamente al pasar por su lado. Y Pedro quiso interpretar que, desde algún lugar y como ya había hecho otra vez, su abuelo le enviaba una aprobación. Una aprobación a su mentira.

Salieron de madrugada en medio de la lluvia que había pronosticado Pedro Almeiras. Hicieron callados la mayor parte del camino a La Coruña. Entraron en la ciudad, y Pedro Almeiras se dio cuenta de que hacía veinte años que no pisaba aquellas calles que ahora, a través de los cristales mojados del coche, cobraban vida y despertaban añoranzas. El Rolls Royce se detuvo frente a la sucursal, y Bernardo Soares abrió la puerta a los pasajeros.

—Bernardo, dé una vuelta con el coche y recójanos junto a esa plaza. No tardaremos mucho. —Se volvió hacia Pedro Almeiras—. Recuerde, Pedro: a partir de ahora, ni una sola palabra en español. Buena suerte.

Entraron en la oficina desierta.

—Buenos días —Linus Daff tomó la palabra—, queremos ver al director.

—¿Quién le espera?

—Dígale que está aquí Irwin Howard.

El director de la oficina salió de su despacho como una centella cuando el empleado le anunció la visita del caballero que unos días antes había transferido desde Nueva York una cantidad cercana a los veintisiete millones de pesetas.

—Señores...

—Soy Fernando Castro de Lema. Éste es Irwin Howard.

El banquero tendió la mano a Pedro Almeiras. Hubo un segundo de vacilación. Luego, el gallego mostró su sonrisa rutilante de dientes perfectos y saludó al otro hombre.

—*Pleased to meet you*...

—¿Ve usted como no ha pasado nada?

Linus Daff y Pedro Almeiras habían salido del banco y caminaban juntos hacia la plaza donde les esperaba, según lo acordado, el Rolls Royce amarillo. Eran las doce y media de la mañana, y en el cielo gris empezaban a abrirse pequeñas grietas de color azul. El viento, que había sido de lluvia durante todo el día, ayudaba ahora a disipar las nubes y traía un intenso olor a sal marina. Pedro Almeiras no había pronunciado una sola palabra desde que salieran de la sucursal bancaria, y llevaba la mirada perdida y el paso lento de quien se encuentra en estado de shock. El inventor de historias caminaba a su lado afectando naturalidad, pero en el fondo llevaba un rato pendiente de las reacciones del mentiroso a la fuerza.

—Pedro... ¿Se encuentra usted bien?

—Perfectamente. Perfectamente, para mi sorpresa.

—Pues hágase a la idea de que ha acabado todo. Los fondos de Irwin Howard se encuentran ya en la cuenta de Fernando Castro de Lema, y a partir de ahora podremos disponer libremente de ellos para cubrir los gastos derivados de la puesta en marcha del colegio. Por cierto, dígame, ¿qué tal le ha resultado la experiencia como mentiroso?

—Ha sido fascinante. —Pedro Almeiras meneó la cabeza hacia los lados como para dar mayor énfasis a sus palabras—. Verdaderamente, pensé que no iba a ser capaz de hacerlo... pero, de pronto, todo parecía encajar... y llegó un momento en que yo mismo me creía Irwin Howard.

—Ésa es la primera premisa —Linus Daff rió sin disimulo—, creer lo que uno cuenta. Convencerse de la veracidad de lo que se dice. Será usted un buen mentiroso, Pedro. Madera no le falta...

—¿De verdad lo cree? Yo tengo mis dudas. En el fondo, existen ciertos obstáculos éticos que chocan de frente con la tendencia a las mentiras... y no sé muy bien si seré capaz de eliminarlos. Esta vez ha sido por una cuestión excepcional. Por una causa justificada...

—Pedro —el inventor de historias bajó un poco la voz—, es usted un hombre bueno. Piense un poco cuántas veces en su vida ha dañado a alguien por no ser capaz de contar una mentira... o cuántas veces un embuste hubiese bastado para mejorar las cosas. La mentira tiene muchos grados, y a medida que uno madura aprende a medir la intensidad de cada caso, las ocasiones en que está justificado el recurso a lo que no es cierto.

—Parece complicado —contestó el gallego.

—Es cuestión de práctica, nada más. Usted ha empezado con muy buen pie esta mañana. Ah, mire, ahí llega el coche.

El Rolls Royce se detuvo frente a ellos. Bernardo Soares salió de la cabina y saludó a los dos hombres con aire marcial.

—Mi querido amigo —Linus Daff se colocó frente a Pedro Almeiras—, a partir de ahora su misión ha terminado.

—¿Qué quiere decir? —Pedro Almeiras frunció el entrecejo, y Linus Daff tuvo que aspirar levemente el aire marino antes de continuar hablando.

—Que debe regresar a Cuba, Pedro. Ya está todo dispuesto. El coche le llevará al puerto de Vigo, y esta misma noche saldrá en un barco con destino a La Habana. He mandado empaquetar sus cosas.

Pedro Almeiras miraba en silencio al inventor de historias.

—Trate de entender. —El tono de Linus Daff tenía un matiz de ternura desconocido para Pedro Almeiras—. Ha sido usted Irwin Howard durante unas cuantas horas... que han servido para cambiar de sitio una fortuna que importa un millón de libras esterlinas. Las operaciones financieras de gran envergadura se realizan siempre en una especie de secreto a voces. Hay mucha gente que empieza a preguntarse quién es el tipo que esta mañana ha firmado una transferencia multimillonaria con destino a la cuenta esquilmada de un indiano en la ruina. Y a partir de ahora existe la posibilidad de que empiecen a buscarle.

—¿A mí? ¿Quiénes?

—Yo qué sé, Pedro. Periodistas. Directores de banco. Timadores profesionales que quieren dar con Irwin Howard. E Irwin Howard no existe. No existió nunca más allá de una cuenta bancaria y media docena de documentos falsificados. Por eso es mejor que usted, que ha prestado a una mentira su cara y su voz, vuelva a ser Pedro Almeiras y se marche para siempre. Créame, si permaneciese conmigo sólo conseguiría complicar las cosas. Ojalá no tuviese que pedirle que se fuera, Pedro. Me gustaría tenerle cerca hasta que finalizara esta historia... pero es mejor así. Para usted y, cómo no, para el proyecto de Castro de Lema.

Pedro Almeiras tragó saliva.

—¿Y usted?

Linus Daff se encogió de hombros.

—Me quedaré una buena temporada, hasta dejar bien hilado el asunto del colegio. Afortunadamente, cuento con la ayuda de Juan Sebastián Arroyo. Después, quién sabe. Quizá haya llegado el momento de volver.

—Sabe que siempre tendrá una casa en La Habana.

—Pienso ceder la mansión de Castro de Lema a la Asociación de Gallegos Trasterrados.

—Me refiero a mi casa, Daff.

—Lo tendré en cuenta —el inglés apretó el hombro de Pedro Almeiras. Se miraron durante un rato y luego se dieron un abrazo profundo.

—Gracias por todo, Linus.

—A usted, Pedro. Le mantendré informado de cuanto suceda —intentó dar a sus palabras un tono festivo— y espero que por su parte me tenga usted al tanto de todas las novedades que se produzcan en ese lado del mundo.

Pedro Almeiras subió al coche. Fue el propio Linus Daff quien cerró la puerta. El otro abrió la ventanilla.

—Volveremos a vernos —le dijo.

—Eso espero. Además, ahora que sabe usted mentir, es posible que algún día necesite comprarme una historia.

## NOTA DE LA AUTORA

*El inventor de historias* se publicó en 2000 con el título de *Linus Daff, inventor de historias.* Cuando fue editado, el libro pasó prácticamente desapercibido para el público y para la crítica. Como consecuencia, desapareció en poco más de un mes para instalarse en esa especie de limbo al que van los libros que no han encontrado su lugar en el mundo.

Lo curioso es que, meses después, empecé a recibir correos electrónicos, incluso alguna carta, en la que se me preguntaba dónde se podía comprar *Linus Daff,* pero para entonces mi pobre novela dormía ya un sueño eterno en algún almacén polvoriento. Nunca olvidaré el interés de mis compañeros de la Semana Negra de Gijón, Paco Ignacio Taibo II, Cristina Macía y el llorado Justo Vasco, o el de mi agente Antonia Kerrigan, por resucitar la historia del inventor de historias, y la de amigos como Javier Sierra o Fernando Marías, que hicieron lo imposible por colaborar en la tarea. Lo cierto es que sus esfuerzos fueron en vano: los editores saben que rescatar los libros del olvido es un ejercicio arriesgado, y casi siempre poco rentable.

Por eso agradezco doblemente a la editorial Planeta que haya decidido recuperar esta novela, a la que guardo un cariño especial por muchos motivos, y que ahora tiene su segunda oportunidad de abrirse camino en la república de las letras con un nuevo título y una edición revisada.

Mientras espero a mis lectores, escucho las palabras de Marcial diciéndome «te dije que esto iba a ocurrir».